国家社科基金项目成果

北京外国语大学"双一流"建设项目成果

Classical Chinese Literary Theories in the English-speaking World:
Translation and Transmission
WANG Hongtao

中国古典文论
在西方的英译与传播研究

王洪涛 著

图书在版编目(CIP)数据

中国古典文论在西方的英译与传播研究/王洪涛著.—北京：北京大学出版社，2023.5
ISBN 978-7-301-32344-1

Ⅰ.①中… Ⅱ.①王… Ⅲ.①中国文学－古代文论－英语－文学翻译－传播－研究 Ⅳ.①I206.2 ②H315.9

中国版本图书馆CIP数据核字(2021)第147665号

书　　名	中国古典文论在西方的英译与传播研究 ZHONGGUO GUDIAN WENLUN ZAI XIFANG DE YINGYI YU CHUANBO YANJIU
著作责任者	王洪涛　著
责任编辑	刘文静
标准书号	ISBN 978-7-301-32344-1
出版发行	北京大学出版社
地　　址	北京市海淀区成府路205号　100871
网　　址	http://www.pup.cn　　新浪微博：@北京大学出版社
电子邮箱	编辑部 pupwaiwen@pup.cn　总编室 zpup@pup.cn
电　　话	邮购部 010-62752015　发行部 010-62750672　编辑部 010-62753374
印　刷　者	大厂回族自治县彩虹印刷有限公司
经　销　者	新华书店
	720毫米×1020毫米　16开本　20.5印张　325千字 2023年5月第1版　2023年5月第1次印刷
定　　价	118.00元

未经许可，不得以任何方式复制或抄袭本书之部分或全部内容。
版权所有，侵权必究
举报电话：010-62752024　电子邮箱：fd@pup.cn
图书如有印装质量问题，请与出版部联系，电话：010-62756370

目 录

序 言 ·· 1
绪 论 ·· 1

第一部分 基础研究:概念厘定与历史考察

第一章 核心概念的厘定与辨析 ··· 3
　第一节　中国古典文论 ··· 3
　第二节　英译与传播 ·· 6
　第三节　西方、西方英语世界与西方英语国家 ························· 8

第二章 中国古典文论在西方英译与传播的历史考察 ················ 11
　引　言 ·· 11
　第一节　17世纪末至19世纪初:酝酿期 ································· 13
　第二节　19世纪初至20世纪初:萌发期 ································· 19
　第三节　20世纪初至20世纪中:过渡期 ································· 29
　第四节　20世纪中至20世纪末:发展期 ································· 37
　第五节　20世纪末至今:成熟期 ·· 57
　结　语 ·· 69

第二部分　英译研究:译本对比与译本分析

第三章　汉代文论《诗大序》两个英译本研究:基于反思性社会学理论的对比分析 …… 73
 引言　《诗大序》的主要英译及其研究现状 …… 73
 第一节　反思性社会学理论及其在翻译研究中的应用价值 …… 75
 第二节　理雅各与宇文所安《诗大序》英译的社会学分析 …… 77
 结　语 …… 88

第四章　晋代文论《文赋》两个英译本研究:图里翻译规范理论视角下的对比分析 …… 90
 引言　《文赋》的主要英译及其研究现状 …… 90
 第一节　图里的翻译规范理论 …… 92
 第二节　翻译规范理论视角下《文赋》两个英译本的对比分析 …… 95
 结　语 …… 105

第五章　南朝文论《文心雕龙》三个英译本研究:基于类比语料库的对比分析 …… 107
 引言　《文心雕龙》的主要英译及其研究现状 …… 107
 第一节　类比语料库翻译研究的方法与本研究的操作步骤 …… 111
 第二节　基于类比语料库的《文心雕龙》三个英译本对比分析 …… 114
 结　语 …… 122

第六章　唐代文论《二十四诗品》四个英译本研究:诗题、诗文与诗风英译的对比分析 …… 124
 引言　《二十四诗品》的主要英译及其研究现状 …… 124
 第一节　《二十四诗品》的英译概览及其四个英文全译本 …… 125
 第二节　诗题之译:《二十四诗品》总诗题与各品诗题英译的四译本对比 …… 129
 第三节　诗文与诗风之译:第十八品"实境"英译的四译本对比 …… 133

第四节　从四译本看《二十四诗品》英译历程的嬗变特征……………… 138
结　　语……………………………………………………………………… 139

第七章　宋代文论《沧浪诗话》两个英译本研究：基于勒弗维尔诗学理论的对比分析…………………………………………………………… 140
引言　《沧浪诗话》的主要英译及其研究现状…………………………… 140
第一节　勒弗维尔的诗学理论……………………………………………… 142
第二节　基于勒弗维尔诗学理论的《沧浪诗话》两个英译本对比分析
　　　　………………………………………………………………… 144
结　　语……………………………………………………………………… 154

第八章　晚清文论《人间词话》两个英译本研究：以"境界说"英译的对比分析为焦点……………………………………………………………… 156
引言　《人间词话》的主要英译及其研究现状…………………………… 156
第一节　"境界说"的基本义涵及其两种英译…………………………… 158
第二节　"境界说"相关核心术语的英译对比分析……………………… 161
结　　语……………………………………………………………………… 169

第三部分　传播与接受研究：基于问卷调查的实证考察

第九章　中国古典文论在英语国家传播与接受的整体实证考察：基于问卷调查的整体分析……………………………………………………… 173
引言　基于英语国家 11 所高校问卷调查的整体实证考察……………… 173
第一节　中国古典文论的认知度：整体调查与分析……………………… 175
第二节　中国古典文论的认可度：整体调查与分析……………………… 180
第三节　中国古典文论的英译策略：整体调查与分析…………………… 182
第四节　《诗大序》《文赋》《文心雕龙》等两种译文：整体调查与分析
　　　　………………………………………………………………… 186
结　　语……………………………………………………………………… 205

第十章　中国古典文论在英美澳三国传播与接受的国别实证考察：基于问卷调查的对比分析 …… 208
引　言　基于英美澳三国高校问卷调查的国别实证考察 …… 208
第一节　中国古典文论的认知度：基于国别的调查与分析 …… 209
第二节　中国古典文论的认可度：基于国别的调查与分析 …… 213
第三节　中国古典文论的英译策略：基于国别的调查与分析 …… 214
第四节　《诗大序》《文赋》《文心雕龙》等两种译文：基于国别的调查与分析 …… 218
结　语 …… 238

第四部分　理论研究：社会翻译学的方略与中国文论国际话语体系的建构

第十一章　中国古典文论在西方英译与传播的理论思考：社会翻译学的观察、主张与方略 …… 245
引　言 …… 245
第一节　社会翻译学的理论与方法 …… 247
第二节　社会翻译学对中国古典文论在西方英译与传播的观察 …… 249
第三节　中国古典文论在西方英译与传播之策：社会翻译学的主张与方略 …… 252
结　语 …… 265

第十二章　中国文论国际话语体系的理论建构：从"翻译诗学"到"比较诗学"与"世界诗学" …… 268
引　言 …… 268
第一节　翻译诗学：中国古典文论的自我突破 …… 270
第二节　比较诗学：中西文论的双向阐发 …… 274
第三节　世界诗学：中国古典文论的普遍性诉求 …… 279
结　语 …… 283

参考文献 ………………………………………………………… 286
术语索引 ………………………………………………………… 300
后　记 …………………………………………………………… 305

序 言

  在当今这个全球化的时代,越来越多的人文学者认识到,全球化不仅在经济上助力中国经济腾飞,在文化上也促使中国文学和文化得以走向世界。2012年,莫言的荣获诺奖确实使国人为之兴奋,但是当我们在欢呼中国文学率先走向世界时,不得不看到另一情形,中国的文学理论也一直在缓慢地走向世界,尤其是通过中国古典文论的英译率先走向英语世界,进而影响全世界,中国现当代文论也开始引起国际理论界的瞩目了。在中文的语境下,这方面的零散著述虽时有问世,但是像本书这样全面地、多方位和多学科地展示中国古典文论英译并在英语世界传播的著述实不多见。因此洪涛的这部专著的出版是非常及时的,也是十分有价值的。他在通过语料分析和调查问卷进行量化展示中国古典文论英译的历史和现状的同时,也提出了一些对今后的古典文论和现当代文论英译的切实可行的建议,甚至对承担这项任务的译者的挑选也不乏真知灼见。在洪涛看来,就其历史和现状而言,中国古典文论英语译者的构成有三种模式:第一种是以西方英语国家汉学家、华裔学者为主体的构成模式,第二种是以中国学者、翻译家为主体的构成模式,第三种是中西译者之间相互合作的构成模式。实际上我也一直持这种观点,现在洪涛以问卷的形式佐证了我的这一观点,我不禁感到由衷的高兴。但是这样说起来虽然容易,若是真正落实到具体的接受和传播方面,则必须基于严谨科学的数据,在这方面,作者通过对不同国家的不同层次的读者进行问卷调查的方式,得出了令人信服的结论,同时也对今后的中国文化典籍外译以及现当代文学和文论的外译都有所借鉴和启迪。

  在提出这三种译者模式后,作者又从社会翻译学的角度加以阐述,认为这三种模式各有其优点和缺点,而且各自非常明显。在他看来,作为中国古典文论的英译者,西方汉学家、华裔学者可以凭借其有利的位置更好地与其他中介者、行动者进行协调,推动中国古典文论英译作品在西方英语国家的传播和接受。另外,从现实情况来看,目前在西方国家发表、出版的绝大多数中国古典文论英译作品都是由英语国家的汉学家和华裔学者来完成的,因此实践证明,这是一个切实可行的中国古典文论英语译者构成模式。当然,洪涛也没有对第二种模式断然予以否定,而是辩证地认为,以中国学者、翻译家为主体的译者构成模式的长处在于,译者对于原作的理解更为透彻、译文更为忠实。因此,正是有鉴于此,他便自然而然地引导出了中西合作的比较理想的第三种模式,并认为这种模式可以将中西译者在各自场域中的区位优势与文化资本结合在一起,显然是非常理想的。其实,不只是我个人,我的老朋友葛浩文也有这样的看法。他曾亲口对我说,优秀的中国当代作家都请他翻译,但是他已年逾八十,精力早已不及当年,所以如果国内译者能够提供准确的译文,他们作为以英语为母语的译者,可以在此基础上加以修改和润色,使之符合英语读者的阅读习惯。因此,第三种译者构成模式的提出,应该是一个切实可行的建议。在这方面,中国的外语教学和研究者应该发挥愈益重要的作用。

本书的另一个新颖之处在于,作者依托卢曼的社会系统理论,分析制约中国古典文论英译作品在海外接受的文学系统内部因素,进而基于社会翻译学的观察提出促进中国古典文论英译作品在西方接受的建议与主张。而国内不少研究者往往仅止于对不同的译文的比照研究,很少有人涉足译作在国外的流通和传播。与那些探讨中国文学和文论走向世界的著作相比,本书的一个长处就在于,作者不仅基于语料库方法对译作进行科学的分析和研究,而且还探讨了中国古典文论译成英文之后将会怎么办。我认为这个问题应该是一个比翻译更重要的问题。我本人在阐释我提出的世界文学定义时指出:(1)世界文学是东西方各国优秀文学的经典之汇总;(2)世界文学是我们的文学研究、评价和批评所依据的全球性和跨文化视角和比较的视野;(3)世界文学是通过不同语言的文学的生产、流通、翻译以及批评性选择的一种文学历史演化。世界诗学或文论也是如此。我在这里所说的生产和流通不仅是指原作的生产和在母语中的流通,更是指其在异域的再生产(即翻译)和流通,也即在将中国文学和文论作品翻译成外语后怎么办。显然我们将面临的下一个问题就是流通,在我看来,为了促使流通的顺畅,批评性选择是一个积极的措施,也即在异域的报纸杂志上发表书评,对译作加以推介,从而促使它得以顺利地流通,至少进入大学的图书馆,或成为大学中文和文学专业的研究生的教学参考书。洪涛则以数据和问卷调查证明,中国译者翻译的译作在国外市场和读者中显然受到冷落甚至拒斥,而母语和华裔译者的译作则更受欢迎。因此,这便再一次证明,中西合作的模式更为有效。

总之,中国文学和文论真正走向世界,或者说首先走进英语世界,依然是一个漫长的过程。在这方面,中国的翻译研究者应探讨其中的内在规律,及时地提出具有建设性意义的建议,这样,我们在海外推广中国文学和文论的过程中就会少走弯路。有鉴于此,洪涛的这本专著的出版,可谓恰逢其时。不知广大读者以为然否?是为序。

王 宁

2023 年 1 月于上海

绪　论

一

　　当前,随着中国综合国力的不断增强,以提高中国文化国际影响力和竞争力为核心内容的国家文化安全战略已成为一个广受学界瞩目的重要课题。对此,文化学者王岳川的观点可谓一语中的:"随着中国经济和军事大国地位的逐渐确立,大国文化安全必然提到当代前沿问题的议事日程。"①而在一系列的国家文化安全战略之中,中国文化"走出去"战略又具有特殊的意义:"中国文化走出去战略是中国国家文化安全战略的重要组成部分,对中国国家文化安全战略实施的效果将起到决定性作用。"②

　　中国文化"走出去"战略在中国翻译界受到了广泛关注。在翻译实践领域,许多译者开始投身到中译外活动之中,以新设的国家社科基金"中华学术外译项目"为例:该类项目自 2010 年启动以来在数量上一直快速增长,据统计2011 年至 2013 年三年间"年均增长幅度为 85%"③,而近年来的立项数量整体上仍在递增,2017 年至 2019 年的年度立项均在 150 项以上,2020 年与 2021

---

① 王岳川:《从"去中国化"到"再中国化"的文化战略——大国文化安全与新世纪中国文化的世界化》,载《贵州社会科学》,2008 年第 10 期,第 4 页。
② 苏毅:《国家文化安全战略下的中国文化走出去战略》,载《暨南学报》(哲学社会科学版),2014 年第 5 期,第 130 页。
③ 张威:《我国翻译研究现状考察——基于国家社科基金(2000—2013)的统计与分析》,载《外语教学与研究》,2015 年第 1 期,第 108 页。

年的年度立项则分别增至195项和237项,2022至2023年度立项为234项。在翻译研究领域,中国文化与中国文学"走出去"的话题一直备受热议,翻译学界就中国文化与文学"走出去"语境下翻译人才的培养[①]、翻译策略的选择[②]、译者在翻译过程中与作者的互动[③]、译文的误读与重构[④]、海外汉学在中国文学外译中的作用[⑤]、译作在译语世界的传播与接受[⑥]、中国文学外译的评价[⑦]以及中国文学文化"走出去"的问题与出路[⑧]等话题展开了热烈讨论。正是在这种背景下,本书作者将目光投向了中国古典文论在西方的英译与传播问题。

二

中国古典文论是中国古典文学的理论精华,同时蕴含着丰富的中国古代文化。作为业已经典化的中国古代文论,中国古典文论孳乳于儒释道的精神思想,脱胎于文史哲的学术传统,"是古代文化巨苑中一道亮丽的风景"[⑨]。在当前中国文学、中国文化"走出去"之际,中国古典文论在西方的英译与传播问题理应得到充分的关注。然而,多年来中国古典文论的英译与传播问题没有得到应有的重视:一来被更接地气的中国现当代文学作品的英译问题所掩盖,

---

[①] 周明伟:《建设国际化翻译人才队伍,推动中国文化走出去》,载《中国翻译》,2014年第5期,第5—6页。

[②] 汪庆华:《传播学视域下中国文化走出去与翻译策略选择——以〈红楼梦〉英译为例》,载《外语教学》,2015年第3期,第100—104页。

[③] 许诗焱、许多:《译者—作者互动与翻译过程——基于葛浩文翻译档案的分析》,载《外语教学与研究》,2018年第3期,第441—450页。

[④] 朱振武、杨世祥:《文化走出去语境下中国文学英译的误读与重构——以莫言小说〈师傅越来越幽默〉的英译为例》,载《中国翻译》,2015年第1期,第77—80页。

[⑤] 袁丽梅:《海外汉学助力中国文学"走出去"——关系分析与策略思考》,载《外语学刊》,2018年第5期,第18—22页。

[⑥] 吴攸、张玲:《中国文化"走出去"之翻译思考——以毕飞宇作品在英法世界的译介与接受为例》,载《外国语文》,2015年第4期,第78—82页。

[⑦] 刘云虹:《关于新时期中国文学外译评价的几个问题》,载《中国外语》,2019年第5期,第103—111页。

[⑧] 王志勤、谢天振:《中国文学文化走出去:问题与反思》,载《学术月刊》,2013年第2期,第21—27页。

[⑨] 李建中:《中国古代文论》,武汉:华中师范大学出版社,2002年,第1页。

二来长期淹没于广义的中国典籍英译问题之中,目前仅有潘文国[①]、汪榕培与王宏[②]、高方与许钧[③]、王宏印[④]等学者在分析中国文学及文化典籍外译现状时作过简要论述。有鉴于此,本书力图对中国古典文论在西方的英译与传播活动及其相关问题进行系统考察,其整体设想与主要目的体现在以下两个方面。

其一,本书拟对中国古典文论在西方英语国家的翻译、传播与接受活动进行系统全面的考察,以揭示中国古典文论在西方英语国家翻译、传播与接受活动的历史与现状、成就与不足、策略与路径、基本规律与深层逻辑,为未来中国古典文论在西方的英译与传播活动提供历史借鉴、经验参考和应用性的对策,进而推动中国文化更好地走向西方英语国家乃至世界。中国古典文论在西方的英译与传播活动迄今已有三百多年的历史了(详见第二章),在自明末清初以来的"东学西渐"历史进程中,许多中国古典文论作品,诸如《诗大序》《文赋》《文心雕龙》《二十四诗品》《沧浪诗话》《人间词话》等已经先后被来华传教士、西方汉学家、海外华裔学者、中国翻译家等译成英文在西方英语国家与英语世界传播,而这些中国古典文论作品的英译本目前在西方英语国家读者中间的接受与影响效果不甚理想。根据本书作者在英、美、澳三国11所高校目标读者中所采集到的251份问卷调查结果,目前仅有23.6%的读者表示曾读过中国古典文论的英译作品,读过《文心雕龙》英译本的读者仅为2.8%(详见第九章)。至于中国古典文论在西方英语世界所产生的影响,更是不容乐观,难怪有学者指出:"在当今的西方文论中,几乎没有我们中国的声音。"[⑤]另外,中国古典文论形式多样、数量浩繁,目前译成英文的只是其中很少的一部分,而其他大量蕴藏于中国文化典籍之中的中国古典文论作品尚待我们去翻译和传播。为此,本书拟探讨中国古典文论在西方英语国家、英语世界的传译历史,

---

[①] 潘文国:《译入与译出——谈中国译者从事汉籍英译的意义》,载《中国翻译》,2004年第2期,第40—43页。

[②] 汪榕培、王宏:《中国典籍英译》,上海:上海外语教育出版社,2009年。

[③] 高方、许钧:《现状、问题与建议——关于中国文学走出去的思考》,载《中国翻译》,2010年第6期,第5—9页。

[④] 王宏印:《关于中国文化典籍翻译的若干问题与思考》,载《中国文化研究》,2015年第2期,第59—68页。

[⑤] 黄维樑:《从〈文心雕龙〉到〈人间词话〉——中国古典文论新探》(第二版),北京:北京大学出版社,2013年,第9页。

分析中国古典文论主要英语译本的优点与缺点,考察中国古典文论英译作品在英语读者中的传播与接受情况,以揭示中国古典文论在西方英译与传播活动的运作规律,提出、制定有效的英译与传播策略,为未来的中国古典文论英译实践提供历史的经验借鉴和现实的对策指导,进而促进中国古典文论在西方英语国家的有效传播与深入接受,推动中国古典文学思想与古典文化更好地走向西方英语国家与英语世界。

其二,本书将从翻译学的角度对中国古典文论在西方的英译与传播问题进行深入细致的探讨,希望能为中国古典文论与西方现代文论的交流、对话搭建平台,以促进中国古典文论借助翻译与西方现代文论进行相互读解、相互阐发,进而帮助当代中国文论研究走出"失语症"的困境并推动中国文论国际话语体系的建构。20世纪90年代以来,中国文论的"失语症"一直是中国文艺理论界的热议话题:"'我们根本没有一套自己的文论话语,一套自己特有的表达、沟通、解读的学术规则',一旦我们离开了西方的话语,我们就没有了自己民族的学术话语,不会说自己的话了,以至于我们很难在世界学术领域发出自己的声音。"[1]解决中国文论的"失语症"问题,开展中国古典文论、诗学理论与西方现代文论、诗学理论的对话,推动中西比较诗学研究是可行的路径之一:"当代中国的比较诗学研究,从一开始,基本上就是以中国古代文论与西方诗学对话的方式来展开的。"[2]本书将从翻译学的角度对中国古典文论在西方英译与传播的问题进行考察,希望通过对西方现有中国古典文论各个有代表性的英译本的多维分析,透视西方汉学家、比较文学学者对中国古典文论的诠释方式、读解模式,在此基础上提出中国古典文论突破自我,从本土走向西方与世界,实现中西诗学对话,参与世界诗学理论建构,进而获取国际话语权力的路径与设想,与王宁[3]、王晓路[4]、徐志啸[5]、杨乃乔[6]、黄卓越[7]、王晓平、周发祥

---

[1] 曹顺庆:《中西比较诗学》,北京:中国人民大学出版社,2010年,第212页。
[2] 陈跃红:《比较诗学导论》,北京:北京大学出版社,2005年,第31页。
[3] 王宁:《世界诗学的构想》,载《中国社会科学》,2015年第4期,第169—176页。
[4] 王晓路:《西方汉学界的中国文论研究》,成都:巴蜀书社,2003年。
[5] 徐志啸:《北美学者中国古代诗学研究》,上海:上海古籍出版社,2011年。
[6] 杨乃乔:《东西方比较诗学——悖立与整合》,北京:文化艺术出版社,2006。
[7] 黄卓越:《海外汉学与中国文论》,北京:北京师范大学出版社,2018年。

与李逸津①等学者从比较文学、比较诗学、世界诗学以及国际汉学等角度开展的相关研究形成呼应,以共同促进中西文论之间的相互阐发,推动中西比较诗学研究与世界诗学建构研究,帮助中国文论研究克服"失语症"并努力实现中国文论国际话语体系的建构,由此助力中国以一个文化大国的身份"在包括世界文化和文学在内的整个人文社会科学方面做出自己的独特建树"②。

三

全书涵盖基础研究、英译研究、传播与接受研究、理论研究四大部分,其基本构思与主要内容如下:

第一部分为"基础研究:概念厘定与历史考察"。该部分对本书的核心概念进行考辨与界定,对中国古典文论在西方英语世界的传译史进行历史文献考察,为其后的文本研究、实证研究与理论研究奠定基础,共包含两章:第一章对本书所涉及的"中国古典文论""英译""传播""西方""西方英语世界"与"西方英语国家"等核心概念进行厘定和辨析;第二章从历时的角度对中国古典文论在西方的英译与传播史进行梳理和考察,以揭示中国古典文论在西方英语国家、英语世界传译的历史进程及其在各个历史时期的不同特征。本书以作者从牛津大学"博德莱安"(Bodleian)图书馆及其"中国学研究所图书馆"(Institute for Chinese Studies Library)搜集到的一手汉学研究资料和中国古典文论原始英文译本为核心文献,并且大量使用了从英、美、澳等西方英语国家搜集到的珍贵汉学研究资料和中国古典文论原版英文译本,以期对中国古典文论在西方英语世界传译史的考察更加翔实,更加符合历史原貌。

第二部分为"英译研究:译本对比与译本分析"。该部分主要以当代翻译学理论与研究方法为依托,对汉代文论《诗大序》、晋代文论《文赋》、南朝文论《文心雕龙》、唐代文论《二十四诗品》、宋代文论《沧浪诗话》、晚清文论《人间词话》等中国各历史时期古典文论代表性作品的各个英译本进行文本细读与对比分析,以探讨各个英译本在词汇、句法、篇章等层面上的特点与其主要优缺

---

① 王晓平、周发祥、李逸津:《国外中国古典文论研究》,南京:江苏教育出版社,1998年。
② 王宁:《从单一到双向:中外文论对话中的话语权问题》,载《江海学刊》,2010年第2期,第33页。

点,由此剖析西方汉学家、华裔学者以及中国翻译家对中国古典文论进行翻译和阐发的共性与差异。第二部分涵盖第三章至第八章总共 6 章内容,分别是基于反思性社会学理论对《诗大序》理雅各(James Legge)①译本与宇文所安(Stephen Owen)译本进行的对比分析,在图里(Gideon Toury)翻译规范理论视角下对《文赋》方志彤(Achilles Fang)译本与黄兆杰(Siu-kit Wong)译本进行的对比分析,运用类比语料库的方法对《文心雕龙》宇文所安译本、施友忠(Vincent Yu-chung Shih)译本和杨国斌译本进行的对比分析,从诗题、诗文与诗风英译的角度对《二十四诗品》翟理斯(Herbert Allen Giles)译本、杨宪益与戴乃迭(Gladys Yang)译本、宇文所安译本以及王宏印译本进行的对比分析,基于勒弗维尔(André Lefevere)诗学理论对《沧浪诗话》张彭春译本与宇文所安译本进行的对比分析,以"境界说"理论的英译为切入对《人间词话》涂经诒译本与李又安(Adele Austin Rickett)译本进行的对比分析。

第三部分为"传播与接受研究:基于问卷调查的实证考察"。本书作者以英、美、澳三个代表性英语国家 11 所高校相关专业的师生为主要调查对象,通过实地调研、异地代理和网络在线等多种形式,历时 5 年对其进行了广泛、深入的问卷调查,累计收到有效问卷 251 份(其中英国高校 81 份、美国高校 119 份、澳大利亚高校 51 份),进而运用定量研究与定性研究相结合的方法对问卷调查结果进行数理统计和分析解读,在此基础上完成了对中国古典文论在西方英语国家传播与接受现状的实证考察。该部分的实证考察包括整体实证考察与国别实证考察两种,分别为第九章以西方英语国家读者为总体调查统计对象的整体实证考察与第十章以英、美、澳三国读者为不同调查统计对象的国别实证考察,以期分别了解整体西方英语国家读者以及英、美、澳三国不同国别英语读者对中国古典文论英译作品的认知度、认可度及其对中国古典文论英译实践的建议,同时考察其对《诗大序》《文赋》《文心雕龙》等五种中国古典文论英译作品不同译本的评价。

第四部分为"理论研究:社会翻译学的方略与中国文论国际话语体系的建

---

① 关于本书使用的外国人名,此处提供了其汉语译名与外语原名。在其后的具体章节中,如某些外国学者、外国译者是该章重点研究或特别强调的对象,其姓名在该章首次出现时仍会再度提供其汉语译名与外语原名,以方便读者阅读与识别。

构"。该部分是对中国古典文论英译实践整体方略与未来指归的理论思考,共包括两章:第十一章立足新兴的社会翻译学理论框架,借鉴布尔迪厄(Pierre Bourdieu)、拉图尔(Bruno Latour)、卢曼(Niklas Luhmann)等当代西方社会学家的理论思想,综合分析中国古典文论在西方英译与传播活动所涉及的宏观、中观、微观等因素与译前、译中、译后各环节,揭示其中的主要关系与基本规律,进而依据社会翻译学的基本原理,秉持其关系主义方法论与整体论原则,就中国古典文论在西方英译与传播实践中的译者构成、原作遴选、英译策略、译作在西方的传播与接受等问题提出了一系列对策性的主张与方略,以期促进中国古典文论在西方的有效英译与深入传播;第十二章鉴于当前中国古典文论基本囿于本土而国际文化场域又以西方为中心的现状,擘画了中国古典文论通过外译从本土诗学到"翻译诗学",再到"比较诗学"与"世界诗学"的发展蓝图,以期借此推动中国古典文论从本土走向西方进而走向世界,促使以中国古典文论为根基的整个中国文论在国际文艺理论界发出自己的声音,获得国际话语权力,赢得国际话语地位,进而为中国文论国际话语体系的建构奠定坚实的基础。

第一部分

基础研究：概念厘定与历史考察

第 一 章
核心概念的厘定与辨析

中国古典文论在西方的英译与传播研究,主要探讨中国古典文论在西方英语世界、英语国家的翻译和传播问题。为了开宗明义,本章对其中涉及的"中国古典文论""英译""传播""西方""西方英语世界"与"西方英语国家"等核心概念、基本范畴予以厘定与辨析,以期廓清本书的具体考察对象。

第一节 中国古典文论

所谓中国古典文论,是对中国古典文学理论的简称,在此特指产生于上迄先秦下至明清,截止于五四新文化运动之前,比较完整地保持了本土性和民族性,且长期以来被奉为经典的中国古代文学理论。这里需要着重指出的是:之所以将五四新文化运动作为下限,是因为在此之前产生的中国文学理论尚未明显受到西方文学理论的影响,尚能较好地葆有鲜明的本土性和独特的民族性,而本土性和民族性正是中国古典文学理论有别于业已"西化"的中国现当代文学理论,有别于西方文学理论的宝贵特质之所在。当前,中国文论界饱受"失语症"困扰,其重要原因之一就是"中国文论在现代转型时盲目遵从西方话语"[①],从而丧失了以本土性和民族性为显著特征的自身话语体系,无法与西方进行对话。而在西方,传统汉学、中国研究、比较文学、文学批评等领域的理

---

① 曹顺庆、邱明丰:《中国文论的西化历程》,载《西南民族大学学报》(人文社会科学版),2010年第1期,第229页。

论家或出于考察"他者"进而反观自身的功利目的,或出于汲取异质文化、推动世界文化走向多元的学术公心,也开始越来越关注起孕育于中国本土、具有典型中华民族特征的中国文明与中华文化,比如法国汉学家弗朗索瓦·于连(Francois Jullien)就指出:"中国文明是在与欧洲没有实际的借鉴或影响关系之下独立发展的、时间最长的文明……中国是从外部正视我们的思想——由此使之脱离传统成见——的理想形象。"①不难看出,西方学者于连所珍视的正是有别于西方、具有异质特征的中国文明、中华文化。正因为如此,中国古典文论作为孳乳于儒释道思想、脱胎于文史哲框架之中的中华文化之重要组成部分,其本土性和民族性特征理应予以彰显和标示。

同时,这里所说的"中国古典文论"也有别于惯常所谓"中国古代文论",而区别就在于"中国古典文论"专指那些长期以来被奉为经典,或者说已经"经典化"(canonized)的中国古代文论。做出这种限定,主要是出于两种考虑。其一,那些经过长期经典化历程的中国古典文论,代表了中国古代文论的精华,无论是在国内还是在西方,都具有更大的学术影响力,更容易受到西方汉学家和学者的关注,更能与西方文论形成对照与对话。至于这里所说的"经典"文论,指的是那些业已在中国文论史、文学批评史上确立其权威地位,且其自身价值也在专业学术领域得到广泛认可的文论作品,而"经典化"的过程一般包括被收入重要的文论选集、得到权威学者的普遍肯定与长期关注等。事实上,目前在西方业已被翻译成英文、进入西方学者视野的中国古代文论绝大多数正是这些经典化了的中国古典文论。其二,中国古代文论形式繁多,数量充栋,难以尽述。对此,许多前辈学者早有定论,比如郭绍虞就曾指出:"我国的文学理论遗产极为丰富,它的形式是多种多样的:有专书,有见于各种书籍中的单篇诗、文、笔记。这大量的资料庞杂而又分散……"②;而王先霈也认为:"两千多年来的文学理论批评论述,蕴藏在各朝各代浩如烟海的典籍里面……"③。有鉴于此,为了凝练研究对象,突出探讨的纵深性和细致性,本书将考察对象确定为那些在文论研究、文学批评领域被奉为经典的中国古典文论。

---

① 弗朗索瓦·于连:《迂回与进入》,杜小夏译,北京:生活·读书·新知三联书店,1998年,第3页。
② 郭绍虞:《中国古代文论选》(第一卷),上海:上海古籍出版社,2001年,第4页。
③ 王先霈:《中国古代文论》序,见李建中主编《中国古代文论》,武汉:华中师范大学出版社,2002年,第1页。

然而，由于"经典"文论与"非经典"文论之间并没有绝对的界限，"经典化"又是一个动态、渐进的过程，而中国大量的古典文论更是以多种形式蕴藏在各类典籍之中，本书所考察的中国古典文论，将秉承以"专论"为主、兼及"泛论"的原则。"专论"是指以独立成篇成文的形式对文学理论的探讨和论述，而由于这些专论的作者往往是鸿儒大家、名人名士，因此一般多为名人名篇、名家名著，比如作者多有争议的《诗大序》①、曹丕的《典论·论文》、陆机的《文赋》、刘勰的《文心雕龙》、钟嵘的《诗品》、司空图的《二十四诗品》、欧阳修的《六一诗话》、严羽的《沧浪诗话》、元好问的《论诗三十首》、王夫之的《姜斋诗话》、叶燮的《原诗》、王国维的《人间词话》等。而"泛论"则主要包括以文学作品、史学作品、哲学作品、宗教作品、艺术作品等形式蕴藏于中国各类古代典籍之中，但具有鲜明的文学理论属性和价值的各种著述，比如先秦时期的《易经》《老子》《庄子》《诗经》《论语》②《孟子》《尚书》③《墨子》④《荀子》⑤《左传·襄公二十五年》，两汉时期王逸的《楚辞章句》（序）、司马迁的《史记·太史公自序》、王充的《论衡·超奇》、《礼记·乐记》，魏晋南北朝时期王弼的《周易略例·明象》，唐宋金元时期陈子昂的《与东方左史虬修竹篇叙》、杜甫的《戏为六绝句》、皎然的《诗式》、白居易的《与元九书》、韩愈的《答李翊书》，明清时期袁宏道的《雪涛阁集序》、李渔的《闲情偶记》、龚自珍的《书汤海秋诗集后》、刘熙载的《艺概》等等。

这里需要对王国维所著《人间词话》作一特别说明。《人间词话》1908年至1909年间发表于《国粹学报》第四十七、四十九和五十期。众所周知，作者王国维生活在清末民初，国学修养深厚，同时广泛涉猎过西方哲学、美学著述。王国维的《人间词话》尽管受到了西方哲学、美学思想的影响，但脱胎于中国古代文学批评的诗话、词话传统，其"境界说"等理论"重申了中国批评传统中若

---

① 又称《毛诗序》，关于其作者，学界多有争议，目前尚无定论。
② 其中的"学而""为政""八佾""雍也""泰伯""子路""宪问""卫灵公""季氏""阳货"等篇章蕴含着丰富的文论思想。
③ 其中的《尧典》记载了"诗言志"等中国早期的文学理论思想。
④ 其中的"非乐上""非命上""小取"等片段包含着"尚用"与"尚质"等文论思想。
⑤ 其中的"劝学""非相""非十二子""儒效""正论""乐论""正名"等篇章讨论了"言""名""乐"等文论概念。

干具有影响力的见解"①,因此仍然可以将其归入中国古典文论的范畴,成为本书的考察对象。

　　秉承上述以"专论"为主、兼及"泛论"的原则,本书在译本分析中将重点关注中国古典文论中"专论"的各种英译本,而在历史考察中则将视野扩展至中国古典文论各种"泛论"的英译。具体而言,本书的译本分析将依据各"专论"作品在中国文学批评史上的学术地位及其英译作品在西方汉学界的影响,选取汉代文论《诗大序》、晋代文论《文赋》、南朝文论《文心雕龙》、唐代文论《二十四诗品》、宋代文论《沧浪诗话》以及晚清文论《人间词话》的不同英译本进行译本对比和译本分析,而在中国古典文论英译史的梳理中将扩大考察范围,将中国文学、史学、哲学、宗教、艺术等领域内蕴含文论思想的各种典籍作品的英译都涵盖在内,以期既达到译本研究的深度又达到译史研究的广度。

第二节　英译与传播

　　"英译"与"传播",在本书中是两个相对独立但又密切相连的概念。本书将在不同的语境下单独使用"英译"与"传播"两个概念,同时承认两者之间彼此相嵌,紧密相关。

　　英译,即英语翻译,是众多翻译活动中的一种。普遍意义上的翻译,古往今来都是人类共有的一种文化现象,中西方的学者对其所作的界定不一而足。从中国的"信达雅""神似"与"化境"学说到西方的"功能对等""操纵"与"改写"等理论,从以文艺学、语言学与社会学等人文社会学科为根基的种种阐释到以女性主义、后殖民主义与解构主义等后现代思潮为依托的诸多透视,古今中外学者给翻译所下的定义各式各样、异彩纷呈,但翻译活动以文本或话语为依托、以语言或符号的转换为本质的跨语符、跨文化、跨时空的属性恐怕是谁也无法否认的。具体到本书所考察的中国古典文论的英译,则是以文本为载体、以汉语与英语之间的语符转换为根本的跨语言、跨文化活动。当然,这里面也涉及一些早期(17世纪及以前)将中国古典文论从拉丁语等其他欧洲语言间

---

　　① 黄维樑:《从〈文心雕龙〉到〈人间词话〉——中国古典文论新探》(第二版),北京:北京大学出版社,2013年,第137—138页。

接转译成英语的比较复杂的跨语言现象,同时也涉及英译活动在印度、马来西亚等东方国家而读者对象为西方人的更为复杂的跨时空现象。但无论其复杂程度如何,中国古典文论英译活动所涉及的关键性主客体因素,却是和其他翻译活动一起共有的恒定性的常量,包括英译的主体、对象、目的、策略与译本的语言、风格、读者、受众等,而这些因素正是本书重点探讨的内容。

传播,从本质上来讲,是人类通过有意义的符号进行信息传递、信息接受、信息反馈等一系列信息交换的活动。传播学的奠基人、美国学者哈罗德·拉斯韦尔(Harold D. Lasswell)在其1948年发表的《传播在社会中的结构与功能》("The Structure and Function of Communication in Society")一文中提出了著名的"5W"经典传播模型:"who(谁)→ says what(说什么)→ in which channel(通过什么渠道)→ to whom(对谁)→ with what effects(取得什么效果)"[1],而这一模型也界定了传播学五大基本研究内容,即"传播主体""传播内容""传播渠道""传播受众""传播效果"。如果将传播学的研究内容与上文提到的翻译活动的常量做一番比对,则会发现两者之间存在着许多相似甚或重叠的地方。事实上,翻译活动本身就是一种特殊的传播活动,翻译学的研究内容自然也就与传播学有许多共通之处。

作为区分,在本书中"英译"侧重指译者将所选择的中国古典文论翻译成英语进而出版或发表的活动,而"传播"侧重指译作出版或发表以后通过发行、流通在读者和受众中间阅读、接受进而产生影响的过程。正是基于这种区分,本书第二部分第三章至第八章将重点探讨西方汉学家、华裔学者以及中国翻译家对《诗大序》《文赋》《文心雕龙》《二十四诗品》《沧浪诗话》《人间词话》等中国古典文论作品的英译,而第三部分第九章与第十章将重点考察中国古典文论英译作品在西方的传播情况,尤其是考察中国古典文论英译作品在西方英语读者中间的阅读、接受情况。

同时,中国古典文论在西方的英译与其传播又是相互关联、并行不悖的活动。事实上,中国古典文论的英译本身是一种特殊的跨文化传播活动,可以兼

---

[1] Harold D. Lasswell. "The Structure and Function of Communication in Society". In Lyman Bryson (ed.). *The Communication of Ideas*. London & New York: Harper and Brothers, 1948, pp. 37—51.

容许多传播活动的成分,因此中国古典文论的英译研究实际上涵盖了很多传播学意义上的研究内容,比如对英译主体、对象以及读者与受众的探讨在很大程度上也是对传播主体、内容以及受众的探讨,而对传播渠道和效果的考察也在社会翻译学意义上构成了中国古典文论英译研究的内容(详见第十一章)。正是在这个意义上,本书有时使用"传译"一词来指代中国古典文论在西方"英译"与"传播"活动的相互交融状态。

第三节 西方、西方英语世界与西方英语国家

西方英语世界与英语国家是中国古典文论英译与传播活动开展的范围,其中包括"西方""西方英语世界"与"西方英语国家"三个内涵相互关联、外延逐次缩小的概念。

"西方",在本书中是一个与"东方",或在更为确切的意义上是与"中国"相对照而言的概念。作为一个地理概念,西方主要是指欧洲、北美洲的美国和加拿大以及大洋洲的澳大利亚和新西兰等国家和地区。作为一个文化概念,西方主要是指以古希腊、古罗马文化为源头,以基督教为宗教信仰的欧美文化。法国学者菲利普·尼莫(Philippe Nemo)提出"那些展现了五种文化飞跃(cultural leaps)的社会称之为西方"[1]。尼莫所说的五种文化飞跃是五个历史时期所带来的文化演变(cultural evolution),分别是希腊城邦制带来的科学与教育、罗马帝国带来的法制、《圣经》带来的伦理与末世论革命(ethical and eschatological revolution)、中世纪教皇革命带来的希罗文明与基督教伦理的融合、启蒙运动所带来的自由民主改革及现代性[2]。近现代以来,西方许多国家在海外殖民扩张、工业革命兴起、资本主义发展的进程中,出于宗教、商贸、军事、外交等目的来到包括中国在内的东方国家,由此开启了中国古典文论在西方英译与传播的旅程。在本书中,西方主要作为地理和文化概念使用。

"西方英语世界",在本书中主要是指西方那些以英语为母语、官方语言或

---

[1] Philippe Nemo. *What is the West*? Richard A. Cohen, trans. Pittsburgh, Pennsylvania: Duquesne University Press, 2004, p. 99.

[2] Ibid., pp. 3—4.

学术语言的国家或地区。黄鸣奋在《英语世界中国古典文学之传播》一书中提出:"作为文化圈的英语世界是一个历史范畴,在近代史上它伴随着崭露头角的大英帝国的对外扩张而拓展,并由于上述过程中宗主国和殖民地的矛盾等原因而逐渐分化,产生了以英语为母语、通行语或外国语的不同层面。"[1]这种界定自然有一定的道理,但黄鸣奋同时也指出:"以英语为外国语的文化圈是由于各英语国家的对外影响而形成的,目前几乎可以说覆盖了全球……"[2]。如果将全球都视为英语世界的话,那么本书的考察范围则过大而难以操作,因此本书仅将以英语为母语、官方语言或学术语言的西方国家或地区视为西方英语世界。之所以将以英语为官方语言或学术语言的西方国家或地区也作为本书的考察范围,是因为近几个世纪以来英语作为国际通用语在西方各国流行,加之翻译活动以及译本流通是一种流动性、跨越性极强的活动,本书在考察中国古典文论在西方的英译与传播活动时很难将以英语为官方语言、学术语言的非英语国家和地区完全排除在外。事实上,欧洲不少非英语国家的汉学家,如瑞典的高本汉、法国的侯思孟、荷兰的戴闻达、捷克的米列娜等也在使用英语从事中国古典文论的英译、传播和研究工作(详见第二章),他们对中国古典文论的英译与传播活动同样在本书的考察范围之内。

"西方英语国家",在本书中主要是指西方以英语为母语的国家,包括英国、美国、加拿大、澳大利亚、新西兰等。由于中国古典文论在西方的英译与传播活动至今已有三百多年的历史(详见第二章),因此西方英语国家在不同历史时期的样态也不尽相同。比如,在17世纪和18世纪上半叶中国古典文论传入西方之初,西方只有英国一个英语国家,其他诸如美国、加拿大、澳大利亚、新西兰等尚处在或完全或部分属于英国殖民地的状态:"以英语为母语的文化圈在发生学意义上仅限于英国;以英语为通行语的文化圈导源于英国的殖民活动,其地理范围为英国的殖民地或前殖民地。"[3]再者,在相当长一段历史时期内,西方英语国家一些传教士、外交官、汉学家对中国古典文论的英译活动有时也不完全在其所属的国家境内展开,其中不少是在该国的海外殖民

---

[1] 黄鸣奋:《英语世界中国古典文学之传播》,上海:学林出版社,1997年,第17页。
[2] 同上书,第24页。
[3] 同上。

地或其开展传教、外交等活动的所在国展开的,比如19世纪初英国传教士马什曼、柯大卫就分别曾在其传教地印度、马来西亚翻译过《论语》《四书》等包含中国古典文论思想的文化典籍,而英国传教士汉学家理雅各对包含《诗大序》的《中国经典》的翻译活动绝大部分是在当时处于英国统治之下的香港进行的。因此,考察中国古典文论英译与传播活动在西方英语国家的开展情况,也需要将英译与传播活动在其海外殖民地或其他相关国家、区域的开展情况涵盖在内。另外,为了深入剖析西方英语国家汉学家、华裔学者的中国古典文论英译作品,本书必要时也关注那些真正在西方产生了一定影响的中国本土学者、翻译家的中国古典文论英译作品,以期与前者形成有效对比,进而更好地揭示中国古典文论在西方英译与传播的规律。

综上所述,本书所考察的中国古典文论英译与传播的地理范围,是以将英语作为母语的英国、美国、加拿大、澳大利亚、新西兰等西方英语国家为主,以将英语作为母语、官方语言或学术语言的西方英语世界为辅,而在有些历史时期也涵盖了西方传教士、外交官、汉学家等开展中国古典文论英译活动的英国海外殖民地及相关的一些亚洲国家和地区,同时将开展文论对外英译的中国作为对比与参照。

第 二 章
中国古典文论在西方英译与传播的历史考察

引 言

作为东学西渐的一部分,中国古典文论在西方的英译与传播最早可以追溯到明末清初西方来华传教士对中国文化典籍的翻译。如果从 1685 年儒家经典《大学》经由拉丁语间接翻译成英语在英国伦敦出版算起,至今已有三百多年的历史了。三百多年来,西方的传教士、汉学家、华裔学者以及中国的翻译家,先后以儒道经典、文化典籍、文学作品、诗学作品、文学理论等各种形式将中国古典文论的众多"专论"和"泛论"作品翻译成英文,在西方英语世界广为传播。对于中国古典文论在西方的英译与传播这一具有比较文学、比较诗学以及比较文化意义的历史活动,当前一些学者已经做了不少宝贵的探索,挖掘了大量史实,梳理了许多文献,如王晓平、周发祥与李逸津[1]、王晓路[2]、陈引驰与李姝[3]、黄卓越[4]、张万民[5]等,但多数现有研究要么只对中国古典文论历代作品或单部作品在西方的传译情况做概略性陈述,要么在有限的篇幅内

---

[1] 王晓平、周发祥、李逸津:《国外中国古典文论研究》,南京:江苏教育出版社,1998 年。
[2] 王晓路:《西方汉学界的中国文论研究》,成都:巴蜀书社,2003 年。
[3] 陈引驰、李姝:《鸟瞰他山之石——英语学界中国文论研究》,载《中国比较文学》,2005 年第 3 期。
[4] 黄卓越:《从文学史到文论史——英美国家中国文论研究形成路径考察》,载《中国文化研究》,2013 年第 4 期。
[5] 张万民:《中国古代文论英译历程的反思》,载《暨南学报》(哲学社会科学版),2017 年第 1 期。

对主要的英译文献做分门别类的梳理,且有的研究在译本信息、出版年份等方面存在许多失实的地方,不仅难以完整地揭示中国古典文论在西方英语世界传译的历史进程和原因,更难以真实地再现传译活动的基本轨迹与特征。

  为了较为完整、真实地揭示中国古典文论在西方英译与传播的历史进程、轨迹与主要特征,本章将采用海外汉学研究的根本方法——历史学的方法①,把宏观史学方法与微观史学方法结合在一起,在再现三百年中西文化交流整体史的基础上,对不同时期中国古典文论在西方英语世界的传译活动做详细的历史文献考察和原典性的实证研究,因为正如张西平指出的那样:"从这个角度入手,我们才能梳理出西方汉学形成的历史过程,只有搞清了各个时代的中西文化交流特点,我们才能掌握每个时代西方汉学的基本特点。"②进一步而言,为什么要对中国古典文论在西方的三百年传译活动做实证性的历史文献考察呢?李良玉的观点可谓一语中的:"所谓谁先发现了真理,根本的意义在于谁先发现了正确的事实。就历史学而言,用材料来证明事实的原则,也许永远不会过时。"③鉴于此,本章首先将在宏观史学的意义上依据中国古典文论在西方英语世界的传译特点将其划分为不同的历史阶段,竭力复原各个历史阶段中西文化交流的整体时代背景,因为"任何历史事件、任何社会问题都必须放在相应时代的政治、经济、文化背景中分析,才能找到它的特定的时代因素,才能找到它为什么是这样发展而不是那样发展的时代依据"④,进而在微观史学的层面上对中国古典文论在西方英语世界的主要传译活动做具体、实证性的历史文献考察,即如同严绍璗倡导的那样,"以原典性的实证方法论,解明中国典籍向世界的传播,探讨这种传递的轨迹和方式,并从事收集、整理和研究相关的文献"⑤,从而揭示出三百多年来中国古典文论在西方英语世界传译活动的历史进程与基本特征。

---

① 张西平:《西方汉学十六讲》,北京:外语教学与研究出版社,2011年,第10页。
② 同上书,第11页。
③ 李良玉:《历史学的观念、方法与特色》,载《史学月刊》,2004年第6期,第19页。
④ 同上。
⑤ 严绍璗:《我对国际中国学(汉学)的认识》,载《国际汉学》第5辑,郑州:大象出版社,2000年,第12页。

毋庸置疑,中国古典文论在西方的英译与传播活动始终与西方汉学研究的发展状况息息相关,而由于"不同的历史时期,不同的社会、政治、经济、文化背景,很大程度上左右着汉学研究的内容和方向"[①],本章以下将基于不同历史时期宏观的中西文化交流背景对当时西方汉学的发展状况进行全面分析,进而对中国古典文论在西方英语世界的传译活动做实证性的具体考察。

三百多年来,中国古典文论在西方的英译与传播活动或隐或显,或起或伏,始终向前发展,依据其传译活动的整体规模、幅度与影响,迄今大致先后经历了17世纪末至19世纪初的"酝酿期"、19世纪初至20世纪初的"萌发期"、20世纪初至20世纪中的"过渡期"、20世纪中至20世纪末的"发展期"以及20世纪末至今的"成熟期"等五个阶段[②]。

第一节 17世纪末至19世纪初:酝酿期

虽然中国古典文论在西方较为正式的英译与传播活动开始于17世纪末《大学》英译在英国的出版,但广义的传译活动却可以追溯至16世纪、17世纪来华传教士对中国文化典籍的翻译。然而,无论是较为正式的中国古典文论英译与传播活动,还是广义上来华传教士对于中国文化典籍的翻译,都与西方的汉学研究息息相关,而西方的汉学研究又与其政治、经济、商业、宗教、文化,乃至科技领域的发展状况紧密相连。因此,为了更加全面地考察中国古典文论英译活动在17世纪末至19世纪初处于酝酿过程中的具体历史情况,我们将其进一步语境化,从而将视线延伸至中西方相遇的16世纪、17世纪。

16世纪、17世纪,正是中国历史上的明末清初时期,也是中国封建制度"夕阳虽好,但近黄昏"的晚期。在政治领域,皇权高度集中,运作如常。但在经济领域,单一的小农经济和长期的自给自足使得生产力低下;在商业领域,一贯奉行闭关锁国的海禁政策;而在宗教领域,儒释道多元共存的多神论格局却给其他宗教的传入留下了空隙。反观同一时期的欧洲,早已走出黑暗的中

---

① 阎纯德:《从"传统"到"现代":汉学形态的历时演进》,载《文史哲》,2004年第5期,第118页。
② 我们可以将中国古典文论在西方的英译与传播视为中国古典文学在西方英译与传播的延伸和深化,但鉴于文学理论的抽象性和非普及性,前者的发生时间显然滞后于后者。

世纪,正在经历着文艺复兴的洗礼,处于资本主义的上升时期。在地理学、航海术、造船术等科学技术的支撑下,此时的欧洲早已迈入了向海外殖民的大航海时代,在积极地向东方扩张。于是,亚洲的中国便成了他们扩张的重要对象。1557年,葡萄牙人以租借的形式占领了澳门;1600年,英国成立东印度公司,开始与中国通商,到了1684年,又在广州建立商馆,专营对外贸易①。到了18世纪直至鸦片战争前的19世纪初,中国政治、经济、宗教领域的运作一如既往,只是国力日渐衰微,与英国等西方资本主义国家的贸易摩擦则不断升级。而这一时期的欧洲已进入工业革命时代,资本主义迈入高速发展的快车道,商业领域的扩张急需拓展海外贸易,与中国的贸易往来更为频繁。另外,除了商业领域内频繁的贸易往来,这一时期欧洲许多国家包括葡萄牙、英国等还向中国派出了外交使团,如1517年葡萄牙驻东印度总督委派皇家御医皮雷斯(Tomé Pires)访华,而英国则首次于1793年派遣马戛尔尼(George Macartney)访华。因此可以说,正是在欧洲国家向东方殖民扩张,与中国开展商业贸易,并与中国建立初步外交关系的背景下,西方的商人、外交官等来到了中国,为中西文化交流,乃至中国古典文论的传译打下了基础。

  商业领域、外交领域的奠基作用固然重要,然而直接促使中国古典文论走向西方英语世界的动因却来自西方宗教领域的一场大变革,来自由此引发的西方传教士、耶稣会士赴华传教活动。16世纪初,欧洲在宗教领袖马丁·路德(Martin Luther)、约翰·加尔文(Jehan Cauvin)的引领下成立新教,掀起了反对罗马天主教的宗教改革运动。作为回应,罗马天主教成立了耶稣会,意在遏制新教势力在欧洲的扩展,同时到亚洲等地区传教以扩大天主教的影响。正是在这种背景下,1552年(明嘉靖三十年),耶稣会的传教士西班牙人圣方济·沙勿略(San Francisco Javier)来到了中国广东的上川岛,意欲到中国大陆传教。虽然沙勿略最终客死在上川岛,但随后耶稣会的传教士却源源不断地来到中国,其中包括历史上著名的意大利人罗明坚(Michele Ruggleri)、利玛窦(Matteo Ricci)与殷铎泽(Prospero Intorcetta),法兰西人金尼阁(Nicolas Trigault)与马若瑟(Joseph de Premare),比利时人柏应理(Philippe Couplet)

---

① 黄鸣奋:《英语世界中国古典文学之传播》,上海:学林出版社,1997年,第18页。

与鲁日满(Francisci Rougemont),葡萄牙人郭纳爵(Ignatius da Costa)、奥地利人恩理格(Christian Wolfgang Herdtrich)等。到了17世纪中后叶,最初源于来华传教士内部的"礼仪之争"终于"演化成了清政府和梵蒂冈之间的争论"①,最终导致了18世纪中后叶清王朝对耶稣会、天主教的禁教,而耶稣会在中国的传教活动也逐渐式微。尽管如此,在前后两个多世纪的时间里,来华传教的耶稣会士总人数却达到了相当可观的数量。根据有关统计:"从1552年(明嘉靖三十一年)至1773年(清乾隆三十八年)的221年中,来华西欧耶稣会士超过四百名。"②这些耶稣会士在华传教期间,不仅传播西方的宗教与科学,而且对中国的哲学、历史、语言、文学、艺术、宗教、文化等进行研究,并将许多中国的典籍文献翻译成了西语,从而逐渐形成了一门西方对于中国进行研究的学问——汉学。由于这一时期汉学研究的主体是来华的传教士,该时期的汉学研究又被称为"传教士汉学"。诚如张西平所言,"传教士是近代以来中西文化交流史的桥梁,他们留下的许多作品都是西方汉学史上极为重要的著作,因此传教士汉学可谓是西方汉学的奠基石。"③在来华传教士所留下的许多作品中,有很大一部分便是他们出于适应中国文化需要而对中国儒家经典进行的翻译。

当年继沙勿略在华传教功败垂成以后,耶稣会远东观察员范礼安(Alexandre Valignani)制定了在华传教须适应中国文化的"适应路线"。秉承着这种适应路线,罗明坚1579年来到中国后便开始学习汉语,并在返回欧洲期间将中国典籍《大学》的部分内容翻译成拉丁文于1593年在罗马公开发表。而罗明坚的同乡利玛窦更是走上了"合儒易佛"的道路,不仅着儒服讲汉话,而且阅读中国文学钻研中国典籍。据称,利玛窦16世纪八九十年代在广东韶州传教期间曾攻读《四书》并首次将其译成拉丁文,寄回了罗马。正是由于这个原因,罗明坚和利玛窦成了西方汉学的开拓者,两人被并称为"西方汉学之父"。此后,许多来华传教士便纷纷跻身到新生的汉学领域之中来,着手对中国典籍进行翻译:"从罗明坚开始,来华耶稣会士就一直将翻译儒家经典作为

---

① 张西平:《欧洲早期汉学史》,北京:中华书局,2009年,第341页。
② 吴孟雪:《论西欧汉学起源史上的重要一页》,载《江西社会科学》,1999年第9期,第68页。
③ 张西平:《西方汉学十六讲》,北京:外语教学与研究出版社,2011年,第61页。

其基本任务,在曾德昭、卫匡国和李明等人的著作中都有对儒家著作章节的翻译。"①根据张西平的考察,17世纪中叶前后在华耶稣会士曾致力于《四书》《五经》的拉丁文翻译:金尼阁曾将《五经》翻译成拉丁文,但可惜该书没有流传下来;郭纳爵曾将《大学》翻译成拉丁文,1662年殷铎泽在江西建昌府将其刻印出来,取名为《中国的智慧》(Sapientia Sinica),其中不仅包括《大学》的拉丁语译文,还收录了《论语》的第一章前五节拉丁语译文;而殷铎泽则将《中庸》翻译成了拉丁文,先后在广州和印度果阿(Goa)完成刻印,书名为《中国政治道德哲学》(Sinarum Scientia Politico-Moralis)②。正是在上述各位传教士前期翻译的基础上,柏应理连同殷铎泽、恩理格、鲁日满一起编译了《中国哲学家孔子:中国知识的拉丁文译本》(Confucius Sinarum Philosophus, sive Scientia Sinensis Latine Exposita),于1687年在巴黎出版,该书收录了《四书》中除了《孟子》之外的《大学》、《中庸》与《论语》的拉丁文翻译。由于当时拉丁文是欧洲宗教界、文化界的通用语言,以上来华传教士翻译的儒家经典拉丁文译本,从理论上来讲在英国同样是传播和流通的。

英国1534年颁布《至尊法案》脱离罗马天主教会建立了自己的国教,因此在很大程度上置身于罗马天主教会的传教事业之外,直至19世纪初才开始派遣传教士来华。鉴于英国"迟于意大利、法国等国家来华传教,对于中国的了解也相对较少、较晚"③,其汉学研究相应地也迟于欧洲大陆的汉学研究。这样一来,"对东方抱有浓厚兴趣的英国只好借助欧洲其他国家来华传教士、汉学家的有关中国的译作、著述和记载来了解中国"④。正因为如此,英国最初对于以儒家经典为载体的早期中国古典文论的英译,主要是从欧洲其他国家传教士、汉学家的西语(包括拉丁语、法语、意大利语等)译作那里间接转译而来,只有少数作品是从汉语直接翻译成英文。

尽管英国最初对于中国儒家经典的英译可以在其更早时期对于利玛窦、

---

① 张西平:《欧洲早期汉学史》,北京:中华书局,2009年,第428页。
② 同上,第428—429页。
③ 王洪涛:《社会翻译学视阈中中国文学在英国传译的历时诠释》,载《外语学刊》,2016年第3期,第147页。
④ 同上。

金尼阁等欧洲大陆传教士著述的英译中找到一鳞半爪的痕迹①,但其真正较为正式的英译活动则起源于 17 世纪末。17 世纪末,英国开始借助意大利、葡萄牙、法国、比利时等国来华传教士的拉丁文、法语译本对中国的儒家经典进行较为完整的英语翻译。1685 年,一本由英国皇家学会会员、神学博士、英王查理二世的宫廷牧师纳撒内尔·文森特(Nathanael Vincent)从拉丁文译本转译成英文的《大学》(*Great Learning*),在英国皇家学会出版商、当时伦敦著名的理查德·奇斯韦尔(Richard Chiswell)出版社出版了,这"可能是孔子著作首次被刊印成英语"②。根据马特·翟金森(Matt Jenkinson)的考察:1674 年,时任剑桥大学克莱尔学堂(Clare Hall)董事的文森特在纽马基特(Newmarket)以《荣誉的真正内涵》("Right Notion of Honour")为题为英王查理二世及其大臣做了一次宫廷布道(court sermon)。为了劝诫放荡不羁的王室,促使英王及其大臣从"浪子"(*libertin*)转化成"君子"(*Chün-tzu*),文森特在布道中征引了孔子的儒家思想,因为孔子"通过他那令人崇敬的哲学所设定的规范,的确可以在道德行为方面给人带来完美的革新"③。出于这个目的,文森特将《大学》翻译成了英文,将其收纳在这次以《荣誉的真正内涵》为题的布道之中。由于言辞激烈等原因,《荣誉的真正内涵》并没有马上刊印,直至 1685 年,才在查理二世的应允下在理查德·奇斯韦尔出版社连同其它一些文件被刊印出来。据翟金森的认真考证,不懂汉语的文森特很可能是借助其英国皇家学会会员的身份读到了孔子的著作,而他在翻译中所依据的正是 1662 年出版的《中国的智慧》,即"耶稣会士郭纳爵与殷铎泽在建昌刻印的《大学》拉丁语译本"④。如果翟金森的考察属实,根据已知的文献,文森特从拉丁文转译的《大学》不仅是儒家经典首次在英国被翻译成为英文,恐怕也是中国古典

---

① 比如:利玛窦生前曾留下一部关于中国概况及其在华传教经历的意大利语手稿,人称《利玛窦札记》。1615 年,金尼阁在德意志出版了他用拉丁文翻译并扩展和润饰的利玛窦手稿,被称为《基督教远征中国史》,书中涉及对于中国诗歌、《四书》《五经》等中国文学概况的描述。1625 年,在英国出现了一个英文摘译本,被收入《普察斯朝圣者丛书》之中。(参见王洪涛:《社会翻译学视阈中国文学在英国传译的历时诠释》,载《外语学刊》,2016 年第 3 期,第 147 页)

② Matt Jenkinson. "Nathanael Vincent and Confucius's 'Great Learning' in Restoration England". *Notes and Records of the Royal Society*, 2006 (60), p. 35.

③ Ibid., p. 39.

④ Ibid., pp. 38—39.

文论最早被正式地翻译成英文。

　　6年以后,也就是1691年,上文提到的由柏应理、殷铎泽、恩理格与鲁日满编译的《中国哲学家孔子：中国知识的拉丁文译本》在英国被转译成了英文并在伦敦出版,英译者没有署名,书名变为《孔子的道德哲学：一位中国哲人》(*The Morals of Confucius, A Chinese Philosopher*)。不过,该英译本并非直接从拉丁文翻译成英文,而是以更为间接的形式从法文转译过来。根据翟金森的考察,1687年《中国哲学家孔子：中国知识的拉丁文译本》正式出版后一年,即1688年,由让·德拉布吕纳(Jean de La Brune)翻译的法文本便在阿姆斯特丹出版了,而1691年的英译本便是根据这个从拉丁语转译过来的法文本再次转译而来①。

　　虽然由于宗教原因英国在这一时期没有向中国派遣传教士从而培育出自己的汉学家,但在中英之间日益打破藩篱走向互通的背景下,也出现了少数略通汉语的人才,比如著名的语文学家、东方学家威廉·琼斯爵士(Sir William Jones)以及牛津大学博德莱安图书馆(The Bodleian Library)馆长托马斯·海德(Thomas Hyde)博士,而前者则曾直接从汉语中将《诗经》一些片段翻译成英文。据熊文华考察,琼斯于1767年冬天开始自学汉语,还跟一名叫做黄阿东的广东人学习过汉语,由于曾经读过由柏应理等人合作编译的拉丁文译本《中国哲学家孔子》,因此对儒家学说和《诗经》产生了浓厚的兴趣②。后来,他"了解到巴黎皇家图书馆藏有《诗经》中文原本,就找来与柏应理的译文对读"③,并由此将《卫风·淇奥》第一节重译成了拉丁文,十多年后又将其译成英文,另外他还曾将《周南·桃夭》和《小雅·节南山》中的各一节翻译成了英文④。从这个意义上来讲,琼斯可能是第一个将中国儒家典籍直接从汉语翻译成英文的英国学者,因此也开了西方将中国古典文论直接从汉语翻译成英文的先河。

---

① Matt Jenkinson. "Nathanael Vincent and Confucius's 'Great Learning' in Restoration England". *Notes and Records of the Royal Society*, 2006 (60), p.41.
② 熊文华:《英国汉学史》,北京:学苑出版社,2007年,第20页。
③ 张弘:《中国文学在英国》,广州:花城出版社,1992年,第58页。
④ 参见王洪涛:《社会翻译学视阈中国文学在英国传译的历时诠释》,载《外语学刊》,2016年第3期,第148页。

另需特别交代的是，在17世纪末至19世纪初这段历史时期，除英国之外的其他英语世界的国家和地区，包括先前作为英国殖民地而后于1776年新独立的美国以及尚作为英国殖民地的加拿大、澳大利亚、新西兰等，在汉学研究方面还是一片空白，因此中国古典文论在这些地方的英译和传播也基本上无从谈起，当然也不排除英国本土翻译的中国古典文论作品在这些地方传播的可能。

由此而言，大航海时代的西方传教士来华促进了欧洲大陆传教士汉学的形成，而传教士汉学的发展又对中国古典文论在西方传译产生了直接的推动作用。如果从英国对于中国儒家经典进行较为完整英译的17世纪末算起，直至英国派遣传教士来华前的19世纪初，在这段历史时期内，英国囿于本土汉学研究的不足，对于中国儒家经典、中国古典文论的翻译是直接建立在欧洲传教士汉学研究基础之上的。从传译的内容上来看，由于欧洲大陆传教士汉学研究的初衷是"适应"中国文化从而利于传教活动的展开，作为中国文化重要载体的儒家经典就成了他们研习和翻译的主要对象，以借此达到"合儒""补儒"进而"超儒"的目的[①]，因此欧洲来华传教士对于以儒家经典为载体的中国古典文论的传译基本上是其传教事业的副产品，而至于英国对于中国儒家经典的英译与传播则恐怕只能算得上是这个副产品的衍生品。从传译的"直接性程度"(directness)[②]来看，英国由于在这一时期缺少可以直接阅读汉语的汉学人才，其对于中国儒家典籍、中国古典文论的翻译主要是从欧洲大陆汉学家其他语言的译本那里间接转译而来，只有少数是从汉语中直接翻译成英语。而从传译的数量和频度上来讲，英国对于中国儒家经典、中国古典文论的翻译，更是一种稀少的偶发活动。由此而言，在17世纪末至19世纪初，英国对于中国儒家典籍、中国古典文论的翻译与传播还处于初期的酝酿状态之中。

第二节　19世纪初至20世纪初：萌发期

19世纪初，英国在经过两个多世纪的争斗后，已经取代西班牙、荷兰、法

[①] 张西平：《西方汉学十六讲》，北京：外语教学与研究出版社，2011年，第96页。
[②] Gideon Toury. *Descriptive Translation Studies and Beyond*. Amsterdam/Philadelphia: John Benjamins Publishing Company, 1995, p.58.

国等昔日霸主成为势力遍及全球的大英帝国,统治着包括加拿大、澳大利亚、新西兰等在内的全球五分之一左右的领土,而方兴未艾的工业革命更是使其资本主义得到了快速发展。与此同时,英国的商业领域也发生了巨大变化,其表现之一就是海外贸易的勃兴。在这种背景下,英国的对华贸易逐渐从肇始走向兴盛:"19世纪初期,东印度公司开始出售鸦片到中国,而将茶叶和丝绸从中国进口到英国,于是中英两国之间的贸易得到了快速发展。"[①]为了同中国"建立正式通商关系,促进商业贸易"[②],1816年英国派遣阿美士德(William Pitt Amherst)再次率领外交使团来华,但因其拒绝按清廷规矩跪拜中国皇帝而遭遣返。此后,19世纪中叶爆发的两次鸦片战争不仅迫使中国开放大量通商口岸与英国通商,而且准许英国领事、公使等外交人员常驻中国。这样一来,英国的商人和外交官便先后大量涌入中国,而这些商人和外交官出于商业或外交的需要便开始研习中国语言与文化,在客观上促进了英国乃至英语世界汉学研究的产生。事实上,当时英国的商业和外交领域的确涌现出了一些汉学人才甚或著名的汉学家,如托马斯·斯当东(George Thomas Staunton)、马礼逊(Robert Morrison)、马儒翰(John Robert Morrison)、威妥玛(Thomas Francis Wade)、翟理斯(Herbert Allen Giles)、德庇时(John Francis Davis)等,而正是这些曾经来到中国甚或侨居中国的汉学人才和汉学家促进了英国本土汉学以及所谓"侨居地汉学"的形成:"英国和法国等国家的汉学研究在地理上分裂成了不同的部分:'本土'有汉学研究、在中国也有此类活动,甚至在'本土'和中国之外还有'第三方'汉学(如英国在东南亚和法国在越南的汉学研究),而英国在这方面尤为典型。与'本土'的汉学研究相比,后两种类型的汉学研究者有更接近或生活在中国的便利条件,故而在研究的内容、材料甚至方法上均与'本土'的汉学研究有所不同;并且这些研究工作基本上都是由那些远离'本土',在中国及其周边国家和地区从事传教、外交和商贸等活动而暂时或长期侨居在远东或者中国的西方侨民来完成。"[③]

这里需要顺便提及的是,新独立的美国在19世纪40年代也开启了其海

---

① Yao-sheng Ch'en & Paul S. Y. Hsiao. *Sinology in the United Kingdom and Germany*. Honolulu: East-West Center, 1967, p.1.
② 何寅、许光华:《国外汉学史》,上海:上海外语教育出版社,2002年,第191页。
③ 王国强:《〈中国评论1872—1901〉与西方汉学》,上海:上海书店出版社,2010年,第122页。

外扩张的进程,并开始关注起中国:"为了扩大投资市场,美国政府和商人需要了解中国,认识中国。美国国内掀起了一股'中国热',在'中国神秘'的幻梦破灭后,导致许多美国人提出对中华文化的重新认识。"①只是在这一时期美国在华商业和外交活动的规模远逊于英国,因此其商业和外交活动对英语世界汉学研究的影响也相对有限。

当然,真正促使英国、英语世界汉学研究产生的动因还是来自宗教领域。19世纪初以后,基督教在中国的传教事业落到了英美新教传教士的肩上。1807年,英国传教士马礼逊来到广州,成为基督教新教来华传教的第一人。几年后,马礼逊的朋友、传教士米怜(William Milne)也来到广州。到了19世纪30年代左右美国也开始派遣裨治文(Elijah Coleman Bridgman)、卫三畏(Samuel Wells Williams)等传教士来华。鸦片战争后,中国国门洞开,包括英美新教在内的西方基督教会开始大量派遣传教士来华:"南京条约之后西方传教士大批涌入中国各条约口岸,仅新教就有130多个在华传道会,长老会有英、美、加宗派之分,监理会则有美以美、循理、美道会之别。"②在众多的来华传教士中,比较知名的除了上文提及的几位先行者之外,还有麦都思(Walter Henry Medhurst)、理雅各(James Legge)、伟烈亚力(Alexander Wylie)等。

为了更好地传教,来自英美等国家的新教传教士也采取了与耶稣会士相同的策略,那就是学习汉语、研读并翻译包括儒家经典在内的中国文化典籍。事实上,英国传教士早在来华之前,就已经开始在英国国内或其亚洲的传教前哨印度、马来西亚等地学习汉语。1805年,英国浸礼教会的传教士马什曼(Joshua Marshman)就在印度"跟一位澳门出生的亚美尼亚人学习中文"③。马礼逊来华之前曾在伦敦师从一名华侨学习汉语,1818年他又在马来西亚的马六甲创办了"英华书院"(Anglo-Chinese College),首任院长为米怜,书院实行英华双语教学,帮助欧洲传教士学习汉语。其后的历任院长中出现了英译《四书》的柯大卫(Rev. David Collie)、返英后成为伦敦大学汉学教授的基德(Rev. Samuel Kidd)等著名汉学人才。1843年,时任英华书院院长理雅各将

---

① 王国强:《〈中国评论 1872—1901〉与西方汉学》,上海:上海书店出版社,2010 年,第 286 页。
② 熊文华:《英国汉学史》,北京:学苑出版社,2007 年,第 21 页。
③ 同上书,第 27 页。

书院迁至香港,使其成为中国儒家经典英译的基地。

这样一来,英国便出现了一大批通晓汉语、从事中国典籍英译的汉学人才。针对这种现象,马祖毅的评述可谓一语中的:"鸦片战争中,英国用大炮轰开了中国的大门,19世纪下半叶前来中国的英国传教士,知名者将近百人,来华的外交官中身兼学者的有40余人。就在这批传教士和外交官中涌现了一批汉学家,其中赫赫有名的是理雅各、德庇时和翟理斯,被称为英国汉学的三大星座。"[1]另外,早在1825年,英国商人就曾邀请当时著名的传教士汉学家马礼逊在商业中心伦敦开设了具有汉学教育前身意味的"伦敦东方学院"(London Oriental Institution),进行汉语教学[2],而在1837年,伦敦大学作为接受史丹顿爵士(Sir George Staunton)捐赠马礼逊藏书的条件又授予曾任英华书院院长的基德汉学教授一职。鸦片战争后,英国的汉学高等教育得到了进一步发展:1845年,史丹顿爵士又在国王学院设立了汉学教席;1876年,牛津大学设立汉学教席,首任教授为理雅各;1888年,剑桥大学也设立汉学教席,首任教授为威妥玛。1906年,英国财政部任命雷伊勋爵(Lord Reay)为主席,"成立一专门委员会开展调查,以提高汉学研究"[3],而在该委员会1909年提交的《雷伊报告》(Reay Report)中提议伦敦大学成立东方学院,这便有了后来的伦敦大学"亚非学院"(The School of Oriental and African Studies)[4]。由此,先前落后于欧洲大陆的英国汉学研究得到了快速的跨越式发展。如果我们将1814年12月法国在法兰西学院设立"汉学讲座"(首任汉学教授为雷慕沙,Abel Remusat)视为欧洲大陆学院专业汉学确立的标志的话,欧洲大陆的汉学研究从传教士汉学发展到学院专业汉学经历了大约两百多年的时间,而英国的汉学研究从传教士汉学发展到学院专业汉学却仅仅经历了几十年的时间。

---

[1] 马祖毅,任荣珍:《汉籍外译史》,武汉:湖北教育出版社,1997年,第10页。
[2] Yao-sheng Ch'en & Paul S. Y. Hsiao. *Sinology in the United Kingdom and Germany*. Honolulu: East-West Center, 1967, p. 2.
[3] 王洪涛:《社会翻译学视阈中中国文学在英国传播的历时诠释》,载《外语学刊》,2016年第3期,第148页。
[4] 《雷伊报告》的提议未被当时的伦敦大学校长采纳,而后建院工作又被"第一次世界大战"耽搁,所以学院迟至1916年成立。

由于美国传教士来华迟于英国,且人数相对较少,而美国在华的商业和外交活动也迟于英国,其汉学研究自然比英国起步要晚一些。1842 年,美国成立了涉及大量对华研究的"东方学会"(American Oriental Society)。1867 年,耶鲁学院(今耶鲁大学前身)首先开设了汉语课程,次年卫三畏从中国返回美国后被聘为该校也是美国第一位汉学教授,从而标志着美国汉学"从草创时期开始步入学院式研究的时代"①。1877 年,哈佛大学也设置了汉语课程。到了 19 世纪 90 年代,"美国的加州大学伯克利分校、哥伦比亚大学等先后建立中文教研机构,耶鲁大学成立'雅礼协会'(Yale-in-China),汉学逐渐成为美国大学的重要研究课题"②。

至于该时期的加拿大、澳大利亚、新西兰等英国控制下的其他地区,其汉学研究要么刚刚起步,要么仍处于洪荒状态:加拿大于 1867 年成为英国的自治领,并且有少数传教士来华,但汉学研究还处于萌芽状态;澳大利亚于 1901 年成立了联邦政府,但其排华的"黄祸论"思想是当时盛行的社会思潮;新西兰于 1841 年成为英国的自治殖民地,1907 年成为自治领,但在政治、经济、文化等方面仍依附于英国。因此,这一时期的加拿大、澳大利亚、新西兰等地区在汉学研究方面基本上是英国本土以及美国的辐射区,而西方英语世界的汉学研究以及中国古典文论英译的舞台主要还是在英国本土,其次是在美国。

综上所述,从 19 世纪初到 20 世纪初,先前曾远远落后于欧洲大陆的英美汉学得到快速发展,实现了从传教士汉学到学院专业汉学的跨越,英语世界的汉学研究也逐渐形成规模。在这个过程中,中国的文化典籍、古典文论的英译活动迎来了第一个小高峰。

正如上文所言,英国传教士早在来华之前,就已经开始在其亚洲的传教前哨印度、马来西亚等地学习汉语,因此他们对于中国文化典籍、中国古典文论的翻译活动也在这些地方早早地展开了。1805 年,被英国浸礼教会派遣到印度传教的马什曼开始学习汉语,之后陆续将中国儒家经典《论语》翻译成英文,并于 1809 年将该译本第一卷在印度赛兰坡(Serampore)的教会出版社

---

① 侯且岸:《费正清与中国学》,见李学勤主编《国际汉学漫步》(上卷),石家庄:河北教育出版社,1997 年,第 6 页。
② 何寅、许光华:《国外汉学史》,上海:上海外语教育出版社,2002 年,第 301 页。

(Mission Press)出版①。该译本"长达742页,由中文原文、译文、文字诠释三部分构成,自《论语》第一章'学而'译至第九章'子罕'。首次比较翔实地将孔子学说介绍给西方"②。由于马什曼一生从未到过中国,熊文华将其称为"在中国境外……向英语世界译介中国古籍方面成就卓著的英国传教士"③。除此之外,马什曼1814年在赛兰坡出版的《汉语语法基础》(*Elements of Chinese Grammar*)附录中收录了《大学》(TA-HYOH)的译文④。另一位在中国境外从事中国儒家经典英译的是曾在马六甲任英华书院院长的柯大卫。柯大卫曾跟随马礼逊学习汉语,他将儒家经典《四书》翻译成英文,命名为《通常被称之为〈四书〉的中国经典著作集》(*The Chinese Classical Work Commonly Called The Four Books*),1828年在马六甲的教会出版社(Mission Press)出版⑤。据称,该译本"曾对美国思想家梭罗(Thoreau)和爱默生(Emerson)产生过影响"⑥。继柯大卫之后任英华书院院长的基德,1841年在伦敦出版了《中国》(*China*)一书,其中包含对《诗大序》的部分英译⑦。

作为基督教新教来华传教的第一人和一位出色的汉学家,马礼逊除了翻译《圣经》,编译《华英字典》和编写《汉语语法》之外,在中国文学典籍、儒家经典的英译方面也有所建树。1812年,马礼逊在伦敦的布莱克与帕里(Black and Parry)出版社出版了《中国通俗文学译文集》(*Horae Sinicae: Translations from the Popular Literature of the Chinese*),其中一章就是对《大学》的英译(其英译名称"TA-HIO, the Great Science")。在该章译文之前,马礼逊还用简短的文字介绍了《四书》,指出《大学》是《四书》的首卷,并交

---

① J. Marshman. (trans.) *The Works of Confucius*. Serampore: Mission Press, 1809.
② 李钢:《Joshua Marshman 与〈论语〉的英译》,载《牡丹江大学学报》,2010年第12期,第117页。
③ 熊文华:《英国汉学史》,北京:学苑出版社,2007年,第27页。
④ 参见 Alexander Wylie. *Notes on Chinese Literature*. Shanghae: American Presbyterian Mission Press; London: Trübner & Co., 1867, p. xv.
⑤ Rev. David Collie. (trans.) *The Chinese Classical Work Commonly Called The Four Books*. Malacca: Mission Press, 1828.
⑥ 程钢:《理雅各与韦利〈论语〉译文体现的义理系统的比较分析》,载《孔子研究》,2002年第2期,第18页。
⑦ Samuel Kidd. *China, or Illustrations of the Symbols, Philosophy, Antiquities, Customs, Superstitions, Laws, Government, Education, and Literature of the Chinese*. London: Taylor & Walton, 1841.

代了其英译的方法和目的①。

1846 年,在上海传教的麦都思创建了墨海书馆(London Missionary Society Mission Press),并于同年在该书馆出版了其英译的《书经》,英文名称为《古代中国、〈书经〉或称历史经典:中华帝国最古老、真实的编年记录》(*Ancient China*,*the Shoo-King*,*Or*,*the Historical Classic*:*Being the Most Ancient Authentic Record of the Annals of the Chinese Empire*)②。

该时期,在中国文化典籍、中国古典文论英译方面成就最为卓著的当数理雅各。理雅各非常清楚翻译中国文化典籍的重要性,大致从 19 世纪 40 年代起就开始在香港潜心翻译中国儒家典籍,当时的"一些传教士如湛约翰、麦高温、史超活、合信、谢扶利和华人黄胜等人"③参加了助译。1861 年,理雅各翻译并附以原文、注释、绪论和索引的儒家经典英译本《中国经典》(*The Chinese Classics*:*with a Translation*,*Critical and Exegetical Notes*,*Prolegomena*,*and Copious Indexes*)第一、二卷在香港原英华书院所属的印刷所出版,其中第一卷包含"四书"中《论语》《大学》《中庸》的英译,第二卷是《孟子》的英译。此后,在中国学者王韬的辅助下,理雅各又开始了《五经》的英译。1865 年出版了《中国经典》的第三卷,其中收录的是"五经"中的《书经》英译。1871 年,《中国经典》第四卷出版,其中收录的是《诗经》英译。《中国经典》第五卷于 1872 年出版,该卷收录的是《春秋》的英译。顺便需要提及的是,理雅各最初的计划是将其英译的《中国经典》在英国国内出版,但考虑到印刷成本,便改在香港原英华书院下属的印刷所印刷出版,而印刷使用的纸张、印墨等耗材还是从英国运来,且印好后销售到英国④。1876 年理雅各出任牛津大学汉学教授以后,更是致力于中国儒家经典的翻译和研究。其英译的《易经》《礼记》被纳入牛津克莱仁登(Clarendon)出版社的"东方圣书集"(*Sacred Books of the*

---

① Robert Morrison. (trans.) *Horae Sinicae*:*Translations from the Popular Literature of the Chinese*. London:Black and Parry,1812,pp. 19—20.
② W. H. Medhurst. (trans.) *Ancient China*,*the Shoo-King*,*Or*,*the Historical Classic*:*Being the Most Ancient Authentic Record of the Annals of the Chinese Empire*. Shanghae:Printed at the Mission Press,1846.
③ 何寅、许光华:《国外汉学史》,上海:上海外语教育出版社,2002 年,第 208—209 页。
④ 参见吉瑞德:《朝觐东方:理雅格评传》,段怀清、周俐玲译,桂林:广西师范大学出版社,2011 年,第 521—522 页。

East)先后于1882年和1885年出版,分别成为其《中国经典》第六卷与第七卷。至此,中国儒家经典的"四书五经"已被理雅各悉数译出,成为皇皇七册的中国儒家典籍英译巨著《中国经典》。另外,理雅各英译的道家经典《道德经》和《庄子》也被纳入牛津克莱仁登出版社的"东方圣书集",于1891年出版。理雅各英译的《中国经典》及其他中国文化典籍在西方产生了广泛的影响,他本人也于1875年荣获了西方汉学研究的最高荣誉"儒莲中国文学国际奖"(International Julien Prize for Chinese Literature),而中国学者则将其誉为"英国汉学界的玄奘"①。这里需要特别指出的是,就在理雅各英译的《诗经》译本中包含了《诗大序》的英译"The Great Preface"。因此,如果在严格的意义上将《诗大序》视为中国古典文论的开篇之作的话,理雅各很可能是将其全文翻译成英文的第一人。

该时期,另一位英国汉学研究大家翟理斯在英译中国文化、文学以及文论典籍方面同样成就斐然。翟理斯在华生活二十余年,曾先后在英国驻中国领事馆任翻译生、汉文翻译、副领事、领事,返英后接替威妥玛任剑桥大学汉学教授。他曾将中国历史上各个时期的著名散文作品翻译成英文,结集出版,取名为《中国文学精华》(Gems of Chinese Literature)②,并将《聊斋志异》翻译成英文。除此之外,翟理斯在中国古典文论的英译,包括道家典籍和诗歌理论的英译方面也贡献颇多。1889年,翟理斯将道家典籍《庄子》翻译成英文,在伦敦的伯纳德·夸里奇(Bernard Quaritch)出版社出版,书名叫做《庄子:神秘主义者、道德家与社会改革家》(Chuang Tzu: Mystic, Moralist and Social Reformer)③。1901年,翟理斯用英语撰写的《中国文学史》(A History of Chinese Literature)在伦敦的威廉·海涅曼(William Heinemann)出版社出版,这是英语世界第一部关于中国文学发展史的著作。就在这本著作中,翟

---

① 莫东寅:《汉学发达史》,上海:上海书店影印出版,1989年,第120页。
② 1884年,该书在伦敦的伯纳德·夸里奇(Bernard Quaritch)出版社和上海的别发印书局(Kelly and Walsh)同时出版。这本书精心收录翟理斯英译的中国历史上各个时期的著名散文作品,其中就包括孔子、孟子、庄子、欧阳修、黄庭坚等人的作品。1922年至1923年,该书与其翟理斯的《中诗英译》(Chinese Poetry in English Verse)合刊,辑为一集,袭用散文卷之名 Gems of Chinese Literature,成为两卷(上卷为诗歌,下卷为散文)在纽约的佳作书局(Paragon Books)出版。
③ Herbert Giles. *Chuang Tzu: Mystic, Moralist and Social Reformer*. London: Bernard Quaritch, 1889.

理斯将中国古典文论的重要作品之一——唐代司空图的《二十四诗品》悉数译出。当然,翟理斯是将《二十四诗品》作为"哲理诗"(philosophical poem)来译的,其目的是通过这"二十四个明显互不相连的诗节"(twenty-four apparently unconnected stanzas)向英文读者展示"纯粹道家思想"(pure Taoism)对诗人司空图产生影响的形式①。

也许是受了翟理斯这位汉学研究大家的影响,一位名为格兰莫-拜恩(L. Granmer-Byng)的作者1909年在伦敦的J. 默里(J. Murray)出版社出版了一本题为《玉笛:中国古代诗人作品选》(*A Lute of Jade*: *Being Selections from the Classical Poets of China*)的译文集,译者格兰莫-拜恩的具体身份不详,但该文集的扉页上却赫然写着"献给赫伯特·翟理斯教授(To Professor Herbert Giles)",可见该作者与翟理斯交情不浅,或受惠于翟理斯的汉学研究也未尝可知。该译文集收录了司空图《二十四诗品》中第二、三、四、六、九、十一、十三、十六、十九、二十四共计十首作品的英译。与翟理斯的观点一脉相承,格兰莫-拜恩将司空图视作是"哲理"(philosophical)诗人②,因此显然也是将其收录的十首作品当作纯粹的诗作来看待的。

翟理斯的儿子翟林奈(Lionel Giles)出生于中国,1900年进入英国国家博物馆东方图书与写本部,专职管理中文图书。他子承父业,在20世纪初也翻译了大量中国的文化典籍,其中包括纳入"东方智慧丛书"(The Wisdom of the East Series)出版的三部译作:1904年在伦敦东方出版社(The Orient Press)出版的《老子语录》(*The Saying of Lao Tzu*)、1906年在伦敦约翰·默里(John Murry)出版社出版的《中国神秘主义者沉思录:庄子哲学选集》(*Musings of a Chinese Mystic*: *Selection from the Philosophy of Chuang Tzu*)以及1910年在纽约E. P. 达顿公司(E. P. Dutton and Company)出版的《孔子语录:孔子〈论语〉主要章节之新译》(*The Sayings of Confucius*: *A New Translation of the Greater Part of the Confucian Analects*)等。

该时期,截至第一次世界大战爆发前夕,在英国出版或由英国人翻译的中

---

① Herbert Giles. *A History of Chinese Literature*. London: William Heinemann, 1901, p. 179.
② L. Granmer-Byng. *A Lute of Jade*: *Being Selections from the Classical Poets of China*. London: John Murray, 1901, p. 103.

国文化典籍英译本还有1884年英国人鲍尔弗(Frederic Henry Baifovr)在伦敦特鲁布纳公司(Trübner & Co.)和上海别发印书局(Kelly and Walsh)同时出版的《道书》(*Taoist Texts: Ethical, Political and Speculative*),1891年英国牧师詹宁斯(William Jennings)在伦敦与纽约的乔治·劳特里奇父子有限公司(George Routledge and Sons Limited)出版的《诗经》格律英译本(*The Shi King: The Old "Poetry Classic" of the Chinese*),1909年英国驻华外交官赖发洛(Leonard A. Lyall)在伦敦(以及纽约、多伦多)的朗曼出版社(Longmans, Green and Co.)出版的《论语》(*The Sayings of Confucius*),1910年英国传教士汉学家、并于日后成为牛津大学汉学教授的苏慧廉(William Edward Soothill)[①]在日本横滨的福音印刷合资会社(Fukuin Printing Company)出版但在英、美、中、日四国发行的《论语》英译本(*The Analects of Confucius*)等。另外,1906年英国驻华外交官赫伯特·艾伦(Herbert J. Allen)在伦敦"基督教知识促进会"(Society for Promoting Christian Knowledge)出版的《中国早期史》(*Early Chinese History*)中有对《诗经》《易经》《礼记》《春秋》《论语》《孟子》《老子》等中国文化典籍的译介。

而同一时期的美国,由于汉学研究起步较晚,其对于中国文化典籍的翻译也相对较少,而仅有的少数英译基本上都是围绕着《道德经》展开的,如1898年,保罗·卡鲁斯(Paul Carus)博士在芝加哥公庭出版公司(The Open Court Publishing Company)出版的《道德经》英译本(*Lao-Tze's Tao-Teh-King*)以及1903年海辛格(I. W. Heysinger)在费城的研究出版有限公司(Research Publishing Co.)出版的《道德经》英译本——《中国之光:〈道德经〉》(*Light of China, The Tao Teh King of Lao Tsze*)。尽管如此,由于美国与英国在语言文字上相通,英国汉学家对于中国文化典籍、古典文论的英译在美国也是同样流通的。事实上,上述英国许多此类译作就是在美国出版或同步出版的。

19世纪初至20世纪初,是大英帝国的全盛时期。在"不列颠治世"(Pax Britannica)的国际政治格局下,英国在亚洲与中国的殖民扩张、对华贸易的发展以及新教传教士的来华等因素共同促进了英国汉学研究的确立,并实现了

---

① 苏慧廉1881年来华传教,曾担任山西大学堂校长,1920年起任牛津大学汉学教授,1935年去世。

从传教士汉学到专业学院汉学的跨越。随着英国汉学研究的日益兴盛,中国的文化典籍、古典文论得到了广泛的英译,而这一时期的英译自然是从汉语直接翻译成英语,无需再借助其他欧洲语言进行间接转译。在初期的传教士汉学阶段,中国古典文论以儒家经典的形式得到了英国传教士、汉学家的英译与传播,《诗大序》的英译便是这样一个典型的例子;而到了此后的专业汉学阶段,英国的汉学家与汉学人士在英译中国文化典籍与文学作品的过程中将一些中国古典文论作品翻译成了英语,《道德经》《庄子》与《二十四诗品》等就是这样被移译到英语中去的。至于同时期的美国,由于汉学研究相对较弱,在中国文化典籍与古典文论的英译方面尚无太大贡献,基本上可以算作英国此类译作的流通区域。综上所述,从性质上来看,该时期英国汉学家与汉学人士的中国古典文论英译是其对中国文化典籍进行英译与研究的一部分,换句话说,该时期英国的中国古典文论英译是其中国经学研究与中国文化研究的附庸。尽管如此,从参与英译的传教士、汉学家、汉学人士的人数以及英译作品的数量来看,英国该时期以中国文化典籍与文学作品译介为载体的中国古典文论英译具有相当的规模,已处于全面萌发的状态。

第三节 20世纪初至20世纪中:过渡期

20世纪初期至中期,世界先后经历了两次大战的洗礼,国际政治与经济领域的整体格局、力量对比发生了重大变化。一方面,第一次世界大战结束后,随着英国国力的削弱以及加拿大、澳大利亚、新西兰等自治领的离心力加强,1931年英国国会通过了《威斯敏斯特法案》(*The Statute of Westminster*),使得上述各自治领逐渐走向独立,而第二次世界大战更是加速了这一进程。当然,虽然该时期加拿大[①]、澳大利亚[②]等地已有汉学研究开始酝酿或萌生,但

---

① 在加拿大,1930年麦吉尔大学(McGill University)首开先河创办了中国研究学系(Department of Chinese Studies),1934年曾赴华传教并对甲骨文颇有研究的传教士怀履光(Bishop William C. White)成为多伦多大学的首位中国研究教授,而多伦多大学(Toronto University)更是在1943年成立了中国研究学院(School of Chinese Studies)并首期招收了9名学生。

② 在澳大利亚,1918年悉尼大学(The University of Sydney)设立了东方学研究系(Department of Oriental Studies),开设东方史等课程。

仍不具备开展系统汉学研究和中国古典文论英译的条件。另一方面,作为英语世界汉学研究和中国古典文论英译主角的英美两国,受两次世界大战的影响,其综合国力此消彼长,两国在华的利益发生了变化,其各自的汉学研究以及两国与中国的文化交流也由此产生了变革,这不仅影响了西方英语世界汉学研究的发展趋势,也影响了中国古典文论在西方英译与传播的整体样态。

就英国而言,受两次世界大战的影响,不仅其自身国力在下降,英国的在华势力也逐渐削弱,因此其汉学研究受到了不小的冲击:"第一次世界大战前夕,英国的在华势力已经确定,对中国的兴趣也就相应减弱……等到第二次世界大战结束,英国终于丧失世界霸权国的地位,它在远东的利益战时即已受到日本的侵夺,战后又为美国所取代。国力衰退,经济困难,汉学研究的前景也不太美妙:经费削减,规模萎缩。"①更为糟糕的是,这一时期的英国不仅"第一代汉学家已逐渐淡出历史"②,而且汉学研究人才也后继乏人,比如牛津大学的汉学教授席位在1935年到1947年间一直空缺,而在第二次世界大战期间,"各个大学里学习汉语的学生人数减少了很多,1940—1941年期间总共才有26人,汉学研究后继乏人的窘况可窥一斑"③。在这种背景下,在日益萎缩、走向沉寂的英国汉学领域,只有苏慧廉、修中诚(Ernest Richard Hughes)、韦利(Arthur Waley)和翟林奈等少数汉学家延续着先前传统的汉学研究模式,继续开展中国古典文化研究。

该时期的美国,情况则大不相同。在两次世界大战的洗礼中,美国的综合国力不断增强,其在华势力也日益扩展,因此不断增加对于中国研究的资助。自20世纪二三十年代左右起,美国一些大财团设立的基金会,如洛克菲勒基金会、福特基金会等,陆续对中国研究提供资助:"这些由财团资助的基金组织直接负责对远东尤其是中国进行政治、经济、社会文化各方面战略研究活动的赞助。"④得益于此,美国当时出现了一个研究中国问题的小热潮。据统计,到太平洋战争爆发时,美国研究中国的机构共有90个,其中39个是在1920—

---

① 何寅、许光华:《国外汉学史》,上海:上海外语教育出版社,2002年,第546页。
② 王洪涛:《社会翻译学视阈中国文学在英国传译的历时诠释》,载《外语学刊》,2016年第4期,第149页。
③ 张西平:《西方汉学十六讲》,北京:外语教学与研究出版社,2011年,第255页。
④ 仇华飞:《二十世纪上半叶美国汉学研究管窥》,载《档案与史学》,2000年第4期,第66页。

1940 年这 20 年间建立的①。因此,有了政治支持和经济资助,美国的汉学研究发展迅速,并且在整体上向作为新型汉学的中国学转化。事实上,美国汉学从其发端之日起,就在旨趣上与重视中国古典研究的欧洲汉学有所不同,它更注重直接为美国国家利益服务的中国现实问题和近现代问题研究。第一次世界大战结束后不久,美国汉学正式走向转型:"美国汉学研究的转型开始于 20 世纪 20 年代,重要的标志之一是 1925 年太平洋关系学会(Institute of Pacific Relations)的建立。由于该学会的出现,传统意义上的汉学研究开始走出古典语言文学、历史、思想文化的纯学术研究壁垒,转向侧重现实问题和国际关系问题研究的新领域,从而揭开了地区研究的序幕。"②这种转型的结果就是形成了一种更加关注中国近现代问题和现实问题的新型汉学——中国学(Chinese Studies)。在此背景下,美国的传统汉学也得到了一些发展,如 1927 年哈佛大学成立了中国学图书馆,"为顺利开展汉学研究奠定物质基础"③,而 1928 年成立的哈佛燕京学社在为美国新型汉学培养人才的同时也培养了一些传统汉学研究人才,"哈佛燕京学社派遣来华学习、研究的研究生和研究人员学成回国后成为汉学和现代中国学研究领域的学科带头人"④。尽管如此,美国的传统汉学在该时期尚未得到充分的发展,远远落后于其蒸蒸日上的中国学研究,在整体上显得相对沉寂。

另需特别交代的是,这一时期美英两国与中国的文化交流日益密切起来,而"庚款留学项目"的设立更是在其中起到了重要的促进作用。1908 年,美国国会通过法案,授权美国政府利用中国"庚子赔款"超出美方实际损失的部分设立奖学金,资助中国学生赴美留学。该项目于 1909 年正式设立,史称"庚款留学项目"。后来,英国、法国、荷兰、比利时等国也纷纷效仿美国设立"庚款留学项目"。在庚款留学项目、教育机构以及个人家庭等资助下,该时期许多富有远见的中国青年选择赴美英国家留学,其中就包括张彭春、梅贻宝、冯友兰、初大告、林语堂等人。由于这些留学生、华裔学者很多自幼谙习中国文化典籍,又拥有出色的英汉语言修养,因此不少人在中国文化典籍、中国古典文论

---

① 孙越生、陈书梅主编:《美国中国学手册》(增订本),北京:中国社会科学出版社,1993 年,第 7 页。
② 张西平:《西方汉学十六讲》,北京:外语教学与研究出版社,2011 年,第 384 页。
③ 何寅、许光华:《国外汉学史》,上海:上海外语教育出版社,2002 年,第 348 页。
④ 仇华飞:《二十世纪上半叶美国汉学研究管窥》,载《档案与史学》,2000 年第 4 期,第 68 页。

的英译方面成就卓著。

虽然该时期英国汉学在整体规模上已无法与以中国学为主导的美国汉学相提并论,但由于历史积淀深厚,英国的传统汉学研究仍在某些方面保有优势,比如英国汉学家韦利、修中诚、叶女士(Evangeline Dora Edwards)、翟林奈等在对中国古典文化、文学、文论的英译方面就是如此。

韦利曾在剑桥大学国王学院学习古典文学,1913年出于研究东方文化的愿望应聘进入英国国家博物馆东方部任馆员。由于工作的需要,"开始自学汉语,研读汉学书籍,并到伦敦大学亚非学院深造,而后来更是到该院授课,对中国古典诗歌和古典文学产生了浓厚兴趣,决意将其译介给英国读者,从而走上了英译中国古典诗歌和古典文学的道路"①。在韦利所英译的中国古典文学、文化作品中,其中不少又算作是广义上的古典文论作品,如1934年由麦克米伦出版公司(The Macmillan Co.)出版、在伦敦和纽约发行的《道与德:〈道德经〉及其在中国思想中的地位研究》(The Way and Its Power: A Study of the Tao Te Ching and its Place in Chinese Thought)②,1937年在伦敦的乔治·艾伦与昂温出版有限公司(George Allen & Unwin, Ltd.)出版的《诗经》(The Book of Songs),1938年同样在伦敦的乔治·艾伦与昂温出版有限公司出版的《论语》(The Analects of Confucius)。另外,韦利1933年发表在《远东古文物博物馆通报》(Bulletin of the Museum of Far Eastern Antiquities)上的论文《易经》("The Book of Changes")之中又包含对《易经》许多片段的英译。

修中诚曾在中国内地传教,1933年在牛津大学代理苏慧廉的汉学教席,1934年至1947年任牛津大学中国宗教与哲学高级讲师(Reader in Chinese Philosophy and Religion)。1942年在伦敦的J. M.登特父子公司(J. M. Dent and Sons, Ltd.)出版了其英译的《〈大学〉与〈中庸〉》(The Great Learning and the Mean-in-Action)。修中诚从牛津退休后曾于1951年英译了陆机的《文赋》在美国出版(详见本章第四节)。

这一时期,英国汉学家撰写、翻译的与中国古典文论相关的作品还有伦敦

---

① 王洪涛:《社会翻译学视阈中中国文学在英国传译的历时诠释》,载《外语学刊》,2016年第4期,第149页。

② 该书前半部分是关于《道德经》的作者、国外影响、创作时间等问题的论述,后半部分则是整部《道德经》的英译。

大学亚非学院汉学教授叶女士1940年在伦敦布莱奇父子有限公司（Blackie and Sons, Ltd.）出版的有关儒家思想的专著《孔子》（Confucius），以及从英国国家博物馆图书与写本部退休的翟林奈1942年在伦敦约翰·默里（John Murray）出版社出版的《孟子》节译本（The Book of Mencius）等。

得益于英国多年来在亚洲和中国开展的传教活动和外交活动，在宗教和外交领域成长起来的汉学人士在该时期继续从事着一些与中国古典文论相关的典籍英译活动。1933年，英国浸礼会来华传教士莫安仁（Evan Morgan）在上海别发印书局（Kelly and Walsh）出版了其英译的《道，伟大的明灯：〈淮南子〉节选》（Tao, the Great Luminant: Essays from the Huai Nan Tzu）。1931年，英国驻马来西亚沙捞越（Sarawak）负责处理中国相关事务的外交官李高洁（Cyril Drummond Le Gros Clark）在伦敦的乔纳森·凯普出版有限公司（Jonathan Cape, Ltd.）出版了其英译的《苏东坡文选》（Selections from the Works of Su-Tung-P'o）。1932年，先前提到的英国驻华外交官赖发洛在伦敦的朗曼出版社（Longmans, Green and Co.）出版了其英译的《孟子》（Mencius）。

该时期，尽管前往英国深造的中国留学生在人数上要比前往美国的留学生少很多，但在以中国文化典籍为载体的中国古典文论英译方面却不乏优秀者，而初大告就是其中的杰出代表。初大告（英文译名Chu, Ta-kao），1918年考入北平高等师范英语系，毕业后创办志成中学，1934年由志成中学派遣赴英国剑桥大学学习英国语言文学，后回国任教。1937年，初大告在伦敦的佛学出版社（Buddhist Lodge）出版了其英译的《道德经》（Tao Te Ching），后来由伦敦的乔治·艾伦与昂温出版有限公司（George Allen & Unwin, Ltd.）等出版社多次再版，其译本不仅有汉学家翟林奈为其作序①，而且受到英国知名作家与教授奎勒－库奇（Arthur Quiller-Couch）的盛赞②。

如上文所述，以中国学为主导的美国汉学在这一时期发展迅速，但其历史积淀比较薄弱的传统汉学在短时间内尚无法形成同样的发展规模，因此在与中国古典文论相关的中国文化典籍英译方面尚未培育出太多传统汉学人才，

---

① 马丽媛:《典籍英译的开拓者初大告译著研究》,载《国际汉学》,2014年第1期,第84页。
② 袁锦翔:《一位披荆斩棘的翻译家——初大告教授译事记述》,载《中国翻译》,1985年第2期,第29页。

而德效骞与宾纳恐怕就是其中为数不多的代表人物了。

德效骞(Homer Hasenpflug Dubs),幼年跟随赴华传教的父母在湖南长大,后在哥伦比亚大学获哲学硕士学位,继而赴华传教并学习汉语。1925年,德效骞获哥伦比亚大学哲学博士学位,博士论文是关于荀子的研究,之后在明尼苏达大学、杜克大学等高校执教,并于1947年赴英国任牛津大学汉学教授,长期致力于中国哲学与历史研究,并从事中国文化典籍的翻译活动。1928年,德效骞在伦敦的亚瑟·普罗赛因(Arthur Probsthain)出版社出版了其英译的《荀子的著作》(*The Works of HsünTze*)。1938年与1944年,德效骞在美国巴尔的摩(Baltimore)的韦弗利出版社(Waverley Press)出版了其英译的《汉书选译》(*The History of the Former Han Dynasty*)第一、二册,并因此获儒莲奖,第三册于1955年在同一出版社出版。除此之外,德效骞还发表了大量关于儒家思想的学术论文。

宾纳(Witter Bynner)是一位美国作家和学者,1920年至1921年曾赴华学习中国文学与文化。1944年,他在纽约的约翰·戴出版公司(John Day Company)出版了其在先前各种《道德经》译本基础上复译的《老子论生命之道》(*The Way of Life According to Laotzu: An American Version*),据说在读者中间十分畅销①。

尽管该时期美国汉学领域尚未培育出太多从事中国文化典籍英译的传统汉学人才,但这个缺憾却被陆续到来的中国留学生、华裔学者所填补,张彭春、梅贻宝、冯友兰、林语堂等是其中的典型代表,而张彭春更是开创了真正意义上中国古典文论在西方英语世界传译的先河。

张彭春(英文译名 Chang, Peng-chun),1910年考取清华第二届"庚款"留学生赴美读书,1913年获克拉克大学文学学士学位,1915年获哥伦比亚大学文学硕士、教育学硕士学位,回国工作三年后又赴美深造,1922年获哥伦比亚大学教育学博士学位,曾先后在南开大学、芝加哥大学任教。1922年,张彭春应美国文学批评家斯平加恩(J. E. Spingarn)的请求,将严羽《沧浪诗话》中的"诗辩"(片段)与"诗法"两部分翻译成英文,发表在现代主义文学杂志《日晷》

---

① 参见 Rosemary Lloyd & Jean Fornasiero (eds.). *Magnificent Obsessions: Honouring the Lives of Hazel Rowley*. Newcastle upon Tyne: Cambridge Scholars Publishing, 2013, p. 111.

(*The Dial*)第73卷上,英文译名为"Tsang-Lang Discourse on Poetry"①,而在译文之前还有张彭春所写的"译者注释"(Translator's Note)②,特意交代严羽这篇"诗论"(Discourse on Poetry)的五部分内容及其英译的困难。斯平加恩又为该译文撰写了"前言"(Foreword),开篇便声称:"据我所知,张彭春先生这篇应我殷切请求而翻译的诗话,是中国文学理论译为英文的首例。"③斯平加恩作了这番评论后又说自己并非这个领域的专家,因此该译文究竟是否为"首例"并不敢断言。事实上,尽管早在1674年《大学》就被文森特翻译成了英文,1871年理雅各出版的《诗经》译本也早就包含了《诗大序》的英译文,但无论是作为中国古典文论"泛论"作品的《大学》,还是作为中国古典文论"专论"作品的《诗大序》,二者都是被译者以中国儒家经典的形式呈现给英语读者的,而翟理斯和格兰莫-拜恩分别于1901和1909年英译的《二十四诗品》又都是被当做纯粹的诗作来对待的,因此从严格意义上来说,斯平加恩自己颇不敢肯定的论断应该是正确的——张彭春1922年以"诗论"形式所译的《沧浪诗话》的确是中国古典文论第一次被以文学理论的形式翻译成了英文。在此基础上,1929年张彭春在匹兹堡(Pittsburgh)的实验出版社(The Laboratory Press)出版了《沧浪诗话》(*Tsang-Lang Discourse on Poetry*)的单行本④。

梅贻宝(英文译名 Mei, Yi-Pao),1922年毕业于清华大学,后赴美留学,1924年获奥柏林学院文学学士学位,1927年获芝加哥大学哲学博士学位,曾先后在燕京大学、美国艾奥瓦大学、香港中文大学等高校任教。1929年,梅贻宝在英国伦敦的普罗布斯坦(Probsthain)出版社出版了其英译的《墨子伦理及政治著作选》(*The Ethical and Political Works of Motse*)。

冯友兰(英文译名 Fung, Yu-lan),1919年受"庚款"项目资助赴美留学,1923年获哥伦比亚大学哲学博士学位,之后回国任教。1933年,冯友兰在上

---

① Peng Chun Chang. (trans.) "Tsang-Lang Discourse on Poetry". *The Dial*, 1922, Volume 73, pp. 274—276.
② Ibid., p. 273.
③ Ibid., p. 271.
④ 据蒋童和钟厚涛考证,该单行本也不是《沧浪诗话》的全译本:"此次翻译并非全译本,而只是《沧浪诗话》'诗辩'和'诗评'中少部分而已。"详见蒋童、钟厚涛、仇爱丽编著《〈沧浪诗话〉在西方》,北京:中国文联出版社,2015年,第62页。

海的商务印书馆出版了他英译的《庄子》内七篇(*Chuang Tzu: A New Selected Translation with an Exposition on the Philosophy of Kuo Hsiang*),该译本包含了郭象的注疏,后于1964年被纽约的帕拉冈图书重印公司(Paragon Book Reprint Corp)重印。1934年,他与波特(Lucius Chapin Porter)合作英译了《庄子》第33篇"天下"("Chuang Tzu Chapter 33: T'ien hsia p'ien"),收录于波特编著的《中国哲学研究导读》(*Aids to the Study of Chinese Philosophy*)一书中①。

林语堂(英文译名 Lin, Yutang),毕业于上海的圣约翰大学,1919年在"庚款"资助下赴美国哈佛大学留学,后因奖学金中断转到德国学习,1923年获莱比锡大学博士学位,后回国任教,1936年前往美国。1938年,林语堂在纽约的兰登书屋(Random House)出版了他编辑、翻译并注释的《孔子的智慧》(*The Wisdom of Confucius*)。

20世纪初期至中期,美国逐渐超越英国成为世界霸主,这种变革对中国古典文论在英语世界的传译产生了很大的影响。在国际汉学研究领域,美国的汉学研究早在20世纪二三十年代就已经超越了英国,甚至法国和德国:"尽管美国进入汉学研究领域比大多数欧洲国家都要晚,但在1920年至1938年间已经处于领先地位。这或许是因为美国重视汉学研究同时又能够提供足够经费支持。事实上,美国在汉学领域几乎已经超越了法国和德国。"②这一时期以中国学为先导的美国汉学快速发展,为日后中国古典文论在美国的系统译介奠定了坚实的基础,但其传统汉学在短时间内未能获得充分发展,与英国传统汉学一样表现得相对沉寂,在中国古典文论的英译方面也是乏善可陈。然而,陆续来到美国的中国留学生、华裔学者不仅弥补了美国汉学研究对中国古典文论英译的不足,而且形成了中国古典文论在美国传译的优势。

就整体而言,20世纪初期至中期在中国古典文论的英译史上是一个过渡时期,在西方英语世界呈现出新旧交织、从传统到现代转型的特点:从传译的地域来看,该时期中国古典文论英译活动的重心开始从以传统汉学为主导的

---

① 参见 Lucius Chapin Porter. *Aids to the Study of Chinese Philosophy*. Peiping: Yenching University, 1934, pp. 43—48.

② Yao-sheng Ch'en & Paul S. Y. Hsiao. *Sinology in the United Kingdom and Germany*. Honolulu: East-West Center, 1967, p. 9.

英国向以现代新型汉学"中国学"为主导的美国转移;从传译的主体来看,该时期从事中国古典文论英译活动的译者不仅有与先前类似的职业汉学家、传教士汉学家和外交官汉学家,还有陆续来到英美国家深造的中国留学生、华裔学者,而后者日益成为中国古典文论在英语世界传译的一支重要力量;从传译的性质来看,这一时期西方汉学家对中国古典文论的英译基本上还是其翻译和研究中国文化典籍、文学经典活动的一部分,这与先前没有太大的不同,但真正意义上的中国古典文论英译活动却在中国留学生、华裔学者中间产生了,从这个意义上来讲,张彭春对《沧浪诗话》的英译开创了中国古典文论在西方英语世界传译的先河;从传译的规模和数量来看,该时期中国古典文论在西方的英译明显逊色于先前的19世纪初至20世纪初,但正积蓄着力量,准备迈入20世纪下半叶的发展期。

第四节 20世纪中至20世纪末:发展期

20世纪中期至末期,美国国力日盛,在国际汉学研究中愈加处于领先的位置,在英语国家的汉学研究中更是一枝独秀。该时期英国、加拿大、澳大利亚、新西兰等其他英语国家的汉学研究尽管无法与美国相比,但也有了不小的进展。与此同时,中华人民共和国的成立与巨变又使得中国文学与文化日益受到西方汉学界的关注。另外,该时期北美的比较文学领域吸引了大量华裔学者、中国学者的加盟,这些学者中间有很多人从事中国古典文论的英译与研究工作。在上述因素的共同作用下,中国古典文论的英译迎来了难得的发展期,这既表现在美国和英国两个传统的汉学研究大国身上,也表现在加拿大、澳大利亚等崭露头角的汉学研究新秀身上。同时,一些经常以英语为学术语言的西方非英语国家也见证了该时期中国古典文论英译活动的繁荣与发展。

一、美国

第二次世界大战以后,除去20世纪50年代初麦卡锡主义的短暂干扰,美国以中国学为主导的汉学研究既有政治性、政策性支持,又有大量的经费支持,因此在整体上发展迅猛。该时期,美国的综合国力大幅提升,开始实施其全球称霸战略,东西方冷战格局形成。出于战略考虑,美国特别注重对包括中国在内的国外区域研究。1958年,美国通过了《国防教育法》,"要求在各大学设置外语、地域研究中心,训练和培养从事国外区域研究的专家"①,而在美国联邦总署所提出最迫切需要的七种外国语中就包括汉语。由于美国政府、各大基金会以及许多高校都积极资助中国研究,"60年代至80年代美国的中国研究取得了突飞猛进的发展,发展的标志是:首先研究经费猛增,1958—1970年的12年中,各大基金会对中国研究的拨款总额共达2593.3462万美元。研究机构也成倍增长。第二次世界大战以前美国有关中国研究机构为90个,到1978年已有188个机构出版研究中国的专著。到80年代末,美国各类研究中国的机构总数在1000个左右,而且研究中国的领域也不断扩大"②。另外,在人才培养方面,"1959年至1969年,美国高校培养了以中国研究为专业的人才三千多位,其中学士1700名、硕士1000名和博士412名"③。从这些数据中,我们不难看出20世纪中期至末期美国以中国学为主导的汉学研究呈现出来的总体发展盛况。

  虽然这一时期美国汉学研究的发展主要表现为新型汉学"中国学"的突飞猛进,但在美国汉学整体大发展的大背景下,其传统汉学研究也取得了不少进展,因为"在研究中国的旗帜高涨的时候,'真正的汉学'——对典籍、文化传统的研究也能顺便分得一杯羹"④。首先,得益于该时期美国政府及高校对中国研究的重视,以"中国学"为主导的美国汉学在发展过程中培养了不少从事传统汉学研究的人才,如海陶玮(James Robert Hightower)、魏世德(John Timothy Wixted)、康达维(David R. Knechtges)、李又安(Adele Austin Rickett)、宇文所安等,这些对传统汉学抱有浓厚兴趣的学者在中国古典文论的英译方面也多有建树。其次,在美国汉学整体发展的过程中,其中文藏书得到了极大充实,比如,"1868—1930年美国图书馆收入中文藏书仅有35.5万册,1961—1965年50个藏书单位的中文藏书就达240.9万册"⑤。图书资料

---

  ① 张西平:《西方汉学十六讲》,北京:外语教学与研究出版社,2011年,第385页。
  ② 何寅、许光华:《国外汉学史》,上海:上海外语教育出版社,2002年,第346页。
  ③ 吴原元:《略论中美对峙时期美国的中国研究》,载《东方论坛》,2009年第3期,第97页。
  ④ 王海龙:《美国当代汉学研究综论》,载《上海师范大学学报》(哲学·社会科学版),1999年第1期,第58页。
  ⑤ 何寅、许光华:《国外汉学史》,上海:上海外语教育出版社,2002年,第426页。

的丰富为美国传统汉学的发展提供了有利的条件。再者,该时期新儒学及中国哲学研究在美国兴起,在客观上推动了美国传统汉学的发展。20世纪五六十年代起,来自台湾、香港等地的中国留学生成中英、杜维明、刘述先等人陆续来到美国攻读博士学位,并在美国长期任教,促进了中国哲学研究与新儒学在美国的发展,"70年代开始,美国逐渐成为继我们内地和香港之后发展、丰富中国哲学的第三块基地"①。与此同时,被称为新儒学在美国的"学侣"或"同调"的狄百瑞(William Theodore de Bary)、郝大维(David Hall)、安乐哲(Roger Thomas Ames)、墨子刻(Thomas Metzger)等美国汉学家也在积极从事中国哲学、儒家思想的研究。由此,中美学者共同推动了美国传统汉学的发展。

需要特别指出,该时期以"中国学"为先导的美国汉学在发展过程中逐渐和比较文学研究相互融合:"有些汉学家一方面属于东亚系,一方面也成了比较文学系的成员。尤其是,一向享有盛名的 Modern Language Association (MLA;现代语文学会)开始设立'东亚语文分部'(Division on East Asian Languages and Literatures)。这样一来,'汉学'也就进入了比较文学的研究领域。"②事实上,由于中西比较文学研究本身就与汉学研究密切相关,该时期许多在美国留学或工作的华裔比较文学学者在广义上也成为汉学研究学者,比如陈世骧、方志彤③、施友忠、叶维廉、涂经诒、刘若愚等,而这些华裔学者在中国古典文论的英译方面实际上起到了引领和示范的作用。

(一)美国的华裔学者

在美国的华裔比较文学学者中,陈世骧(Shih-hsiang Chen)是中国古典文论英译领域的先行者。陈世骧1912年出生于北京一书香门第,1929年进入北京大学主修英国文学,毕业后曾在北京大学、湖南大学任教,1941年赴美国哥伦比亚大学深造中西文学理论,1945年起任教于哥伦比亚大学伯克利分校东方语文学系,专门研究中国古典文学和中西比较文学。1948年,陈世骧撰

---

① 何寅、许光华:《国外汉学史》,上海:上海外语教育出版社,2002年,第393页。
② 孙康宜:《谈谈美国汉学的新方向》,载《书屋》,2007年第12期,第36页。
③ 关于方志彤的国籍和家世有多种说法,鉴于他自青少年时期就长期在中国接受教育、工作和生活,通晓中国语言与文化,同时他自己也十分坚持自己的中国身份认同,学界往往把他视为华裔学者,本书亦将其归为华裔美国学者。详见下文。

写的《烛幽洞微的文学：陆机〈文赋〉研究》("Literature as Light Against Darkness: Being a Study of Lu Chi's 'Essay on Literature'")，收入《国立北京大学五十周年纪念论文集（文学院）》(*National Peking University Semi-Centennial Papers 11, College of Arts*)，在北京大学出版部（National Peking University Press）出版，其中包含了对《文赋》的英译。1952年，陈世骧对该作进行了修订，该修订本《陆机的〈文赋〉》(*Essay on Literature, Written by the Third-century Chinese Poet Lu Chi*) 又于1953年在缅因州波特兰市（Portland, Maine）的安斯民森出版社（The Anthoenesen Press）出版。1965年，该作的节本还收入白之（Cyril Birch）与凯内（Donald Keene）编辑的《中国文学选集：14世纪之前》(*Anthology of Chinese literature: From Early Times to the Fourteenth Century*) 在纽约的格罗夫出版社（Grove Press）出版。

另一位将《文赋》翻译成英文的是方志彤。方志彤（Achilles Fang），1910年出生于日据时期的朝鲜，青少年时来到中国，后进入清华大学读书，毕业后曾参与编辑辅仁大学主办的东亚研究刊物《华裔学志》(*Monvmenta Serica*)，并在清华大学担任兼职教员，1947年赴美参与哈佛大学主办的汉英词典编纂项目，之后在哈佛大学攻读比较文学博士，并留在哈佛讲授古代汉语、中国文学理论、文艺批评等课程。1951年，方志彤英译的《文赋》("Rhymeprose on Literature: The Wen-Fu of Lu Chi（A.D. 261－303）")发表在《哈佛亚洲学报》(*Harvard Journal of Asiatic Studies*) 第14期上。1965年，该译作被收入毕晓普（John L. Bishop）主编的《中国文学研究》(*Studies in Chinese Literature*) 之中重印。1994年，又被收入梅维恒（Victor H. Mair）主编的《哥伦比亚中国古典文学选集》(*The Columbia Anthology of Traditional Chinese Literature*) 之中重印。

施友忠（Vincent Yu-chung Shih）以其对体大思精的中国古典文论扛鼎之作《文心雕龙》的英译闻名于西方汉学界和中西比较文学界。施友忠1902年出生于福州一基督教家庭，幼年在国学方面受到母亲的熏陶，中学就读于英华书院，大学毕业于福建协和大学哲学系，后又进入燕京大学哲学系研究院就读。先后在河南大学、浙江大学任教。1939年获美国洛杉矶南加州哲学博士。之后回国任教于云南大理民族文化书院以及在四川成都复校的燕京大学。1945年起任教于西雅图华盛顿大学直至退休，讲授中国文学及文学批评等课程。1959年,施友忠英译的《文心雕龙》(*The Literary Mind and the Carving of Dragons*)由哥伦比亚大学出版社出版。1971年,该译本的汉英对照本由中国台北的中华书局出版。1978年至1983年,施友忠重新校订了他的《文心雕龙》英译本,该译本的汉英对照修订本于1983年在香港中文大学出版社出版①。

诗话和词话是中国古典文论的重要组成部分,两位在美国获得博士学位并长期在美国工作的华裔学者分别在这方面做出了自己的贡献,他们是叶维廉和涂经诒。叶维廉(Wai-lim Yip),1937年出生于广东,后去往香港、台湾,曾就读于台湾大学外文系和台湾师范大学英语研究所,1963年赴美国艾奥瓦大学攻读硕士,1967年获普林斯顿大学比较文学专业博士。1970年,叶维廉在台湾淡江大学的《淡江评论》(*Tamkang Review*)上发表《严羽与宋朝的诗学理论》("Yen Yü and Poetic Theories in the Sung Dynasty")一文,其中包含了对严羽《沧浪诗话》的英译。涂经诒(Ching-i Tu),1935年出生于南京,曾就读于台湾大学,1967年获华盛顿大学博士学位。之后在台湾大学以及美国罗格斯大学(Rutgers University)任教。1970年,涂经诒英译的王国维《人间词话》(*Poetic Remarks in the Human World*)在中国台北的中华书局出版。

与许多其他华裔学者不同的是,余宝琳(Pauline Yu)1949年出生在美国,早年就读于哈佛大学,后在斯坦福大学比较文学系完成硕士及博士学位。先后在明尼苏达大学、哥伦比亚大学、加利福尼亚大学等高校任教,在中国古典诗歌、文学理论、比较诗学等领域成就卓著。1978年,余宝琳在罗纳德·苗(Ronald C. Miao)主编的《中国诗歌和诗论研究》(*Studies in Chinese Poetry and Poetics*)中发表了《司空图的〈诗品〉:诗歌形式中的诗歌理论》("Ssu-k'ung T'u's Shih-p'in: Poetic Theory in Poetic Form")一文,其中包含对司空图

---

① 另外,中国翻译家杨宪益与其夫人戴乃迭(Gladys Yang)、杨国斌以及黄兆杰(Wong Sui-kit)等人也曾英译过《文心雕龙》。杨宪益与戴乃迭英译的《文心雕龙》(*Carving a Dragon at the Core of Literature*)中的《神思》《风骨》《情采》《夸饰》和《知音》等五章发表在英文版《中国文学》(*Chinese Literature*)1962年第8期上。黄兆杰、卢仲衡与林光泰合作翻译的《文心雕龙》(*The Book of Literary Design*)于1999年在香港大学出版社(Hong Kong University Press)出版。杨国斌翻译的《文心雕龙》(*Dragon Carving and the Literary Mind*)被纳入"大中华文库"(Library of Chinese Classics)分为两卷,以英汉对照的形式于2003年在北京的外语教学与研究出版社出版。

《二十四诗品》的英译[①]。

　　刘若愚(James J. Y. Liu)在中国古典文论的研究、英译与传播方面成就卓著。他1926年出生于北京,1948年毕业于北京辅仁大学西语系,1952年获英国布里斯托大学硕士学位,曾在英国伦敦大学、香港新亚书院教书,后赴美国夏威夷大学、匹兹堡大学、芝加哥大学任教,1967年起执教于斯坦福大学,1977年任该校中国文学和比较文学教授。刘若愚长期从事中国文学和比较诗学研究。虽然没有像上述学者一样将中国古典文论的一些作品整篇、整部地翻译成英文,但他大量有关中国古代文学理论、诗学理论、艺术理论的英文专著本身就是在宏观意义上对中国古典文论的英译与传播,比如1962年在伦敦的劳特利奇与基根·保罗出版社(Routledge & Kegan Paul)出版的《中国诗学》(The Art of Chinese Poetry)、1975年在芝加哥大学出版社(University of Chicago Press)出版的《中国文学理论》(Chinese Theories of Literature)、1979年在达克斯伯里出版社(Duxbury Press)出版的《中国文学艺术精华》(Essentials of Chinese Literary Art)和1988年在普林斯顿大学出版社(Princeton University Press)出版的《语言·悖论·诗学》(Language-Paradox-Poetics: A Chinese Perspective)[②]等,而在这些英文专著中,随处可见他对《诗大序》《典论·论文》《文赋》《文心雕龙》《沧浪诗话》《夕堂永日绪论》《原诗》《人间词话》等中国古典文论作品片段的广泛征引与英译。

　　另外,其他一些华裔学者也翻译出版了不少与中国古典文论相关的中国文化典籍,比如:林语堂1948年在美国现代丛书公司(The Modern Library)编译出版了《老子的智慧》(The Wisdom of Laotse),梅贻宝1953年在《哈佛亚洲研究学报》(Harvard Journal of Asiatic Studies)上发表了《公孙龙子(并附英译)》("The Kung-sun Lung tzu, with a Translation into English"),吴经熊1961年在圣约翰大学出版社(St. John University Press)出版了《老子〈道德经〉》(Lao Tzu, Tao Teh Ching),陈荣捷1963年在玻白斯－麦瑞尔股份有限公司(The Bobbs-Merrill Co.)出版了《老子之道》(The Way of Lao

---

① 需要提及的是,该时期中国翻译家杨宪益与其夫人戴乃迭也曾英译《二十四诗品》并将译文"The Twenty-four Modes of Poetry"发表在《中国文学》(Chinese Literature)1963年第7期上。

② 该书由刘若愚的入室弟子林理彰主编,并附有林撰写的前言(foreword)。

Tzu），翟楚与翟文伯父子 1965 年在大学联合图书公司（University Books）编译了《儒家经典》(The Sacred Books of Confucius and Other Confucian Classics)，林振述 1977 年在密歇根大学中国学研究中心出版了《老子〈道德经〉英译及王弼注释》(A Translation of Lao Tzu's Tao Te Ching and Wang Pi's Commentary)以及杨有维 1977 年与安乐哲在汉学研究资料中心出版社（Chinese Materials Center Publications）翻译出版了《老子今注今译及评介》(Laozi: Text, Notes, and Comments)。

（二）美国的汉学家

在华裔学者的引领和影响下，该时期的美国本土汉学家也逐渐涉足中国古典文论的英译与研究。其中，就包括罗伯森、李又安、魏世德、康达维、马瑞志、宇文所安、华兹生等人。

1972 年，美国汉学家莫林·罗伯森（Maureen Robertson）[①]撰写了《"传达可贵之处"：司空图的诗学与〈二十四诗品〉》("'… To Convey What Is Precious': Ssu-k'ung T'u's Poetics and the Erh-shih-ssu Shih P'in")发表在由巴克斯鲍姆与莫特（David C. Buxbaum and Frederick W. Mote）主编、在香港中国书店（Cathay Press）出版的《翻译与恒久：萧公权纪念文集》(Translation and Permanence: A Festschrift in Honor of Dr. Hsiao Kung-Ch'üan)上，其中包含她对司空图《二十四诗品》的英译。1986 年，该文又被收录到由布什与默克（Susan Bush and Christian Murck）主编、普林斯顿大学出版社出版的《中国艺术理论》(Theories of the Arts in China)一书之中。

李又安（Adele Austin Rickett）是 20 世纪 70 年代在中国古典文论英译与研究方面作出突出贡献的美国汉学家。李又安曾于 1948 年至 1950 年在清华大学外国语文学系担任讲师，同时在中文系学习汉语。1967 年毕业于宾夕法尼亚大学，并在该校工作了 11 年，之后执教于马里兰大学希伯来与东亚语言文学系。1977 年，李又安在香港大学出版社出版了其对《人间词话》进行英译与研究的著作《王国维的〈人间词话〉：中国文学批评研究》(Wang Kuo-wei's Jen-Chien Tz'u-Hua: A Study in Chinese Literary Criticism)[②]，该著不仅包

---

① 莫林·罗伯森现任艾奥瓦（Iowa）大学中文副教授，致力于中国文学史研究。
② 该译于 1994 年再版，并于 2009 年被收入大中华文库。

括李又安对中国文学批评、王国维诗学思想、词作为诗学形式的探讨,并且包括她对整部《人间词话》的完整英译。1978年,李又安又在普林斯顿大学出版社出版了她主编的《中国文学的方法:从孔子到梁启超》(*Chinese Approaches to Literature from Confucius to Liang Ch'i-ch'ao*),其中收录多位中西学者有关中国文学理论、文学史以及文学批评方面的论述。

20世纪七八十年代,美国汉学家魏世德(John Timothy Wixted)在中国古典文论的英译方面颇有建树。魏世德曾先后在多伦多大学、斯坦福大学和牛津大学读书,并分别获学士、硕士和博士学位。1976年,他在其牛津大学博士论文《元好问的文学批评(1190—1257)》(*The Literary Criticism of Yuan Hao-wen*(1190—1257))附录中收录了自己翻译的《诗品》序言及前二品。博士毕业后,魏世德先后在美国的密歇根大学、亚利桑那大学等高校任教。1982年,魏世德在德国威斯巴登(Wiesbaden)的弗兰茨·石泰(Franz Steiner Verlag)出版社出版了《论诗诗:元好问的文学批评(1190—1257)》(*Poems on Poetry: Literary Criticism by Yuan Hao-wen*(1190—1257))一书,其中包含了他翻译的元好问《论诗三十首》全部译文。1986年,魏世德在《石狮评论》(*Stone Lion Review*)第14辑上发表了《论诗十绝:戴复古》("A Series of Ten Poems on Poetry: Tai Fu-ku")一文,在该文中他将南宋著名江湖诗派诗人戴复古的十首论诗诗翻译成了英文。

1976年,曾获华盛顿大学博士、主要从事中国文学研究的汉学家约瑟夫·艾伦(Joseph Roe Allen)①在其《挚虞的〈文章流别论〉》("Chih Yu's Discussion of Different Types of Literature: A Translation and Brief Comment")②一文中对西晋挚虞的文学理论著作《文章流别论》作了选译。

康达维(David R. Knechtges)是该时期又一位在中国古典文论英译方面卓有成就的美国汉学家。康达维1960年进入华盛顿大学学习汉语,1964年以优异成绩毕业后进入哈佛大学,受业于著名汉学家海陶玮(James Robert Hightower),一年即获硕士学位,然后返回华盛顿大学师从德籍汉学家韦德

---

① 约瑟夫·艾伦现在明尼苏达大学文学院亚洲与中东研究系任教。
② 参见 Joseph Roe Allen. *Two Studies in Chinese Literary Criticism*. Seattle: University of Washington Press (Institute for Comparative and Foreign Area Studies), 1976, pp.3—36.

明（Hellmut Wilhelm）攻读博士，1968 年获博士学位，博士论文题目为《杨雄辞赋与汉代修辞研究》(*Yang Shyong, the Fuh, and Hann Rhetoric*)。之后在哈佛大学与耶鲁大学短暂工作几年后，于 1972 年返回华盛顿大学任教至今。自 1970 年起，康达维致力于《文选》(*Wen Xuan, Or Selection of Refined Literature*)的英译，至今已分别于 1982 年、1987 年和 1996 年在普林斯顿大学出版社出版了三卷，其中第一卷翻译了《文选》的序言，而第三卷则包括了对陆机《文赋》的英译。

  1987 年，对中国古典文学颇感兴趣的美国诗人、翻译家哈米尔（Sam Hamill）①翻译了陆机的《文赋》(*Wen Fu: The Art of Writing*)，在俄勒冈州的布莱腾布什图书出版有限公司（Breitenbush Books, Incorporated）出版，后又多次再版。

  美国资深汉学家马瑞志（Richard B. Mather）该时期在中国古典文论的英译方面也有所贡献。马瑞志的父母系来华传教士，他 1913 年出生于中国河北保定，自幼擅长汉语，后返回美国先后在普林斯顿大学、加州大学伯克利分校读书，1949 年获中国文学博士学位。之后，在明尼苏达大学任教直至退休。1976 年，马瑞志翻译的《世说新语》(*A New Account of Tales of the World*)在明尼苏达大学出版社出版。1988 年，他又在普林斯顿大学出版社出版了《诗人沈约（441—513）：沉默寡言的爵爷》(*The Poet Shen Yüeh (441—513): The Reticent Marquis*)一书，其中在"阳明风格的繁盛"（"The Flowering of the Yung-ming Style"）一章英译了沈约所著的《谢灵运传论》及其与陆厥的通信，该通信蕴含了丰富的文学理论思想。

  在 20 世纪下半叶的美国汉学家中，宇文所安（Stephen Owen）是中国古典文论英译的集大成者。宇文所安 1968 年毕业于耶鲁大学汉语专业，获学士学位，之后继续在耶鲁大学读书，1972 年获博士学位，随即执教耶鲁大学。1982 年应聘到哈佛大学东亚与比较文学系任教，1997 年被聘为詹姆斯·布莱特恩·柯南德特级教授（James Bryant Conant University Professorship）（详

---

  ① 哈米尔 1972 年创办著名的铜谷出版社（Copper Canyon Press），曾获美国国家艺术基金会奖（National Endowment for the Arts Fellowship）、华盛顿州长艺术奖（Washington Governor's Arts Award）等多项文学大奖，近年来致力于译介中国古典诗歌。

见第三章)。宇文所安主要从事中国古代文学、古典诗歌和比较诗学的研究，其许多著述与中国古典文论的英译与研究直接相关，比如他1985年在威斯康星大学出版社(University of Wisconsin Press)出版的《中国传统诗歌与诗学》(*Traditional Chinese Poetry and Poetics*)，以及分别于1986年和1992年在哈佛大学出版社出版的《追忆：中国古典文学中的往事再现》(*Remembrances: The Experience of the Past in Classical Chinese Literature*)和《中国文论读本：英译与评论》(*Readings in Chinese Literary Thought: English Translation with Criticism*)等。特别需要指出的是，宇文所安的《中国文论：英译与评论》是中国古典文论英译与研究方面的扛鼎之作，该书不仅收录了他对富含中国古典文论思想的早期文本《论语》《孟子》《尚书》《左传》《易经》《庄子》《周易略例》等作品重要片段的英译与评论，而且收录了他对中国古典文论核心著作《诗大序》、曹丕的《典论·论文》、陆机的《文赋》、刘勰的《文心雕龙》、司空图的《二十四诗品》、欧阳修的《六一诗话》、严羽的《沧浪诗话》)、周弼的《三体诗》、杨载的《诗法家数》、王夫之的《夕堂永日绪论》和《诗绎》、叶燮的《原诗》等的选译与评论，堪称中国古典文论英译与研究的集大成。

华兹生(Burton Watson)1946年从美国海军退役后进入哥伦比亚大学学习汉语，分别于1949年和1951年获文学学士和文学硕士学位，曾师从著名华裔学者王际真，1956年又在哥伦比亚大学获博士学位，后任教于斯坦福大学、哥伦比亚大学等高校。自20世纪五六十年代起，华兹生翻译出版了许多中国古典文学、文化典籍，包括《史记》(*Records of the Grand Historian of China: Translated from the Shih-chi of Ssu-ma Ch'ien*)、《庄子》(*The Complete Works of Chuang Tzu*)、《〈左传〉：中国最古老的叙事史选篇》(*The Tso Chuan: Selections from China's Oldest Narrative History*)、《论语》(*The Analects of Confucius*)等，其中不少内容都与中国古典文论息息相关。

此外，美国其他一些汉学家也翻译了不少与中国古典文论相关的文化典籍。比如，魏鲁南(James Roland Ware)1955年翻译出版了《孔子语录》(*The Sayings of Confucius*)，1960年翻译出版了《孟子语录》(*The Sayings of Mencius*)，1963年翻译出版了《庄子语录》(*The sayings of Chuang Chou*)，1967年又翻译出版了《抱朴子》(*Baopuzi*)；李克(Allyn Rickett)1965年翻译出版了《〈管子〉译注》(*Kuan-Tzu*)；王志民(John Knoblock)1988年、1990年

与 1994 年先后翻译出版了三卷本的《〈荀子〉：著作全译与研究》（*Xunzi*：*A Translation and Study of the Complete Works*），等等。

二、英国

第二次世界大战后，英国的汉学研究在很大程度上得到了恢复和发展，但在整体规模和发展速度上已难以与美国汉学研究相比。一方面，英国汉学研究在政府支持、民间赞助以及各种基金会的襄助下得到了恢复和发展。1947年发布的《斯卡布勒报告》（*The Scarborough Report*）、1961 年发布的《海特报告》（*Hayter Report*）以及 1986 年发布的《帕克报告》（*Parker Report*）等几份政府主导的调研报告，在一定程度上为英国的汉学研究提供了政策及资金方面的支持。得益于此，遭受两次世界大战冲击的英国汉学教育与汉学研究在第二次世界大战以后得以较快地恢复和发展，比如："牛津和剑桥开设了可以授予荣誉（优秀）学士学位的汉学课程，伦敦大学亚非学院增设了关于中国哲学、历史和艺术等领域的讲师职位；除此之外，1952 年杜伦大学设立了汉学讲师职位，1963 年利兹大学开设了中文系，1965 年爱丁堡大学成立了中文系。"①另一方面，从整体上来讲，英国政府对于汉学研究并不十分重视，对此福特基金会 1971 年的一篇报告就有非常直白的披露："英国人未能把社会科学家调动起来参与中国研究，这显示出在这个国家和学者的眼中，中国研究的地位多么卑微。"②由于经费不足，英国的汉学研究发展缓慢，一些学者甚至被迫去往他国或转入其他研究领域。因此，该时期英国的汉学研究与美国、法国等相比较而言是比较滞后的："无论在广度和深度上，都难以同新崛起的美国和老资格的法国相提并论。英国的汉学家也公开承认，他们在人类学（包括文学研究）和古文书学（包括古代作品研究）方面，落后于美国；而在宗教研究方面，又比不上荷兰和法国。"③

在此背景下，英国的汉学研究以一个相对较小的规模和相对较慢的速度向前发展，在转向新型汉学，关照当代中国政治、经济与社会文化的同时坚守

---

① 王洪涛：《社会翻译学视阈中中国文学在英国传播的历时诠释》，载《外语学刊》，2016 年第 4 期，第 149 页。
② 转引自张西平：《西方汉学十六讲》，北京：外语教学与研究出版社，2011 年，第 258 页。
③ 何寅、许光华：《国外汉学史》，上海：上海外语教育出版社，2002 年，第 549 页。

着传统汉学研究的阵地。在英国该时期的传统汉学研究队伍中,除修中诚之外,并没有像美国那样出现一批专门翻译和研究中国古典文论的汉学家,但葛瑞汉、雷蒙·道森以及韦利等人翻译的不少中国文化典籍,却也的确与中国古典文论息息相关。

修中诚1947年从牛津大学退休,1948年至1952年访问美国,曾在加州大学伯克利分校从事汉学方面的教学与研究。1951年,他在美国纽约万神殿图书公司(Pantheon Books)出版了其英译的陆机《文赋》(*The Art of Letters: Lu Chi's "Wen Fu"*)。

葛瑞汉(August Charles Graham)是该时期英国传统汉学研究的重要代表人物。他出生于威尔士,1940年毕业于牛津大学神学专业,1946年进入伦敦大学亚非学院学习汉语,1949年毕业后留校担任古汉语讲师,1971年晋升为教授。在西方汉学界,葛瑞汉以对中国哲学、古汉语以及晚唐诗的研究而闻名。他除了发表大量研究性论文之外,还英译了不少中国古典哲学作品,其中以《列子》和《庄子》的英译最具代表性。1960年,葛瑞汉翻译的《列子》(*The Book of Lieh-Tzu*)在伦敦的约翰·默里(John Murry)出版社出版(该译本1990年被美国哥伦比亚大学出版社再版)。1981年,他翻译的《〈庄子〉内七篇及其他》(*Chuang-tzu: The Seven Inner Chapters and Other Writings from the Book Chuang-tzu*)在伦敦的乔治·艾伦与昂温出版有限公司(George Allen & Unwin, Ltd.)出版。作为重要的道家经文,《列子》与《庄子》涵养了历代中国文学理论家的思想,因此葛瑞汉对于这两部作品的英译在广义上来讲自然也是对于中国古典文论思想的翻译与传播。

雷蒙·道森(Raymond Dawson)是英国本时期另一位致力于传统汉学研究的重要学者。道森出生于伦敦,1947年毕业于牛津大学专门研究古希腊罗马历史、文学与哲学的高级人文学科(Greats),后又返回牛津学习汉语,1952年任杜伦大学中国宗教与哲学讲师(Lecturer in Chinese Religion and Philosophy),1961年回到牛津大学,任汉语讲师(University lecturer in Chinese),1963年成为瓦德汉学院(Wadham College)的研究员(Fellow)。除了1967年在牛津大学出版社出版的《中国变色龙——欧洲中国文明观之分析》(*The Chinese Chameleon: An Analysis of European Conceptions of Chinese Civilization*)等一系列汉学研究著作之外,道森还翻译了两部与中国古典文论密切相关的中国文化典籍——《论语》和《史记》。1993年,道森翻译的《论语》(*Confucius: The Analects*)在牛津大学出版社出版。1994年,他翻译的《史记》(*Sima Qian: Historical Records*)同样在牛津大学出版社出版。

20世纪五六十年代,韦利仍然活跃在英国汉学界。他1945年被评选为剑桥大学国王学院荣誉学者,1953年荣获"女王诗歌金质勋章"(Queen's Gold Medal for Poetry)。韦利在翻译和研究中国古典诗歌的过程中也译介了白居易、李白、袁枚等几位中国古代诗人的诗学思想和诗歌理论。韦利1949年、1950年在伦敦的乔治·艾伦与昂温出版有限公司(George Allen & Unwin, Ltd.)分别出版了《白居易的生平与时代》(*The Life and Times of Po Chü-i*)与《李白的生平与诗歌》(*The Poetry and Career of Li Po*)两本书,这两本书是有关白居易和李白的评传,其中不仅包含对两位诗人诗作的英译,也涉及他对两位诗人诗歌理论的讨论。1955年,韦利又在乔治·艾伦与昂温出版有限公司出版了《九歌:中国古代萨满教研究》(*Nine Songs: A Study of Shamanism in Ancient China*)一书,该书包括《九歌》的英译,也简述了王逸、朱熹等对《楚辞》的评论。1956年,韦利同样是在乔治·艾伦与昂温出版有限公司出版了《袁枚:18世纪的中国诗人》(*Yuan Mei: Eighteenth Century Chinese Poet*)一书。这本关于袁枚的传记在第七章详细介绍了其诗歌理论作品《随园诗话》,并阐述了袁枚诗歌理论的一些主要思想。

当然,该时期英国的一些汉学家或其培养出来的汉学人才日后选择去往其他国家或地区工作,他们同样在中国古典文论英译方面做出了不菲的成就,比如:伦敦大学亚非学院的华裔学者刘殿爵(Din Cheuk Lau)1978年结束在英执教生涯后出任香港中文大学中国语言与文学系讲座教授,不仅先后英译出版了《道德经》《孟子》《论语》,还与美国汉学家安乐哲(Roger Thomas Ames)合作英译出版了《淮南子·原道》[①];牛津大学培养的黄兆杰(Wong Sui-kit)博士毕业后返回其之前供职的香港大学工作,曾英译出版了《中国早期文

---

① 自20世纪50年代末左右起,刘殿爵先后耗费五年左右的时间翻译《道德经》,七年左右的时间翻译《孟子》,十年左右的时间翻译《论语》,历时约二十二年的三部中国文化经典英译本分别于1963年、1970年、1979年在英国企鹅出版社(Penguin Books)出版,而其后三个译本又在香港被香港中文大学出版社(Chinese University Press)多次再版。1998年,他与昔日门生、美国汉学家安乐哲合作翻译的《淮南子·原道》(*Yuan Dao: Tracing Dao to Its Source*)由美国纽约的贝兰亭图书公司(Ballantine Books)出版。

学批评》《姜斋诗话》与《文心雕龙》等,在中国古典文论的英译与研究方面成就卓著①。另外,剑桥大学的戴维斯(Albert Richard Davis)1955年被悉尼大学聘为东方学研究系教授,曾英译出版了《杜甫》和《陶渊明:其作品及其涵义》(详见下文"澳大利亚、新西兰"部分);牛津大学培养的魏世德(John Timothy Wixted)博士毕业后回到美国工作,曾英译出版了元好问的《论诗三十首》以及戴复古的《论诗十绝》等(详见上文"美国"部分)。鉴于戴维斯与魏世德关于中国古典文论的英译作品大多是离英后在其所供职的澳大利亚、美国完成的,这些英译作品大致可以归于其日后长期供职的澳大利亚、美国②,在这里就不再重复了。

另需提及的是,该时期英国著名汉学家、牛津大学教授霍克斯(David Hawks)除翻译《红楼梦》之外,还围绕着《楚辞》、杜甫诗歌等做了不少关于中国古典文学的研究并发表了许多著述,而原在伦敦大学亚非学院任教后又去往美国加州大学伯克利分校任教的白之(Cyril Birch)也在翻译中国戏剧的同时编撰了不少关于中国古典文学的选集、论文集等,这些英文著述很多都论及中国古典文学思想,在客观上也促进了中国古典文论在英语世界的传播,但由于它们并非对中国古典文论的直接英译,这里也不详细叙述了。

---

① 黄兆杰1970年获牛津大学博士学位,其博士论文《中国文学批评中的情》("Ch'ing in Chinese Literary Criticism")与中国古典文论密切相关。自1967年起,黄兆杰一直在香港大学中文系任教。黄兆杰在中国古典文论的英译与研究方面成就卓著。他早年以研究王夫之著称,1978年发表了《王夫之批评文论中的"情"与"境"》("Ch'ing and Ching in the Critical Writings of Wang Fu-chih"),其中包含对王夫之批评文论的英译。1983年,他英译的《中国早期文学批评》(Early Chinese Literature Criticism)在香港的联合出版有限公司(Joint Publishing Company)出版,这是一本中国文论英译的选本,其中包括对于《毛诗序》、后汉王逸的《离骚经序》、三国曹丕的《典论·论文》和曹植的《与杨德祖书》、西晋陆机的《文赋并序》和挚虞的《文章流别论》选、东晋李充的《翰林论》,以及南朝沈约的《宋书·谢灵运传论》、钟嵘的《诗品序》、刘勰的《文心雕龙》《深思》篇与《序志》篇)、南朝萧纲的《与湘东王书》和萧统的《文选序》等十三篇文论的英译与注释。1987年,黄兆杰英译的《姜斋诗话》(Notes on Poetry from the Ginger Studio)在香港大学出版社出版。1999年,他与香港大学卢仲衡(Lo Chung-hang Allan)、林光泰(Lam Kwong-tai)合作翻译的《文心雕龙》(The Book of Literary Design)在香港大学出版社(Hong Kong University Press)出版。

② 关于学者成果的归属,历来都是一个难以界定的问题,既可以根据学者的国别或国籍来定,也可以根据其完成、发表该成果时所在工作地点的国别来定。鉴于许多学者或译者的身份、国籍以及工作地点处于不停的流变状态,本书多数情况下以其完成该成果时所在工作地点的国别来定,少数复杂情况下综合考虑上述标准灵活处理。

三、加拿大

第二次世界大战以后,加拿大内政与外交日益独立,经济持续快速增长,这些都对其文化发展以及汉学研究产生了影响。第二次世界大战使得加拿大与英国的关系从亲密走向疏远,却使得它与美国的关系从平淡走向了亲密。与美国的密切关系促进了加拿大经济、文化乃至汉学研究的发展,比如有学者就曾指出"加拿大的专业汉学,很大程度上受益于美国培养的汉学家"[①]。另外,自 20 世纪 70 年代加拿大与中国建交以来,加拿大的汉学家得以来到中国进行调研,而移民加拿大的华人学者也开始增多,再加上加拿大本身高等教育的发展,加拿大的汉学研究很快走向繁荣。

加拿大的汉学研究是整个北美汉学研究的一部分,其高等院校设立汉学研究相关院系发轫于 20 世纪上半叶(参见本章第三节),而到该时期则有了很大的发展,多伦多大学、不列颠哥伦比亚大学和麦吉尔大学是其中的突出代表。多伦多大学 1953 年聘请早年来华传教后又获得牛津大学硕士学位的杜森(W. A. C. H. Dobson)担任该校中国研究学院主任,1977 年成立了东亚系(Department of East Asian Studies)。不列颠哥伦比亚大学 1959 年购入大量中文典籍,1961 年成立了亚洲系(Department of Asian Studies),该时期著名华裔学者李祁、叶嘉莹与林理彰,加拿大本土汉学家蒲立本(Edwin George Pulleyblank)与王健(Jan Walls)等纷纷受聘来校讲授汉语言与文学课程,一时间成为加拿大汉学研究的重镇。而最早在加拿大开设中国研究学系但曾因经费不足而停办该系的麦吉尔大学,也于 1968 年成立东亚研究中心,聘请华裔学者林达光为主任,重新开展汉学方面的研究。

叶嘉莹是该时期加拿大汉学研究领域的重要学者,同时为中国古典文论在西方英语世界的传播做出了贡献。叶嘉莹先前在中国任教,并在美国哈佛大学作访问学者,1969 年到加拿大不列颠哥伦比亚大学亚洲系任教,培养了许多研究中国古典诗词的汉学人才,1991 年获授"加拿大皇家学会院士",成为该学会有史以来唯一中国古典文学院士。叶嘉莹精通中国古典诗词,对诗

[①] 梁丽芳:《加拿大汉学:从亚洲系、东亚图书馆的建设以及研究生论文看中国文学研究的蜕变》,载《海南师范大学学报》(社会科学版),2015 年第 9 期,第 20 页。

论、词论以及整体的中国古典文论都有很深的研究,其 1980 年在香港中华书局初版的《王国维及其文学批评》便是这方面的代表作。叶嘉莹多年躬耕于北美汉学界,为中国古典文学与古典文论在西方英语世界的传播做出了突出贡献:"叶嘉莹是中国古典文学传统的化身……她除了中国古典文学的传统学养丰富之外,还善于应用西方的理论,来解说中国诗词,不单拨开了古典诗词理论中一些模糊不清以及困惑难解的学术问题,还扩大并现代化了中国古典诗词的研究,打通了中国古典文论与西方文论,连接了东西方诗学。"①

另一位在加拿大汉学研究领域举足轻重并在中国古典文论英译与研究领域成就卓著的华裔学者是林理彰(Richard John Lynn)。林理彰先前在美国接受教育,先后获普林斯顿大学学士、华盛顿大学硕士、斯坦福大学博士。其后在新西兰、澳大利亚、美国等地工作,1981 年至 1982 年在加拿大不列颠哥伦比亚大学亚洲系任中国语言文学访问助理教授,代替放年假的叶嘉莹教授,1993 年出任加拿大阿尔伯特大学东亚系汉学教授并任系主任,1999 年后转到哥伦比亚大学东亚系任教。林理彰是刘若愚的入室弟子,对中国古典文学理论有很深的研究,著述颇丰。1994 年,他英译的《〈易经〉:王弼注〈易经〉新译》(*The Classic Change: A New Translation of the I Ching as Interpreted by Wang Bi*)在纽约的哥伦比亚大学出版社(Columbia University Press)出版。1996 年,他还将该译本做成了光盘,这是一种多媒体形式的电子版本,读者可借此进行互动。1999 年,林理彰英译的《〈道与德〉:王弼注〈老子道德经〉新译》(*The Classic of the Way and Virtue: A New Translation of the Daodejing of Laozi as Interpreted by Wang Bi*)同样由哥伦比亚大学出版社出版。另外,林理彰编撰的《中国文学:西方欧洲语言文献》(*Chinese Literature: A Draft Bibliography in Western European Languages*)1980 年在澳大利亚国立大学出版社(Australian National University Press)出版,而他用英文撰写的大量有关中国古典诗学、文论等方面的学术论文以及他为相关著作撰写的评论文章则发表在西方许多学术期刊上,为中国古典文论在西方英语世界的传播做出了很大贡献。

同时,加拿大的其他汉学家也在中国古典文论的英译与研究方面有所建

---

① 梁丽芳:《加拿大汉学:从古典到现当代与海外华人文学》,载《华文文学》,2013 年第 3 期,第 65 页。

树,杜森与施吉瑞是其中的代表。杜森英译的《孟子:为普通读者编注的最新译本》(Mencius: A New Translation Arranged and Annotated for the General Reader)1963 年在多伦多大学出版社(University of Toronto Press)出版,该译本意在帮助普通读者了解《孟子》的主要内容。来自美国的施吉瑞(Jerry Schmidt)是叶嘉莹在不列颠哥伦比亚大学指导的第一个硕士生和博士生,毕业后留校任教,其 1969 年的硕士论文《韩愈及其古诗》(Hanyu and His Kushi Poetry)和 1975 年的博士论文《杨万里的诗》(Poetry of Yang Wanli)都分别与中国古典诗论相关,而他后期有关黄遵宪诗作与袁枚诗话的研究则体现了他对清代诗歌与诗论的浓厚兴趣。

四、澳大利亚、新西兰

澳大利亚第二次世界大战以后注重与亚洲及中国的联系,其汉学研究由此得到较快发展。尽管与英国、美国以及许多欧洲国家相比,澳大利亚的汉学研究起步很晚,但它通过引进其他国家汉学研究专家、借鉴其研究成果的形式很快缩短了其间的差距,比如英国汉学家戴维斯(Albert Richard Davis)和费子智(Charles Patrick Fitzgerald)、瑞典汉学家毕汉思(Hans Bielenstein)和马悦然(Goran Malmqvist)等都曾被聘请到澳大利亚工作。1954 年,澳大利亚国立大学设立远东历史系,聘请费子智为首任教授兼系主任。1955 年,悉尼大学重建其先前停办的东方学研究系之时,聘请戴维斯为教授兼系主任。1966 年至 1982 年,澳大利亚国立大学还曾聘请著名华裔汉学家柳存仁为中文教授。虽然就整体而言,澳大利亚在 20 世纪中期至末期的汉学研究也以新型汉学即中国学(或称中国研究)为主导,注重研究中国近现代社会、历史、文学与文化,但它却是在传统汉学的基础上发展起来的,并涵盖了传统汉学研究的主要内容:"澳大利亚的中国研究是沿袭牛津及剑桥大学的汉学模式发展起来的,重点在于掌握和使用高水平的文本阅读技巧,并将其作为文学、哲学和历史这些传统人文学科研究的基础。"[1]正是有了传统汉学作为根基,澳大利亚在中国古典文论的英译与传播方面并非乏善可陈,这突出表现在悉尼大学教授戴维斯身上。

---

[1] 胡珀:《澳大利亚的中国研究》,澹烟译,载《国外社会科学》,2001 年第 5 期,第 84 页。

戴维斯曾于1941年获古典学奖学金进入剑桥大学学习,第二次世界大战中为英国皇家海军做日语翻译,1946年返回剑桥学习汉语,1948年以优异成绩毕业,随即任剑桥大学古汉语助理讲师、讲师,1955年被聘为悉尼大学东方学研究系教授来到澳大利亚。戴维斯"专攻中国古典文化,尤其以诗学见长"①,其代表作是1971年在美国纽约特维恩出版社(Twayne Publishers)出版的《杜甫》(*Tu Fu*),该书不仅记叙了杜甫的生平,而且阐述了杜甫与诗歌的关系以及杜甫诗歌的形式、主题、价值与影响②。戴维斯英译、评论并注释的《陶渊明(365—427):其作品及其涵义》(*T'ao Yüanming (AD 365—427), His Works and Their Meaning*)1983年在英国的剑桥大学出版社(Cambridge University Press)出版。

新西兰于1947年执行《威斯敏斯特法案》(*Statute of Westminster*),成为独立的主权国家。与英国、美国、加拿大、澳大利亚等其他主要英语国家相比,新西兰的汉学研究乃至汉语教育起步很晚:"20世纪60年代之前,新西兰仅有的汉语课程是由一些华人社团创办的,其目的是使华人尤其是年轻一代不忘母语。汉语成为大学学位课程是20世纪60年代中期之后的事情:先是在奥克兰大学(1966年)设立,随后是惠灵顿维多利亚大学(1972年),这种状况一直到80年代末期都没有大的改观。"③在这种背景下,新西兰的汉学研究非常薄弱:"新西兰高等研究机构中的汉学研究屈指可数,以前是这样,现在也是如此。在新西兰,许多(但不是大部分)中国专家的研究工作是在社会科学或政治科学(最近则是文化研究)的框架之内进行的,只有少数几位学者自称是'汉学家'(Sinologists)。"④新西兰少数从事汉学研究的专家主要开展有关中国的历史学、社会学和地理学等方面的研究,基本上无人从事传统汉学研究⑤,对于中国古典文论的英译也几乎无从谈起。尽管如此,作为主要的英语国家之一,新西兰自然是中国古典文论英译作品一个重要的传播与流通区域。

---

① 张西平:《西方汉学十六讲》,北京:外语教学与研究出版社,2011年,第408页。
② 同上。
③ 纪宝宁:《新西兰中国学的回顾与展望》,崔玉军译,载《国外社会科学》,2006年第3期,第77页。
④ 同上,第76页。
⑤ 当然,从新西兰走出去的汉学家韩南(Patrick Hanan)倒是在传统汉学研究方面有很深的造诣,但由于他常年在美国工作,一般情况下都将其视作美国汉学家。

五、其他西方国家

第二次世界大战以后,随着美国的崛起,英语逐渐发展成为一种普遍流行的国际语言,在西方汉学界英语也发展成为一种比较通用的学术语言。正因为如此,西方一些非英语国家的汉学家,也常常用英语开展学术研究或发表翻译作品,而瑞典的高本汉、法国的侯思孟、荷兰的戴闻达、捷克的米列娜等便使用英语翻译了不少中国古典文论作品。

高本汉(Bernhard Karlgren)出生于瑞典的延雪平(Jönköping),自幼便表现出超人的语言天赋,1909 年大学毕业后前往圣彼得堡跟随伊凡诺夫(A. I. Ivanov)教授学习汉语。1910 年至 1912 年,他在中国学习汉语并做有关汉语方言的调研。返回欧洲后,曾跟随法国汉学家沙畹(Édouard Chavannes)学习,并于 1915 年获乌普萨拉大学博士学位,博士论文题目为《中国音韵学研究》,之后在哥德堡大学任教。高本汉通晓多种语言,他的博士论文用法语写成,但此后著述大多是用英文写成的。高本汉除了在汉语语音研究方面做出了享誉世界的卓越成就外,也英译了包括《诗经》《书经》《老子》等在内的许多中国古代文化典籍,其中不少内容与中国古典文论相关:他先后用英语译注了《诗经》中的"国风""小雅""'大雅'和'颂'",分别于 1942 年、1944 年和 1946 年发表在《远东古文物博物馆通报》(*Bulletin of the Museum of Far Eastern Antiquities*)的第 14 期、16 期和 18 期上,后于 1950 年出版了单卷本的《诗经》英译(*The Book of Odes*);他所英译的《〈书经〉注释》(*Glosses on the Book of Documents*)于 1948 年与 1949 年先后登载在《远东古文物博物馆通报》第 20 与 21 期上,而单卷本的《书经》英译(*The Book of Documents*)于 1970 年由爱兰德(Elanders)出版公司在哥德堡出版;1975 年,高本汉英译的《〈老子〉译注》(*Notes on Lao-tse*)又刊载在《远东古文物博物馆通报》第 47 期上。

侯思孟(Donald Holzman)出生于美国芝加哥,1955 年获耶鲁大学中国文学博士学位,1957 年赴法国教书,同时受教于巴黎大学汉学家戴密微(Paul Demiéville)教授并获巴黎大学中文博士学位,1980 年担任法国高等社会学研究院汉学负责人,1985 年至 1989 年担任法国高等汉学研究院院长,其主要研究兴趣是魏晋南北朝时期的诗与赋。侯思孟虽长期在法国工作,但除了法语外,也用英语进行写作,比如他曾用英文撰写过一篇与中国古典文论密切相关的长篇论文《公元 3 世纪早期的中国文学批评》("Literary Criticism in China in the Early Third Century A. D."),发表在 1974 年瑞士亚洲协会出版的《亚洲研究》(德文刊名为 *Asiatische Studien*)第 28 期上。在这篇长文中,侯思孟不仅论述了建安时期中国文学批评兴起的原因、表现与意义,而且还将曹丕的《典论·论文》全部翻译成了英文。侯思孟翻译的《典论·论文》成为该作的经典英译之一。

戴闻达(Jan Julius Lodewijk Duyvendak)出生于荷兰哈林根(Harlingen),曾就读于莱顿大学,在汉学家高延(Jan Jakob Maria de Groot)的引导下学习汉语,1910 年至 1911 年在法国跟随汉学家沙畹和考狄(Henri Cordier)学习汉语,后在荷兰驻华使馆担任翻译,1919 年起任教于莱顿大学。1954 年,戴闻达英译的《道德经》(*Tao Te Ching: The Book of the Way and Its Virtue*)在伦敦的约翰·默里出版社出版。

米列娜(Milena Dolezelova-Velingerova)出生于捷克布拉格。1950 年考入布拉格查理大学汉学专业,1958 年至 1959 年曾在中国访问学习,1965 年获捷克科学院博士学位。1969 年至 1996 年,她任加拿大多伦多大学中国文学教授,后返回欧洲先后担任捷克查理大学教授、德国海德堡大学研究教授。米列娜致力于运用西方理论方法解读中国近现代小说,对明清小说理论也颇有研究,曾为《约翰霍普金斯文学理论批评指南》(*The Johns Hopkins Guide to Literary Theory and Criticism*)撰写中国的"前现代小说与戏剧理论"(Pre-Modern Theories of Fiction and Drama),全面译介了 14 世纪至 20 世纪的中国古典戏曲和小说理论(详见本章第五节)。

20 世纪中期至末期,世界经过两次大战的洗礼逐渐走向和平与稳定。随着国际政治从"不列颠治世"到美国称霸的过渡,西方英语世界汉学研究的主导力量也从英国转换到了美国,而加拿大、澳大利亚等其他英语国家的汉学研究在该时期也有了一定的发展。在这种背景下,该时期中国古典文论在西方的英译与传播迎来了难得的发展期,其主要特点表现为:从传译的地域来看,该时期的英译活动自然是以执西方英语世界汉学研究牛耳的美国为主导,同时全面扩展至加拿大、澳大利亚等其他英语国家与地区;从传译的主体来看,有两个重要的群体支撑着该时期中国古典文论的英译活动——一个是从事中国古典文学、比较文学研究的海外华裔学者,另一个是美英等国家从事中国文学与文化典籍研究的职业汉学家;从传译的内容、性质与规模来看,中国古典文论的许多核心文本如《文赋》《二十四诗品》《文心雕龙》《六一诗话》《人间词话》等都得到全面甚或多次英译,因此该时期中国古典文论在西方英语世界的传译已从先前作为中国文化与文学经典英译的附庸变为相对独立、名副其实的自我存在,从先前潜存于中国文化与文学经典英译活动之中的偶发现象变为一种自觉、普遍、趋于系统的中国古典文学思想译介与研究活动。

第五节 20世纪末至今:成熟期

自20世纪末至今,随着美国在美苏争霸中胜出及其全球称霸策略的推广,美国在西方英语世界以及全球的主导地位得到进一步巩固。与此同时,中国因其经济的持续快速增长,在经济总量上成为继美国之后的第二大国,越来越受到西方乃至世界各国的关注。在整个西方英语世界的汉学研究领域,英国、加拿大、澳大利亚乃至新西兰等国的汉学研究都有了不小的进展,而美国更是出于"学术为政治趋使和为其服务"[①]的需要,出于关注中国的需要,继续支持其以"中国学"为主导的汉学研究,美国汉学因其在人才队伍、资源设施、研究经费、学术影响等方面的绝对优势引领着整个西方英语世界的汉学研究。

西方英语世界以美国"中国学"为主导的汉学研究在整体上呈现出如下特征:其一,如果大致从19世纪中期前后学院汉学在英美两国的先后发轫算起,西方英语世界的专业汉学研究已经走过了一个半世纪的历程,至今已愈发趋于系统、全面和细化,这从黄育馥对当前美国"中国学"研究特点的概括中可见一斑:"研究的学科范围扩大,人文科学与社会科学研究并重,并出现了跨学科的研究;研究的时间跨度加大,对古代、近代与对现当代的研究并重;研究的问题深化细化,几乎涉及现当代中国社会的各个方面。"[②]其二,尽管西方英语国家一些具有深厚历史积淀的高等院校,诸如牛津大学、剑桥大学、哈佛大学、悉尼大学等仍在汉学研究方面坚持传统汉学与现代新型汉学并重,但一个不可

---

① 王海龙:《美国当代汉学研究综论》,载《上海师范大学学报》(哲学·社会科学版),1999年第1期,第57页。

② 黄育馥:《20世纪80年代以来美国中国学的几点变化》,载《国外社会科学》,2004年第5期,第54页。

回避的事实是关注中国古代文学、文化、历史与哲学等方面的传统汉学研究在整体比例上正趋于萎缩。加拿大不列颠哥伦比亚大学单国钺教授近期在谈到整个北美汉学概况时就毫不讳言地指出:"现在二战已经很远了,冷战也过去了,但是北美的传统,或者是基本倾向还在,就是比较重视现代研究,这是一个主要的出发点……最近三四十年,还是比较重视现代研究,古代研究的比例比较小一点。"①其三,就汉学研究而言,随着全球化进程的加速,不仅西方各个英语国家之间的关联更为密切,其与中国之间的交流也日益频繁,因此汉学研究愈发走向国际化、一体化。美国耶鲁大学孙康宜教授在提及她本人与宇文所安合作主编的《剑桥中国文学史》(*Cambridge History of Chinese Literature*)时就指出:"……十七位执笔人中,就有八位是移民自大陆、台湾及香港的华裔'汉学家',另有一位则是土生土长的美国华人。这在二三十多年前,是绝对无法想象的事情。"②

随着西方英语世界汉学研究走向深入、系统和细化,20 世纪末以来中国古典文论在西方的英译与传播也开始走向成熟:其一,在西方汉学界,中国古典文论开始以"文学批评""文学理论与批评""诗话""文学论述"的形式进入与中国文学、中国文化有关的大型文学史、选集、文集之中;其二,在西方文学界,中国古典文论也开始以"中国诗学""中国理论与批评"等形式出现在一些大型诗学、文学理论辞书与指南之中;其三,不少西方汉学家、华裔学者,包括一些在西方学成归来的中国学者,开始对中国古典小说和中国古典戏剧的批评与理论进行译介和研究,构成了中国古典文论在西方英译与传播的一个新维度;另外,该时期许多蕴藏丰富文学批评思想的中国古典文论"泛论"作品也得到了深入的英译与传播。

一、进入西方汉学界的中国文学史与文学选集

该时期,在西方英语国家的汉学界,许多汉学家以及从事中国文学、比较文学研究的华裔学者在其编撰的有关中国文学史、中国文学与中国文化等大

---

① 李会玲:《课内课外话北美汉学——加拿大不列颠哥伦比亚大学单国钺教授访谈录》,载《武汉大学学报》(人文科学版),2010 年第 6 期,第 662 页。

② 孙康宜:《谈谈美国汉学的新方向》,载《书屋》,2007 年第 12 期,第 36 页。

型文学指南、选集与辞书中,开始以"文学批评""文学理论与批评"等形式收录中国古典文学理论,其中以倪豪士主编的《印第安纳中国古典文学指南》、梅维恒主编的《哥伦比亚中国古典文学选集》(包括其《简本》)与《哥伦比亚中国文学史》、闵福德与刘绍铭主编的《含英咀华集》、孙康宜与宇文所安主编的《剑桥中国文学史》、梅维恒与夏南悉等主编的《夏威夷中国传统文化读本》以及田菱与康儒博等主编的《早期中国中古文献导读》等为主要代表。

倪豪士(William H. Nienhauser)1972年获美国印第安纳大学文学博士,师从柳无忌,曾长期担任威斯康星大学麦迪逊分校东亚语言文学系中国古典文学教授。他主编的《印第安纳中国古典文学指南》(The Indiana Companion to Traditional Chinese Literature)第一册与第二册分别于1986年和1998年在印第安纳大学出版社出版。该指南第一、二两册均包含了许多与中国古典文论密切相关的条目,而第一册还专门辟出了由芝加哥大学汉学家费威廉(Craig Fisk)所撰写的"文学批评"(Literary Criticism)条目。在这条较早正式列入中国古典文学百科全书式指南的条目中,费威廉首先分析了中国文学批评与西方文学批评相比较而言所具有的典型特点,然后以历时的视角详细阐述了中国自先秦至明清各个历史时期最具代表性的中国古典文论作品及其理论主张。

梅维恒(Victor H. Mair),1965年毕业于美国达特茂斯学院(Dartmouth College),主修英国中世纪文学,后加入美国和平队(US Peace Corps)在尼泊尔服役两年,对东方文明产生了兴趣。1968年获马歇尔奖学金赴英国伦敦大学亚非学院学习汉语与梵语,1972年与1974年先后获该校荣誉文学学士学位和哲学硕士学位,之后进入美国哈佛大学东亚语言与文明系学习,对敦煌变文开展深入研究,并于1976年获博士学位。1976年至1979年,梅维恒任哈佛大学东亚语言与文明系助理教授。自1979年起至今,他一直在宾夕法尼亚大学执教,担任该校东亚语言与文明系教授。1994年,梅维恒主编的《哥伦比亚中国古典文学选集》(The Columbia Anthology of Traditional Chinese Literature)在哥伦比亚大学出版社出版。该选集第一部分"本源与诠释"(Foundations and Interpretations)专门为"批评与理论"(Criticism and Theory)辟出一节,其中收录了范佐伦(Steven Van Zoeren)翻译的《诗大序》、方志彤翻译的陆机《文赋》、海陶玮翻译的萧统《文选》、卜寿珊(Susan Bush)与时学颜(Hsio-yen Shih)翻译的谢赫《古画品录》、林理彰翻译的严羽《沧浪诗话》、魏世德翻译的元好问《论诗诗》(第三十首)以及《与张仲杰郎中论文》七篇中国古典文论英译作品。2000年,该书的缩略本《哥伦比亚中国古典文学选集简本》(*The Shorter Columbia Anthology of Traditional Chinese Literature*)出版,该简本仍然在第一部分辟出"批评与理论"一节,只是其中仅收录了海陶玮翻译的萧统《文选》、卜寿珊与时学颜翻译的谢赫《古画品录》、林理彰翻译的严羽《沧浪诗话》、魏世德翻译的元好问《论诗诗》(第三十首)四篇中国古典文论英译作品。2001年,梅维恒主编的《哥伦比亚中国文学史》(*The Columbia History of Chinese Literature*)又在哥伦比亚大学出版社出版,其中第45章为"文学理论与批评",长达三十多页,由李德瑞(Dore J. Levy)撰写。在该章中,李德瑞首先分析了中国文学理论与批评的基本原则,然后分别对中国文学批评传统最初的肇始、汉代的发展、六朝时期美学的巨大变化、唐代的过渡、宋代的新观点和新路径、明清时期的杰出代表以及中国传统文学批评在20世纪的延续等进行详细评述,其中涉及对《诗大序》《离骚序》《典论·论文》《文赋》《文章流别志论》《文选序》《诗品》《文心雕龙》《二十四诗品》《六一诗话》《沧浪诗话》《论诗三十首》《夕堂永日绪论》《原诗》,乃至《管锥编》《〈红楼梦〉评论》《人间词话》等中国文学理论众多核心文本的阐述和评论。

闵福德(John Minford)出生于英国,1964年至1968年在英国牛津大学师从著名汉学家霍克斯学习中国文学,1977年至1980年在澳大利亚国立大学师从华裔汉学家柳存仁攻读博士学位,之后在中国大陆、香港、澳大利亚、新西兰等地的许多大学任教,长期致力于中国文学、中国哲学、文学翻译研究,是当代著名汉学家。2000年,闵福德与香港比较文学与翻译研究学者刘绍铭(Joseph S. M. Lau)合作主编的《含英咀华集》(*Classical Chinese Literature: An Anthology of Translations*)由美国哥伦比亚大学出版社和香港中文大学出版社联合出版。该书"第一卷:从古代到唐代"(Volume I: From Antiquity to the Tang Dynasty)专门设立一章,取名"雕龙:早期文学批评"(The Carving of Dragons: Early Literary Criticism),其中收录了费威廉为《印第安纳中国古典文学指南》(1986年版)所撰写"文学批评"(Literary Criticism)条目的四个段落,以及基德与宇文所安所分别翻译的《诗大序》片段、黄兆杰翻译的《典论·论文》片段、方志彤翻译的《文赋》、黄兆杰翻译的《文心雕龙·神思》等。

孙康宜,出生于北京,早年曾在中国台湾东海大学、台湾大学读书,1972

年获美国南达科他州立大学英语文学专业硕士,1976年与1978年又分别获普林斯顿大学中国古典文学专业硕士和博士,1982年起进入耶鲁大学任教,多年担任该校东亚与语言文学系教授,长期致力于中国古典文学研究。2011年,她与宇文所安合作主编的《剑桥中国文学史》(The Cambridge History of Chinese Literature)在剑桥大学出版社出版。在这部著名的两卷本中国文学史中,不仅有许多内容与中国古典文论密切相关,而且还有不少直接以"文学批评"(Literary criticism)命名的条目。比如,哈佛大学中国文学教授、华裔学者田晓菲在其为该书撰写的第三部分,即在其撰写的关于从东晋到初唐的中国文学史中,就曾两度辟出"文学批评"条目来分别论述4世纪的中国文学与6世纪的中国南方文学,其中前者阐述了东晋葛洪《抱朴子外篇》和李充《翰林论》中的文学思想,而后者涉及刘勰的《文心雕龙》、钟嵘的《诗品》以及萧子显的《南齐书·文学传论》、萧统的《文选序》、萧绎的《金楼子》选段等。另外,时为加州大学圣巴巴拉分校中文教授的艾朗诺(Ronald Egan)在其所撰写的第五部分"北宋"文学史中,也分别辟出"宋词批评的发端"(The beginnings of Song lyric criticism)和"诗话"(Remarks on poetry)两个条目阐述宋代的文学理论:在"宋词批评的发端"条目中,艾朗诺论述了宋代张耒、李之仪、贺铸、黄庭坚、晏几道、李清照等词家的诗词理论;在"诗话"条目中,他简述了王得臣与欧阳修的诗话思想。

2005年,梅维恒与其宾夕法尼亚大学东亚语言与文明系两位同事夏南悉(Nancy S. Steinhardt)、金鹏程(Paul R. Goldin)合作主编的《夏威夷中国传统文化读本》(Hawaii Reader in Traditional Chinese Culture)在火奴鲁鲁(Honolulu)的夏威夷大学出版社(University of Hawaii Press)出版,该读本涉及自青铜器时代以降至19世纪末20世纪初中国传统文化的方方面面,其中也收录了许多中国古典文论作品的英译:比如金鹏程编译的第19章《早期有关音乐与文学的论述》(Early Discussions of Music and Literature)收录了《吕氏春秋·大乐》、《荀子·乐记》以及《诗大序》等几篇作品的节译;田晓菲编译的第34章收录了曹丕《论文》的译文(Cao Pi, "A Discourse on Literature");伊利诺伊大学香槟分校中国文学与比较文学教授蔡宗齐编译的第45章《纯文学地位的提升》(The Elevation of Belles Lettres)一节收录了梁代三萧文论作品,即萧统的《文选序》、萧纲的《诫当阳公大心书》和《答张缵谢示集书》以及萧绎的《金楼子·立言》等四篇文论作品的节译；美国汉学家劳瑞（Kathryn Lowry）编译的第 81 章收录了冯梦龙《序山歌》的译文（Feng Menglong, Preface to *Mountain Songs*）；美国汉学家梅丹理（Denis Mair）编译的第 86 章《袁枚：个人趣味之倡导者》（Yuanmei, Champion of Individual Taste）一节则收录了其《随园诗话》的节译。

2014 年，时任美国罗格斯大学（Rutgers University）中国文学副教授的田菱（Wendy Swartz）、范德堡大学（Vanderbilt University）的亚洲研究与宗教学教授康儒博（Robert Ford Campany）以及北京大学历史系暨中国古代史研究中心研究员陆扬等人合作主编的《早期中国中古文献导读》（*Early Medieval China: A Sourcebook*）在纽约的哥伦比亚大学出版社出版。该书第 3 部分"文化资本"（Cultural Capital）收录了中国古典文论作品多篇，其中包括陈威（Jack W. Chen）英译的南朝文学家裴子野的《雕虫论》、田菱英译的挚虞《文章流别论》、宇文所安英译的钟嵘《诗品序》以及田晓菲英译的萧绎《金楼子》等。

二、进入西方文学界的诗学与文学理论辞书

20 世纪末以来，在西方英语国家的文学界，一些文学研究学者编撰的大型文学理论辞书、百科全书、专题文集也开始以"中国诗学""中国理论与批评""创作艺术"等形式收录中国古典文学理论、诗学理论。普雷明格与布罗根主编的《新普林斯顿诗歌与诗学百科全书》、格罗丹与克赖斯沃斯主编的《约翰·霍普金斯文学理论和批评指南》以及巴恩斯通与周平编译的《写作艺术：中国大师语录》是这方面的代表性作品。

1993 年，纽约城市大学布鲁克林学院（Brooklyn College）图书馆的研究馆员普雷明格（Alex Preminger）与印第安纳大学南岸分校（South Bend）的布罗根（T. V. F. Brogan）合作主编、在普林斯顿大学出版社出版的《新普林斯顿诗歌与诗学百科全书》（*The New Princeton Encyclopedia of Poetry and Poetics*）收录了华裔学者林理彰撰写的"中国诗学"（Chinese Poetics）条目。在该条目中，林理彰概述了中国诗学理论的发展历程以及各个历史时期的重要诗歌理论，进而借用刘若愚提出的玄学论、决定论、表现论、技巧论、审美论、实用论等文论概念分析了中国诗歌理论的基本主张与主要特征。

1994 年，加拿大西安大略大学（University of Western Ontario）的英文教

授格罗丹(Michael Groden)与麦吉尔大学(McGill University)的英文教授克赖斯沃斯(Martin Kreiswirth)主编的《约翰·霍普金斯文学理论批评指南》(The Johns Hopkins Guide to Literary Theory and Criticism)辟出了"中国理论与批评"(Chinese Theory and Criticism)条目,包括三个部分,其中除第三部分是对20世纪中国现当代文学理论的评介外,前两个部分是对中国古典文论的阐述:第一部分"前现代诗歌理论"(Pre-Modern Theories of Poetry)由美国汉学家范佐伦撰写,主要涉及战国、汉代、六朝、隋唐及明清时期的诗歌理论与思想;第二部分"前现代小说与戏剧理论"(Pre-Modern Theories of Fiction and Drama)由捷克汉学家米列娜(Milena Dolezelova-Velingerova)撰写,该部分首先论述了中国戏曲和小说理论发展相对滞后的原因,然后细致地评介了自14世纪至20世纪的中国戏曲和小说理论,涉及燕南芝庵的《唱论》、朱权的《太和正音谱》、庸愚子的《三国志通俗演义序》,以及李贽的《焚书》《藏书》《批评忠义水浒传》与《批点西厢真本》,还有徐渭的《南词叙录》、吕天成的《曲品》、凌濛初的《南音三籁》、王骥德的《曲律》、金圣叹的《水浒传》评点、毛宗岗的《三国志演义》评点、张竹坡的《金瓶梅》评点、李渔的《闲情偶寄》、王国维的《〈红楼梦〉评论》与《宋元戏曲考》等等,内容十分丰富。

  1996年,在美国惠蒂尔学院(Whittier College)讲授创作与文学的诗人、文学评论学者巴恩斯通(Tony Barnstone)与中国学者周平(Chou Ping)合作编译了《写作艺术:中国大师语录》(The Art of Writing: Teachings of the Chinese Masters)一书,在美国波士顿(Boston)的香巴拉出版公司(Shambhala Publications, Inc.)出版。全书除序言外分为四个部分,分别为二者合译的陆机《文赋》("The Art of Writing")、司空图《二十四诗品》("The Twenty-four Styles of Poetry")、魏庆之《诗人玉屑》("Poets' Jade of Splinters")以及许多有关中国古典诗歌的诗话与格言(Stories and Aphorisms about Literature)。该书序言开篇写道:"与西方通常生硬、枯燥的传统诗歌艺术不同,中国作家尽管有时也同样充满了学究气,但他们多少朝代以来已使其有关文学的论述变得机警、奇幻、深奥,富有启发性或充满了讽刺味道。"①正如序言所交代的那

---

  ① Tony Barnstone & Chou Ping. The Art of Writing: Teachings of the Chinese Masters. Boston: Shambhala Publications, Inc., 1996, p.iv.

样，这本书实际上是中国古典诗歌理论的英译汇编。

三、对中国古典小说与古典戏剧批评理论的译介

近二三十年以来，西方汉学研究的深入发展与逐渐细化使得西方不少汉学家、华裔学者以及一些具有西方教育背景的中国学者开始关注起中国古典文学理论的另外两种重要形式——中国古典小说批评理论与中国古典戏剧批评理论。除了上文提及的捷克汉学家米列娜在《约翰·霍普金斯文学理论和批评指南》中所评介的中国"前现代小说与戏剧理论"外，陆大伟主编的《如何读中国小说》与费春放编译的《中国戏剧理论：从孔子到当代》无不折射出中国古典文论在西方英语世界传译的新态势。

1990年，美国汉学家、密歇根大学东亚语言与文化系的陆大伟（David L. Rolston）所主编的《如何读中国小说》（*How to Read the Chinese Novel*）在普林斯顿大学出版社出版。陆大伟在序言中开门见山地指出，该书并未涵盖中国小说的全部，所涉及的正如夏志清（C. T. Hsia）一本专著命名的那样①，是"中国古典小说"（the classic Chinese novel）②，即《水浒》《三国志》《金瓶梅》《儒林外史》《红楼梦》等六部传统小说。全书分为七章：第一章包含四篇导引性论文，主要概述中国古典小说批评的起源、历史发展、形式特点、术语与核心概念等；第二章译介了金圣叹对《水浒》的评点，包含斯坦福大学中国文学与比较文学教授王靖宇（John C. Y. Wang）的节译；第三章译介了毛宗岗对《三国志》的评点，包含芝加哥大学中国文学教授芮效卫（David T. Roy）的节译；第四章译介了张竹坡对《金瓶梅》的评点，包含芮效卫的节译；第五章译介了闲斋老人对《儒林外史》的评点，包含了陆大伟英译的闲斋老人《卧闲草堂评本·序》、密歇根大学中国语言与文学教授林顺夫（Shuen-Fu Lin）对评点的节译；第六章译介了刘一明对《西游记》的评点，包含芝加哥大学宗教与文学教授余国藩（Anthony C. Yu）的节译；第七章译介了张新之对《红楼梦》的评点，包含普林斯顿大学东亚研究教授普安迪（Andrew H. Plaks）的节译。

---

① C. T. Hsia. *The Classic Chinese Novel: A Critical Introduction*. New York: Columbia University Press, 1968.

② David L. Rolston. *How to Read the Chinese Novel*. Princeton: Princeton University Press, 1990, p. xiii.

1999年，曾获美国纽约市立大学戏剧学博士学位并在美国任教多年的华东师范大学教授费春放（Faye Chunfang Fei）编辑并翻译了《中国戏剧理论：从孔子到当代》（*Chinese Theories of Theater and Performance from Confucius to the Present*）一书，在安阿伯（Ann Arbor）的密歇根大学出版社出版①。该书分为"从古代到宋代""元代与明代""清代"与"20 世纪"四个部分，译介了墨子、荀匡、司马迁、苏轼、胡祗遹、钟嗣成、杜仁杰、朱权、李贽、王骥德、丁耀亢、李渔、焦循、王国维等人有关中国古典音乐、舞蹈、戏剧、表演的代表性理论与思想，其中绝大多数译文都是首次与英文读者见面："除其中一篇译文外，其他所有的翻译都是新译，大多数作品都是首次被翻译成英文。"②主编兼译者费春放指出："这些作品论述了戏剧的起源、审美原则与功能；有些实际是有关剧本创作和表演技巧的指南；有些描述了有关戏剧表演的实践、条件和官方政策；而有些作品则会有力地反驳所谓中国戏剧仅具表演价值而缺少文学价值的谬论。实际上，中国戏剧即使不是更加重视戏剧的主旨与内容，也是同样予以重视的。这些作品所透射出来的是一种经过长期演化、非常深奥的审美精神。"③

2000 年，费春放与孙惠柱（William Huizhu Sun）合作节译的李渔《闲情偶寄》（*Casual Expressions of Idle Feelings*），被收入在纽约阿普洛司戏剧与电影书店（Applause Theatre & Cinema Books）出版的《戏剧、理论与戏剧：从亚里士多德和世阿弥到索引卡和哈维尔的主要批评文本》（*Theatre/Theory/Theatre: The Major Critical Texts from Aristotle and Zeami to Soyinka and Havel*）一书。该书由纽约市立大学著名戏剧与比较文学教授丹尼尔·杰鲁德（Daniel Gerould）主编，内容涉及世界各国的戏剧理论。由此，李渔的戏剧理论在英语世界得到广泛传播。

2006 年，美国得克萨斯大学达拉斯分校中国文学和比较文学教授顾明栋在纽约州立大学出版社出版了《中国小说理论：一个非西方的叙事系统》

---

① 费春放后应聘于华东师范大学，但由于其之前长期在美国执教而该译著又在美国出版，因此将该译著以及下文她与孙惠柱合作翻译并在美国出版的《闲情偶寄》英译均放在此处予以讨论。
② Faye Chunfang Fei. *Chinese Theories of Theater and Performance from Confucius to the Present*. Ann Arbor: Michigan University Press, 1999, p. xvi.
③ Ibid.

(*Chinese Theories of Fiction*：*A Non-Western Narrative System*)一书。该书广泛涉及中国古典小说理论，并分析了古典小说《金瓶梅》与《红楼梦》的创作艺术与思想。

四、对《道德经》《庄子》《论语》等作品的英译

除了集体智慧凝结成的文学史、选集、辞书、百科全书之外，该时期西方汉学家、华裔学者等对于中国古典文论的英译与传播也继续体现在许多单部的翻译作品之中，其中就包括对于《道德经》《淮南子》《庄子》《论语》《中庸》《孟子》《吕氏春秋》《墨子》《易经》与《太玄经》等这些蕴含丰富文学批评思想的中国古典文论"泛论"作品的英译。

（一）《道德经》《淮南子》与《庄子》的英译

作为道家经典的核心文本，《道德经》在该时期的美国诞生了多部英译本，比如：1989年，纽约圣约翰大学(St John's University)哲学系教授陈艾伦(Ellen Marie Chen)翻译的《〈道德经〉：新译及评注》(*The Tao Te Ching*：*A New Translation with Commentary*)在纽约的佳作书屋(Paragon House)出版；同年，达特茅斯大学(Dartmouth University)宗教学教授、汉学家韩禄伯(Robert G. Henricks)翻译的《老子〈德道经〉：新出马王堆本注译与评论》(*Lao-tzu Te-Tao Ching*：*A New Translation Based on the Recently Discovered Mawang-tui Texts*)在纽约的贝兰亭图书公司(Ballantine Books)出版；1990年，梅维恒英译的《〈道德经〉：德与道之经典》(*Tao Te Ching*：*The Classic Book of Integrity and the Way*)在纽约的班坦图书公司(Bantam Books)出版；1992年，麻省大学波士顿分校(University of Massachusetts Boston)的宗教学高级讲师迈克尔·拉法格(Michael LaFargue)翻译的《〈道德经〉之道：译析》(*The Tao of the Tao-te-ching*：*A Translation and Commentary*)在纽约州立大学出版社(State University of New York Press)出版；2003年，夏威夷大学哲学教授安乐哲(Roger Thomas Ames)与得克萨斯大学埃尔帕索分校(University of Texas at El Paso)哲学教授郝大维(David L. Hall)合作翻译的《道德经》(*Daodejing*，*Making this Life Significant*：*A Philosophical Translation*)在贝兰亭图书公司出版。

另外，刘殿爵与安乐哲合作翻译的《淮南子·原道》(*Yuan Dao*：*Tracing*

Dao to Its Source)于 1998 年由美国纽约的贝兰亭图书公司出版;而时任美国西北大学(Northwestern University)宗教与哲学副教授的任博克(Brook A. Ziporyn,后担任芝加哥大学中国宗教、哲学与比较思想教授)翻译的《〈庄子〉:核心文本及传统注疏》(*Zhuangzi*:*The Essential Writings with Selections from Traditional Commentaries*)于 2009 年在美国印第安纳州印第安纳波利斯(Indianapolis)的哈克特出版公司(Hackett Publishing Company)出版。

(二)《论语》《中庸》与《孟子》的英译

该时期,《论语》在美国也诞生了多部英译本,其中麻省大学安姆斯特分校(University of Massachusetts at Amherst)的研究教授白牧之(E. Bruce Brooks)与研究助理白妙子(A. Taeko Brooks)翻译的《论语辨》(*The Original Analects*:*Sayings of Confucius and His Successors*)于 1998 年在纽约的哥伦比亚大学出版社出版;同年,安乐哲和马里兰圣玛丽学院(St. Mary's College of Maryland)人文教授罗思文(Henry Rosemont Jr.)合作翻译的《论语》(*The Analects of Confucius*:*A Philosophical Translation*)在纽约的贝兰亭图书公司出版;而华兹生翻译的《论语》(*The Analects of Confucius*)则于 2007 年在哥伦比亚大学出版社出版。

还有,安乐哲与郝大维合作翻译的《中庸》(*Focusing the Familiar*:*A Translation and Philosophical Interpretation of the Zhongyong*)于 2001 年在火奴鲁鲁的夏威夷大学出版社(University of Hawaii Press)出版。

同样作为儒家经典,《孟子》在该时期的美国诞生了两部具有代表性的英译本,其中一部《〈孟子〉:并附传统注疏节选》(*Mencius*:*With Selections from Traditional Commentaries*)由美国瓦萨学院(Vassar College)的哲学教授万白安(Bryan W. Van Norden)翻译,2008 年在美国印第安纳州印第安纳波利斯的哈克特出版公司出版;另一部《孟子》(*Mencius*)由哥伦比亚大学亚洲与中东文化系(Department of Asian and Middle Eastern Cultures)教授华霭仁(Irene Bloom)翻译,2009 年在哥伦比亚大学出版社出版。

(三)《吕氏春秋》《墨子》的英译

进入 21 世纪,迈阿密大学(University of Miami)的哲学教授王志民(John Knoblock)与时任加州大学伯克利分校汉学教授王安国(Jeffrey K. Riegel)先后翻译了《吕氏春秋》和《墨子》,其中英译本《吕氏春秋》(*The Annals of Lü Buwei*)于 2000 年在斯坦福大学出版社(Stanford University Press)出版,而英译本《〈墨子〉:其伦理与政治文本的研究与翻译》(*Mozi: A Study and Translation of the Ethical and Political Writings*)则于 2013 年在加州大学伯克利分校的东亚研究所(Institute of East Asian Studies)出版。

(四)《易经》《太玄经》的英译

自 20 世纪末以来,易学思想在西方英语世界也得到了进一步的移译和传播。比如:1993 年,时任布林莫尔学院(Bryn Mawr College)汉学教授的戴梅可(Michael Nylan,后担任加州大学伯克利分校汉学教授)翻译的扬雄所著《太玄经》(*The Canon of Supreme Mystery*)在纽约州立大学出版社(SUNY Press)出版;1997 年,芝加哥大学东亚语言与文明系教授夏含夷(Edward L. Shaughnessy)翻译的《〈易经〉:新近发现的公元前 2 世纪的马王堆本之英文首译》(*I Ching, the Classic of Changes: The First English Translation of the Newly Discovered Second-Century B.C. Mawangdui Texts*)在纽约的贝兰亭图书公司出版;2014 年,汉学家闵福德翻译的《易经》(*I Ching*)收入"企鹅经典丛书"(Penguin Classics)由企鹅出版社旗下的维京出版社(Viking)出版。2015 年,该书又以"企鹅经典精装版"(Penguin Classics Deluxe Edition)的形式再次出版。

20 世纪末以来,美国的世界霸主地位更为突显,而中国因快速崛起愈发成为西方英语世界关注的对象。随着该时期以美国"中国学"为主导的西方英语世界汉学研究趋于深入、系统和国际化,中国古典文论在西方的英译与传播逐渐走向成熟,呈现出新的特点:从传译的地域来看,美国愈发成为中国古典文论英译与传播的中心,由此延伸至加拿大、英国、澳大利亚、新西兰等其他英语国家和地区,当然随着全球化进程的加快,国别之间的界限正趋于模糊;从传译的主体来看,除西方本土的汉学家之外,大批华裔学者,包括一些具有西方教育背景的中国学者,越来越成为中国古典文论英译的核心力量之一,而西方汉学家、华裔学者与中国学者之间的协作成为当前中国古典文论在西方英译的一种新模式;从传译的内容、规模和性质来看,中国古典文论开始以"文学批评""中国理论与批评""中国诗学"的名义被收录于西方汉学界、文学界的大型文学指南、百科全书、专业辞书之中并借此得到广泛传播,同时中国古典小说与古典戏剧的批评理论也进入了西方汉学家的视野,由此而言,该时期中国古典文论在西方英语国家的汉学界、文学界已开始登堂入室,名副其实地成为与西方文学理论并存的一种文学批评思想,成为中西比较诗学研究的内容,进而成为世界文学理论的一个重要组成部分。总之,该时期中国古典文论在西方的英译与传播走向了成熟和深入。

结 语

英国历史学家汤因比(Arnold Toynbee)在其名著《历史研究》中指出:"如果不把宇宙看作是由众多环节构成的,我们就无法对其进行思考……如果不把宇宙划分成诸多环节,我们自身就无法表达——既无法思考也无法行动。如果我们重新陷入整体性的神秘经验之中,我们就无法继续进行思考或行动。因此,我们必须对现实进行'切分'(dissect)——在切分过程中歪曲地呈现现实——以充分理解现实,从而可以在我们所能发现的真理的指导下行动和生活。"[①]正因为如此,为了充分理解中国古典文论在西方英语世界三百多年间的传译这一现实,本书对其进行了"切分",将其"切分"为五个历史阶段。

通过宏观史学与微观史学相结合的考察,本书发现这五个阶段的中国古典文论英译活动呈现出不同的特征:(1)在17世纪末至19世纪初的"酝酿期",欧洲大航海与传教士来华促使传教士汉学兴起,为中国古典文论西传奠定了基础,而英国传教士汉学研究的延迟使得该时期中国古典文论英译只能是一种偶发的间接翻译,是传教事业的一种副产品;(2)在19世纪初至20世纪初的"萌发期",在"不列颠治世"与英美新教传教士来华的背景下,英美汉学实现了从传教士汉学到专业汉学的跨越,英美汉学家对中国古典文论作品进行了广泛的英译,但其性质仍属于中国经学研究;(3)在20世纪初至20世纪中的"过渡期",经过两次大战,英美的国力及汉学研究此消彼长,中国古典文论英译的重心开始从英国向以"中国学"为主导的美国转移,真正意义上的文论英译活动开始在中国留学生、华裔学者中间产生;(4)在20世纪中至20世纪末的"发展期",美国国力日盛,其主导的整个英语世界汉学研究有了新进

---

① Arnold Toynbee. *A Study of History*. London: Thames and Hudson Ltd, 1988, p.485.

展,同时吸纳了大量华裔学者加盟,中国古典文论英译获得空前发展,变成一种独立、自觉、普遍的中国古典文学思想译介活动;(5)在20世纪末至今的"成熟期",美国的世界霸主地位突显,以美国"中国学"为主导的西方英语世界汉学研究趋于深化、国际化,中国古典文论在西方英语国家汉学界、文学界已登堂入室,名副其实地成为与西方文学理论并存的一种文学批评思想。

  由此可见,三百多年来中国古典文论在西方的英译与传播活动,至今已走过了建立在欧洲大陆传教士汉学基础上的"酝酿期"、英美学院汉学兴起背景下的"萌发期"、英美汉学重心交替中的"过渡期"、美国"中国学"主导下的"发展期"以及英语世界汉学研究走向深化和国际化进程中的"成熟期",这表明中国古典文论在西方英语世界的传译活动不仅与不同时期中西文化交流的态势有关,更与各个阶段西方汉学研究的发展状况因果相连、息息相关。如此又印证了汤因比的观点:"我们认为,在我们人类的意识中,我们对于现实的印象是由无数、被切分而成的现象构成的,而在这些无数的现象之间,至少存在着某些规律(order)和秩序(regularity)。"[1]如果我们能够主动掌握上述"规律"和"秩序",势必能在推动中国古典文论外译的过程中,"变得更加自觉(self-aware),并因此变得更加自决(self-determining),即能够更加自由地作出有效的选择"[2],这无论是对实践层面上的中国文化"走出去",还是对理论层面上的中国文论国际话语体系的建构,都具有积极的启发意义。

---

[1] Arnold Toynbee. *A Study of History*. London: Thames and Hudson Ltd, 1988, p. 486.
[2] Ibid., p. 488.

第二部分

英译研究：译本对比与译本分析

第 三 章

汉代文论《诗大序》两个英译本研究：
基于反思性社会学理论的对比分析

引言 《诗大序》的主要英译及其研究现状

作为第一篇系统探讨中国古代诗学的专论,汉代的《诗大序》①在很大意义上称得上是中国古典文论的开山之作。刘若愚指出:"《诗大序》对后世文学影响深远"②,而李建中也认为,"《诗大序》的文论观点将儒家诗学系统化、明晰化了,是儒家诗学的一个高峰"③。自明末清初以来,《诗大序》在东学西渐的过程中逐渐被译介到西方英语世界,出现了五个重要的英译本,分别由基德、理雅各、黄兆杰、宇文所安、范佐伦译成。较早的一个英译本并不完整④,由曾在马来西亚"英华书院"任院长、后任伦敦大学汉学教授的英国传教士汉学家基德(Samuel Kidd)译成,作为其《中国》(*China*)一书的部分内容于1841

---

① 《诗大序》又称《毛诗序》,成书于两汉年间,关于其作者学界尚无定论。
② J.刘若愚:《中国的文学理论》,赵帆声等译,郑州:中州古籍出版社,1986年,第70页。
③ 李建中:《中国古代文论》,武汉:华中师范大学出版社,2002年,第91页。
④ 该译本分成两个部分:第一部分涵盖"诗者,志之所之也……美教化,易风俗"的英译(参见 Samuel Kidd. *China, or Illustrations of the Symbols, Philosophy, Antiquities, Customs, Superstitions, Laws, Government, Education, and Literature of the Chinese*. London: Taylor & Walton, 1841, pp. 354–355);第二部分涵盖"上以风化下……而变风变雅作矣"的英译(参见 Ibid., pp. 355–356)。

年在伦敦出版。第二个重要的英译本由英国传教士汉学家、后任牛津大学首任汉学教授的理雅各(James Legge)译成,收录于其著名的《中国经典》(*The Chinese Classics*)第四卷《诗经》(*The She King*)之中于1871年在香港出版。第三个较为重要的英译本在将近一个世纪后问世:1983年,曾获牛津大学博士学位的香港大学学者黄兆杰(Wong Sui-kit)出版了《中国早期文学批评》(*Early Chinese Literature Criticism*)一书,首篇便收录了其英译的《毛诗序》。第四个重要的英译本由美国汉学家、哈佛大学教授宇文所安(Stephen Owen)译成,收录于其《中国文论读本》(*Readings in Chinese Literary Thought*)一书,1992年在美国哈佛大学出版社出版。第五个比较重要的英译本由美国汉学家范佐伦(Steven Van Zoeren)译成,收录于梅维恒(Victor H. Mair)主编的《哥伦比亚中国古典文学选集》(*The Columbia Anthology of Traditional Chinese Literature*)之中,1994年在哥伦比亚大学出版社出版。

　　对于《诗大序》在西方的英译与传播,当前国内学者的关注很少。仅有李特夫与李国林[①]、周小英[②]等对宇文所安译本中的辨义、表达以及个别误释等问题做过简要分析,沈岚[③]在考察理雅各的《诗经》译介时曾触及其对《诗大序》作者的考证和部分语段的翻译问题,李新德[④]在论及理雅各对《诗经》的理解与诠释之际同样提到过其对《诗大序》的考证和翻译问题。另外,任真[⑤]讨论过宇文所安对《诗大序》解读的困难与存在的问题,任增强[⑥]在考察美国汉学界《诗大序》研究状况时简述过范佐伦与宇文所安对其中重要术语的阐释问题。由此可见,目前国内学界对《诗大序》英译的研究非常薄弱,而从现有研究来看,在上述《诗大序》五个英译本中,学者们普遍更为关注、推崇理雅各与宇文所安的译本。有意思的是,与另外三个读起来更加自然流畅、更加注重"可接受性"(acceptability)的译本相比,理雅各和宇文所安的两个译本读

---

① 李特夫、李国林:《辨义·表达·风格——〈诗大序〉宇译本分析》,载《广东外语外贸大学学报》,2004年第1期,第16—19页。
② 周小英:《浅析〈毛诗序〉中两段选文的英译》,载《镇江高专学报》,2009年第3期,第27—29页。
③ 沈岚:《跨文化经典阐释:理雅各〈诗经〉译介研究》,苏州大学博士学位论文,2013年。
④ 李新德:《理雅各对〈诗经〉的翻译与诠释》,载《文化与传播》,2013年第5期,第31—36页。
⑤ 任真:《宇文所安对〈诗大序〉解读的两个问题》,载《文艺理论与批评》,2006年第6期,第94—97页。
⑥ 任增强:《美国汉学家论〈诗大序〉》,载《贵州师范大学学报》(社会科学版),2010年第5期,第89—93页。

起来有些直白,甚或生硬,而在原文信息传达方面都具有更高的"充分性"(adequacy),在中西方学界传播得更为久远。那么,理雅各与宇文所安的生活年代相差一百多年,两位汉学家的译本为何不约而同地注重信息传达的"充分性"?两人所秉持的翻译策略是否近似?其翻译策略是在何种社会文化环境乃至个人经历中形成的?两人的翻译策略是否也有不同,在此指导下形成的两个译本又有哪些差异和特点?另外,理雅各与宇文所安的译本在流畅性方面明显逊色于另外三个译本,为何却更受西方学者的推崇?针对这些涉及翻译文本内外,同时关系译者、社会文化语境以及译本传播的多种复杂问题,单一的语文学、语言学或文化路径的翻译研究模式恐怕难以奏效,而建立在反思性社会学理论基础之上的社会学路径翻译研究作为一种综合性的研究模式,成功融合并贯通了以上多种翻译模式,或许可以成为有效解答上述问题的攻玉之策。

第一节 反思性社会学理论及其在翻译研究中的应用价值

社会学路径的翻译研究模式兴起于 20 世纪 90 年代末,代表了翻译学研究"一种新近出现、富有活力的发展趋势"[1],并促成了"社会翻译学"(socio-translation studies)[2](也有学者称为"翻译社会学"[sociology of translation][3])的萌生。该研究模式"超越了翻译研究中主体与客体、文本与语境、内部与外部、微观与宏观等一系列的二元对立,融合并贯通了以往翻译研究的语文学、语言学、文化研究模式"[4],为翻译学研究打开了新的思路与视野。

在社会学路径翻译研究所依托的多种社会学理论中,布尔迪厄(Pierre Bourdieu)的反思性社会学理论具有特别的方法论价值。为了消除主观主

---

[1] Hélène Buzelin. "Sociology and Translation Studies". In Carmen Millán & Francesca Bartrina (eds.). *The Routledge Handbook of Translation Studies*. London & New York: Routledge, 2013, p. 195.

[2] 王洪涛:《社会翻译学研究:理论、视角与方法》,天津:南开大学出版社,2017年。

[3] Michaela Wolf & Alexandra Fukari (eds.). *Constructing a Sociology of Translation*. Amsterdam/Philadelphia: John Benjamins Publishing Company, 2007.

[4] 王洪涛:《"社会翻译学"研究:考辨与反思》,载《中国翻译》,2016年第4期,第6—13页。

义与客观主义之间的二元对立,布尔迪厄在方法论上提出了"关系主义"(relationalism)的原则,并在其《区隔:趣味判断的社会批判》(*Distinction: A Social Critique of the Judgement of Taste*)一书中,提出了卓有创见的社会分析模式:[(惯习)(资本)] + 场域 = 实践([(habitus)(capital) + field = practice])①,另外还特别阐述了对知识及艺术产品进行研究时采取的三个必要步骤:"首先,必须分析所考察场域与权力场域的关系……;其二,必须析清行动者或机构在谋求特定权威合法化时所占据不同位置之间的客观关系结构;其三,必须分析行动者的惯习,即行动者在内化某一特定社会经济条件过程中所获取的不同性情倾向系统,而这些性情倾向系统在所考察场域的某一特定轨迹中也拥有或多或少变成惯习的有利机会。"②③④布尔迪厄的反思性社会学理论与社会分析模式对人文艺术研究具有普遍的指导意义,而在翻译研究中更具有突出的应用价值。

在布尔迪厄的"[(惯习)(资本)] + 场域 = 实践"社会分析模式中,"惯习"是个"关键概念"(the conceptual linchpin)⑤,正是它将场域和资本联系起来构成了社会实践。布尔迪厄在谈及惯习的双重历史性时指出:"社会秩序的再生产,远非一个机械过程的自动产品,而是行动者通过各种策略和实践来实现的……"⑥布尔迪厄对行动者惯习与策略关系的论述,事实上拓展了其对知识及艺术产品进行分析的三个步骤,即在分析行动者惯习的基础上进一步探讨其惯习如何外化为具体的策略。顺着这个逻辑,我们可以继续拓展布尔迪厄的分析步骤,即再进一步考察行动者的策略如何又影响了其社会实践,形成了具有自身特点的知识及艺术产品。依据这个思路,本章以下将对理雅各与

---

① Pierre Bourdieu. *Distinction: A Social Critique of the Judgment of Taste*. Richard Nice, trans. Cambridge, Mass.: Harvard University Press, 1984, p. 101.
② Pierre Bourdieu & Loic J. D. Wacquant. *An Invitation to Reflexive Sociology*. Chicago: The University of Chicago Press, 1992, pp. 104—105.
③ Pierre Bourdieu. *The Field of Cultural Production: Essays on Art and Literature*. New York: Columbia University Press, 1993, p. 14.
④ David Swartz. *Culture & Power: The Sociology of Pierre Bourdieu*. Chicago: University of Chicago Press, 1997, p. 142.
⑤ Pierre Bourdieu & Loic J. D. Wacquant. *An Invitation to Reflexive Sociology*. Chicago: The University of Chicago Press, 1992, p. 120.
⑥ Ibid., p. 139.

宇文所安《诗大序》两种英译进行三位一体的社会学分析：首先进行从汉学场域到译者惯习的译者分析，继而开展从译者惯习到翻译策略的译策分析，然后进行从翻译策略到译本特点的译本分析。

第二节 理雅各与宇文所安《诗大序》英译的社会学分析

就理雅各与宇文所安两位汉学家的《诗大序》英译而言，两位译者分别生活在大英帝国"不列颠治世"（Pax Britannica）和超级大国美国称霸全球的不同时代，并在不同的汉学场域中形成了各自的译者惯习，而两人的译者惯习在翻译活动中又外化为各自的翻译策略，由此形成的翻译策略指导着两人完成了各自的翻译实践，进而形成了各自的译本特点。

一、译者分析：从汉学场域到译者惯习

理雅各（1815—1897）的大部分生活时代是在英国女王维多利亚（Queen Victoria，1819—1901）的统治之下，女王既是政治上的国家元首，又是"信仰的守护者"（Defender of the Faith），即宗教领袖，集政治权力和宗教权力于一身。该时期的英国汉学研究主要是在传教士汉学的基础上发展起来的，因此汉学场域在很大程度上依附于宗教场域，也依附于权力场域，而理雅各等传教士汉学家从事汉学研究、翻译中国文学与文化经典的目的，也主要是积累相关的"文化资本"和"社会资本"，以促进其传教活动。据理雅各回忆，他早年曾在父亲藏书室里发现了一份米怜（William Milne）传教用的小册子，上面写满了天书般的汉字，这一天启预示了他未来的职业生涯。[①] 理雅各少年时期在阿伯丁语法学校接受过大量翻译训练并表现突出："每周五，老师在班上听写一长段英文，然后给三个小时的时间，让大家将其翻译成拉丁文"[②]。青年时期在伦敦的海伯利神学院（Highbury Theological College）又接受了解经原则（exegetical principle）与批评方法（critical method）的训练："除了学习拉丁文

[①] Norman J. Girardot. *The Victorian Translation of China: James Legge's Oriental Pilgrimage*. Berkeley & Los Angeles, California: University of California Press, 2002, p. 47.

[②] Helen Edith Legge. *James Legge: Missionary and Scholar*. London: The Religious Tract Society, 1905, p. 2.

和希腊文,理雅各还学习了希伯来文,他说该时期对《新约》进行了全面、深入的研究,学习解经原则与批评方法,而这些后来都运用到了他对中国经典的翻译诠释之中。"①1938年,理雅各在伦敦曾在基德的指导下学习汉语,并在马六甲传教、担任英华书院院长期间"奋力提高和完善自己的汉语"②,而在1848年前往香港途中的日记中,又记叙说他"已在学术方面加倍努力,以掌握中国古代文学"③。在香港期间,理雅各"工作到深夜,在对富有争议的《诗经》(1871)和令人敬畏的《春秋》与《左传》(1872)的翻译中打磨自己的汉学才能。"④他在香港市政礼堂的一次演讲中提道:"必须停止对中国的肆意蔑视,取而代之的是,应该尊重这个国家及其人民。"⑤理雅各曾将《中国经典》描述为中国的"福音书和摩西五书",而"从其职业生涯伊始,就倾向于将自己定位为一位宗教信仰的摆渡人和学术译者,以输入中国经典的基本文学、哲学思想"⑥。

宇文所安(1946—)生活在美国国力日盛,其汉学研究也逐渐领先全球的当代。20世纪50年代初,受麦卡锡主义的影响,美国以中国学为主导的汉学研究受到冲击,换言之,该时期的美国汉学场域明显受到政治场域、权力场域的主导。但是自1972年中美建交以后,"两国敌对关系解冻,汉学研究领域的阴霾消散"⑦,美国政治场域、权力场域对汉学场域的约束也宽松起来。另外,美国的传统汉学专注于中国古代文学、文化和历史研究,也和其致力于探讨中国当代政治、经济和社会问题的新型汉学"中国学"大异其趣,与政治和权力场域保持着相当的距离,因此具有更多的独立性。正因为如此,宇文所安的汉学研究和翻译活动似乎并没有受到美国政治和权力场域的直接制约。与理雅各

---

① Norman J. Girardot. *The Victorian Translation of China: James Legge's Oriental Pilgrimage*. Berkeley & Los Angeles, California: University of California Press, 2002, p. 31.

② Helen Edith Legge. *James Legge: Missionary and Scholar*. London: The Religious Tract Society, 1905, p. 8.

③ Norman J. Girardot. *The Victorian Translation of China: James Legge's Oriental Pilgrimage*. Berkeley & Los Angeles, California: University of California Press, 2002, p. 47.

④ Ibid., pp. 75-76.

⑤ Ibid., p. 54.

⑥ Ibid., p. 41.

⑦ 蔡瑞珍:《文学场中鲁迅小说在美国的译介与研究》,见王洪涛:《社会翻译学研究:理论、视角与方法》,天津:南开大学出版社,2017年,第182页。

第三章 汉代文论《诗大序》两个英译本研究:基于反思性社会学理论的对比分析

早年接触到的汉语材料是米怜传教用的小册子不同,宇文所安最初阅读的是纯粹的中国文学作品,对此他在回忆自己14岁在巴尔的摩图书馆的读书经历时曾作过交代:"有一天,我像往常一样在图书馆里浏览,突然发现一本翻译成英文的中国诗选,感到非常新鲜,自此就爱上了这种与欧美诗歌相当不同的文学样式。"① 出于对中国古典文学的热爱,"宇文所安后来考入耶鲁大学,怀着浓厚的兴趣学习中国语言和文学"②。1968年获得学士学位后,他又考入耶鲁大学研究生院,攻读中国古代文学博士学位,师从著名的德裔美国汉学家傅汉斯(Hans Frankel)。宇文所安1972年获博士学位后留校任教,先后任讲师、副教授、教授。1982年调至哈佛大学任中国文学教授,1984年起又兼任比较文学系教授。除了大量发表、出版汉学研究的著述,宇文所安也翻译了许多中国古典文学、诗学作品,最具代表性的就是1992年出版的《中国文论读本》。宇文所安在谈及《中国文论读本》时曾指出:"至于中国文学批评的主要特点,我认为它有一系列的问题提出来讨论,强调多样性和个别性,用不同的方式处理不同的问题。而没有像西方那样,形成完整的传统意义上的概念系统。这不是中国文学批评的缺点,而正是它的特点。"③ 能如此深刻地评价中国文学批评的特点,说明宇文所安的汉学修养非常深厚。事实上,他对中国古典文论的英译与评论恰似其写作《初唐诗》和《盛唐诗》时做的那样,虽然不时显露出其西方理论背景,但是以"同情的了解"为基本立场进行诠释并提出自己的认识④。

通过以上依据布尔迪厄三步骤所作的分析可以看出:理雅各所处的英国传教士汉学场域依附于权力场域,理雅各在接受教育、传教活动中,以赢得传教事业所需的文化资本和社会资本为目的,形成了其深谙西方解经方法、精通汉学、尊重并致力于译介中国文化思想的译者惯习;而宇文所安所处的美国传

---

① 张宏生:《"对传统加以再创造,同时又不让它失真"——访哈佛大学东亚语言与文明系教授斯蒂芬·欧文教授》,载《文学遗产》,1998年第1期,第111页。
② 史冬冬:《宇文所安的中国文学思想研究》,见王晓路、刘岩:《北美汉学界的中国文学思想研究》,成都:巴蜀书社,2008年,第352页。
③ 张宏生:《"对传统加以再创造,同时又不让它失真"——访哈佛大学东亚语言与文明系教授斯蒂芬·欧文教授》,载《文学遗产》,1998年第1期,第113页。
④ 同上,第112页。

统汉学场域相对独立于权力场域,宇文所安出于个人兴趣在接受教育、开展学术研究的过程中积累了大量的文化资本和象征资本,并形成了其热爱中国语言文学、贯通西学与汉学、以"同情的了解"为基本立场来翻译和阐释中国文学与文学思想的译者惯习。

二、译策分析:从译者惯习到翻译策略

布尔迪厄将"惯习"界定为"可持续、可转换的倾向系统,倾向于把被结构的结构(structured structures)变成具有结构功能的结构(structuring structures)"[①]。所谓"被结构的结构"是指惯习在社会实践中形成,在行动者的"社会轨迹"(social trajectory)[②]中形成,而"具有结构功能的结构"指的是它"生成社会实践,形成社会表现"[③]。换句话说,惯习"在社会的制约中生成,而一旦生成后又顺应并反作用于社会"[④]。

根据布尔迪厄的观点,译者在其社会实践、社会轨迹中形成了自己的惯习,包括其"性格倾向、思维方式、行为习惯等"[⑤],突出表现为一种译者的翻译观念,而在译者惯习、翻译观念的影响和制约下,又生成了译者的翻译策略,进而生成了以翻译活动为表现的社会实践。对此,古安维克(Jean-Marc Gouanvic)曾经非常准确地指出:"无论是何情形,总是译者的惯习影响了其翻译实践的具体方式。"[⑥]

就理雅各而言,其对传教事业的执着使其致力于中国文化思想的译介,而在翻译《诗经》时,理雅各一方面尊重中国的文化思想,另一方面又因其纯粹的传教动机几乎漠视《诗经》《诗大序》的文学与诗学价值,因此设定了一种"尽可

[①] Pierre Bourdieu. *The Logic of Practice*. Richard Nice, trans. Chicago: Stanford University Press, 1992, p.53.

[②] Pierre Bourdieu. *The Field of Cultural Production: Essays on Art and Literature*. New York: Columbia University Press, 1993, p.56.

[③] Ibid.

[④] 王洪涛:《社会翻译学视阈中中国文学在英国传译的历时诠释》,载《外语学刊》,2016年第3期,第151页。

[⑤] 同上。

[⑥] Jean-Marc Gouanvic. "A Bourdieusian Theory of Translation, or the Coincidence of Practical Instances: Field, 'Habitus', Capital and 'Illusio'". *The Translator*, 2005 (2): p.164.

能直译"的策略:"我的目标是尽我最大可能使得译本再现原文的意义,不做增译也不做释译。该集子(指《诗经》,笔者注)就整体而言并不值得以诗歌的形式译出……我所倾向的是**尽可能直译**(**as nearly literal as possible**,黑体为笔者所加)的译本。"① 而在提出直译策略的过程中,理雅各又反复讨论了德庇时(John Davis)所译《诗经》中的诗歌是否"可理解"(intelligible),由此可见理雅各奉行直译策略的同时也讲求译文的可理解性。另外,理雅各深谙西方解经方法、精通汉学的译者惯习也深深影响了他的翻译观念与翻译策略,对此吉拉尔多(Norman J. Girardot)在谈到理雅各在香港期间的翻译工作时也有详细的描述,说他"把更多的精力投入对其翻译进行评注和提供历史文献出处上(在这方面,王韬对中国经典注疏的广博知识提供了至关重要的支持),而其译本的篇幅也越来越厚重,完成一部译作所需的时间也越来越长。他认识到,翻译远不是一种'漫不经心、没有学术含量'的释义行为。对于任何一种翻译来说,都必须运用语文学的诠释方法和历史诠释的方法。根据理雅各的判断,运用这些方法必须依赖中西方最为优秀的文本分析传统,同时需要任何一位翻译学者都去精心应对。"② 因此,理雅各在其译者惯习和翻译观念的影响制约下,形成了"尽可能直译"并讲求可理解性的基本翻译策略,同时广泛运用语文学诠释方法和历史诠释方法,大量使用注释。

就宇文所安而言,其对中国语言文学的热爱促使其以"同情的了解"为立场来阐释中国文学与文学思想,这在他为《中国文论读本》中译本所写的序言中可见一斑:"《中国文论读本》不希望把批评著作处理为观念的容器,它试图展现思想文本的本来面目。"③ 那么如何展现中国文论文本的本来面目呢?宇文所安清醒地指出:"西方读者如想了解一个与自身真正不同的文学思想传统,所不愿读到的正是那种将所有异质的东西都予以归化和熟悉化的译

---

① James Legge. *The Chinese Classics*. Hong Kong: Lane, Crawford & Co.; London: Trubner & Co., 1871, p. 116.
② Norman J. Girardot. *The Victorian Translation of China: James Legge's Oriental Pilgrimage*. Berkeley & Los Angeles, California: University of California Press, 2002, pp. 75—76.
③ 宇文所安:《中国文论:英译与评论》,王柏华、陶庆梅译,上海:上海社会科学院出版社,2003年,第1页。

本。"①为了回避这样一种归化的译本,宇文所安翻译中国古典文论时选择了一种"笨拙的直译"策略:"多数情况下,我决定在翻译中采用一种**笨拙的直译策略(a literal awkwardness**,黑体为笔者所加),以使英文读者能多少看到汉语原文本的样子。这种相对的直译并不吸引人,但就富含思想的文本——尤其是汉语文本——而言,优雅的译文通常意味着对译文读者的认知习惯作巨大的让步。本书所译的许多作品之前都有非常优雅的译文,但读这些优雅的译文有时只能对中国文论家的思想形成一个粗浅的认识。"②当然,宇文所安非常清楚运用这种"笨拙的直译"策略将中国古典文论翻译到英文中是有缺陷的,因此提出了相应的补救策略:"中文里原本深刻、精到的论断,翻译到英文中往往变成了空洞破碎的泛泛之谈。对此唯一的补救之策就是注疏(exegesis),因此本书不仅提供了译文,同时也提供了评论(commentary),二者相辅相成。"③在占据了其《中国文论读本》大半篇幅的评论中,既有宇文所安以历史化、语境化为手段对中国古典文论的"同情的了解"与诠释,也有他对中西文论的相互阐发,难怪乐黛云在为《中国文论读本》的中译本《中国文论:英译与评论》所作的序言中说:"此书本身就是一个中西文论双向阐发、互见、互识,互相照亮的极好范例。"④由此可见,宇文所安在其译者惯习的制约下形成了其"笨拙的直译"并辅以"评论"的翻译策略,而其"评论"又透射出一种双向阐发的翻译思想。

三、译本分析:从翻译策略到译本特点

理雅各的"尽可能直译"和宇文所安的"笨拙的直译"使得二者在翻译过程中均以原文为导向,因此二者的译本在原文信息传达方面都具有较高的"充分性"(adequacy)。然而二者的翻译策略在近似的同时也存在着差异,比如理雅各在"尽可能直译"的同时也注重译文的可理解性,而宇文所安的"笨拙的直

---

① Stephen Owen. *Readings in Chinese Literary Thought*. Cambridge, Massachusetts & London: Harvard University Press, 1992, pp. 15—16.
② Ibid.
③ Ibid.
④ 乐黛云:《〈中国文论:英译与评论〉序言》,见宇文所安:《中国文论:英译与评论》,王柏华、陶庆梅译,上海:上海社会科学院出版社,2003年,第5页。

译"则是一种近乎纯粹的直译,另外前者的"注释"策略与后者的"评论"策略也有本质的差别,所有这些使得两个译本又产生了不同的特点,表现在词汇、句法和篇章等方面。

(一)词汇层面的对比:文论术语的翻译

理雅各与宇文所安两个译本在词汇层面上的差异集中表现在其对《诗大序》文论术语的翻译上。如同其他文论作品一样,《诗大序》中的文论术语既重要又难以翻译:"从多个角度来讲,一种文学思想传统是由一系列的'术语'构成的,这些术语有其自身的历史、复杂内涵和力量。它们并不是独立意义载体的汇合,而是互相诠释的系统的一部分,这个系统随着时间而演化,与人类其他知识领域的概念词汇相关联。"① 对于如此难译的术语,理雅各和宇文所安的处理方式明显不同,下面两例可以说明这一点。

例[1]:

原文:诗者,志之所之也,在心为志,发言为诗。

理雅各译文:Poetry is the product of earnest thought. Thought [cherished] in the mind becomes earnest; exhibited in words, it becomes poetry.

宇文所安译文:The poem is that to which what is intently on the mind (*chih**) goes. In the mind (*hsin**) it is "being intent" (*chih**); coming out in language (*yen*), it is a poem.

在上例中,对于"志""心""言"几个中国古典文论中常出现的术语,理雅各将其翻译成"earnest thought""mind""words",译文明白晓畅,不难看出这是他奉行尽可能直译但注重可理解性翻译策略的结果,而宇文所安不仅将其译成"what is intently on the mind/being intent""mind""language",而且分别在后面的括号里添加了其拼音"chih""hsin""yen",这自然是其运用"笨拙的直译"得来的译文,对此他曾作过解释:"对于一些重要的术语,在译文之后再添加拼音,这样做尽管笨拙,但可以反复地提醒读者——所给出的英译并不真正

---

① Stephen Owen. *Readings in Chinese Literary Thought*. Cambridge, Massachusetts & London: Harvard University Press, 1992, p. 4.

和所译的汉语词汇完全是一个意思。"①

例[2]:

原文:情发于声,声成文谓之音。

理雅各译文:The <u>feelings</u> go forth in sounds. When those sounds are <u>artistically combined</u>, we have what is called musical pieces.

宇文所安译文:The <u>affections</u> (*ch'ing* ＊) emerge in sounds; when those sounds have <u>patterning</u> (*wen* ＊), they are called " tones. "

在例[2]中,"情"和"文"都是中国古典文论的核心概念,理雅各和宇文所安在不同翻译策略的指导下形成的译文也各异:秉持直译但注重可理解性的前者将其分别译为英文读者比较好理解的"feelings""artistically combined";后者奉行"笨拙的直译"策略,因此以译文加拼音的形式将其"笨拙"地处理为稍显生硬的"affections (ch'ing ＊)""patterning (wen ＊)"。

(二)句法层面的对比:汉语句式的翻译

在句法层面上,理雅各和宇文所安两译本在整体上基本遵循了直译的策略,对原文的句式亦步亦趋,较好地保持了原文的论说思路。但也有少数地方略有差异,比如:

例[3]:

原文:至于王道衰,礼仪废,政教失,国异政,家殊俗,而变风变雅作矣。(宇文所安译本中所用的标点符号均为上下居中的"。")

理雅各译文:When the administration of the kings fell into decay, the rules of propriety and righteousness were neglected, the instructions of government failed of effect, different methods of government obtained in different States, and the customs of the [great] Families in them had come to vary; — then the changed (or inferior) Fung, and the inferior Ya, were made.

宇文所安译文:When the royal Way declined rites and moral

---

① Stephen Owen. *Readings in Chinese Literary Thought*. Cambridge, Massachusetts & London: Harvard University Press, 1992, p. 16.

principles (*yi* *) were abandoned; the power of government to teach failed; the government of the states changed; the customs of the family were altered. And at this point the mutated (*pien* *) *feng* * and the mutated *ya* * were written.

上述两个译本在句法层面上的差异表现得非常鲜明。首先,尽管理雅各在句式上也尽量模仿汉语句式的特点,但其译文是一个中规中矩,读起来非常流畅的英语主从复合句:前面的条件状语从句较长,各个部分之间用逗号作停顿,然后用分号结尾,并用英文连字符与后面的主句连接起来。由此不难看出,由于理雅各既奉行直译策略,又注重译文的可理解性,其译文才呈现出这种既模仿汉语句式又遵守英文句法规范的特点。相比较而言,宇文所安遵循的是"笨拙的直译"策略,因此他敢于打破英语的句法规范,近乎机械、笨拙地模仿汉语原文的句式结构:译文的前半部分在意义上是一个条件状语从句,在形式上却以分号作为内部的停顿,以英文的句号结尾,从而与后面的主句构成意义上的主从复合句、形式上的两个并列单句。

(三)篇章层面的对比:译本体例的设定、副文本的使用等

语篇在广义上是"指任何不完全受句子语法约束的在一定语境下表示完整语义的自然语言"[①]。此处将整个译本视作语篇,在语篇层面上着重考察两个译本在体例设定、副文本使用等方面的差异与特点。

理雅各和宇文所安都是治学严谨的汉学家,其精研汉学的译者惯习促使二者都以"直译"策略充分传达原文信息的同时,又立足各自的学术背景以注释、评论等其他策略来对《诗大序》进行阐释,因此二人的译本除译文外,还包含了大量"在正文与读者间起协调作用、旨在'呈现'作品"[②]的副文本,并形成了各自独具特色的译本体例。理雅各的《诗大序》译本附于其《诗经》英译卷本的"绪论"(The Prolegomena)第二章之后。该绪论长达 182 页,内容涉及《诗经》历史、诠释、诗学价值等方方面面,而在其第二章中,理雅各不仅阐述了《诗大序》的重要地位,还详细考证了其作者。理雅各《诗大序》译本的体例为"英

[①] 胡壮麟:《语篇的衔接与连贯》,上海:上海外语教育出版社,1994 年,第 1 页。
[②] Gérard Genette. *Paratexts*: *Thresholds of Interpretation*. Jane Lewin, trans. Cambridge: Cambridge University Press, 1997, p.1.

语译文+汉语原文+注释"。宇文所安的《诗大序》译本构成其《中国文论读本》的第二章,该《读本》前面设有长达14页的"导言"(Introduction),内容涉及文学思想的功用、中西文论的对比、中国文论英译的方法等,而第二章首尾分别为《诗大序》简介和补充性文本。宇文所安《诗大序》译本的体例为"汉语原文+英语译文+评论"。为能比较清晰地展示两译本的体例差别,现将两译本相对应的一个语篇片段摘取出来分列如下:

例[4]:

理雅各译本体例:

英语译文:… Thus it is that in the [Book of] Poems there are six classes:—first, the Fung; second, descriptive pieces; third, metaphorical pieces; fourth, allusive pieces; fifth, the Ya; and sixth, the Sung[1] …

汉语原文:……故诗有六义焉,一曰风,二曰赋,三曰比,四曰兴,五曰雅,六曰颂……

注释:1. This paragraph has been referred to in Ch. I. more than once, as taken from the "Official Book of Chow" … As Këa Kung-yen(贾公彦;T'ang dyn.) says:—风,雅,颂,诗之名也,但就三者之中有赋,比,兴,故总谓之六诗 … As Choo He says:—比是以一物比一物,而所指之事,常在言外 … Occasionally the three styles all come together in one ode.

例[5]:

宇文所安译本体例:

汉语原文:故诗有六义焉。一曰风。二曰赋。三曰比。四曰兴。五曰雅。六曰颂。

英语译文:Thus there are six principles ($yi*$) in the poems:(1) Airs ($feng*$);(2) exposition (fu);(3) comparison ($pi*$);(4) affective image,($hsing*$);(5) Odes ($ya*$);(6) Hymns ($sung$).

评论:Much ink has been spilled to explain why the "Six Principles" (liu-$yi*$) are presented in this sequence … Furthermore, the privilege of $hsing*$ over fu and $pi*$ in part explains why traditional China did not develop a complex classification system of rhetorical figures, such as we find in the West. Instead there develop classifications of moods, with categories of scene and circumstance appropriate to each. This vocabulary of moods follows from the conception of language as the manifestation of some integral state of mind, just as the Western rhetoric of schemes and tropes follows from a conception of language as sign and referent.

从形式上来看,理雅各与宇文所安两译本在体例上有两个明显的区别:一是"英语译文"与"汉语原文"的先后顺序不同;二是"注释"与"评论"的不同。

关于第一个区别:尽管理雅各奉行"尽可能直译"的策略,但他强调译文的可理解性,自然也看重译本的可读性,故而其译本是"英语译文"先行,"汉语原文"置后;而宇文所安采取"笨拙的直译"策略,以"同情的了解"为出发点对《诗大序》进行翻译,因此便"汉语原文"前置,然后再推出"英语译文"。

至于第二个区别,则要复杂一些。理雅各早年学习过解经原则与批评方法,其严谨的学术态度促使他将西方的语文学诠释方法和历史诠释方法运用到包括《诗大序》在内的中国文化典籍英译之中,从而形成了大量使用注释的翻译策略,比如 1867 年他在着手开始翻译《诗经》时便曾说过:"一个勤奋的译者必须始终精心工作,就好像是在为那'第一百位'读者翻译似的,而只有这位读者才关心译者悉心所作的大量注释(除此之外的 99 位读者并不关心那些批评性的注释)。只有这样,译本才能有'恒久价值',才能成为'几百年内都会被人所查阅的东西'。"[①]在例[4]中,理雅各在注释中所做的主要是援引中国学者贾公彦、朱熹等人的观点来对"六义"进行阐释,基本上是"以中释中"。宇文所安非常尊重汉语原文,奉行"笨拙的直译"策略,但他自己也很清楚翻译的困难与不足,比如在谈到中国文论术语的翻译时就坦言"……没有什么最佳翻译,只有好的解释。任何选定的译文都在某些方面对汉语概念造成了本质性的损害,这对任何一种(文学)传统的核心概念术语来说都是如此,这些术语对

---

① Norman J. Girardot. *The Victorian Translation of China: James Legge's Oriental Pilgrimage*. Berkeley & Los Angeles, California: University of California Press, 2002, p.62.

其文明来说很重要,它们历史复杂,并且深嵌于该文明所共享的文本之中。"[1]
正因为如此,宇文所安在译本中大量使用"评论",以和其"笨拙的直译"策略相辅相成并弥补其英语译文的不足。由例[5]可见,宇文所安的评论还有一点与理雅各不同,那就是他在中西方修辞之间作了对比性诠释,这也是其双向阐发翻译策略的直接体现。

结 语

作为一种新兴的研究模式,以布尔迪厄反思性社会学理论为重要依托的社会学路径翻译研究将文本内外的语言与语境、译者与社会、历史与文化等主客观因素融合在一起进行考察,成为一种比较成功的综合性翻译研究模式。切斯特曼也认为社会学路径的翻译研究使得我们关注起"一些纽带性的理念"(bridge concepts),其中包括因果观念、翻译实践、话语与惯习,以及翻译的规范、指要与策略等,而这些纽带性的理念则"将文本(textual)、认知(cognitive)与文化(cultural)等视角连接起来……"[2]

本章根据社会学路径翻译研究的基本原理,借鉴布尔迪厄反思性社会学理论与分析模式对理雅各与宇文所安《诗大序》两种英译进行综合考察,通过从汉学场域到译者惯习的译者分析、从译者惯习到翻译策略的译策分析和从翻译策略到译本特点的译本分析,揭示了两种英译背后各种因素彼此关联、互为因果的规律与逻辑:理雅各和宇文所安置身于英美两国不同时代的汉学场域,形成了各自的译者惯习,而两人的译者惯习在不同场域的翻译活动中又外化为同中有异的"直译"翻译策略,由此形成的翻译策略指导着二人完成了各自的翻译实践,进而形成了均注重原文信息传达"充分性"但又在词汇、句法以及篇章等层面各具特点的两个译本。

然而,理雅各与宇文所安的《诗大序》译本在可接受性、可读性方面明显逊

---

[1] Stephen Owen. *Readings in Chinese Literary Thought*. Cambridge, Massachusetts & London: Harvard University Press, 1992, p. 16.

[2] Andrew Chesterman. "Bridge concepts in translation sociology". In Michaela Wolf & Alexandra Fukari (eds.). *Constructing a Sociology of Translation*. Amsterdam/Philadelphia: John Benjamins Publishing Company, 2007, p. 171.

色于另外三个更加流畅的译本,为何却在西方学界的影响更为深远呢?这恐怕还要考虑理雅各与宇文所安两位译者在汉学场域中所占据的位置,二者所拥有的"文化资本""社会资本"与"象征资本"以及由此所形成的译本传播渠道,才能够解释清楚。理雅各曾任香港英华书院院长,后任牛津大学首任汉学教授,并曾获西方汉学研究的最高荣誉"儒莲中国文学国际奖"(International Julien Prize for Chinese Literature),而宇文所安曾获耶鲁大学中国古代文学博士学位,先后任耶鲁大学、哈佛大学中国文学教授,在西方汉学界享有盛誉,因此两位译者拥有大量的文化资本、社会资本和象征资本,而其在西方汉学场域所占据的位置也非常利于"谋求特定权威合法化"。顺理成章的是,理雅各收纳《诗大序》英译的《诗经》译本1871年在英华书院所属的印刷所出版,宇文所安收纳《诗大序》英译的《中国文论读本》1992年在美国哈佛大学出版社出版,并受到学界认可、欢迎,很快成为影响深远的经典之作。事实上,布尔迪厄有关场域和资本的论断可以很好地解释这一现象:"场域的结构,即资本的非公平分配状态,造成了资本的各种特定效果,也就是说,对收益和权力的调控使得场域的运行法则对资本及其再生产更为有利。"[1]正是因为如此,汉学家在中国古典文论的英译与国际传播中往往具有得天独厚的优势,这是当前中国文化"走出去"需要重视的问题。

---

[1] Pierre Bourdieu. "The Forms of Capital". In John Richardson (ed.). *Handbook of Theory and Research for the Sociology of Education*. New York: Greenwood, 1986, p.246.

第 四 章

晋代文论《文赋》两个英译本研究：
图里翻译规范理论视角下的对比分析

引言 《文赋》的主要英译及其研究现状

晋代著名文学家陆机所作的《文赋》以赋论文，是中国古典文论发展史上最具影响力的文学理论著作之一。自 20 世纪中期开始，《文赋》受到了西方英语世界的密切关注，得到了广泛的译介，至今已诞生了八个有代表性的英译本，分别为陈世骧（Shih-hsiang Chen）的译本"Literature as Light against Darkness: Being a Study of Lu Chi's Essay on Literature"(1948)，修中诚（E. R. Hughes）的译本"The Art of Letters, Lu Chi's 'Wen Fu,' A. D. 302, a Translation and Comparative Study"(1951)，方志彤（Achilles Fang）的译本"Rhymeprose on Literature: The Wen-Fu of Lu Chi（A. D. 261—303）"(1951)，康达维（David R. Knechtges）的译本"Rhapsody on Literature"(1982)，黄兆杰（Siu-Kit Wong）的译本"A Descriptive Poem on Literature"(1983)，哈米尔（Sam Hamill）的译本"The Art of Writing"(1987)，宇文所安（Stephen Owen）的译本"The Poetic Exposition on Literature"(1992)以及巴恩斯通（Tony Barnstone）与周平（Chou Ping）合作英译的"The Art of Writing"(1996)。

在《文赋》上述八个英译本中,哈佛大学华裔学者方志彤①的译本与香港大学教授黄兆杰的译本别具特色,同时因两位译者对中国古典文论都有精深的研究而值得格外关注:方志彤是哈佛大学比较文学博士,毕业后留在哈佛任教,讲授古代汉语、中国文学理论等课程,其英译的《文赋》("Rhymeprose on Literature: The Wen-Fu of Lu Chi(A. D. 261—303)")1951 年发表在《哈佛亚洲学报》(*Harvard Journal of Asiatic Studies*)第 14 期上,后又再版并被多个中国古典文学研究论集收录;黄兆杰是牛津大学博士,长期在香港大学执教,在中国古典文论的英译与研究方面著述颇丰,其英译的《文赋》("A Descriptive Poem on Literature")收录于其《中国早期文学批评》(*Early Chinese Literary Criticism*)一书中,由英国著名汉学家霍克斯(David Hawkes)作序,1983 年在香港联合出版有限公司出版。方志彤与黄兆杰的《文赋》两个英译本特色鲜明,均为上乘佳译,在西方英语国家汉学界得到了广泛的认可,具有很高的学术价值。

目前中国翻译学界对《文赋》英译的研究十分薄弱,对方志彤译本与黄兆杰译本更是关注甚少。王光坚②曾梳理过《文赋》的英译情况,考察了英语世界《文赋》研究的特征与不足,进而指出对《文赋》的英译研究既可为典籍英译提供借鉴意义,又可促进国内对《文赋》的研究走向深入。任增强③简要综述了《文赋》在美国的接受与阐释情况,指出《文赋》英译的渐次出现有力推动了美国学界对陆机文学思想的阐发与探究。李凤琼④分析了方志彤《文赋》英译本的大体特点,考察了方志彤与麦克雷什(Archibald MacLeish)之间的互动以及麦克雷什对《文赋》的评论,认为麦克雷什通过阅读方译《文赋》在东方诗学中为西方诗学找到了呼应与支持。以上仅有的少数研究成果简要分析了《文赋》在西方英译的大体特点,概述了《文赋》现有英译本的基本情况,但现有研究内容零散,多围于事实堆砌,难以深入,未能剖析《文赋》各英译本在语言风格上的不同特点,也未能揭示《文赋》各英译本不同语言风格的具体成因。

---

① 关于方志彤的家世与国籍,请参见第二章第四节。
② 王光坚:《英语世界中的陆机〈文赋〉翻译和研究》,北京师范大学硕士学位论文,2010 年。
③ 任增强:《陆机〈文赋〉在美国的接受与阐释》,载《中国社会科学报》,2013 年 8 月 23 日。
④ 李凤琼:《〈文赋〉在美国:从方志彤到麦克雷什》,见《作为理论资源的中国文论——古代文学理论研究》(第四十二辑),上海:华东师范大学出版社,2016 年,第 17—30 页。

鉴于此,本章选取《文赋》众多英译本中特色鲜明的方志彤译本和黄兆杰译本为具体的考察对象,以图里(Gideon Toury)的翻译规范(translational norm)理论为依托,对其进行深入的描写性、解释性对比分析,以考察方志彤与黄兆杰两位译者在预备规范、初始规范和操作规范的影响与制约下在翻译策略上作出的不同选择,并着重分析由此产生的两个译本在词汇、句法、篇章等层面上所形成的不同特点,进而揭示两种不同风格译本的产生过程与形成原理,以期对当前中国文学"走出去"过程中出现的译本描写与批评研究有所启发,同时对中国文学的外译实践有所借鉴。

第一节 图里的翻译规范理论

"规范"(norm)原本是社会学的范畴,通常指"群体中个体自觉遵循的行为模式,并且以群体共同期待和接受为基础"[①]。图里在列维(Jiří Levy)、伊文-佐哈(Itamar Even-Zohar)等人的启发下将"规范"引入到翻译研究中来,予以系统阐释并将其发展成为描写翻译研究的核心理论——翻译规范理论。图里早在1976年撰写的《文学翻译中规范的性质与作用》("The Nature and Role of Norms in Literary Translation")一文(该文1980年收入其论文集)中,就提出了翻译规范的概念,并以文学翻译为参照阐述了翻译规范的性质、类型与作用[②]。1995年,图里在其《描写翻译学及其他》(*Descriptive Translation Studies and Beyond*)一书中将翻译规范从一种文学翻译理论发展为一种普遍翻译理论,并在该书第二章以《翻译中规范的性质与作用》("The Nature and Role of Norms in Translation")为题全面阐发了其翻译规范理论思想。2012年,图里又在《描写翻译学及其他》修订本中详细论述了翻译与规范之间的内在关联性,进一步发展了其翻译规范理论。

图里认为"规范"并非绝对的"客观法则"(objective rules),也非纯粹主观

[①] 廖七一:《翻译规范及其研究途径》,载《外语教学》,2009年第1期,第95页。
[②] Gideon Toury. *In Search of a Theory of Translation*. Jerusalem: Academic Press, 1980, pp. 51—62.

的"个人风格"(idiosyncratic mannerisms)①②,而是居于两者之间的"行为指南"(performance instructions):"从社会群体共有的普遍价值观或各种观念(亦即何为对与错,何为恰当与不当)转化而成的行为指南,这些行为指南切合且适用于特定的场景,明确告诉人们就某一行为而言,哪些是规定的或禁止的,哪些是可以容忍的或允许的。"③④

图里明确指出翻译是"一种受规范制约的活动"(a norm-governed activity)⑤⑥,进而将制约翻译活动的规范划分为三种类型:"预备规范"(preliminary norm)、"初始规范"(initial norm)和"操作规范"(operational norm)。预备规范涉及"翻译政策"(translation policy)和"翻译的直接性"(directness of translation)问题:前者包括影响文本类型或特定文本选择的因素,后者主要指是否为转译。初始规范与译文的"充分性"(adequacy)和"可接受性"(acceptability)等问题有关。图里指出,如果译者遵循源语规范(adherence to source norms),其译文就会呈现出"充分性"特征;相反,如果译者遵循译语原则(subscription to norms originating in the target culture),其译文则会呈现出"可接受性"特征⑦。操作规范指影响、制约译者实际翻译过程和具体翻译行为的规范,包括决定译本完整性与实际布局特征的"矩阵规范"(matricial norm)以及影响译本语言与语篇等微观层面特征的"篇章—语

---

① Gideon Toury. *Descriptive Translation Studies and Beyond*. Amsterdam & Philadelphia: John Benjamins Publishing Company, 1995, p. 54.
② Gideon Toury. *Descriptive Translation Studies and Beyond* (Revised edition). Amsterdam & Philadelphia: John Benjamins Publishing Company, 2012, p. 65.
③ Gideon Toury. *Descriptive Translation Studies and Beyond*. Amsterdam & Philadelphia: John Benjamins Publishing Company, 1995, pp. 54—55.
④ Gideon Toury. *Descriptive Translation Studies and Beyond* (Revised edition). Amsterdam & Philadelphia: John Benjamins Publishing Company, 2012, p. 63.
⑤ Gideon Toury. *Descriptive Translation Studies and Beyond*. Amsterdam & Philadelphia: John Benjamins Publishing Company, 1995, p. 56.
⑥ Gideon Toury. *Descriptive Translation Studies and Beyond* (Revised edition). Amsterdam & Philadelphia: John Benjamins Publishing Company, 2012, p. 61.
⑦ Gideon Toury. *Descriptive Translation Studies and Beyond*. Amsterdam & Philadelphia: John Benjamins Publishing Company, 1995, pp. 56—57.

言规范"(textual-linguistic norm)①。在图里看来,上述三种规范对翻译活动的影响有先后顺序:预备规范在时间和逻辑上较之操作规范更早介入翻译活动②,而初始规范作为一种"解释工具"(explanatory tool)也优先于其他具体的规范对翻译行为产生影响③。因此,预备规范最先介入翻译活动④,初始规范与预备规范二者先于操作规范在宏观层面上制约翻译行为,同时初始规范所形成的充分性和可接受性翻译倾向又在微观层面上影响着译者翻译策略的抉择,而操作规范则在文本、语言等微观层面上对译者的翻译行为产生影响。

由于翻译规范本身无法进行直接观察,因此在翻译研究中需要对其进行重建。翻译规范的重建主要有两种途径:一种来自文本本身(texual sources),即通过翻译文本本身来重建所有类型的规范,亦可通过文本分析库(比如"虚拟"文本)来重建各种预备规范;另一种来自文本外部(extratextual sources),即通过半理论或具有批评性质的阐述,比如规约性的翻译理论,译者、编辑、出版商及其他翻译行为相关人士的言论,翻译评论以及译者行为等,来进行重建⑤⑥。

近年来,图里提出的翻译规范理论得到了翻译学界的持续关注并对翻译研究产生了深远的影响。谢芙娜(Christina Schäffner)认为在过去五十年间众多的翻译研究核心概念之中,唯有规范概念一直以来被以不同方式拿来运用,其价值既得到了学界的充分肯定又引起了热议⑦。作为描写翻译研究的核心理论,翻译规范理论"摆脱了传统翻译理论狭隘、绝对的弊端"⑧,引领翻译理论从静态的规约走向了动态的描写与阐释,在当代翻译研究中得到了广泛的应用。正因为如此,本章将以图里的翻译规范理论为依托,对方志彤和黄

---

① Gideon Toury. *Descriptive Translation Studies and Beyond*. Amsterdam & Philadelphia: John Benjamins Publishing Company, 1995, pp. 58—59.
② Ibid., p. 59.
③ Ibid., p. 57.
④ 王运鸿:《描写翻译研究及其后》,载《中国翻译》,2013 年第 3 期,第 11 页。
⑤ Gideon Toury. *Descriptive Translation Studies and Beyond*. Amsterdam & Philadelphia: John Benjamins Publishing Company, 1995, p. 65.
⑥ Gideon Toury. *Descriptive Translation Studies and Beyond* (Revised edition). Amsterdam & Philadelphia: John Benjamins Publishing Company, 2012, pp. 87—88.
⑦ Christina Schäffner (ed.). *Translation and Norms*. Clevedon: Multilingual Matters, 1999, p. 1.
⑧ 王运鸿:《描写翻译研究及其后》,载《中国翻译》,2013 年第 3 期,第 11 页。

兆杰英译的《文赋》两种译本进行描写性、阐释性的对比考察。

第二节 翻译规范理论视角下《文赋》两个英译本的对比分析

基于图里的翻译规范理论对方志彤与黄兆杰的《文赋》"翻译文本"及相关的"副文本"和"元文本"[①]进行宏微共参的对比分析,会发现两位译者在预备规范制约下在文本选择上有同有异,在初始规范制约下表现出不同的翻译倾向,而在初始规范与操作规范的共同制约下采取了不同的翻译策略,由此使得两个英译本在词汇、句法、篇章等层面上呈现出不同的文本特征。

一、预备规范制约下方译与黄译的底本选择

图里的预备规范主要涉及翻译政策与翻译的直接性两个方面。由于方志彤与黄兆杰均将《文赋》直接从汉语译成英语,因此两者在翻译的直接性上并无差异。至于翻译政策对方译与黄译的制约与影响,则是异中有同。在图里看来,"翻译政策是指决定选择哪些文本类型甚或哪些具体文本在特定时间输入特定文化或语言的那些因素"[②]。对于《文赋》的两个译本来说,对其产生影响的翻译政策既包括宏观的社会与文化因素,也包括微观的文学与诗学因素。

就宏观的社会与文化因素而言,方志彤英译《文赋》恰逢美国大力支持汉学研究与中国文化翻译的有利时机:"第二次世界大战后至今……美国的官方机构和民间机构开始设立资助项目,支持各大学教授日本和中国语言文化,翻译日本和中国文化文本。"[③]与方译类似,黄译是在处于中西文化交流枢纽的香港进行,而香港的翻译环境及翻译政策向来都是非常积极的,比如曾任香港翻译学会会长的陈德鸿教授就指出:"在研究翻译史中,我发现无论是英译中或中译英,香港是个主要基地……"[④]

---

① 廖七一:《翻译规范及其研究途径》,载《外语教学》,2009 年第 1 期,第 97—98 页。
② Gideon Toury. *Descriptive Translation Studies and Beyond* (Revised edition). Amsterdam & Philadelphia: John Benjamins Publishing Company, 2012, p. 82.
③ 龚献静:《二战后美国资助翻译中国文化文本的项目特点及启示》,载《中国翻译》,2017 年第 1 期,第 42 页。
④ 徐菊清:《翻译教学与研究论述:陈德鸿教授专访录》,载《翻译界》,2017 年第 2 期,第 135 页。

就微观的文学与诗学因素而言,方志彤与黄兆杰选择英译《文赋》主要都是出于对其诗学价值的考量。方志彤在其《文赋》英译本前言中指出:"这篇凝练的文章被认为是中国诗学雄文之一,在中国文学史上影响深远,堪与6世纪刘勰那篇论述更为全面的《文心雕龙》比肩。"①而黄兆杰在历数了陈世骧、方志彤、修中诚等人的《文赋》英译后则坦言:"本书对其进行重新翻译,是由于我认为论及中国诗学的宏阔精妙,《文赋》不可或缺。"②

具体到两位译者对原作底本的选择,则可谓同中有异。相同的是,方译和黄译均以艺文书局胡克家1809重雕宋淳熙本李善注《文选》卷十七所收录的《文赋》为底本。略有不同的是,方志彤在选择底本时,还参照了很多《文赋》的其他版本及相关文献,包括《四部丛刊》初编《文选》第十七卷六臣注本、《艺文类聚》卷五十六、《初学记》卷二十一、《陆士衡文集》《文境秘府》《太平御览》、《四部丛刊》本《文选》第十七卷李善注本及《四部丛刊》本《文选》第十七卷五臣本中收录的《文赋》等。③另外,方志彤还对所选底本的内容作了一些微调,比如将"诵先民之清芬"一句中的"先民"改为"先人",将原文"意徘徊而不能掷"中的"能"去掉,将"亦非华说之所能精"中的"精"改为"明"等。这些微调,有的是出于韵脚考虑,有的是对其中意义解读的权衡④,由此可见方译兼顾原文形式与内容的传达。

二、初始规范制约下方译与黄译的翻译倾向

方志彤和黄兆杰的翻译倾向受到初始规范的制约。方志彤倾向于源语规范,着力追求译文的充分性;而黄兆杰则倾向于译语规范,更强调译文的可接受性。二位译者所遵循的这种初始规范及其由此所形成的翻译倾向,可以根据图里重建规范所提出的思路,在译本之外的附录、前言以及译本之内找到充

---

① Achilles Fang. "Rhymeprose on Literature: The Wen-Fu of Lu Chi (A. D. 261—303)". *Harvard Journal of Asiatic Studies*, 1951 (3): p. 527.
② Siu-kit Wong. "A Descriptive Poem on Literature". In Siu-kit Wong (ed.). *Early Chinese Literary Criticism*. Hong Kong: Joint Publishing Co., 1983, p. 50.
③ Achilles Fang. "Rhymeprose on Literature: The Wen-Fu of Lu Chi (A. D. 261—303)". *Harvard Journal of Asiatic Studies*, 1951 (3): p. 562.
④ Ibid., pp. 562—563.

分的佐证,同时也全面体现在其译文之中。

(一)方译以源语规范为导向的翻译倾向

方志彤严格遵循源语规范,其译文极其注重对原文内容与形式的充分表达。译文中与原文极小的出入,方志彤都在其译文附录中作了细致说明。在"附录 I"中,方志彤指出,"我在文本中作了几处改动,在此必须做出说明:我所作的改动只是韵律层面,而非诗学层面"①。在"附录 III"中,方志彤明确指出其目标是"不过分阐释陆机的《文赋》"②。

细读译文,可以发现方译严格保留原文形式,充分传达原文内容,并未对原文作过多阐释。方译用词精美凝练,句式简短有力,对称平衡,富有气势,节奏感十足,而这恰与陆机《文赋》的精致唯美、音节匀称、词句成双成对、极具节奏美的特点不谋而合。由此可以看出,方志彤在《文赋》的英译过程中,为了最大限度地靠近原文,倾力传达原文的内容及语言形式,充分体现了其对源语规范的遵循及其对译文充分性的重视。

(二)黄译以译语规范为导向的翻译倾向

黄兆杰的翻译倾向主要表现为其对译文可接受性的重视。黄兆杰在其收录《文赋》英译的《中国早期文学批评》前言中称,其译文旨在将中国文论作品准确翻译为"可读性强的英文"(readable English)③,为"无法读懂'原文语言'的英语读者"(readers who have no access to the "source language" concerned)阅读《文赋》提供便利④。

细读黄译,会发现其译文语言地道流畅,用词生动灵活,句式丰富多变,语法严谨规范,可读性非常强。尤其值得一提的是,黄兆杰在其译文尾注中广泛征引了利维斯(F. R. Leavis)、艾略特(T. S. Eliot)、华兹华斯(W. Wordsworth)等西方文学家、批评家的文学思想来解释陆机的文学思想,以此拉近译语读者与源语文本的距离,提高译文的可接受性。由此可见,黄兆杰在

---

① Achilles Fang. "Rhymeprose on Literature: The Wen-Fu of Lu Chi (A. D. 261—303)". *Harvard Journal of Asiatic Studies*, 1951 (3): p. 546.
② Ibid., p. 559.
③ Siu-kit Wong. "A Descriptive Poem on Literature". In Siu-kit Wong (ed.). *Early Chinese Literary Criticism*. Hong Kong: Joint Publishing Co., 1983, p. xiii.
④ Ibid., p. xi.

《文赋》的英译过程中,遵循译语规范,在译文的可读性和可接受性方面下足了功夫,以便英语读者能更好地理解和接受《文赋》的文学思想。

三、初始规范与操作规范共同制约下方译与黄译的文本特征

初始规范在宏观上塑成了译者的翻译倾向,而其重视充分性或可接受性的翻译倾向又在微观层面上影响着译者翻译策略的抉择:"其初始性在于它高于那些更低层次、更具体层次的特定规范……任何微观层面上的决策都仍然可以用充分性与可接受性来进行解释。"①②换句话说,初始规范影响了具体的操作规范,而译者在初始规范和操作规范的共同制约下会在翻译过程中采取相应的翻译策略,由此形成了译本相应的文本特征。

就《文赋》的方译与黄译而言,方志彤与黄兆杰的初始规范影响了其操作规范,形成了各自具体的矩阵规范和篇章-语言规范,二者在初始规范和操作规范的共同制约下采取了不同的翻译策略,由此形成了两个译本各自的文本特征。具体说来,方志彤与黄兆杰在初始规范影响下所形成的重视充分性或可接受性的翻译倾向,以及二者各自所遵循的矩阵规范和篇章-语言规范影响了其具体翻译策略的抉择,进而形成了两个译本在词汇、句法、篇章各个层面上的具体特征。

(一)词汇层面的对比分析

在词汇层面上,方志彤与黄兆杰在初始规范和操作规范的共同制约下对于原文词性、术语的英译处理有着鲜明的差异。

1. 词汇的动态与静态

如前所述,方志彤以源语规范为导向,追求译文的充分性。在这种初始规范的影响下,方志彤遵循原文的篇章-语言规范,在词汇的翻译上紧跟原文词性,因此其译文与《文赋》原文一样,动态的动词、副词居多。黄兆杰则以译语规范为导向,重视译文的可接受性,其译文遵循英语的篇章-语言规范,多运用英语擅长的静态表现法,突出表现为频繁使用名词、形容词、介词短语、动词

---

① Gideon Toury. *Descriptive Translation Studies and Beyond*. Amsterdam & Philadelphia: John Benjamins Publishing Company, 1995, p.57.
② Gideon Toury. *Descriptive Translation Studies and Beyond* (Revised edition). Amsterdam & Philadelphia: John Benjamins Publishing Company, 2012, p.80.

名词化等词汇表达方式①。比如：

例[1]：
诗缘情而绮靡。赋体物而浏亮。
方译：
Shih (lyric poetry) traces emotions daintily; fu (rhymeprose) embodies objects brightly.
黄译：
But poetry [shi] ought to follow the poet's feelings and be ornate, Rhymed descriptions [fu] should be physical delineations of objects and be trippingly eloquent.

在该例中，方译遵循源语语言规范，严格按照原文结构，将原文两句均对译为"名词主语+动词+名词宾语+副词状语"结构，构成"主谓宾"动词谓语句，因此其译文中多使用动态的动词和副词；而黄译则更多遵循英语的语言规范，更多使用具有静态倾向的词汇，将原文第一小句的"绮靡"译为形容词"ornate"，将第二小句的"名词主语+动词+名词宾语+副词状语"结构译为"名词主语+should be+形容词定语+名词+形容词词组"结构，构成主系表结构，因此其译文多使用静态的形容词和名词。

2. 术语的英译

在不同翻译倾向的影响下，两位译者对《文赋》术语的英译明显不同：方志彤以源语规范为导向，始终以原文本为中心，力求靠近原文，因此在英译其中的术语时先音译，然后在小括号里附以英文解释；而黄兆杰遵循译语规范，追求译文的可接受性，以方便英语读者的阅读，因此英译时先给出术语的英文释义，然后在方括号里附以汉语拼音。比如：

例[2]：
铭博约而温润。箴顿挫而清壮。颂优游以彬蔚。论精微而朗畅。
方译：

---

① 邵惟韺、邵志洪：《静态与动态——传统和认知语法视角下的英汉语言表达状态对比》，载《外国语文》，2015年第2期，第98页。

Ming（inscription）is comprehensive and concise, gentle and generous; chen（admonition）, which praises and blames, is clear-cut and vigorous.

　　Sung（eulogy）is free and easy, rich and lush; *lun*（disquisition）is rarified and subtle, bright and smooth.

黄译：

　　Inscriptions [ming], though brief, need be of wide application and written with warm gentleness.

　　Cautions [zhen] had best be pointed and coolly bold,

　　Glorification poems [song] are required to be relaxed and elegant in style,

　　Discourse [lun], as prescribed, are sharp-witted and easily comprehensible,

在例[2]中,方志彤和黄兆杰对《文赋》术语的英译同中有异。相同的是,二者均对术语作了文内注释,进一步解释术语的含义,从而将中西诗学的话语表达形式并置齐观,增加了译文的准确性与可读性。不同的是,方志彤更注重译文的充分性,因此先用威妥玛式拼音对原文的术语进行音译,而后在小括号内作出英文解释;而黄译始终遵循译语规范,将译文的可读性放在首位,更加关照英语读者的阅读体验,因此其对原文术语的翻译首先是英文释义,然后在方括号内附以音译。事实上,方志彤与黄兆杰的这两种处理方法均贯穿于其《文赋》术语英译的始终。

（二）句法层面的对比分析

方志彤与黄兆杰两位译者在初始规范的制约下分别形成了注重充分性与可接受性的翻译倾向,进而又影响了各自的操作规范,影响了他们在翻译过程中的"语言表述方式"（verbal formulation）[1][2],这在句法层面上有鲜明的

---

① Gideon Toury. *Descriptive Translation Studies and Beyond*. Amsterdam & Philadelphia: John Benjamins Publishing Company, 1995, p.58.

② Gideon Toury. *Descriptive Translation Studies and Beyond* (Revised edition). Amsterdam & Philadelphia: John Benjamins Publishing Company, 2012, p.82.

第四章 晋代文论《文赋》两个英译本研究:图里翻译规范理论视角下的对比分析

体现。

《文赋》是典型的骈体文,讲究骈偶对仗,句法结构比较单一,多为简单的主谓宾结构或连动式谓语结构(其中多省略主语)。方志彤与黄兆杰在其初始规范、翻译倾向、操作规范的共同制约下,在句法层面上对《文赋》的英译表现各异:方志彤遵循源语规范,英译时着力保留《文赋》的骈体句式,努力再现原文的句法结构,因此其译文以主谓宾动词谓语句为主,少数情况下兼用分词结构;黄兆杰则遵循译语规范,并不完全复制原文的骈偶结构,往往将原文简单的主谓宾动词谓语句译为更合乎英语语言规范的句式,更多使用插入语、分词短语,其句法结构往往丰富多变,交替使用主谓宾、there be、分词短语、独立主格、倒装句、非限制性定语从句等各种结构。现举一例如下:

例[3]:

伫中区以玄览,颐情志于典坟。遵四时以叹逝,瞻万物而思纷;悲落叶于劲秋,喜柔条于芳春。心懔懔以怀霜,志眇眇而临云。

方译:

Taking his position at the hub of things, [the writer] contemplates the mystery of the universe; he feeds his emotions and his mind on the great works of the past.

Moving along with the four seasons, he sighs at the passing of time; gazing at the myriad objects, he thinks of the complexity of the world.

He sorrows over the falling leaves in virile autumn; he takes joy in the delicate bud of fragrant spring.

With awe at heart, he experiences chill; his spirit solemn, he turns his gaze to the cloud.

黄译:

Lingering at the centre of the universe, contemplating its dark mysteries,

Nourishing his sentience on the Classics,

Responding in deep sympathy to the change of seasons,

Surveying, with feelings coming and going in rapid succession, the world,

> Sorrowing for the fallen leaves in autumn,
> Gladdened by the pliant branches of soft spring,
> The poet is chilled at heart by the thought of forest's severity,
> And elated by the sight of clouds.

在例[3]中,《文赋》原文由四大组、八小句对仗工整、内容相关、音韵和谐的骈句构成,其中第2、5、6小句为三个简单的动词谓语句,第1、3、4、7、8小句为五个连动式谓语句。对于原文的骈偶句式和句法结构,方译与黄译的处理方法各异:方译遵循原文的语言规范,极力保留原文的骈偶句式和句法结构,将原文八个小句译成了两两对仗、结构完整的八个主谓宾动词谓语句,并且用三个简单句翻译原文三个简单的动词谓语句,用五个动词谓语句加分词短语、介词短语或独立主格的形式翻译原文的五个连动式谓语句;黄译则没有拘泥于原文的骈偶结构,而是遵循英语多用插入语、分词短语的句法规范,将原文八个小句合并译成一个长句,由六个现在分词短语、一个过去分词短语及一个并列动词谓语句构成,其句子内部各种结构长短有致、丰富多变,非常符合英语读者的阅读习惯。

(三)篇章层面的对比分析

受初始规范和操作规范的共同制约,方志彤与黄兆杰在篇章层面上采取了不同的翻译策略,这既表现在二者对译文的"切分"上,也表现在他们对"副文本"的运用上。

1. 切分

图里所说的"切分"(segmentation),是操作规范中的矩阵规范的具体内容之一,主要指将文本切分成不同的章、节、段等类似的形式①。在初始规范和操作规范的共同制约下,方志彤与黄兆杰对译文进行了不同形式的切分。

方志彤遵循源语规范,追求译文的充分性,因此根据《文赋》论点的展开情况以及全文句式("四六文")与音韵的变化情况将译文切分为16个诗节(以A、B…P为序),并为每个诗节添加了小标题,分别为:"准备"(Preparation)、"过程"(Process)、"言辞、言辞、言辞"(Words,Words,Words)、"优点"

---

① Gideon Toury. *Descriptive Translation Studies and Beyond* (Revised edition). Amsterdam & Philadelphia: John Benjamins Publishing Company, 2012, pp. 82—83.

(Virtue)、"多样性"(Diversity)、"多种面向"(Multiple Aspects)、"修改"(Revision)、"要言"(Key Passages)、"抄袭"(Plagiarism)、"华丽段落"(Purple Patches)、"五种缺陷"(Five Imperfections)、"可变性"(Variability)、"杰作"(Masterpieces)、"诗人的绝望"(The Poet's Despair)、"灵感"(Inspiration)以及"结语——颂词"(Coda — Encomium)①②。与方志彤形成对照的是,黄兆杰倾向于译语规范,追求译文的可接受性。为帮助和引导英语读者阅读、理解其《文赋》英译,他将译文切分为 22 个诗节,并且像英语诗歌一样用罗马数字"Ⅰ,Ⅱ,Ⅲ...XXII"为其排序但并不为每个诗节命名,从而使得整个译文在形式上看起来非常像英语诗歌,以便于英语读者理解和接受。

2. 副文本

图里指出:"译文中或围绕在其周围的'副文本'③中的省略、增补、变位以及对各种切分现象的操纵,也都可由规范决定……"④由此可以推断,规范对围绕在译文周围的副文本同样会产生影响。"副文本"(paratexts)⑤的概念最初由法国文艺理论家热奈特(Gérard Genette)提出,后被引入翻译研究领域。在翻译研究中,副文本是译本不可或缺的一个有机组成部分,且承载着译者的翻译思想⑥。基于上述考虑,此处聚焦方译与黄译两个译本的引言与前言、注释与附录等副文本,以考察两位译者何以在初始规范、操作规范的共同制约下为其译文增补了不同内容的副文本,并在其中阐述了自己与所遵循翻译规范一致的翻译思想。

---

① Achilles Fang. "Rhymeprose on Literature: The Wen-Fu of Lu Chi (A. D. 261 — 303)". *Harvard Journal of Asiatic Studies*, 1951 (3): pp. 528—529.
② 李凤琼:《〈文赋〉在美国:从方志彤到麦克雷什》,见:《作为理论资源的中国文论——古代文学理论研究》(第四十二辑),上海:华东师范大学出版社,2016 年,第 20 页。
③ Gérard Genette. *Paratexts: Thresholds of Interpretation*. Jane Lewin, trans. Cambridge: Cambridge University Press, 1997.
④ Gideon Toury. *Descriptive Translation Studies and Beyond* (Revised edition). Amsterdam & Philadelphia: John Benjamins Publishing Company, 2012, p. 83.
⑤ 热奈特所说的副文本包括很多内容,比如书的标题、副标题、作者笔名、前言、献辞、签名、序言、中间标题、注释、后记、跋语等。(见:Gérard Genette. *Paratexts: Thresholds of Interpretation*. Jane Lewin, trans. Cambridge: Cambridge University Press, 1997, p. xviii.)
⑥ 王琴玲、黄勤:《从副文本解读林太乙〈镜花缘〉英译本》,载《中国翻译》,2015 年第 2 期,第 81 页。

(1) 引言与前言

方志彤始终遵循源语的篇章—语言规范,为其译文增设了"引言"(Introduction)对原作《文赋》的文论价值、文本特点,尤其是其句式特征进行重点交代。方志彤指出,《文赋》中有131个骈句、105个六字句式和17个四字句式,由此得出《文赋》大体为"四六文"(Four-and-Six Prose)[①]。另外,方志彤还借助引言介绍了《文赋》外译的基本情况以及自己翻译《文赋》的原因与方法。

黄兆杰倾向于译语规范,在收录《文赋》英译的《中国早期文学批评》一书"前言"(Foreword)中就已说明其翻译观,即以译语读者为中心、以译文可接受性为导向;而在"全书引言"(General Introduction)中,黄兆杰开篇指出其意在将原文准确翻译为"可读性强的英文",结尾处阐发了其在译语规范制约下所形成的翻译思想,即作为一名译者,他要通过语言优美的译文告诉译语读者原文本语言很美[②]。与其初始规范相一致,黄兆杰在《文赋》译文之后增设的"引言"(Introduction)中,着重以西方文论为参照交代了其译文的理论建树及现代意义。

(2) 注释

美国汉学家宇文所安指出:"不注意《文赋》的独特用词,就无法理解《文赋》,而要理解其用词,就需要追溯其绵长的注疏传统"[③][④]。因此,无论就《文赋》的理解而言,还是就其翻译而言,适当的注释都是非常必要的。方志彤与黄兆杰遵循不同的初始规范和操作规范,在《文赋》的英译中使用了不同形式的注释。

方志彤在其译文正文之后增添了五个附录,分别为"韵律"(rhyme scheme)、"解释说明"(explicatory notes)、"术语注释"(terminological notes)、"文本注释"(textual notes)以及"异文"(textual variants),其主要内容是对原文本的韵律格式、字句、重要术语、所用版本、异体字等所作的长达20页的注

---

① Achilles Fang. "Rhymeprose on Literature: The Wen-Fu of Lu Chi (A. D. 261—303)". *Harvard Journal of Asiatic Studies*, 1951 (3): p. 528.

② Siu-kit Wong. "A Descriptive Poem on Literature". In Siu-kit Wong (ed.). *Early Chinese Literary Criticism*. Hong Kong: Joint Publishing Co., 1983, p. xxii.

③ Stephen Owen. *Readings in Chinese Literary Thought*. Cambridge, Massachusetts and London: Harvard University Press, 1992, p. 76.

④ 宇文所安:《中国文论:英译与评论》,王柏华、陶庆梅译,上海:上海社会科学院出版社,2003年,第80页。

释。方志彤的注释非常详尽,字里行间无不体现出其以源语规范为导向、重视充分性的翻译倾向。

在关照译语读者阅读习惯、注重译文可接受性的翻译倾向影响下,黄兆杰在其译文后附上了《文赋》的汉语原文,以方便有汉学背景的读者(the sinological reader)阅读[①];同时他还添加了59条脚注,对《文赋》的一些关键术语、文论思想进行解释,其中很多解释是以西方文论为参照展开的,以帮助西方英语读者更好地理解和接受其译文。

结 语

本章借鉴图里的翻译规范理论,对《文赋》的方志彤译本与黄兆杰译本进行了描写性、解释性对比研究,揭示了两种不同风格译本的产生过程与形成原理。文章首先分析了方志彤和黄兆杰在预备规范影响下在文本选择方面的异同,然后考察了两位译者在初始规范制约下所表现出的不同翻译倾向,在此基础上结合操作规范剖释了两位译者在翻译规范制约下所采取的不同翻译策略,并由此揭示了两个译本在词汇、句法、篇章等层面上所呈现出来的不同文本特征。研究表明,预备规范、初始规范与操作规范深刻影响了方志彤和黄兆杰两位译者的翻译行为,在翻译过程中制约着两位译者采取了不同的翻译策略,其译本因此呈现出不同的特征:方译遵循源语规范,更注重译文的充分性,在形式和内容上都更靠近原文;而黄译则遵循译语规范,更注重译文的可接受性,因而更符合西方诗学的审美特征。

图里的翻译规范理论突破了传统结构主义语言学翻译理论的樊篱,将所描写的翻译对象放置于特定的社会文化语境之中,对其进行"语境化"(contextualization)[②][③],系统阐述了预备规范、初始规范、操作规范等翻译规范

---

① Siu-kit Wong. "A Descriptive Poem on Literature". In Siu-kit Wong (ed.). *Early Chinese Literary Criticism*. Hong Kong: Joint Publishing Co., 1983, p. xii.

② Gideon Toury. *Descriptive Translation Studies and Beyond*. Amsterdam & Philadelphia: John Benjamins Publishing Company, 1995, p. 28.

③ Gideon Toury. *Descriptive Translation Studies and Beyond* (Revised edition). Amsterdam & Philadelphia: John Benjamins Publishing Company, 2012, p. 23.

的"运作方式"①及其对译者翻译行为的制约作用,能够有力地解释翻译活动中译者的具体翻译行为,深入地揭示翻译文本的生产过程和形成原理,进而能够详细地描述译本的风格与特点,因此对当前中国文学"走出去"过程中出现的译本描写与批评研究具有积极的借鉴价值,同时对中国文学的外译实践也有一定的指导意义。

---

① 徐敏慧:《从翻译规范到译者惯习:描写翻译研究的新发展》,载《中国翻译》,2017年第6期,第12页。

第 五 章

南朝文论《文心雕龙》三个英译本研究：
基于类比语料库的对比分析

引言 《文心雕龙》的主要英译及其研究现状

南朝文学理论家刘勰创作的《文心雕龙》体系完备、思想精深，其内容涉及文学的本体论、文体论、创作论、批评论等诸多方面，是中国古典文论的鸿篇巨制。对于《文心雕龙》的文学理论价值，中外学术界多有论述。鲁迅曾将《文心雕龙》与亚里士多德的《诗学》相提并论："东则有刘彦和之《文心》，西则有亚里士多德之《诗学》，解析神质，包举洪纤，开源发流，为世楷式。"[1]郭绍虞指出："《文心雕龙》是我国第一部系统阐述文学理论的专著。体例周详、论旨精深……"[2]美国汉学家倪豪士（William H. Nienhause）主编的《印第安纳中国古典文学指南》（The Indiana Companion to Traditional Chinese Literature）将《文心雕龙》称为"汉语中探讨文学研究主要问题的首部著作"[3]。对中国古典文论有着精深研究的美国哈佛大学教授宇文所安（Stephen Owen）认为《文

---

[1] 鲁迅：《鲁迅全集》（第 8 卷），北京：人民文学出版社，2005 年，第 370 页。
[2] 郭绍虞：《中国历代文论选》（第一册），上海：上海古籍出版社，2001 年，第 238 页。
[3] William. H. Nienhauser (ed.). *The Indiana Companion to Traditional Chinese Literature* (Vol. 1). Bloomington and Indianapolis: Indiana University Press, 1986, p. 889.

心雕龙》"在中国文学思想史上卓然超群"[1]。《文心雕龙》自成书以来,在不同朝代受到了不同程度的关注,到了 20 世纪初则在刘师培、黄侃等人的推动下形成了对其进行专门研究的"龙学"[2]。

近年来随着"龙学"的深入发展及其向西方英语世界的拓展,《文心雕龙》诞生了由施友忠(Vincent Yu-chung Shih)、杨国斌、黄兆杰(Sui-kit Wong)等人英译的三个全译本以及由修中诚(E. R. Hughes)、杨宪益与戴乃迭(Gladys Yang)、王佐良、宇文所安等英译的多个节译本。在众多的英译本中,施友忠、宇文所安、杨国斌的三个译本更具代表性。美国华裔学者施友忠的《文心雕龙》译本(*The Literary Mind and the Carving of Dragons*)1959 年在哥伦比亚大学出版社出版,是西方英语世界的第一个英文全译本。1971 年,中国台北中华书局出版了该译本的中英对照本。1983 年,香港中文大学又出版了施译的修订本。美国汉学家、哈佛大学中国文学与比较文学教授宇文所安在其《中国文学思想读本》(*Readings in Chinese Literary Thought*,1992)一书中,选译了《文心雕龙》的《原道》《宗经》《神思》《体性》《风骨》等具有代表性且与中国古典文论相关性最强的 18 篇,其译本将英译、评论与注释结合在一起,具有很高的学术价值,在西方汉学界和比较文学界备受关注。杨国斌译本(*Dragon-Carving and the Literary Mind*)是在其北京外国语大学博士论文《〈文心雕龙〉英文新译(30 篇)与理论探讨》的基础上增补、修订完成的,被收进"大中华文库",2003 年以汉英对照并添加了周振甫今译的形式在外语教学与研究出版社出版,代表了以普通读者为导向的一种英译:"该译本清晰可读,必要的地方富有诗意,分析恰当,适合于任何感兴趣、有智识的普通读者。"[3]

对于《文心雕龙》英译的研究,中西方呈现出异中有同的特点。西方学者主要致力于《文心雕龙》原作的探讨,而对于《文心雕龙》英译的关注主要是以

---

[1] Stephen Owen. *Readings in Chinese Literary Thought*. Cambridge, Massachusetts and London: Harvard University Press, 1992, p. 183.
[2] 张少康、汪春泓:《文心雕龙研究史》,北京:北京大学出版社,2001 年,第 135 页。
[3] Eugene C. Eoyang. "Review on *Dragon-Carving and the Literary Mind*". *China Review International*, 2005 12 (2): p. 588.

短篇书评的形式呈现的。施友忠的译本出版以后,海陶玮(James Robert Hightower)①、侯思孟(Donald Hotzman)②、柳无忌③、霍克斯(David Hawkes)④等都曾分别撰写书评予以简评,而卜立德(David E. Pollard)⑤和欧阳桢(Eugene C. Eoyang)⑥则分别以书评的形式对宇文所安包含《文心雕龙》英译的《中国文学思想读本》(Readings in Chinese Literary Thought)以及杨国斌的《文心雕龙》译本作过评论。限于英文书评的功用和篇幅,这些书评主要是从评论者的角度在较短的篇幅内讨论各个译本的价值、特点与缺点,基本上是一种定性分析与主观评论。中国学者对《文心雕龙》英译的研究基本上可以分成定性与定量两种类型。第一种类型的定性研究主要有杨国斌⑦对《文心雕龙·神思》三种英译本的对比分析、范祥涛⑧对《文心雕龙》文化专有项英译策略的探讨、刘颖⑨对《文心雕龙》英译版本和相关研究文献的梳理、钟明国⑩基于整体论对《文心雕龙》英译的研究、施佳胜⑪从阐释学角度对《文心雕龙》英译的研究、闫雅萍⑫对《文心雕龙》书名多种英译的对比分析、戴文静⑬对

---

① James Robert Hightower. "Review on *The Literary Mind and the Carving of Dragons*". *The Journal of Asian Studies*, 1959 (22): pp. 280—288.
② Donald Holzman. "Review on *The Literary Mind and the Carving of Dragons*". *Artibus Asiae*, 1960 (2): pp. 36—139.
③ Wuji Liu. "Review on *The Literary Mind and the Carving of Dragons*". *Journal of American Oriental Society*, 1960 (3): pp. 275—277.
④ David Hawkes. "Review on *The Literary Mind and the Carving of Dragons*". *The Journal of Asian Studies*, 1960 (3): pp. 331—332.
⑤ David E. Pollard. "*Readings in Chinese Literary Thought* by Stephen Owen". *The China Quarterly*, 1994 (137): pp. 279—280.
⑥ Eugene C. Eoyang. "Review on *Dragon-Carving and the Literary Mind*". *China Review International*, 2005 (12): pp. 587—589.
⑦ 杨国斌:《〈文心雕龙·神思〉英译三种之比较》,载《中国翻译》,1991年第4期,第43—48页。
⑧ 范祥涛:《文化专有项的翻译策略及其制约因素——以汉语典籍〈文心雕龙〉的英译为例》,载《外语与外语教学》,2008年第6期,第61—64页。
⑨ 刘颖:《关于〈文心雕龙〉的英译与研究》,载《外语教学与研究》,2009年第2期,第142—147页。
⑩ 钟明国:《整体论观照下的〈文心雕龙〉英译研究》,南开大学博士论文,2009年。
⑪ 施佳胜:《经典、阐释、翻译——〈文心雕龙〉英译研究》,上海外国语大学博士论文,2010年。
⑫ 闫雅萍:《〈文心雕龙〉书名的英译:必也正名乎?》,载《东方翻译》,2013年第2期,第22—27页。
⑬ 戴文静:《中国文论英译的译者行为批评分析——以〈文心雕龙〉的翻译为例》,载《解放军外国语学院学报》,2017年第1期,第28—34页。

《文心雕龙》五位英译者的行为批评分析等。这些研究在梳理《文心雕龙》英译文献,归纳各译本的局部特征,解析译者行为及其翻译策略等方面做了积极的探索,比西方的书评更加全面和深入,但这些定性研究往往是建立在研究者的经验积累、审美感受、理论判断等主观因素之上,存在许多不足。可喜的是,这些不足近年来正被一些以语料库为基础的定量研究所弥补。戴薇[①]运用语料库的方法对《文心雕龙·神思》的杨国斌译本和黄兆杰译本进行对比分析,通过对两个译本类符、形符、词汇密度、平均句长等数据的统计分析,来考察两个译本的文体特征。吴启雨[②]采用平行语料库的方法对《文心雕龙》的宇文所安译本和杨国斌译本进行对比研究,在对比两个译本类符/形符比、词频、词汇密度、句长等指数的基础上考察两个译本的风格差异。目前看来,考虑到《文心雕龙》各个译本篇幅较长、复杂程度较高,运用语料库的方法对各个译本的语言特征进行量化分析是行之有效的,但现有的研究要么只考察《文心雕龙》其中一篇的英译,要么仅涉及其中两个译本,语料库容量较小,而单纯运用平行语料库的方法也难以更好地揭示各个译本不同于原生文本的翻译特征,因此未能对《文心雕龙》主要译本的各种重要特征及其异于原生文本的翻译特征做出系统的描述和深入的分析。

鉴于此,本研究建立了一个库容更大、收录范围更广的类比语料库,其中包含四个子库,前三个子库分别由宇文所安、施友忠、杨国斌各自的《文心雕龙》英语译本组成,第四个子库则由英语同类原生文本《诺顿文学理论与文学批评选集》(*The Norton Anthology of Theory and Criticism*)组成。本研究希望运用类比语料库的方法,以英语同类原生文本为参照,对宇文所安、施友忠、杨国斌英译的《文心雕龙》三个具有代表性的英译本进行对比研究,对三个译本进行以原生文本为对照的词汇分析、句长分析和情感分析,以揭示三个英译本在类符型符比、词汇密度、词汇频度、平均句长、情感极性、情感级数等层面上的语言、文体、情感特征,同时考察三个译本与英语同类原生文本《诺顿文学理论与文学批评选集》的近似度,进而剖释其背后的深层原因。

---

① 戴薇:《基于语料库的翻译文体学应用研究——以〈文心雕龙·神思〉的两个英译本为例》,载《长江大学学报》(社会科学版),2013年第12期,第107—108页。

② 吴启雨:《基于语料库的翻译风格差异考察——以〈文心雕龙〉两个译本对比为例》,载《池州学院学报》,2014年第4期,第105—109页。

第一节 类比语料库翻译研究的方法与本研究的操作步骤

一、语料库、类比语料库翻译研究的原理与方法

语料库翻译研究,又称语料库翻译学,通常可以追溯到20世纪90年代贝克(Mona Baker)在翻译研究中对于语料库方法的运用。贝克认为在翻译研究中运用语料库的技术与方法会"对萌生中的翻译学,特别是对其理论翻译学和描写翻译分支产生直接影响"[①]。拉维奥萨(Sara Laviosa)也认为基于语料库的翻译研究路径正发展成为"一种自成体系、综合而丰富的研究范式,可以解决与翻译理论、描述和实践相关的一系列问题"[②]。对于语料库翻译学这种研究范式的具体内涵,王克非曾经做过全面阐述:"语料库翻译学在研究方法上以语言学理论为指导,以概率和统计为手段,以双语真实语料为对象,对翻译进行历时或共时的研究,代表了一种新的研究范式"[③]。胡开宝分析了这种全新研究范式的主要特征:"语料库翻译学既是方法论也是全新的研究范式,其主要特征表现为实证性、自下而上和自上而下方法相结合、多层次描写和多视角解释并重以及定量方法应用等。"[④] 由此不难看出,语料库翻译学立足于语料库技术与方法,通过对翻译语料或双语语料进行数据统计和定量分析,来描写翻译文本的特征,进而揭示翻译现象的本质,解释翻译活动的规律。

类比语料库翻译研究是语料库翻译研究中的一种重要类型。类比语料库(comparable corpora)的概念与方法最初由贝克提出:"类比语料库由同一种语言中两个独立的语料库构成,其中一个语料库由该语言的原生文本

[①] Mona Baker. "Corpus linguistics and translation studies: Implications and applications". In Mona Baker, Gill Francis & Elena Tognini-Bonelli (eds.), *Text and Technology: In Honour of John Sinclair*. Amsterdam/Philadelphia: John Benjamins Publishing Company, 1993, p. 233.
[②] Sara Laviosa, "The Corpus-based Approach: A New Paradigm in Translation Studies". *Meta*, 1998 Vol. 43 (4): p. 474.
[③] 王克非:《语料库翻译学——新研究范式》,载《中国外语》,2006年第3期,第9页。
[④] 胡开宝:《语料库翻译学:内涵与意义》,载《外国语》,2012年第5期,第68页。

(original texts)构成,另一个语料库由从其他一种或多种语言译成该语言的翻译文本构成。"① 为了确保两个语料库具有可比性,贝克对其进行了限定:"两种语料库的主题范围(domain)、语言类型(variety of language)和时间跨度(time span)应该类似,并且长度(length)也具有可比性。"② 显然,贝克这里提出的是一种单语类比语料库(monolingual comparable corpora)的概念。另外,也有双语/多语类比语料库(bilingual/multilingual comparable corpora),常用于对比语言学研究,此处不再详述。

近年来,在拉维奥萨③、奥罗汉(Maeve Olohan)④、武光军与王克非(2011)⑤、李德超与唐芳(2015)⑥等西方与中国学者的探索和实践中,贝克开创的类比语料库翻译研究方法逐渐走向成熟。贝克认为类比语料库翻译研究方法可以帮助我们"捕捉那些仅存于翻译文本自身的特点,或是与原生文本相比以高低不同的频率产生在翻译文本身上的特点"⑦。拉维奥萨认为单语类比语料库可以探索"同一语言中翻译文本与非翻译文本之间的假设性差异"⑧。因此,运用类比语料库的翻译研究方法能够考察翻译文本与原生文本之间的语言风格差异,同时能够以原生文本为参照考察同一作品不同译本之间的语言风格差异。

---

① Mona Baker. "Corpora in translation studies: An overview and some suggestions for future research". *Target*, 1995 7 (2): p. 234.

② Ibid.

③ Sara Laviosa. "Core patterns of lexical use in a comparable corpus of English narrative prose". *Meta*, 1998 43 (4): pp. 557—570.

④ Maeve Olohan. *Introducing Corpora in Translation Studies*. London & New York: Routledge, 2004.

⑤ 武光军、王克非:《基于英语类比语料库的翻译文本中的搭配特征研究》,载《中国外语》,2011年第5期,第40—56页。

⑥ 李德超、唐芳:《基于类比语料库的英语旅游文本文体特征考察》,载《中国外语》,2015年第4期,第88—96页。

⑦ Mona Baker. "Corpora in translation studies: An overview and some suggestions for future research". *Target*, 1995 7 (2): p. 235.

⑧ Sara Laviosa. "Corpus Linguistics in Translation Studies". In Carmen Millán & Francesca Bartrina (eds.). *The Routledge Handbook of Translation Studies*. London & New York: Routledge, 2013, p. 230.

二、本研究的操作步骤

依据类比语料库翻译研究的基本原理和方法,本研究制定了如下具体的操作步骤:

(一)原始语料的选择与获取

由于宇文所安《文心雕龙》节译本仅涵盖原文本的第1—2,26—32,34—36,40,43,44,46,48及50章共计18章,本研究以此为准同样仅选取施友忠译本和杨国斌译本之中该18章的译文,以分别构成拟建类比语料库中三个英语翻译文本子语料库的原始语料。

另外,考虑到拟建英语原生文本子语料库宜在主题范围、语言类型、时间跨度等方面与另外三个英语翻译文本子语料库类似,本研究选取了在上述各方面都比较接近的英语原生文学理论著作《诺顿文学理论与文学批评选集》第一版(*The Norton Anthology of Theory and Criticism*, 2001)作为参照语料,构成第四个子语料库的原始语料。

(二)原始语料的处理

接下来运用 ABBYY Finereader 12 软件对上述三个译本及参照语料的文本进行 OCR 识别,然后对 OCR 识别的结果进行校对和清洗,得出较为纯净的语料,分别存储为纯文本(.txt)格式,由此制成的四个子语料库容量详见下面的表5-1,其中在宇文所安译本、施友忠译本、杨国斌译本以及《诺顿文学理论与文学批评选集》基础上制成的四个子语料库分别简称为"宇文译本""施译本""杨译本"和"诺顿选集"(下同)。

这里需要交代的是,为了更好地体现英语原生文本的语言特征,本研究没有对"诺顿选集"子语料库的容量作机械的取齐和压缩,而选择在下文必要时做适当的标准化处理,以消除容量可能带来的误差。

表5-1 四个子语料库的容量

语料	宇文译本	施译本	杨译本	诺顿选集
字数	19584	21701	15990	1565307

(三)语料库标注

本研究选用谷歌公司被称为世界上最准确的语言解析器 Parsey

McParseface对上述语料进行词性(part-of-speech)标注,标注标准采用宾夕法尼亚大学的Penn Treebank Tagset标注集,该标注集可以基本覆盖常见的自然语言词性。现选取宇文所安译本子语料库的第一句,将其标注示例如下:

As_IN an_DT inner_JJ power_NN-LRB-_-LRB-te*_NN-RRB-_-RRB-,_, pattern_NN-LRB-_-LRB-wen*_NNP-RRB-_-RRB-is_VBZ very_RB great_JJ indeed_RB ,_, born_VBN together_RB with_IN Heaven_NNP and_CC Earth._NNP And_CC how_WRB

(四)基于计算与检索结果的分析

在建立语料库之后,便可以对其进行计算和检索,然后对计算和检索的结果进行分析,详见下文。

第二节 基于类比语料库的《文心雕龙》三个英译本对比分析

以下将基于所建的类比语料库,对宇文所安、施友忠、杨国斌翻译的《文心雕龙》三个代表性英译本进行以英语同类原生文本为对照的词汇分析、句长分析和情感分析。

一、词汇分析

(一)类符形符比

类符(type)是指语料库中所有不同的词语,形符(token)则是指语料库中所有的词型。类符形符比(type/token ratio,简称"TTR"),即某一特定语料库中类符与形符之间的比率,一般用来衡量某一特定语料库中作者使用词汇的变化度。由于类符形符比往往受到语料库大小的影响,因此在翻译研究中通常以标准类符形符比(standerdized type/token ratio,简称"STTR")为依据来衡量特定语料库中作者或译者使用词汇的变化度:标准类符形符比值越高,说明作者或译者使用词汇的变化度越高,所使用的不同词汇量也越大,反之说明作者或译者使用词汇的变化度越低,所使用的不同词汇量也越小。

本研究运用WordSmith Tool 4对宇文所安、施友忠、杨国斌的三个《文心雕龙》英译本子语料库以及《诺顿文学理论与文学批评选集》英文本子语料库进行类符形符比及标准类符形符比计算,以下表 5-2 是所得出的具体数值。

表 5-2　四个子语料库的类符形符对比

	宇文译本	施译本	杨译本	诺顿选集
类符(Type)	3312	3545	3220	53958
形符(Token)	19584	21701	15990	1565307
类符/形符比(TTR)	16.91	16.34	20.14	3.45
标准类符/形符比(STTR)	45.52	43.57	45.66	43.51

从表 5-2 可以看出,四个子语料库的标准类符形符比按照从高到低的顺序依次为:杨国斌译本(45.66)＞宇文所安译本(45.52)＞施友忠译本(43.57)＞诺顿选集(43.51)。这表明:杨国斌译本与紧随其后的宇文所安译本词汇变化度相对较高,二者所使用的词汇量也相对较大,而施友忠译本则接近英语同类原生文本《诺顿文学理论与文学批评选集》,其词汇变化度相对较低,所使用的词汇量也相对较小。

(二) 词汇密度

词汇密度(lexical density)最初由乌尔(Jean N. Ure)[①]提出,其计算方法是用实词(名词、形容词、副词、动词)的总数除以词汇总数得出的百分比。词汇密度通常用来衡量文本的难度,一般说来词汇密度与文本的难度、信息量成正比,即词汇密度越高,文本的难度和信息量越大,反之则文本的难度和信息量越小。根据乌尔的计算方法,本研究运用 AntConc 3.4.4 软件对四个子语料库中的名词、形容词、副词、动词进行统计(其中名词包括 NN、NNS、NNP、NNPS,形容词包括 JJ、JJR、JJS,副词包括 RB、RBR、RBS,动词包括 VB、VBD、VBG、VBN、VBP、VBZ 等),由此计算出四个子语料库所代表的四个文本的词汇密度,其具体计算结果如下面表 5-3 所示。

[①] Jean N. Ure. "Lexical density and register differentiation". In G. E. Perren & J. L. M. Trim (eds.). *Applications of Linguistics*. London:Cambridge University Press,1971,pp.443—452.

表 5-3　四个子语料库的词汇密度对比

词性	宇文译本	施译本	杨译本	诺顿选集
名词	5670	5593	4054	454806
形容词	1372	1859	1312	136977
副词	875	866	581	77968
动词	3166	3391	2715	217387
实词总数	11083	11709	8662	887138
词汇密度	57.67%	55%	54.15%	56.68%

从表5-3可以看出，四个子语料库所代表的四个文本的词汇密度按照从高到低的顺序依次为：宇文所安译本(57.67%)＞诺顿选集(56.68%)＞施友忠译本(55%)＞杨国斌译本(54.15%)。由此表明，在《文心雕龙》的三个英译本中，宇文所安译本的词汇密度最高，其译本的难度最大，所承载的信息量也最大，而施友忠译本和杨国斌译本的词汇密度依序递减，两译本的难度和信息量也依序递减。

（三）词汇频度

词汇频度(word frequency)是指词汇在某一特定语料库中的使用频度，在翻译研究中通常用来考察文本作者或译者在词汇使用方面的偏好与特点。下面表5-4是AntConc 3.4.4软件对宇文所安、施友忠、杨国斌的三个《文心雕龙》英译本子语料库以及《诺顿文学理论与文学批评选集》英文本子语料库中使用频度最高的20个词汇的统计结果。

表 5-4　四个子语料库的词汇频度对比

	宇文译本	施译本	杨译本	诺顿选集
1	THE	THE	THE	THE
2	AND	AND	OF	OF
3	OF	OF	AND	♯
4	IN	TO	TO	AND
5	IS	IN	A	TO
6	TO	A	IN	IN

续表

	宇文译本	施译本	杨译本	诺顿选集
7	A	IS	IS	A
8	ARE	ARE	ARE	IS
9	THAT	BE	BE	THAT
10	IT	HIS	IT	AS
11	ONE	OR	AS	IT
12	#	IT	WRITING	BY
13	WHEN	AS	NOT	FOR
14	BE	ONE	HIS	S
15	BY	HE	WITH	ON
16	S	LITERARY	OR	WHICH
17	ON	WITH	THEY	BE
18	HIS	THAT	THAT	NOT
19	BUT	THEIR	LANGUAGE	OR
20	WAS	FOR	ON	WITH

从上表可以看出,《诺顿文学理论与文学批评选集》中使用频度最高的20个词汇均为功能词,在这一点上宇文所安的译本与其最为接近,其前20个高频词也都是功能词,由此多少可以推断出宇文所安译本更具有英语文学理论原生文本的自然特征。从整体上来看,施友忠译本和杨国斌译本的前20个高频词绝大多数也都是功能词,但仍与《诺顿文学理论与文学批评选集》和宇文所安译本有差异:施友忠译本中排在第16位的高频词是形容词"LITERARY",而杨国斌译本第12位和第19位的高频词分别为名词"WRITING"和名词"LANGUAGE"。施友忠译本和杨国斌译本之所以频繁使用"LITERARY""WRITING"和"LANGUAGE"等实词,可能与二者对《文心雕龙》中"文"等关键词、核心理念的刻意传达有关,而二者之间的差异也很可能与其对"文"等关键词、核心理念的不同理解和译法有关。比如第41章的标题名称"指瑕",施友忠译为"Literary Flaws",杨国斌则译为"Flaws in Writing"(下画线为笔者所加,下同)。再如第1章《原道》中的"人文之元,肇

自太极"一句,施友忠译为"Human pattern originated in the Supreme, the Ultimate.",而杨国斌则译为"Language originated in *taiji*, the Great Primal Beginning."。以上两例可大致说明施友忠译本和杨国斌译本高频词使用之间的差异。

二、平均句长分析

平均句长(average sentence length,简称"ASL")是指某一特定语料库中句子的平均长度,一般以句子中所包含的词汇数量为计算依据。巴特勒(Christopher S. Butler)[1]基于对三部小说的分析,将其中的句子按照长度划分成三种类型:长句(25 个词汇以上)、中等长度的句子(10 至 25 个词汇)、短句(10 个词汇以下)。在翻译研究中,平均句长通常用来检测文本的复杂程度:"平均句长是衡量文本难易程度的重要参数,句子越长,文本的难度就越大,可读性就越低。"[2]以下表 5-5 是 BFSU Readability Analyzer 1.1 对四个子语料库所代表的宇文所安、施友忠、杨国斌三个《文心雕龙》译本以及《诺顿文学理论与文学批评选集》文本的平均句长所作的统计结果。

表 5-5 四个子语料库的平均句长对比

	宇文译本	施译本	杨译本	诺顿选集
平均句长(ASL)	25	17.98	17	26.10

从表 5-5 可以看出,四个子语料库所代表的四个文本的平均句长按照从长到短的顺序依次为:诺顿选集(26.10)>宇文所安译本(25)>施友忠译本(17.98)>杨国斌译本(17)。其中,《诺顿文学理论与文学批评选集》的平均句长最长,表明此类文本的难度很大,可读性较低,而宇文所安译本的平均句长与《诺顿文学理论与文学批评选集》的平均句长最为接近,都属于巴特勒所说的长句,表明宇文所安译本的难度也很大,可读性也比较低。施友忠译本和杨国斌译本的平均句长比较接近,都属于巴特勒所说的中等长度的句子,因此两个译本的难度相对较小,可读性也相对较高。

---

[1] Christopher S. Butler. *Statictics in Linguisitcs*. Oxford: Basil Blackwell, 1985, p.121.
[2] 李德超、王克非:《汉英同传中词汇模式的语料库考察》,载《现代外语》,2012 年第 4 期,第 412 页。

三、情感分析

情感分析(sentiment analysis)是新近兴起的自然语言处理研究中的一项重要内容。它通过文本分析以及计算语言学的方法来辨别、提取文本中的信息,从而判断该文本的情感特征。文本的情感特征不仅可以反映文本作者的价值判断,而且可以反映作者写作过程中的情感状态,同时可以反映作者希望其读者阅读其作品之后所产生的情感反应,通常用积极(positive)、消极(negative)、中性(neutral)等进行标识。翻译的文本,简称译本,是众多文本类型中的一种,自然也可以进行情感分析。情感分析多采用机器学习和大数据分析的方式而无需人为干预,从而在很大程度上能够保证分析结果的客观性和独立性,明显优于传统翻译研究中依靠研究者主观判断的译本情感分析方法。

本研究借助谷歌公司的商用自然语言处理 API 对上述四个子语料库文本进行情感分析。该 API 建立在谷歌公司的大数据、神经网络和机器学习基础之上,是目前较为常见、可靠性较高的文本情感分析工具,其对文本的分析主要包括极性(polarity)和级数(magnitude)两个方面。极性反映文本情感的整体倾向,其分布范围是从"-1.0(消极)"到"1.0(积极)",数值越大意味着文本的情感特征越积极,越小则意味着文本的情感特征越消极。级数反映文本情感(包括积极情感和消极情感)的总体强度,分布范围是从"0"到无限大,其大小由文本中出现的具有情感特征的词汇的数量来决定。需要指出的是,级数直接受到文本容量的影响,因此容量差异较大的文本之间不宜直接进行对比。在本研究中,由于参照文本《诺顿文学理论与文学批评选集》与《文心雕龙》三译本库容差距较大且三译本规模较小,进行差异性检验易带来较大误差,因此选择对其予以标准化处理以方便进行对比分析。

以下是本研究运用谷歌公司商用自然语言处理 API 对四个子语料库所分别代表的宇文所安译本、施友忠译本、杨国斌译本以及《诺顿文学理论与文学批评选集》文本进行情感分析的结果。表 5-6、表 5-7 和表 5-8 分别是四个文本极性对比、级数对比及二者综合对比的结果。

表 5-6　四个子语料库的情感极性对比

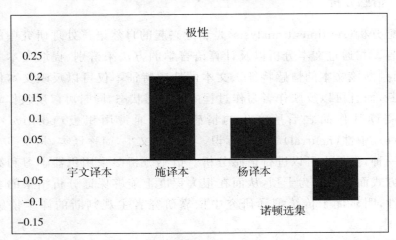

从表 5-6 可以看出,四个子语料库所代表的四个文本的情感极性从高到低依次是:施友忠译本(0.2)＞杨国斌译本(0.1)＞宇文所安译本(0)＞诺顿选集(－0.1)。在四个文本中,作为参照的《诺顿文学理论与文学批评选集》的文本情感极性最低,为－0.1,表明文学理论与文学批评类文本的情感极性倾向于消极。而在《文心雕龙》的三个译本中,最为接近《诺顿文学理论与文学批评选集》情感极性的是宇文所安译本,其次是杨国斌译本,再次是施友忠译本。

需要指出的是,宇文所安、施友忠与杨国斌三个译本在情感极性上的细微差异不仅合理而且是有意义的。一方面,由于《文心雕龙》原文的情感特征是固定的,这种固定的情感特征经过翻译在很大程度上会透射到译本中去,因此宇文所安、施友忠与杨国斌三个严肃的译本在情感极性上没有表现出大幅差异,自然是合理的。另一方面,宇文所安、杨国斌与施友忠三个译本在情感极性上所表现出来的细微差异(0～0.1～0.2)恰好说明三个译本在情感特征与情感倾向上尚有可以辨识的不同之处,因此仍然是有意义的。

表 5-7　四个子语料库的情感级数对比

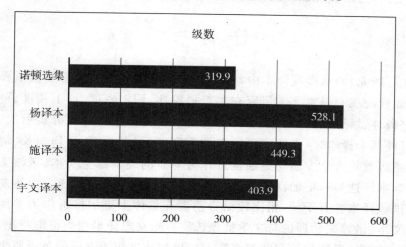

表 5-7 显示,四个子语料库所代表的四个文本的情感级数从高到低依次是:杨国斌译本(528.1)＞施友忠译本(449.3)＞宇文所安译本(403.9)＞诺顿选集(319.9)。与之前文本极性分析一致的是,《诺顿文学理论与文学批评选集》的文本情感级数仍为最低,为 319.9,《文心雕龙》三个译本中最为接近《诺顿文学理论与文学批评选集》情感级数的仍是宇文所安译本。稍有不同的是,在另外两个译本中,施友忠译本而非杨国斌译本在情感级数上更为接近《诺顿文学理论与文学批评选集》。

表 5-8　四个子语料库的情感极性与级数综合对比

	宇文译本	施译本	杨译本	诺顿选集
极性(Polarity)	0	0.2	0.1	−0.1
级数(Magnitude)	403.9	449.3	528.1	319.9

表 5-8 是四个子语料库所代表的四个文本情感极性与级数的综合对比。结果显示,作为参照的《诺顿文学理论与文学批评选集》的文本情感极性与级数均为最低,在《文心雕龙》的三个译本中,宇文所安的译本在情感极数和级数上最为接近《诺顿文学理论与文学批评选集》。施友忠译本和杨国斌译本各有千秋,前者在情感级数上更接近《诺顿文学理论与文学批评选集》,而后者在情

感极性上更接近《诺顿文学理论与文学批评选集》。

结　语

在《文心雕龙》的众多英译本中,宇文所安译本、施友忠译本和杨国斌译本是最具代表性的三个译本。本研究在类符形符比、词汇密度、词汇频度、平均句长、情感极性、情感级数等六个层面上对这三个译本进行对比分析后发现:(1)较之另外两个译本,宇文所安译本在词汇密度、词汇频度、平均句长、情感极性和情感级数等五个方面均更加接近作为参照的英语原生文本《诺顿文学理论与文学批评选集》,更加富有英语同类原生文本的特征与样态;(2)施友忠译本和杨国斌译本各有千秋,相比较而言前者在整体上更加接近作为参照的英语原生文本《诺顿文学理论与文学批评选集》;施友忠译本在类符形符比、词汇密度、词汇频度、平均句长和情感级数方面更加接近作为参照的英语原生文本,而杨国斌译本在情感极性方面更加接近作为参照的英语原生文本。

就《文心雕龙》上述三个代表性的英译本而言,以英语为母语的译者宇文所安的译本最为接近同类的英语原生文本,而宇文所安收录该译本的《中国文学思想读本》也成为"西方最权威的一部中国文论翻译选集"[①]。那么,为什么以英语为母语的本土译者宇文所安将《文心雕龙》译成了这种富有或更加接近英语同类原生文本样态的译本?为什么宇文所安的这种译本在西方英语国家往往能够更容易得到关注与认可?从社会翻译学的角度来看,翻译文本是一种在目的语场域中生产、传播和接受的文化产品,它自然受目的语场域的规则制约,而在目的语特定场域中成长起来的本土译者,一方面形成了符合目的语特定场域规则且支配其翻译活动的译者惯习,另一方面在目的语特定场域中赢得了一定的资本,占据了相对有利的位置:"场域的概念表明一些活动是相对独立的,因为它们有自己的规则、机构和特定的资本,场域中的行动者为了这些资本互相竞争……这些行动者的信念、行为及其策略,首先是由其惯习主导的,即由其文化和伦理倾向系统及其依托自己的家庭背景、教育状况和社会轨迹所获取的资源(经济、文化和社会资本)来主导的,其次是由他们凭借特定

---

① 王晓路:《西方汉学界的中国文论研究》,成都:巴蜀书社,2003年,第163页。

的资本在场域中获取的位置而决定的,新加入的行动者听命于那些掌控场域和正统规则的旧有权威行动者。"①因此可以说,以英语为母语的本土译者宇文所安在其所处的美国汉学场域中形成了自己独特的译者惯习,而在其译者惯习支配下开展的《文心雕龙》英译活动自然符合美国乃至西方英语国家汉学场域的运行规则,由此形成的译本自然富有或更加接近英语同类原生文本的样态,同时宇文所安身为美国哈佛大学中国文学与比较文学教授,是西方英语国家汉学界的著名学者,其自身所拥有的文化资本、社会资本、象征资本等自然转化到了其《文心雕龙》译本之中,所有上述因素使得该译本在西方英语国家的汉学场域以及相关的比较文学与比较诗学等其他场域中得到了广泛关注、普遍认可和深入传播。

---

① Gisèle Sapiro. "The Sociology of Translation: A New Research Domain". In Sandra Bermann & Catherine Porter (eds.). *A Companion to Translation Studies*. Chichester: John Wiley & Sons, Ltd., 2014, p. 84.

第 六 章

唐代文论《二十四诗品》四个英译本研究：诗题、诗文与诗风英译的对比分析

引言 《二十四诗品》的主要英译及其研究现状

　　唐代卓著的诗歌创作成就，为诗论家、文论家对诗歌创作理论进行系统总结提供了丰富的资源，相传由晚唐诗人兼诗论家司空图（837—908）所著的《二十四诗品》①就是他总结前人和当时诗歌成就，结合自己的诗歌创作经验并发挥其见解创作而成。17世纪以来，《二十四诗品》被普遍视为唐代最重要的诗歌理论代表作②，处于中国古典文论独立发展的第三期，上承《尚书》"诗言志"和刘勰《文心雕龙》的发轫和独立期，下启严羽《沧浪诗话》和叶燮《原诗》的高潮和完成期，最终预示了王国维《人间词话》（中国古典诗学的终结）的出现③。时至今日，在中国文学理论、文学批评史、美学史的研究领域内，可以说《二十四诗品》研究已成为一门显学，其影响及于世界。④《二十四诗品》被译成英

---

① 关于《二十四诗品》的作者，学界尚有一些争议，详见汪泓《司空图〈二十四诗品〉真伪辨综述》，载《复旦学报》（社会科学版），1996年第2期，第32—37页。
② 宇文所安：《中国文论：英译与评论》，王柏华、陶庆梅译，上海：上海社会科学院出版社，2003年，第335页。
③ 王宏印：《司空图〈诗品〉注译》，北京：北京图书馆出版社，2002年，第6页。
④ 张国庆：《〈二十四诗品〉诗歌美学》，北京：中央编译出版社，2008年，第15页。

语、俄语、日语等多种文字,英国、美国、俄罗斯、日本等国家都有学者对其进行研究。自1909年翟理斯最早将《二十四诗品》全部译成英文以来,《二十四诗品》的英译已经有百余年的历史,诞生了包括节译、全译在内的十余个英译本,其中以翟理斯译本、杨宪益与戴乃迭译本、宇文所安译本、王宏印译本为主要代表(详见下文)。

国内学者对《二十四诗品》的英译研究已经进行了一些可贵的探索,如王丽娜①、闫月珍②、张智中③、王晓农④等。但多数现有研究或是只对《二十四诗品》在国外英译的史料做概略性陈述,或是就某一品做多个英译本的比较分析,抑或是研究某一英译本存在的翻译或编辑问题,难以看出主要英译本的概貌,也未从多个英译本的比较中揭示《二十四诗品》英译的历时演变特点。

为了较为完整地还原《二十四诗品》英译的整体风貌和发展趋势,本章尝试从梳理《二十四诗品》英译史料的角度出发,择取具有典型特征的四个英文全译本进行对比分析,以期用历史发展的眼光从《二十四诗品》四个英文全译本的对比分析中管窥其译介历程的嬗变特征。

第一节 《二十四诗品》的英译概览及其四个英文全译本

一、《二十四诗品》的英译概览

《二十四诗品》的英译既有二十四品的全译,也有个别品的节译。英文全译的情况如下:(1)1901年,英国汉学家翟理斯(Herbert Allen Giles)用英语撰写的《中国文学史》(*A History of Chinese Literature*)中包含司空图《二十四诗品》的英文全译⑤;(2)20世纪60年代,美国学者方志彤(Achilles Fang)

---

① 王丽娜:《司空图的〈二十四诗品〉在国外》,载《文学遗产》,1986年第2期,第104页。
② 闫月珍:《汉学界的五个〈二十四诗品〉英译本》,载《人文杂志》,2016年第2期,第55—60页。
③ 张智中:《司空图"诗品"英译比较研究》,载《天津外国语学院学报》,2004年第6期,第1—7页。
④ 王晓农:《中国文化典籍英译出版存在的问题——以〈大中华文库·二十四诗品〉为例》,载《当代外语研究》,2013年第11期,第43—48页。
⑤ Herbert Allen Giles. *A History of Chinese Literature*. London: William Heinemann, 1901.

未刊布的英文手稿中包含对《二十四诗品》的英文全译,珍藏在哈佛大学档案馆[①];(3)1963 年,杨宪益、戴乃迭夫妇合译的《二十四诗品》英文全译刊载于英文版《中国文学》(*Chinese Literature*)第 7 期[②];(4)1992 年,美国汉学家宇文所安(Stephen Owen)的《中国文学思想读本》(*Readings in Chinese Literary Thought*)中包括对《二十四诗品》的英文全译和详尽的注解[③];(5)2002 年,中国学者王宏印的《司空图〈诗品〉注译》中包含对《二十四诗品》的古文今译、英文全译和译文之前的作者、作品研究[④]。此外,格兰莫-拜恩[⑤]、叶维廉[⑥]、莫林·罗伯森[⑦]、余宝琳[⑧]、王润华[⑨]、托尼·巴恩斯通与周平[⑩]有个别品的节译。《二十四诗品》的英译及其出版情况详见表 6-1。

表 6-1 《二十四诗品》英译出版情况一览

时间	译者	篇名英译	出版社	具体出处与英译形式
1901	翟理斯(Herbert A. Giles)	SSÜ-K'UNG T'U	London：William Heinemann	*A History of Chinese Literature*, pp. 179—188.（全译）

① 闫月珍:《汉学界的五个〈二十四诗品〉英译本》,载《人文杂志》,2016 年第 2 期,第 55 页。
② Yang Hsien-yi & Gladys Yang. "The Twenty-four Modes of Poetry". *Chinese Literature*, 1963(7), pp. 65—77.
③ Stephen Owen. *Readings in Chinese Literary Thought*. Cambridge, Massachusetts & London：Harvard University Press, 1992, p. 76.
④ 王宏印:《司空图〈诗品〉注译》,北京:北京图书馆出版社,2002 年。
⑤ L. A. Crammer-Byng. *A Lute of Jade：Being Selections from the Classical Poets of China*. London：John Murray, 1909.
⑥ Wai-lim Yip, trans. "Selections from *The Twenty-four Orders of Poetry*". *Stony Brook*, 1969, No. 3/4.
⑦ Maureen Robertson. "To Convey What is Precious：Ssu-k'ung T'u's Poetics and the Erh-shih-ssu Shih P". In David C. Buxbaum & Frederick W. Mote (eds.). *Translation and Permanence：A Festschrift in Honor of Dr. Hsiao Kung-Ch'üan*. Hong Kong：Cathay Press, 1972.
⑧ Yu Pauline. "Ssu-k'ung T'u's Shih-p'in：Poetic Theory in Poetic Form". In Ronald C. Miao (ed.). *Studies in Chinese Poetry and Poetics* (Vol. 1), San Francisco. Calif.：Chinese Materials Center, 1978, pp. 81—103.
⑨ Wong Yoon-wah. *Sikong Tu's Shi Pin：Translation with an Introduction*. Singapore：Department of Chinese Studies, National University of Singapore, 1994.
⑩ Tony Barnstone & Chou Ping. *The Art of Writing：Teachings of the Chinese Masters*. Boston：Shambhala, 1995.

第六章 唐代文论《二十四诗品》四个英译本研究：诗题、诗文与诗风英译的对比分析

续表

时间	译者	篇名英译	出版社	具体出处与英译形式
1909	格兰莫-拜恩 (L. Granmer-Byng)	/	London: J. Murray	*A Lute of Jade: Being Selections from the Classical Poets of China.* （10品节译）
1963	杨宪益、戴乃迭	The Twenty-four Modes of Poetry	Beijing: Foreign Languages Press	刊载于 *Chinese Literature*, No.7, 1963.（全译）
1960s	方志彤 (Achilles Fang)	On Ssu-k'ung T'u's Shih-p'in, Part II	哈佛大学档案（Pusey Library）	未刊布英文手稿
1969	叶维廉 (Wai-lim Yip)	Selections from "The Twenty-four Orders of Poetry"	/	*Stony Brook*, No. 3/4, pp. 280–287.（节译）
1972	莫林·罗伯森 (Maureen Robertson)	To Convey What is Precious: Ssu-k'ung T'u's Poetics and the Erh-shih-ssu Shih P'in	Hong Kong: Cathay Press	David C. Buxbaum and Frederick W. Mote(eds.), *Translation and Permanence: A Festschrift in Honor of Dr. Hsiao Kung-Ch'üan.*（节译）
1978	余宝琳 (Yu Pauline)	Ssu-k'ung T'u's Shih-p'in: Poetic Theory in Poetic Form	San Francisco: Chinese Materials Center	Ronald C. Miao(ed.), *Studies in Chinese Poetry and Poetics.*（节译）
1992	宇文所安 (Stephen Owen)	The Twenty-Four Categories of Poetry	Cambridge, MA: Harvard Council on East Asian Studies	*Readings in Chinese Literary Thought.*（全译）
1994	王润华 (Wang Yoon-wah)	*Sikong Tu's Shipin: Translation with an Introduction*	Singapore	/

续表

时间	译者	篇名英译	出版社	具体出处与英译形式
1995	托尼·巴恩斯通(Tony Barnstone)&周平(Chou Ping,音译)	"The Graceful Style/ The Vital Spirit Style/ The Transcendent Style/ The Flowing Style, Sikong Tu"	*Literary Review*, Vol. 38, No. 3, 1995, pp. 326—327	收入二人1996年编译的 *The Art of Writing: Teachings of the Chinese Masters*, Boston: Shambhala, 1996.(节译)
2002	王宏印	The Realm of Poetry and Other Works with Translations and Commentaries	北京:北京图书馆出版社	司空图《诗品》注译（古文今译＋英文全译）
2012	张宗友今译、翟理斯英译	Twenty-four Styles of Poetry	南京:译林出版社	（古文今译＋英文全译）

二、四个英文全译本

从《二十四诗品》的英译情况来看，公开出版的具有典型特征的英文全译本包括以下四种：英国汉学家翟理斯译本、合作译者杨宪益与戴乃迭译本、美国汉学家宇文所安译本、中国学者王宏印译本。为行文方便，下文简称翟译、杨戴译、宇文译和王译。其中，翟译是最早的译本，王译是当代最新的译本；翟译和宇文译是国外汉学家的译本，杨戴译和王译主要是国内学者的译本；西方汉学家的译本中翟译是代表英国汉学家的译本，宇文译是代表美国汉学家的译本；国内学者的译本中杨戴译是合作译者的译本，王译是独自著译的译本；此外，翟译和宇文译是内含于文学史或文学思想读本中的英文全译，杨戴译是刊布于英文期刊中的译文，王译则是以《二十四诗品》为专题研究对象的注译本。鉴于此，择取这四个译本做对比分析可窥见《二十四诗品》英译活动的宏观发展和历时嬗变特征。本着见微知著的理念，四个译本的对比分析主要涉及诗题、诗文、诗风三个方面，对比的过程中兼及四个译本历时因素的探讨。

第二节 诗题之译:《二十四诗品》总诗题与各品诗题英译的四译本对比

此处所谓诗题,即诗歌的标题。标题是诗之眼,《二十四诗品》的每一品皆有一个独立的标题。标题统领每首诗的意蕴,理想的标题应该"一叶见秋"。[①] 诗题的翻译至关重要,因此寓意诗之眼的诗题英译当是对比分析的起点。

一、总诗题的英译对比

首先,《二十四诗品》的篇名即总诗题,其译法在四个英译本中各有不同。翟译中并未译出《二十四诗品》的总诗题,仅以司空图的音译"SSÜ-K'UNG T'U"作为《中国文学史》第六章《二十四诗品》英译全文的标题。弗伦奇(J. L. French)1927年编译的《荷与菊》(*Lotus and Chrysanthemum*)第54至63页为翟理斯的英译文,为其添加了一个标题"*Taoism*"[②],契合了翟译的看法:"《二十四诗品》明显是二十四首独立的富于哲理性的诗作,它们以令人赞叹的方式表现纯粹的道学思想。道学思想是每则诗品的主旨,也是诗人思想的主导。"[③] 杨戴译为"The Twenty-four Modes of Poetry",并与各品诗题中对品的译法"mode"保持了统一。宇文译为"The Twenty-four Categories of Poetry",将二十四诗品视为二十四种不同的诗歌类型。王译"The Realm of Poetry"回译成汉语即"诗境",是译者对原作研究后的整体解读和阐释性意译,译者认为"这个诗境的独一性要靠司空图的全部创作和理论的资料乃至整个人生和时代来说明"。[④]

二、各品诗题的英译对比

总诗题的英译奠定了译者对译本的认知基础,各品诗题的英译又可窥见

---

① 顾正阳:《古诗词曲英译论稿》,上海:百家出版社,2003年,第42页。
② 王丽娜:《司空图〈二十四诗品〉在国外》,载《文学遗产》,1986年第2期,第104页。
③ Herbert Allen Giles. *A History of Chinese Literature*. London:William Heinemann,1901,p.179.
④ 王宏印:《司空图〈诗品〉注译》,北京:北京图书馆出版社,2012年,第10页。

译者对各品的整体理解和解读。以下根据表 6-2 中所示四译本各品诗题的英译情况进行简要分析(见下页)。

表 6-2 《二十四诗品》四译本各诗品诗题英译一览

序号	标题	翟理斯	杨宪益、戴乃迭	宇文所安	王宏印
1	雄浑	Energy-Absolute	The Grand Mode	*Potent, Undifferentiated*, Hsiung-hun	Zest for Poetry
2	冲淡	Tranquil. Repose	The Unemphatic Mode	*Limpid and Calm*, Ch'ung-tan	To Be Simple and Thin
3	纤秾	Slim-Stout	The Ornate Mode	*Delicate-fresh and Rich-Lush*, Hsien-nung	Where Trees are Thick
4	沉着	Concentration	The Grave Mode	*Firm and Self-Possessed*, Ch'en-cho	Ready for Compostion
5	高古	Height-Antiquity	The Lofty Mode	*Lofty and Ancient*, Kao-ku	Towards Remote Antiquity
6	典雅	Refinement	The Polished Mode	*Decorous and Dignified*, Tien-ya*	Gentlemen Remain so Tender
7	洗炼	Wash-Smelt	The Refined Mode	*Washed and Refined*, His-lien	Sort out for the Best
8	劲健	Strength	The Vigorous Mode	*Strong and Sturdy*, Ching-chien	Striving to be Strong
9	绮丽	Embroideeries	The Exquisite Mode	*Intricate Beauty*, Ch'i-li	Ornate and Original

续表

序号	标题	翟理斯	杨宪益、戴乃迭	宇文所安	王宏印
10	自然	The natural	The Spontaneous Mode	*The Natural*, Tzu-jan*	Follow Nature
11	含蓄	Set Free	The Pregnant Mode	*Reserve/ Accumulation Within*, Han-hsü	Telling, But not Saying
12	豪放	Conservation	The Untrammelled Mode	*Swaggering Abandon*, Hao-fang	My Mind Marching Unhindered
13	精神	Animal Spirits	The Evocative Mode	*Essence and Spirit*, Ching-shen*	Create a Lively Style
14	缜密	Close Woven	The Well-knit Mode	*Close-Woven and Dense*, Chen-mi	A Void Rigidity
15	疏野	Seclusion	The Artless Mode	*Disengagement and Rusticity*, shu-yeh	Be Yourself. Be Free
16	清奇	Fascination	The Distinctive Mode	*Lucid and Wondrous*, Ch'ing-ch'I	Clear and Crystalline
17	委曲	In Tortuous Ways	The Devious Mode	*Twisting and Turning*, Wei-ch'ü	By a Winding Path
18	实境	Actualities	The Natural Mode	*Solid World*, Shih*-ching*	Realm of the Real
19	悲慨	Despondent	The Poignant Mode	*Melancholy and Depression*, Pei-k'ai	Be Like a Hero

续表

序号	标题	翟理斯	杨宪益、戴乃迭	宇文所安	王宏印
20	形容	Form and Feature	The Vivid Mode	*Description*, Hsing-jung	Variations in Unity
21	超诣	The Transcendental	The Transcendent Mode	*Transcendence*, Ch'ao-yi	Detached, I Read a Poem
22	飘逸	Abstraction	The Ethereal Mode	*Drifting Aloof*, P'iao-yi	Flying into Fairyland
23	旷达	Illumined	The Light-hearted Mode	*Expansive Contentment*, Kuang-ta	Laughing all the Way
24	流动	Motion	The Flowing Mode	*Flowing Movement*, Liu-tung	The Wonderful Motion

从上表可以看出，四个译本对各品诗题的英译风格各异。翟译把各品当作哲理诗来理解，其诗题也相应地采用简单的直译法，有的是拆字译法，有的则是将原诗题译成单独的一个词，且对其英译未作任何阐释。杨戴译为修饰词加"mode"形式，虽然呈现出一种整齐划一的固定风格和模式，但却稍显呆板和单调。宇文译采用直译加拼音的方式，"以使英文读者能多少看到汉语原文本的样子"[①]。对诗题直译的处理中，有的采用拆字法，有的则将原诗题合并为一个独立词语进行英译。王译采用的是与前面三个译本迥然不同的翻译策略，融通直译、意译和创译，打破众多标题整齐划一的单调，通俗易懂，可读性强。如："Clear and Crystalline"和"Ornate and Original"不仅语义上契合，且押头韵，增强了诗题英译的音乐性和节奏感。"自然""飘逸"和"洗炼"皆分别加了动词、表示动作的分词和动词短语，呈现出动态的流动性特点。如果能

---

① Stephen Owen. *Readings in Chinese Literary Thought*. Cambridge, Massachusetts and London: Harvard University Press, 1992, p. 15.

把诗歌题目与诗行内容贯连起来，上下打通，则又可极大地增进译诗的效果[①]。因此，把诗题和诗文内容结合起来进行创译也是王译诗题的特点之一。如："典雅"取了诗中"人淡如菊"的意思压缩而成"Gentlemen Remain so Tender"，"含蓄"取了该品第一句"不着一字，尽得风流"的意思变译为"Telling, But not Saying"。

此处且以第十八品诗题"实境"的英译为例做具体比较：翟译"Actualities"虽语义切近，但一词英译略显单薄，与原来诗题中的两词相比不具形式上的结构美；杨戴译"The Natural Mode"乍一看疑似"自然"品，与原诗题所指不符；宇文译"Solid World"是直译，该品所论及的诗境无法从中体悟出来；王译"Realm of the Real"，与全篇诗名"The Realm of the Poetry"遥相呼应，"Realm"道出了该品呈现的是一种诗境，而"Real"一词正是该品诗境所要呈现的最显著的特点，王译在语义上与原诗题语义契合无隙，押头韵的韵律效果又为其增添了音乐性和节奏感，产生了音形义俱佳的效果。

第三节 诗文与诗风之译：第十八品"实境"英译的四译本对比

如果说诗题是诗之眼睛，诗文与诗风，即诗歌的内容与形式，则是诗之血肉与灵魂。因篇幅所限，本章现以第十八品"实境"为例（原文及四个译文如下），从四个译本对其中释道术语、诗歌意象、人称代词、诗歌形式的英译与处理等方面对比各个译本在诗文与诗风英译方面的异同。

实境（第十八品）
原文：
取语甚直，计思匪深。
忽逢幽人，如见道心。
清涧之曲，碧松之阴。
一客荷樵，一客听琴。
情性所至，妙不自寻。

[①] 张智中：《司空图"诗品"英译比较研究》，载《天津外国语学院学报》，2004年第6期，第5页。

遇之自天，泠然希音。

翟理斯译文：

Actualities

Choosing plain words
To express simple thoughts,
Suddenly I happened upon a recluse,
And seemed to see the heart of Tao.
Beside the winding brook,
Beneath dark pine-trees' shade,
There was one stranger bearing a faggot,
Another listening to the lute.
And so, where my fancy led me,
Better than if I had sought it,
I heard the music of heaven,
Astounded by its rare strains.

杨宪益、戴乃迭译文：

The Natural Mode

Choose plain words
To voice simple thoughts,
As if, meeting suddenly with a recluse,
You have a revelation of the Truth.
Beside the winding brook,
In the green shade of pines,
One man is gathering firewood,
Another playing the lute…
Follow your natural bent
And wonders come unsought;
So at a chance encounter

You hear rare music!

宇文所安译文：

Solid World, Shih-Ching

The words employed are extremely direct,
The formulation of thought does not go deep:
Suddenly one meets a recluse —
It is as if seeing the mind of the Way.
The bends of clear torrents,
The shade of emerald pines:
One fellow carries firewood,
Another fellow listens to a zither.
The perfection of nature and affections
Is so subtle it cannot be sought.
One chances on it as Heaven wills —
Delicate, the faint and rare tones.

王宏印译文：

Realm of the Real

Use simple words, jot down what is real,
Never pretend to be too deep a thinker.
When you meet a recluse from up hill,
You'll see his profundity much clearer.

Along the winding path in a fine day,
A burdened woodcutter hobbles his way;
Another man, sitting under a pine tree,
Listens to the music of lute not far away.

With a mood to enjoy life and nature, I believe,

> You will find yourself in a realm of the real.
> Then Harmonious Music of Heaven can be heard
> So clear, so melodious, yet so remote.

一、释道术语的英译对比

《二十四诗品》言约义丰,并喜用一些释道术语,如"神""真""道"等,却另标新义,且各品所用字同而意实异①。"道"是第十八品"实境"中的核心术语,翟译用音译词"Tao"来对译,表征出其道家哲学思想的认知;宇文译用直译来体现这一哲学概念,"Way"一词用大写以示其专有术语概念的不同;杨戴译是将"道心"作为一个整体来译,采用的是意译"the Truth";王译同样把"道心"视为整体进行意译,"Profundity"译出了该词在语境中蕴含的深意。

二、诗歌意象的英译对比

《二十四诗品》以丰富的意象呈现出动态的画面感,第十八品中的主要意象有"幽人""一客荷樵""一客听琴"和"希音"等。对于"幽人",四个译本均译为"a recluse",王译与其他三个译本的不同之处在于增添了介词短语"from up hill",给人以动态的画面感,更能体现"幽人"与世隔绝而独居山林的隐士特征。"一客荷樵""一客听琴"在四个英译本中处理方法各异:翟译为"There was one stranger bearing a faggot, Another listening to the lute.",运用"there be"结构陈述当时存在的一种客观事实,侧重点在于"one stranger"这一客,"Another"另一客作为补充信息充当了句子的状语,未能充分译出"一客荷樵"和"一客听琴"的并列语境寓意;杨戴译为"One man is gathering firewood, Another playing the lute…",运用的是现在进行时态,给人一种即时的动态画面感,语言简洁朴实,节奏明快,但"听琴"英译为"playing the lute…"是否是译者故意为之不得而知;宇文译为"One fellow carries firewood. Another fellow listens to a zither.",与原文内容的忠实度较高;王译的增补信息最多,"hobbles his way"增补了"A burdened woodcutter"的动态画面信息,

---

① 乔力:《二十四诗品探微》,济南:齐鲁书社,1983年,第1页。

一位樵夫荷樵而吃力行走的画面会浮现在读者脑海中,既生动可感,又不至于偏离语义,更突出了诗歌创作中的实境,另外"一客听琴"的英译也增补了两条信息,"sitting under a pine tree"突显了主体当时的所在,"not far away"则与下文中的"can be heard"遥相呼应。"希音",清静境界中依稀可闻的微妙之音,似说"妙不自寻"的诗境,总是以无声的语言触发了诗人的心绪①。对于该意象,翟译拆解为"the music of heaven"和"rare strain"两层含义;杨戴译未做更深层理解,简单译为"rare music";宇文译为"rare tones",但若从最后两句"遇之自天,泠然希音"的整体译文来看,其理解是从整体着眼的解读和阐释;王译为"The harmonious music of heaven",最后一行以三个 so 相连的清(clear)、谐(melodious)、远(remote)三个形容词对其进行补充修饰,与上文中的"一客听琴"的实境之音相得益彰,虚实相生。

三、人称代词的运用及英译效果对比

人称的变换对诗人与读者之间的关系有着重要的暗示作用。一般说来,如果把"我"和看作我的自况的"诗人"当作第一人称,有助于诗歌实现其亲切的抒情功能。但是,若用第三人称的名词或代词,就意味着诗歌与读者之间有一种间离疏远。如果说第一人称给人以正面,第三人称则给人以背影②。第二人称则兼有尊重、告诫或提醒的作用,以期收到警句般的修辞效果或者造成一种比较柔和的对讲口气。从人称使用来看,翟译行文全部以第一人称"诗人"的身份自居,忽略了诗论的论说性,仅仅就诗人自我的感知描述一种现象。杨戴译中运用第二人称祈使句语气,产生了应有的提醒劝诫功能。宇文译中很少出现表示人称的代词,其中使用的代表第三人称的"one"让人看到背对读者的一幅画面。王译中出现了两种人称,既有表示提醒告诫的祈使语气"Never pretend to"的表达,其中暗含了第二人称代词"You"的警示,又有增补信息"I believe"中第一人称代词引出的论述观点的显现,其目的正是为了让诗论作者现身,与第二人称的"you"(虚指的幻想中的诗人)形成对应。

---

① 王济亨、高仲章:《司空图选集注》,太原:山西人民出版社,1989 年,第 66 页。
② 张智中:《遇之自天,泠然希音——司空图〈诗品〉英译艺术探析》,载《郑州航空工业管理学院学报》(社会科学版),2005 年第 4 期,第 80 页。

四、诗歌形式的英译对比

从诗的形式来看,四个译本都存在译文的跨行现象。相比较而言,翟译、杨戴译和宇文译较为简洁,王译因补充了相关信息而略显厚重。前三个译本未进行诗节的划分,从第一句到最后一句读起来有种急迫感。只有王译有诗节的划分,将全品划分为三个诗节,每个诗节四行。在王译中,诗节的划分和诗行的规整体现了译者对全诗语义的深层剖析和整体阐释,其语义层次清晰,可读性强。

第四节 从四译本看《二十四诗品》英译历程的嬗变特征

综合上述对四个译本的对比分析,可以看出《二十四诗品》的英译历程在整体上呈现出三个方面的嬗变特征:一是从单向思维到整体思维的思维嬗变;二是从简单译介到文化传播的认知嬗变;三是从诗歌译本到诗论译本的译介嬗变。翟译作为首译,确立了司空图在中国文学史上的地位。收纳该译的《中国文学史》的主要目标读者是高校学生[1],二十四首四言诗被视作道家哲理诗歌悉数译出,对司空图的生平仅有半页篇幅的简单介绍,甚至未译出全篇的篇名,更未对原文和译文做任何阐释。究其原因,早期西方汉学界及英语世界对个别中国文论著作的翻译介绍,都是将其视为重要的中国文化典籍,而不是当作文学理论或文学批评著作[2]。尽管在翟理斯的意识中是将司空图之作当作诗歌而不是诗论看待的,然而后来的中国学者一般都还是将这一举止视为撰者对中国文论西传所做的一种贡献[3]。杨戴译是国内刊布的最早的英文全译本,译笔简洁流畅,可读性强,虽然亦未能译出其作为诗论的诗学意义,但较翟译已出现了些许变化,视二十四品为一整体,全篇有了统一的篇名,二十四首诗被理解为二十四种诗歌风格,当然该译仍未对司空图及其诗学思想做任何

---

① 李倩:《翟理斯的〈中国文学史〉》,载《古典文学知识》,2006年第3期,第112页。
② 张万民:《中国古代文论英译历程中的反思》,载《暨南学报》(哲学社会科学版),2017年第1期,第3页。
③ 黄卓越:《从文学史到文论史——英美国家中国文论研究形成路径考察》,载《中国文化研究》,2013年第4期,第205页。

介绍,亦未对原文做训诂研究和注释。宇文译是教科书的一部分,为了学生和专业读者能够更好地了解中国的传统文化和诗歌内容及形式,对原文做了训诂研究和阐释,已经认识到《二十四诗品》的诗歌理论价值。王译结合司空图的人生阅历和时代诗学背景,整体上解读司空图的诗论作品和思想,英译之前还设有古文今译和训诂式注解作为理解的前提和阐释的基础,并"专设'为《诗品》的传播而翻译'一章探讨《诗品》的今译和英译方面的诸多问题"[1],是迄今为止专门研究司空图及其诗学思想,对《二十四诗品》进行今译、英译并加注,融研究、训诂阐释和翻译于一体的综合性译著。

结　语

概而述之,翟译和杨戴译重在对《二十四诗品》诗文内容进行移译和阐释,属于早期的诗歌译本,而宇文译和王译重在将《二十四诗品》作为诗论进行研究和译介,属于后期做训诂研究和阐释的诗论译本。将四个译本的微观比较置于《二十四诗品》的宏观译介历程中,可以窥见这部中国古典诗学理论著作在英语世界传译过程中的嬗变特征,由此为中国古典文论未来在英语世界的翻译与传播提供某种认知基础与经验参照。

---

[1] 张国庆:《〈二十四诗品〉百年研究述评》,载《文学评论》,2005年第1期,第183页。

第 七 章

宋代文论《沧浪诗话》两个英译本研究：基于勒弗维尔诗学理论的对比分析

引言 《沧浪诗话》的主要英译及其研究现状

诗话是中国古典诗歌理论、文学理论发展到宋代出现的一种重要形式。郭绍虞指出，"待到宋人开诗话之体，于是论诗开一方便法门"[①]。南宋严羽所著《沧浪诗话》以禅喻诗，以悟论诗，因其诗辨、诗体、诗法、诗评、考证五章涵盖了诗学研究的主要方面，"故其体系在宋代诸多诗话中最为完善"[②]。《沧浪诗话》不仅孳乳了明代前后七子以及清代"性灵派"和"格调派"的诗歌理论，"对于其后的中国诗歌理论和实践产生了难以估量的影响"[③]，而且早在1922年就被张彭春以严肃的中国文学理论的形式翻译成英文在美国刊出，"开创了真正意义上中国古典文论在西方英语世界传译的先河"[④]。

迄今为止，《沧浪诗话》先后诞生了张彭春（Chang Peng Chun，1922）、叶

---

① 郭绍虞：《中国文学批评史》（上卷），天津：百花文艺出版社，1999年，第330页。
② 李建中：《中国古代文论》，武汉：华中师范大学出版社，2002年，第211页。
③ 林理彰：《严羽"才"与"学"的两极化倾向》，钟厚涛译，见蒋童、钟厚涛等：《〈沧浪诗话〉在西方》，北京：中国文联出版社，2015年，第210页。
④ 王洪涛：《中国古典文论在西方的英译：历史进程与基本特征》，载《国际汉学》，2018年第1期，第49页。

维廉(Yip Wai-lim,1970)[①]、宇文所安(Stephen Owen,1992)、林理彰(Richard John Lynn,1994)[②]、陈瑞山(Ruey-shan Sandy Chen,1996)[③]等翻译的几个主要英译本。在这些英译本中,又以作为首译的张彭春译本和美国汉学家宇文所安的译本最具代表性。1922年,在美留学的张彭春应文学批评家斯平加恩(J. E. Spingarn)请求,将《沧浪诗话》的"诗辩"与"诗法"两章的主要片段翻译成英文,发表在现代主义文学杂志《日晷》(The Dial)第73卷上,英文译名为"Tsang-Lang Discourse on Poetry"。斯平加恩在为该译文撰写的"前言"(Foreword)中声称:"据我所知,张彭春先生这篇应我殷切请求而翻译的诗话,是中国文学理论译为英文的首例。"[④]尽管确切地说这仅是中国文学理论以名副其实的"文论"名义"译为英文的首例",但却的确是《沧浪诗话》的英文首译。美国汉学家、哈佛大学教授宇文所安同样英译了《沧浪诗话》的"诗辩"与"诗法"两章,将其收录于《中国文学思想读本》(Readings in Chinese Literary Thought)一书中,于1992年在哈佛大学出版社出版,作为向美国学生讲授中国古典文论的教程在哈佛大学使用,并在西方英语世界的汉学界广为传播。该书还在北京大学被作为"比较诗学"课程的基本教材使用[⑤],2003年其中译本《中国文论:英译与评论》又在中国出版,受到中国学者的广泛关注。

对于《沧浪诗话》在西方的英译与传播,当前国内学界所作的研究屈指可数。王丽娜[⑥]与曹东[⑦]分别对《沧浪诗话》在国外的英译与研究状况做过简介;

---

① 叶维廉译本包含在其1970年在台湾淡江大学《淡江评论》(Tamkang Review)上发表的《严羽与宋朝的诗学理论》("Yen Yü and Poetic Theories in the Sung Dynasty")一文之中。
② 林理彰译本收录于1994年美国汉学家梅维恒(Victor H. Mair)主编的《哥伦比亚中国古典文学选集》(The Columbia Anthology of Traditional Chinese Literature)之中。
③ 陈瑞山(Ruey-shan Sandy Chen)译本是其1996年在得克萨斯大学奥斯汀分校完成的博士论文,题目为An Annotated Translation of Yan Yu's Canglang Shihua: An Early Thirteenth-century Chinese Poetry Manual。
④ J. E. Spingarn. "Foreword to Tsang-Lang Discourse on Poetry". The Dial. 1922, Volume LXXIII: p. 271.
⑤ 乐黛云:《〈中国文论:英译与评论〉序言》,见宇文所安:《中国文论:英译与评论》,王柏华、陶庆梅译,上海:上海社会科学院出版社,2003年,第3页。
⑥ 王丽娜:《严羽〈沧浪诗话〉的外文译著简介》,载《文艺理论研究》,1986年第2期,第73—75页。
⑦ 曹东:《〈沧浪诗话〉研究述略》,载《解放军外国语学院学报》,1997年第5期,第106—108页。

钟厚涛①分析了张彭春首译《沧浪诗话》的学术背景、宏观策略和文化意义；任先大、李燕子②评述了北美汉学界对《沧浪诗话》的阐释与研究，简述了张彭春和宇文所安译本的主要内容；袁倩③对比了宇文所安和刘若愚对"妙悟"和"兴趣"两词的翻译；蒋童、钟厚涛等④编撰的《〈沧浪诗话〉在西方》一书探讨了《沧浪诗话》在西方传播的背景、历程与研究状况，翻译、收录了首译本与全译本的序言以及李又安、林理彰的研究论文，为相关研究提供了翔实的资料。由此可见，现有研究多是对《沧浪诗话》在西方英译状况的简介和文献梳理，少数对张彭春译本和宇文所安译本所作的考察或是纯粹微观的文本视角，或是纯粹宏观的文化视角，且基本上浅尝辄止，难以深入。为了能更加详细、深入地考察《沧浪诗话》在西方的英译与传播，本章选取具有代表意义且在翻译内容上比较一致的张彭春译本和宇文所安译本为研究对象，借鉴当代西方著名翻译与比较文学研究学者勒弗维尔提出的诗学理论，对这两个译本做宏观与微观相结合、文化与文本相结合的综合性对比，以剖析两个译本在主题内容选择、目标读者设定、翻译策略运用、译本特点形成等方面的异同及其背后的制约因素，揭示两个译本在西方英语世界得到成功传译的深层原因。

第一节 勒弗维尔的诗学理论

勒弗维尔（André Lefevere）贯通翻译研究与比较文学研究，其理论思想在中西方翻译学界影响深远，对文学翻译研究既具有认识论价值又具有方法论意义。勒弗维尔在其著名的《翻译、改写与文学名声的操纵》（*Translation, Rewriting, and the Manipulation of Literary Fame*）一书中指出，改写（rewriting）活动会出于各种意识形态和诗学的目的对文学作品进行操纵⑤，

---

① 钟厚涛：《异域突围与本土反思——试析〈沧浪诗话〉的首次英译及其文化启示意义》，载《文化与诗学》，2009年第1期，第56—67页。
② 任先大、李燕子：《严羽及其〈沧浪诗话〉的海外阐释——以北美汉学界为中心》，载《湖南社会科学》，2011年第5期，第184—188页。
③ 袁倩：《〈沧浪诗话〉英文翻译初探》，载《剑南文学》，2011年第8期，第127、129页。
④ 蒋童、钟厚涛、仇爱丽：《〈沧浪诗话〉在西方》，北京：中国文联出版社，2015年。
⑤ André Lefevere. *Translation, Rewriting, and the Manipulation of Literary Fame*. London & New York: Routledge, 1992, p. iii.

而"翻译是一种最容易识别的改写活动"①。为了更好地考察包括翻译在内的改写活动,勒弗维尔引入了系统论的概念。他提出文学系统似乎受着一种双重机制的制约:其中一种机制来自文学系统内部,由包括批评家、评论家、教师以及译者在内的"专业人士"(professionals)组成,专业人士经常会对文学作品进行改写以使其符合特定时空下的"诗学"(poetics)和"意识形态"(ideology)②;另一种机制来自文学系统外部,被称为"赞助人"(patronage),赞助人通常对文学作品的"意识形态"更为感兴趣,也可以说赞助人会授权给专业人士来考察其诗学观方面的问题③。

关于诗学与意识形态在翻译中的作用,勒弗维尔曾作过旗帜鲜明的论断:"……在翻译过程的每一个阶段,假如语言层面的考虑与意识形态和(或)诗学层面的考虑发生了冲突,后者往往会胜出。"④由此而论,在某些较少涉及意识形态的文学翻译活动中,诗学便成为制约和影响翻译活动最为关键的因素。

"诗学"的概念最早可以追溯到公元前 335 年亚里士多德的著作《诗学》。法国学者达维德·方丹(David Fontaine)认为诗学在西方的发展经历了四个阶段:公元前 4 世纪至公元 16 世纪的模仿诗学、17 世纪至 18 世纪的接受诗学、18 世纪至 19 世纪的表达诗学、20 世纪的形式诗学⑤。勒弗维尔提出的诗学理论既有形式诗学的思想,又有接受诗学的成分。他认为一种诗学由两种要素组成:一种是论列性(inventory)的,其中包括文学技法(literary devices)、体裁(genres)、主题(motifs)、原型性的人物和场景(prototypical characters and situations)、象征(symbols)等;另一种是功能性(functional)的,即文学作为一个整体在社会系统中具有什么样的功能,或者说应该是怎样⑥。在勒弗维尔看来,两种诗学要素对于文学系统产生的影响是不同的:"……诗学中的功能性因素对整个的文学系统施加着一种创新性的影响,而论列性因素却倾

---

① André Lefevere. *Translation, Rewriting, and the Manipulation of Literary Fame*. London & New York: Routledge, 1992, p.9.
② Ibid., p.14.
③ Ibid., p.15.
④ Ibid., p.39.
⑤ 方丹:《诗学:文学形式通论》,陈静译,天津:天津人民出版社,2003年,第1—2页。
⑥ André Lefevere. *Translation, Rewriting, and the Manipulation of Literary Fame*. London & New York: Routledge, 1992, p.27.

向于施加一种保守性的影响,这种保守性的影响也制约着人们对(文学作品,笔者注)主题的处理方式。"①无论是创新性还是保守性,诗学对于翻译这种文学系统中最容易识别的改写活动,尤其是对于那些较少涉及意识形态问题的文学翻译活动,其影响和制约都是巨大的。

第二节　基于勒弗维尔诗学理论的《沧浪诗话》两个英译本对比分析

鉴于勒弗维尔诗学理论在文学翻译研究中突出的应用价值,而张彭春和宇文所安在翻译《沧浪诗话》过程中又较少受到意识形态因素的影响,本章接下来将运用勒弗维尔的诗学理论对《沧浪诗话》的张彭春译本和宇文所安译本进行从宏观到微观、从文化到文本的对比分析:先借鉴其功能性诗学的概念分析张彭春和宇文所安分别选择英译《沧浪诗话》的诗学考量,再借鉴其论列性诗学概念剖析两个译本在主题内容、文论术语以及修辞手法英译方面的异同并揭示其背后的诗学原因。

一、基于功能性诗学的两个英译本对比

之所以选择首先借鉴勒弗维尔的功能性诗学概念对《沧浪诗话》的两个译本进行对比,是因为该概念"在主题选择方面具有很大的影响力,如果文学作品希望得到关注,其主题必须与社会系统相关"②,而选择什么主题的源语作品进行翻译正处于整个翻译过程的初始阶段。勒弗维尔的功能性诗学在本质上是指在社会系统中占主导地位的文学观,即一种"文学应该是什么或被允许是什么的主导观念"③。这种文学观一般由批评家、评论家、教师以及译者等"专业人士"所掌控。

就《沧浪诗话》的张彭春译本而言,影响源语文本选择的既有译者张彭春的功能性诗学观,更有兼具赞助人和专业人士双重身份的文学批评家斯平加恩的功能性诗学观。如前所述,斯平加恩在为张彭春译文撰写的前言中曾坦

---

① André Lefevere. *Translation, Rewriting, and the Manipulation of Literary Fame*. London & New York: Routledge, 1992, p.34.
② Ibid., p.26.
③ Ibid., p.14.

称张译是应其"殷切请求"而完成的。那么,斯平加恩为何作出如此请求呢?斯平加恩是美国20世纪初期著名的文学批评家,曾任哥伦比亚大学比较文学教授,其文论思想集中体现在1910年3月9日在该校发表的一次演讲中,该演讲1911年被冠以《新批评》(The New Criticism)之名在哥伦比亚大学出版社出版。在该书中,斯平加恩在对历史批评、心理批评等传统文艺思想批判的同时提出了为艺术而艺术的文论、诗学思想:"艺术的另一个自我(alter ego)只能在艺术中找到"①,而"每个诗人都用自己的方式再现世界,其每首诗都是崭新、独立的表达"②。斯平加恩在张译前言中阐述了艺术及诗歌的独立存在价值以及克罗齐的"直觉"(intuition)论等观点后,指出《沧浪诗话》即展现了这种思想:"其本质就是一种'精神直觉'(spiritual intuition)。"③很显然,斯平加恩的诗学观在主张"夫诗有别材,非关书也,诗有别趣,非关理也"的严羽那里找到了共鸣,换用其他学者的话说,"严羽在《沧浪诗话》中所表述的观点与J. E. Spingarn 的文学思想和文学追求,有着惊人的吻合之处"④,这恐怕就是他"殷切请求"张彭春将《沧浪诗话》译成英文的重要原因。

张彭春选择将《沧浪诗话》译成英文,不仅受斯平加恩诗学观的影响,而且与其自身的诗学观也紧密相连。张彭春早年曾在作为南开中学前身的天津敬业中学和保定高等学堂就读,长期滋养于包括中国古典文学与戏曲艺术在内的中国传统文化之中,自美回国后还曾与胡适、徐志摩等人筹备组织过"新月"文学社,很早就形成了自己"为文学而文学"的诗学观、为艺术而艺术的艺术观。张彭春的诗学观、艺术观在其1928年在南开学校发表的一次演讲之中有过鲜明的流露:"历来的艺术品,不问是文学也好,音乐也好,绘画也好,那(通'哪',笔者注)一个不是人类的伟大的热情的表现。这一点热情,正是人类生命的核心;它使得人生伟大,它使得人生美丽……有了这样的伟大的热情,而

---

① J. E. Spingarn. *The New Criticism*. New York: The Columbia University Press, 1911, p. 6.
② Ibid., p. 24.
③ J. E. Spingarn. "Foreword to Tsang-Lang Discourse on Poetry". *The Dial*. 1922, Volume LXXIII: p. 272.
④ 钟厚涛:《异域突围与本土反思——试析〈沧浪诗话〉的首次英译及其文化启示意义》,载《文化与诗学》,2009年第1期,第61页。

后才有创造,才有真正的艺术品。"①张彭春秉持唯美、纯粹的诗学观与艺术观,既与追求艺术独立存在价值的斯平加恩相通,又与主张诗即"吟咏情性"的严羽相似,因此在斯平加恩的请求下将严羽的《沧浪诗话》译成了英文。

至于宇文所安,他之所以选择英译并评论《沧浪诗话》,是与其多个层面上的诗学观密切相关的。首先,宇文所安认为每一部伟大的作品都有一种以某种方式与显性诗学相关的隐形诗学,而"为了捕捉活跃在文学作品中的力量,你必须理解其文学传统中的显性诗学以及该诗学所提出挑战的本质"②。就中国文学传统而言,宇文所安所持的观点是客观而公允的:"至于中国文学批评的主要特点,我认为它有一系列的问题提出来讨论,强调多样性和个别性,用不同的方式处理不同的问题。而并没有像西方那样,形成完整的传统意义上的概念系统。这不是中国文学批评的缺点,而正是它的特点。"③正是有了这种对中国文学批评的公允认识,宇文所安在考察中国古典诗学时既没有采取以西释中、宏观对比的简便做法,也没有采取以单一论题切入、层层推进的常规做法,而是选择以两千年中国文论史为经,以众多中国古典文论核心作品为纬,采用翻译加解说的"笨拙"方法。具体到宇文所安为何在《中国文学思想读本》一书中选择英译《沧浪诗话》,可以用他本人在书中对该作的评论来回答:"在诗话类作品中,严羽所著的《沧浪诗话》(成书于13世纪初期至中期)最为有名,也最有影响……《沧浪诗话》对后世诗学著作产生了巨大影响,虽然有些是明显的,有些是不易觉察的。"④如果说宇文所安对各文学传统所蕴含诗学的重视体现了其普遍的诗学观,那么他对中国文学批评以及《沧浪诗话》诗学价值的客观认识则体现了他具体的诗学观。在其普遍及具体诗学观的影响下,宇文所安选择了对《沧浪诗话》的英译与评论。

---

① 张彭春:《本学期所要提倡的三种生活——在南开学校高级初三学生集会上的演讲》,见崔国良、崔红编,董秀桦英文编译:《张彭春论教育与戏剧艺术》,天津:南开大学出版社,2003年,第549页。

② Stephen Owen. *Readings in Chinese Literary Thought*. Cambridge, Massachusetts & London: Harvard University Press, 1992, p.4.

③ 张宏生:《"对传统加以再创造,同时又不让它失真"——访哈佛大学东亚语言与文明系教授斯蒂芬·欧文教授》,载《文学遗产》,1998年第1期,第113页。

④ Stephen Owen. *Readings in Chinese Literary Thought*. Cambridge, Massachusetts & London: Harvard University Press, 1992, p.391.

二、基于论列性诗学的两个英译本对比

如前所述,勒弗维尔的论列性诗学包括文学技法、体裁、主题、原型性的人物和场景、象征等因素。根据《沧浪诗话》源语文本与两个译本的特点,以下借鉴勒弗维尔论列性诗学中主题、象征和文学技法三个概念对张彭春与宇文所安两个译本的内容、术语以及修辞手法的英译进行对比分析。

(一)基于主题概念的译本内容对比

主题常指文学作品中反复出现的内容或思想,是"经常出现在文学作品中那些显而易见的因素,比如事件类型(type of event)、技法(device)、引用(reference)、程式(formula)"等[①]。主题通常应用在文学作品的分析之中,如果推演一下同样可以应用到文论作品的分析之中。在文论作品中,主题可以指主导性的文论概念、论题与思想等。主题是勒弗维尔所提出的论列性诗学要素之一,而通过翻译引入技法等新的主题内容可以革新论列性诗学、功能性诗学,进而影响文学系统间的相互渗透:"以翻译为主要表现形式的改写,不仅成功投射(或未能成功投射)作家或作品的意象……而且将新的技法引入一种诗学的论列性要素之中,为其功能性要素的变革做好了铺垫,从而深刻影响了文学系统间的相互渗透。"[②]

对于《沧浪诗话》中的诗辨、诗体、诗法、诗评、考证五章,张彭春和宇文所安的译本都选择了仅翻译诗辨和诗法两个高度理论化、集中体现严羽诗学思想的章节,而没有翻译诗体、诗评、考证三个包含较多历史典故和考辨材料的章节,这是两个译本在主题、内容上相同的地方。两个译本的不同之处在于:对于诗辨和诗法这两章,张彭春译本是节译,而宇文所安译本是全译。张彭春与宇文所安两个译本在主题内容上的异同,既与两者的翻译初衷相关,也与中美两个文学系统不同历史时期的相互关系相关。

张彭春选择节译诗辨和诗法两章,既基于他对译本读者群体期待的考虑,也反映了20世纪初美国文学系统对中国文学虽积极但粗浅的接受程度。张

[①] M. H. Abrams & G. G. Harpham. *A Glossary of Literary Terms* (Tenth Edition). Boston: Wadsworth, 2012, p.229.

[②] André Lefevere. *Translation, Rewriting, and the Manipulation of Literary Fame*. London & New York: Routledge, 1992, p.38.

彭春在其译本前所附的"译者注"(Translator's Note)中对为何仅节译诗辨和诗法两章做了清楚的说明:"由于这篇长论包含着大量历史典故,翻译起来非常困难,除非对其中所论述的许多诗人、诗作附以详尽的评注。如果以这种方式翻译出来,专业人士会很欢迎。但普通读者所感兴趣的则是能一瞥中国文学中备受诊视的诗歌批评理论即可。因此这里所作的尝试是将相对而言较少包含典故和文本征引的两章翻译出来,即诗辨和诗法两章,而即使是这两个部分也没有全部翻译出来。"[1]20 世纪 20 年代张彭春翻译《沧浪诗话》,恰好是新批评在英美发轫之际,"在这样的文化语境之下,坚持'文学独立说'的文学批评家,在对异域的文学思潮或文学观念进行翻译接受时,也会自然而然地产生这样一种期待,即对方的文学言说能否为自己追求'文学'独立合法性的命题提供什么资源"[2]。为了寻求异域的同盟,美国的文学系统在斯平加恩的运作下积极地向中国的文论思想打开了大门。然而,当时美国文学界对中国文论思想的了解毕竟很少,真正对中国文论思想有兴趣的专业人士也不多,因此,张彭春对严羽的诗辨和诗法两章选择了节译。

宇文所安在其《中国文论读本》一书中对《沧浪诗话》作了整体性评述后,选择全译诗辨和诗法两章,一方面是基于他对这两章主题、内容的审慎考虑,另一方面也与 20 世纪末美国文学系统内部对中国文学认知程度的提高有关。关于诗辨,宇文所安作过如下评论:"第一章'诗辨'中的一些段落在严羽之后的几个世纪里,成为广为流传的诗学论说,而严羽立场的各种变体事实上被视作不言自明的真理。"[3]诗辨一章,是对整部《沧浪诗话》诗学思想的概述,宇文所安显然非常清楚该章作为整部著作总纲的思想价值和理论影响,因此选择了该章来译。另外,宇文所安也看重《沧浪诗话》的应用价值:"严羽在阅读和研究方面所提供的方案,可以让人入神,让人达到超越意识控制和分析解释的境界。这可能就是《沧浪诗话》吸引后代读者的原因。"[4]在所有五章之中,最

---

[1] Chang Peng Chun. "Translator's Note". *The Dial*. 1922, Volume LXXIII: p. 273.

[2] 钟厚涛:《异域突围与本土反思——试析〈沧浪诗话〉的首次英译及其文化启示意义》,载《文化与诗学》,2009 年第 1 期,第 58 页。

[3] Stephen Owen. *Readings in Chinese Literary Thought*. Cambridge, Massachusetts & London: Harvard University Press, 1992, p. 390.

[4] Ibid., p. 394.

具应用价值的显然是诗法一章,因为该章"以典型的诗法形式列举了各种诗歌的妙处、禁忌以及总体的实用建议"①。由此而论,宇文所安选择翻译这一章也就比较好理解了。另外,宇文所安 2003 年在《中国文论读本》(中译书名为《中国文论:英译与评论》)中译本序中交代了 20 世纪末美国对中国文学的认知状况:"半个世纪以来,中国文学批评领域发生了巨大变化,无论是在中国还是在美国。当我开始这项工作之际,耶鲁比较文学系还没有中国文学专业的学生;如今,耶鲁比较文学系已有不少学生专攻中国文学……《中国文论读本》一书首先是为了把中国文学批评介绍给学习西方文学和理论的学生……"②由此可见,20 世纪末美国文学系统内部已对中国文学有了较多的了解,而宇文所安译本的读者对象更是大学里文学专业的学生,因此他对精选的诗辨和诗法两章进行全译也就在情理之中了。

(二)基于象征概念的术语英译对比

象征,在文学中通常指那些代表抽象或特别意义的事物、形象与标记等。然而,"广义上来讲,象征是指代其他东西的任何事物;在这个意义上讲,所有的文字都是象征"③。因此,如果从广义的角度来界定象征概念的话,它自然是可以将术语(terminology)涵盖其中。正是出于这种考虑,以下将基于勒弗维尔论列性诗学要素中的象征概念来对比一下张彭春和宇文所安对《沧浪诗话》文论术语的英译。

作为中国古典文论的代表性作品,《沧浪诗话》之中充斥着大量蕴含中国古典文学思想的术语,而张彭春和宇文所安都非常重视这些术语的翻译。现将二者对于《沧浪诗话》"诗辨"与"诗法"两章之中主要文论术语的翻译图示如下:

---

① Stephen Owen. *Readings in Chinese Literary Thought*. Cambridge, Massachusetts & London: Harvard University Press, 1992, p. 393.
② 宇文所安:《中国文论:英译与评论》,王柏华、陶庆梅译,上海:上海社会科学院出版社,2003 年,第 1 页。
③ M. H. Abrams & G. G. Harpham. *A Glossary of Literary Terms* (Tenth Edition). Boston: Wadsworth, 2012, p. 393.

表 7-1　张彭春与宇文所安《沧浪诗话》文论术语英译对比

术语（黑体部分）	张彭春译文	宇文所安译文
惟悟乃为当行，乃为**本色**	individual color	original color (pen*-se*)
诗之**法**有五	elements	rules (fa*)
曰**体制**	bodily form	construction of form (t'i*-chih)
曰**格力**	skeletal strength	force of structure (ko*-li)
曰**气象**	atmosphere	atmosphere (ch'i*-hsiang*, literally ch'i*-image)
曰**兴趣**	interest	stirring and excitement (hsing*-ch'u*)
曰**音节**	rhythm	tone and rhythm (yin-chieh)
其用工有三……曰**句法**	sentence construction	the rules for constructing lines (chü-fa*)
诗之极致有一，曰**入神**	entering into the spirit	divinity (ju-shen*)
夫诗有别**材**	materials	material (ts'ai*)
诗有别**趣**	interests	interests (ch'ü*)
非关**理**也	reasons of things	natural principle (li*)
盛唐诸人惟在**兴趣**	inspired moods	stirring and excitement (hsing*-ch'ü*)
故其**妙**处透彻玲珑	the most beautiful	subtle (miao*)
镜中之**象**	image	image (hsiang*)
盖于一唱三叹之**音**	music	tones (yin)
学诗先除五俗	Vulgarities (or Conventionalities)	uncouthness (su)
一曰俗**体**	form	form (t'i*)
二曰俗**意**	thought	concepts (yi*)
三曰俗**句**	sentences	lines (chü*)

续表

术语(黑体部分)	张彭春译文	宇文所安译文
不必多使事	incidents	references(*shih* *)
意贵透彻……语贵脱洒	Thoughts ... they	concepts (*yi* *) ... diction (*yü*)
语忌直	phrases	diction(*yü*)
意忌浅	thoughts	concepts (*yi* *)
音韵忌散缓	rhythm	tone and rhythm (*yin-yün*)
词气可颉颃	The spirit of words ...	In phrasing (*tz'u* *), *ch'i* ...

很显然,对于《沧浪诗话》中的文论术语,张彭春和宇文所安采取了不同的翻译方法。张彭春直接翻译这些术语的含义,其中将"法"译为"elements"、将"音节"译为"rhythm"、将"象"译为"image"等则是运用"类比"(analogy)的办法将中国文论的术语转化为西方文论的术语,如同勒弗维尔所说的那样:"一些文化局限性的词汇和概念可以用类比的方式加以转换"①。张彭春这种意译、类比的译法,不难看出是与其让英语普通读者一瞥中国诗歌批评理论的初衷有关。如前所述,宇文所安在其普遍诗学观和具体诗学观的影响下,选择了对《沧浪诗话》的英译,而其诗学观也影响了他对其中术语的翻译。宇文所安认为这些术语的含义"源自它们在各种具体语境中的运用,源自其与其他术语的一系列关系,在西方诗学术语中没有真正的对等表达"②。本着这种认识,宇文所安对于这些术语采用了意译加音译的翻译方法:"对于一些重要术语,翻译之后又加了拼音(romanization),这种做法尽管笨拙,但可以借此不断提醒英文读者,所翻译过来的汉字并不真正与其英语翻译是一个意思"③。因此,上面所提到的"法"被译为"rules (*fa* *)"、"音节"被译为"tone and rhythm (*yin-chieh*)"、"象"被译为"image (*hsiang* *)"。另外,宇文所安术语音译后面

---

① André Lefevere. *Translating Literature: Practice and Theory in a Comparative Literature Context*. Beijing: Foreign Language Teaching and Research Press, 2006, p. 82.

② Stephen Owen. *Readings in Chinese Literary Thought*. Cambridge, Massachusetts & London: Harvard University Press, 1992, p. 16.

③ Ibid.

大多都标有"＊",而凡是作了此种标记的术语,在后面的"基本术语汇编"(Glossary of Basic Terms)中又做了详细的注释。如果用勒弗维尔的话来说,宇文所安的这种音译称得上是一种"转借"(calque),即将这些术语"直接放到译入语文本中,并或许在注释中予以解释"①。

(三)基于文学技法概念的修辞手法英译对比

勒弗维尔认为,译者的翻译实践如同作家的创作实践一样从来都不是直接和纯粹的:"作家的描写和表达总是要经过诗学和论域的过滤。译者所面临的问题在这两方面都有体现。"②由于此处主要讨论诗学问题,因此以下仅从勒弗维尔诗学理论的角度考察一下译者张彭春和宇文所安对《沧浪诗话》"诗法"一章中对偶、排比等修辞手法的英译。

《沧浪诗话》"诗法"一章论述诗歌的写作方法,其中有很多运用对偶、排比等修辞手法写成的对偶句和排比句。整体看来,张彭春和宇文所安在翻译"诗法"一章的对偶句、排比句时,基本上都保持了原文的对偶、排比修辞手法,但二者的译法同中有异,比如以下三例:

例[1]:

原文:须是本色,须是当行。

张彭春译文:There must be individual colour; there must be true virtuosity.

宇文所安译文:It must be the original color; it must show expertise.

例[2]:

原文:下字贵响,造语贵圆。

张彭春译文:In launching words it is important that they must be striking and clear-sounding; in framing phrases it is important that they must be rounded and mature.

宇文所安译文:Euphony is important in the choice of words;

---

① André Lefevere. *Translating Literature: Practice and Theory in a Comparative Literature Context*. Beijing: Foreign Language Teaching and Research Press, 2006, p. 82.

② Ibid., p. 87.

"roundness" is important in diction.

例[3]:

原文:语忌直,意忌浅,脉忌露,味忌短……

张彭春译文:Phrases must not be blunt, thoughts must not be shallow, veins must not be exposed, flavour must not be short…

宇文所安译文:Directness is an offensc in diction (*yü*). Shallowness is an offensc in concept (*yi* *). It is an offense to leave the veins of a poem exposed. Shortness is an offense in flavor…

例[1]原文是运用对偶手法写成的对偶句,张彭春与宇文所安的译本整体上都保留了原文的对偶结构,但二者仍有不同:张彭春的译本将"本色"译为"individual colour",将"当行"译为"true virtuosity",几乎是字字对译,词性与字数都对仗地保留了原文的对偶结构,甚至保留了原文的行文节奏;而宇文所安的译本虽然整体上也保留了原文的对偶结构,但将"本色"译为"the original color",将"当行"译为"show expertise",二者之间的词性和字数都是不对仗的。例[2]中的对偶手法,两个译本的处理与例[1]基本类似。例[3]原文是运用排比手法写成的排比句,张彭春的译本仍是亦步亦趋地保留了原文的排比句式,其译本中四个单句的句式一致,同样构成了排比,并保留了原文的行文节奏,而宇文所安译本中四个单句的句式则并不完全相同,第三句与其他三句之间在句式上有明显的变化,其行文节奏也产生了明显的变化。

那么,张彭春译本与宇文所安译本为何表现出这种差异呢?用勒弗维尔的话来说,这应该是二者翻译实践经过"诗学"过滤的结果。作为修辞手法,对偶与排比都是常见的文学技法,属于勒弗维尔所谓论列性诗学要素的一部分。勒弗维尔认为论列性诗学要素倾向于对整个文学系统施加一种保守性的影响[1],因此对于翻译实践活动的影响也应该是保守性的。如前所述,张彭春从小受到中国古典文学与戏曲艺术的滋养,形成了唯美、纯粹的诗学观与艺术观,同时非常注重艺术作品的形式和节奏:"凡是伟大的作品,全是在非常热烈的情感中,含着非常静淡的有节奏的律动。把无限的热情,表现在有限制的形

---

[1] André Lefevere. *Translation, Rewriting, and the Manipulation of Literary Fame*. London & New York: Routledge, 1992, p. 34.

式中,加以凝练,净化,然后成为艺术品,这就是艺术作者的牺牲。艺术之所以为艺术者在此。"①从张彭春对艺术作品"形式"和"节奏"的重视中,我们不难理解他在翻译《沧浪诗话》中的对偶句和排比句时,为何一丝不苟地移译原文句子的形式,模拟原文的行文节奏,从而几乎完整地保留了原文的对偶、排比等修辞手法。而作为美国汉学家的宇文所安,他一方面尊重中国诗学,重视《沧浪诗话》的诗学价值,另一方面以英语为母语的他也非常明白汉英两种语言在形式上的差异,这一点我们在其对中西论说方式差别的阐述中可以看得很清楚:"古汉语运用的论说结构常常让西方读者感到困惑。古汉语中一种原本清晰易懂、细致入微的论说方式,一旦译成英文往往读起来支离破碎、难以理解。"②由此不难理解,宇文所安在英译《沧浪诗话》中的对偶句、排比句时,一方面在整体上保留了原文的对偶、排比手法,另一方面也出于对英语读者阅读习惯的考虑在局部做了调整,以避免字字对译的机械,增加译文的流畅性和可接受性。

结　语

作为《沧浪诗话》的两个代表性英译本,张彭春译本和宇文所安译本是在两位译者功能性诗学观及论列性诗学观的影响、制约下形成的,两个译本在对《沧浪诗话》的主题内容、文论术语以及修辞手法的英译方面呈现出同中有异的特点:在主题内容上,张彭春译本和宇文所安译本都选择了《沧浪诗话》的"诗辨"和"诗法"两章来译,但前者是对这两章的节译,后者是对这两章的全译;在文论术语上,张彭春译本和宇文所安译本都进行了仔细的移译,但前者是比较通俗的类比式意译,后者是专业性的意译加音译;在修辞手法上,张彭春译本和宇文所安译本都尽量保留了其中的对偶、排比等手法,但前者是字字对译式的完整保留,后者在整体保留的同时又在局部上作了适当的变通。

尽管张彭春译本和宇文所安译本有许多不同,且两个译本问世的时间也前后相距70年,但二者在美国的翻译与传播都取得了成功,前者发表在"当时

---

① 张彭春:《本学期所要提倡的三种生活——在南开学校高级初三学生集会上的演讲》,见崔国良、崔红编,董秀桦英文编译:《张彭春论教育与戏剧艺术》,天津:南开大学出版社,2003年,第550页。

② Stephen Owen. *Readings in Chinese Literary Thought*. Cambridge, Massachusetts & London: Harvard University Press, 1992, p.6.

在美国学界占主流地位的《日晷》(*The Dial*)上"①并于 1929 年在匹茨堡的实验出版社(The Laboratory Press)出版了单行本,而后者在哈佛大学出版社出版,作为哈佛大学的教材使用并在西方英语世界的汉学界广泛传播。两个译本在美国的翻译与传播之所以取得成功,有一个共同的原因,那就是二者都在各自不同的历史背景下满足了当时目的语文化的诗学需求。张彭春的译本满足了 20 世纪二三十年代美国"新批评派"兴起,希望借助拥有类似思想的中国诗论来挑战旧有文学理论的诗学需求,这就好比勒弗维尔所说的翻译对现有诗学的挑战:"挑战者们开始输入他们的'成品'——翻译作品,这些翻译作品的原作者在他们自己的文学中就像目的语文学中那些主导性诗学拥护者一样富有威望。这些外国作者'碰巧'写出了与新诗学极其吻合的作品,或可以将他们描绘成写出了这样的作品,尽管这些外国作者并不清楚他们所扮演的'先锋'(precursors)角色。"②到了 20 世纪末,美国汉学研究高度发达,其对中国古典文论的传译已成为一种自觉、普遍、趋于系统的活动③,而宇文所安的译本正是满足了这时美国文论界、汉学界对中国诗学思想深入、系统了解的诗学需求,但这种需求是一种面向专业读者的学术需求:"一旦译者决定了他们要翻译一个文本,他们就会努力使该文本融入目的语文化中去。也许该文本提供了目的语文化缺失的东西。通常情况下,目的语文化的人们并不能完全直接地感受到这种缺失。有些文本与目的语的文本完全不同,与其连间接的类比关系都没有,这种文本翻译给大众读的概率很小,除非是翻译给学术读者来读"④。由此我们不难得出这样一个结论:中国文论作品、文学作品乃至广义的文化作品在西方的传译,需要仔细考察目的语文化的发展状况,需要认真考量目的语文化的需求,这也正是勒弗维尔诗学理论给予当前中国文学与中国文化"走出去"的有益启发。

---

① 蒋童、钟厚涛、仇爱丽:《〈沧浪诗话〉在西方》,北京:中国文联出版社,2015 年,第 62 页。
② André Lefevere. *Translating Literature: Practice and Theory in a Comparative Literature Context*. Beijing: Foreign Language Teaching and Research Press,2006,p. 129.
③ 王洪涛:《中国古典文论在西方的英译:历史进程与基本特征》,载《国际汉学》,2008 年第 1 期,第 53 页。
④ André Lefevere. *Translating Literature: Practice and Theory in a Comparative Literature Context*. Beijing: Foreign Language Teaching and Research Press,2006,p. 95.

第 八 章

晚清文论《人间词话》两个英译本研究：以"境界说"英译的对比分析为焦点

引言 《人间词话》的主要英译及其研究现状

王国维创作的《人间词话》（以下简称为《词话》），1908年至1909年间发表于《国粹学报》第四十七、四十九和五十期上，是晚清以来最具影响力的文学理论著作之一，也是中国古代文论史上的经典之作（参见第一章第一节）。傅雷目之为中国有史以来"最好的文学批评"，叶嘉莹称之为衔接古今、汇通中外的"一座重要桥梁"[①]。黄维樑对《词话》的评价更是达到了无以复加的程度，"王观堂的《词话》魅力最大，倾倒者众，仿佛成了今日的诗学权威；传统的经典之作如《诗品》和《沧浪诗话》都纷告失势。"[②]截至目前，《词话》在英语世界已经有两种全译本问世：其一为中国台湾学者涂经诒所译之 *Poetic Remarks In The Human World: Jen Chien Tz'u Hua*，内中收录词话64则；其二是美国学人李又安（Adele Austin Rickett）所译之 *Wang Kuo-wei's Jen-chien Tz'u-hua: A Study in Chinese Criticism*，前后包含评语141则。

[①] 王国维：《人间词话》，北京：中华书局，2009年，封底。
[②] 黄维樑：《从〈文心雕龙〉到〈人间词话〉——中国古典文论新探》（第二版），北京：北京大学出版社，2013年，第81页。

《词话》问世以来,王国维的文论思想,尤其是其"境界说",一直都是文艺学界探讨研究的热点。朱光潜、冯友兰、饶宗颐、顾随、周振甫、周锡山、周煦良、徐复观等都有所论述辨析[1]。在诸多论述中,叶嘉莹(1982)《〈人间词话〉之基本理论——境界说》一文可谓是集大成者。文中对"境界""造境""写境""有我之境""无我之境"等概念做了详尽的考察与辨析,在理解和辨别相关概念方面带给我们许多新的灵感与启发。与《词话》很早就成为文艺学界研究对象的情况相较,翻译学界对于其英译情况的研究起步较晚,研究成果又以国内学者的著作为众,其中包括对于《词话》英译本的评析[2][3],关于《词话》英译本中副文本部分的研究[4][5],关于《词话》英译历史的简要梳理[6],对于《词话》中征引—评论关系的再现研究[7]等。考察现有关于《词话》英译研究的文献,不难看出这些研究虽然已在翻译学界引发了一定的关注,但是目前尚停留在译评、综述、比较的初级阶段,基本上只是关注文本叙述层面的翻译问题,尚未对《词话》所蕴含文论思想的英译予以关注和考察,故此本章将以"境界说"与其中相关核心术语的英译为焦点,对《词话》的涂经诒译本与李又安译本进行对比分析,以揭示两个译本各自的特点与其所存在的问题,希望能对未来中国文论思想在西方英语国家的译介活动有所启发。

---

[1] 王国维:《人间词话汇编汇校汇评》,周锡山编校,上海:上海三联书店,2013年。
[2] 彭玉平:《〈人间词话〉英译两种平议——以李又安译本为中心》,载《社会科学战线》,2012年第9期,第131—139页。
[3] 荣立宇、刘斌斌:《专业人士译著,翻译研究并举——评李又安〈人间词话〉英译本》,见王宏印、朱健平、李伟荣:《典籍翻译研究》(第六辑),北京:外语教学与研究出版社,2013年,第92—102页。
[4] 荣立宇:《〈人间词话〉英译对比研究——基于副文本的考察》,载《东方翻译》,2015年第5期,第66—71页。
[5] 焦玉洁:《深度翻译视角下注释的应用及价值——以李又安〈人间词话〉英译本为例》,载《译苑新谭》,2015年第7辑,第166—169页。
[6] 王晓农:《英语世界对〈人间词话〉的翻译与研究》,载《燕山大学学报》(哲学社会科学版),2015年第1期,第89—94页。
[7] 王晓农:《〈人间词话〉英译本对原文征引—评论关系的再现研究》,载《燕山大学学报》(哲学社会科学版),2015年第4期,第72—78页。

第一节 "境界说"的基本义涵及其两种英译

"境界说"是《词话》基本理论的概括。"境界"也随之成为该理论的核心概念、核心术语。应该说,王国维对于此一概念的提出颇为自得。此种得意不难从《词话》第9则中的相关论述看出:"然沧浪所谓兴趣,阮亭所谓神韵,犹不过道其面目,不若鄙人拈出'境界'二字为探其本也"①。很明显,在王国维看来,其所提出的"境界说"当为"兴趣说""神韵说"之超越。

"境界说"问世以来,学界有关的探讨可谓是聚讼不已,众说纷纭。关于"境界说"的讨论归纳起来,约略有几种说法,其中影响较大的有二:一、将"境界"等同于"意境",持此论者颇众,以顾随、黄维樑、李建中为代表。顾随指出"'境界'又或谓之'意境',"②黄维樑"把此二词视为同义词,"③李建中认为"'境界'与'意境'并无质的区别。"④二、主张"境界"系指"作品中的世界",代表人物为李长之、刘若愚。前者直接将"境界"解读为"作品中的世界"⑤,后者则径直将"境界"翻译为英语词汇"world"⑥。

对于将"境界"等同于"意境"的观点,叶嘉莹详细考察了王国维在历史上使用这两个术语的具体情况,明确指出"'境界'一词之含义必有不尽同于'意境'二字之处。"⑦而对于将"境界"与"作品中的世界"相等同的看法,叶氏的观点可谓是一语击中要害。她指出:"'世界'一词只能用来描述某一状态或某一情境的存在,并不含有衡定及批评的意味,可是静安先生所用的'境界'二字则带有衡定及批评的色彩。所以我们可以说'词以境界为最上',却难以说'词以

---

① 王国维:《人间词话》,北京:中华书局,2009年,第5页。
② 顾随:《顾随诗词讲记》,北京:中国人民大学出版社,2010年,第139页。
③ 黄维樑:《从〈文心雕龙〉到〈人间词话〉——中国古典文论新探》(第二版),北京:北京大学出版社,2013年,第86页。
④ 李建中:《中国古代文论》,武汉:华中师范大学出版社,2002年,第334页。
⑤ 参见叶嘉莹:《〈人间词话〉之基本理论——境界说》,见王国维:《人间词话》,北京:中华书局,2009年,第95页。
⑥ 参见黄维樑:《从〈文心雕龙〉到〈人间词话〉——中国古典文论新探》(第二版),北京:北京大学出版社,2013年,第82页。
⑦ 叶嘉莹:《〈人间词话〉之基本理论——境界说》,见王国维:《人间词话》,北京:中华书局,2009年,第94页。

第八章 晚清文论《人间词话》两个英译本研究:以"境界说"英译的对比分析为焦点

《作品中的世界》为最上'。因此'境界'一词的含义,也必有不尽同于'作品中的世界'之处。"①

事实上,叶氏的工作不仅在破除前人误说,同时还包括在此基础上创立新论。在她看来,"境界"在不同语境中使用时具有不同的义涵,这可以分为两种情况:按照一般习惯用法来使用的情况(见第16,26,51则);作为批评基准之特殊术语来使用的情况。同时她也指出,在后一种情况中"境界"一词又常常因受到一般习惯用法的影响而获致多重的含义。②叶氏的此种区分可以说是发前人所未发,将"境界说"的辨析进一步精细化,这无疑更加接近王国维诗论核心的真相。

以上是关于"境界说"的考察辨析,下面我们开始对"境界说"英译问题的探讨。考察《词话》两个英译本,我们可以发现,正如涂经诒在《词话》英译本中所指出的,他对于"境界"("境")概念的认识来自刘若愚。在刘氏看来,"境界"与"境"没有分别,指的是诗歌中"情"与"境"的融合,于是径直以"world"一词译之。涂氏则萧规曹随,在自己的译文中秉持了这种认识,并且一以贯之,通篇无二。正如涂氏在自己译文中所指出的那样,"刘若愚教授指出'境界'即诗歌中情与景的融合。我遵从刘教授的做法将'境界'译作'world'……为了避免混淆起见,'world'用作'境界'或'境'的译文时,将之做斜体标示。"③(笔者译)

涂氏的译法折射出他对于"境界"概念的认知和理解——诗歌中情与景的交融而构成的世界。这种认识和理解固然有其一定的合理性和价值,但一如叶嘉莹④所指出的,"world"一词"只能用来描述某一状态或某一情境的存在,并不含有衡定及批评的意味。"

与之相较,李又安对于"境界说"有着十分不同的理解。她的研究着重于"境界"与"境"两个概念的区分。她指出在别人那里"境界"与"境"固然有混用

---

① 叶嘉莹:《〈人间词话〉之基本理论——境界说》,见王国维:《人间词话》,北京:中华书局,2009年,第95页。
② 同上,第101—102页。
③ 王国维:《人间词话》,涂经诒译,台北:台湾中华书局,1970年,第1页。
④ 叶嘉莹:《〈人间词话〉之基本理论——境界说》,见王国维:《人间词话》,北京:中华书局,2009年,第95页。

的情况,但是王国维对于这两个术语的使用却显然不同。她给出的理由有二:其一,两者之间具有明显的形式区分,即"境界"之前常被置以"有"字(见第1,43,76,79,81,93,120则)①。只是这种说辞说服力十分有限,因为有很多地方"境界"之前并无"有"字(见第1,6,7,8,9,26,34,51,76,77则)。其二,两者之间深意不同,"境"仅是一个静态的感情或景物状态,所以不可以说有"境";而"境界"则指向作品、诗人、某一界域含有并且因之变得伟大的一种激荡的、动态的人格状态,因此可以说有"境界"。后者并非只是一个寻常的状态,而是一个自有其边界的卓然独立的状态。此种状态已非"境"之一字可以充分刻画,而为了描述每种不同的卓然独立之状态,需要在"境"字之后加一个"界"字。②

李又安对于"境界"中"界"字的强调在某种程度上与顾随的主张颇为暗合。后者认为"境界者,边境、界限也,过则非是。"③无疑,这一观点颇具说服力。

或许我们还可以更加咬文嚼字一些,倘若从"界"字着眼,似乎也可以说"境"是无"界"之"境界",而"境界"则为有"界"之"境"。事实上,这种认识可以得到《词话》文本内部的有力支撑:"境界有大小,而不以是而分优劣。"④显然,无"界"的"境"不能区分大小,有"界"的"境界"方有大小可言。

可以看出,在李又安眼中,"境界"与"境"之间有着本质的区分,在翻译过程中需要进行截然不同的处理。于是在其《词话》英译本中"境界"通篇采用音译"ching-chieh",而每当"境"字单独出现时则始终译作"state"或"poetic state"。如《词话》第6则,"境非独谓景物也,喜怒哀乐亦人心中之一境界。"⑤李又安译作"The [poetic] state is not limited to scenery and objects alone. Pleasure and anger, sorrow and joy are also a sort of *ching-chieh* in men's hearts."⑥,而涂经诒则译作"The *world* does not refer to scenes and objects

---

① Adele Austin Rickett. *Wang Kuo-wei's Jen-Chien Tz'u-Hua*: *A Study in Chinese Literary Criticism*. Hong Kong: Hong Kong University Press, 1977, pp. 26—27.
② Ibid.
③ 顾随讲,叶嘉莹笔记,顾之京整理:《顾随诗词讲记》,北京:中国人民大学出版社,2010年,239页。
④ 王国维:《人间词话》,北京:中华书局,2009年,第4页。
⑤ 同上,第3页。
⑥ Adele Austin Rickett. *Wang Kuo-wei's Jen-Chien Tz'u-Hua*: *A Study in Chinese Literary Criticism*. Hong Kong: Hong Kong University Press, 1977, p. 42.

only; joy, anger, sadness, and happiness also form a *world* in the human heart."①。

　　实事求是地说,李又安对于"境界"与"境"的区分与翻译的确具有一定的道理和价值,只是这种区分在某些语境中显得过于生硬,未免不通情达理,何况王国维在使用这两个概念的时候也有混用的情况。如第 6 则,"境非独谓景物也,喜怒哀乐亦人心中之一境界"②;第 26 则,"古今之成大事业、大学问者,必经过三种之境界:……此第一境也。……此第二境也。……此第三境也。"③

　　顺便一提的是,涂、李两家也都持有"境界"有异于"意境"的看法,这体现在各自的译文中。具体来说,涂经诒将"境界"译作"world"④而将"意境"译作"profound meanings"⑤;李又安则将两个语词分别译作"ching-chieh"⑥与"meaning and poetic state(yi-ching 意境)"⑦。

第二节　"境界说"相关核心术语的英译对比分析

　　"境界说"是王国维诗学理论的纲领,此概念自然是《词话》中不断出现的高频语汇。事实上,除"境界"之外,王国维还在《词话》具体的诗词批评实践中使用了一些"境界"的衍生概念和相关概念,这些概念堪称"境界说"的核心术语,既成为理解和认识《词话》的金钥匙,也构成《词话》翻译的重点和难点。其中最具代表性的是"造境"与"写境"、"有我之境"与"无我之境"、"隔"与"不隔"等几组概念。这里我们试图对这些核心术语进行辨析并对涂经诒和李又安各自英译的合理性与存在的问题进行对比与考察。

---

　　①　王国维:《人间词话》,涂经诒译,台北:台湾中华书局,1970 年,第 4 页。
　　②　王国维:《人间词话》,北京:中华书局,2009 年,第 3 页。
　　③　同上,第 16 页。
　　④　王国维:《人间词话》,涂经诒译,台北:台湾中华书局,1970 年,第 1 页。
　　⑤　同上,第 29 页。
　　⑥　Adele Austin Rickett. *Wang Kuo-wei's Jen-Chien Tz'u-Hua*: *A Study in Chinese Literary Criticism*. Hong Kong: Hong Kong University Press, 1977, p. 40.
　　⑦　Ibid., p. 58.

一、"造境"与"写境"的英译对比分析

张金梅等①认为,"造境"与"写境"是王国维提出的第一组境界范畴,涉及作者身份、创作方式与创作流派三层内涵。李建中②进一步指出"造境"与"写境"是王国维受到"西方文论的'现实主义''浪漫主义'理论的影响"而进行的划分,属于"境界"的进一步分类。

关于"造境"与"写境",学界存在许多探讨,有很多不同的声音。吴宏一将此一对术语与"有我之境"与"无我之境"关联起来;萧遥天则将它们与"主观"、"客观"混为一谈。叶嘉莹对上述认识持否定性意见,她指出"造境"与"写境"乃是"就作者写作时所采用的材料而言的",本身与"有我""无我""主观""客观"之间"并无必然之关系"。③

在《词话》英译本中,涂经诒将前后两处出现的"造境"与"写境"依次译作"create worlds, describe worlds""the worlds created, the worlds described"④。前一组译法将原文中概念的偏正结构理解并且翻译为动宾结构,后一组译法则明显是由前一组译法转换生成而来,据此似乎可以说,涂经诒并未按照《词话》重要术语来解读这一组概念。

与之相较,李又安则采用了"直译+音译"的翻译模式,译为"creative state(tsao-ching)""descriptive state(hsieh-ching)"⑤。其直译中保留了原生术语的偏正结构,可以看出李又安是将之作为一种批评术语来解读和翻译的。

需要指出的是,李又安翻译"造"与"写"所使用的"creative""descriptive"两个词与涂氏所使用的"created""described"为同根词。这说明两位译者在理解原文字眼方面有暗合之处。

然而,使用英文字眼的暗合只是问题的一个方面,另一个不容忽视的方面

---

① 张金梅等:《中国文论名篇注析》,北京:人民出版社,2016年,第352页。
② 李建中:《中国古代文论》,武汉:华中师范大学出版社,2002年,第334页。
③ 叶嘉莹:《〈人间词话〉之基本理论——境界说》,见王国维:《人间词话》,北京:中华书局,2009年,第114—115页。
④ 王国维:《人间词话》,涂经诒译,台北:台湾中华书局,1970年,第1页。
⑤ Adele Austin Rickett. *Wang Kuo-wei's Jen-Chien Tz'u-Hua: A Study in Chinese Literary Criticism*. Hong Kong: Hong Kong University Press, 1977, p. 40.

在于"造境""写境"与"境界"彼此之间的关系问题。叶嘉莹①、李建中②、张金梅等③将"写境"与"境界"作为"境界说"的二级概念进行探讨,以此彰显出"境界说"中概念的层级关系,当属近乎王国维"境界说"之本意的观点。由是观之,涂氏译文并非按照这种层级关系进行翻译的结果,而李又安译文则再现出一种上下的层级关系,更加贴合王氏理论的真谛。

另外,鉴于《词话》第 2 则的表述——"有造境,有写境,此理想与写实二派之所由分"④,这里有必要顺便提及另外一组语汇"理想"与"写实"的翻译问题。叶嘉莹⑤对于王氏所使用的"理想"与"写实"两个语汇进行了深入的辨析,指出这"实在不过只是假借西方学说理论中的这两个词语来作为他自己立说的代用品而已。"涂经诒将此组术语译作"idealism""realism"⑥,李又安⑦译作"idealists""realists",虽然语汇有异,但是词源相同,译法可谓异曲同工。

二、"有我之境"与"无我之境"的英译对比分析

"有我之境"与"无我之境"自问世起便备受关注。在探讨"有我之境""无我之境"两个概念时,王国维援引了一些诗词。如第三则,"有有我之境,有无我之境。'泪眼问花花不语,乱红飞过秋千去','可堪孤馆闭春寒,杜鹃声里斜阳暮',有我之境也。'采菊东篱下,悠然见南山','寒波澹澹起,白鸟悠悠下',无我之境也。有我之境,以我观物,故物皆著我之色彩。无我之境,以物观物,故不知何者为我,何者为物。古人为词,写有我之境者为多,然未始不能写无我之境,此在豪杰之士能自树立耳。"⑧

张金梅等⑨认为,"有我之境"与"无我之境"之说"融入了王国维独特的思

---

① 叶嘉莹:《〈人间词话〉之基本理论——境界说》,见王国维:《人间词话》,北京:中华书局,2009 年。
② 李建中:《中国古代文论》,武汉:华中师范大学出版社,2002 年。
③ 张金梅等:《中国文论名篇注析》,北京:人民出版社,2016 年,第 352 页。
④ 王国维:《人间词话》,北京:中华书局,2009 年,第 1 页。
⑤ 叶嘉莹:《〈人间词话〉之基本理论——境界说》,见王国维:《人间词话》,北京:中华书局,2009 年,第 116 页。
⑥ 王国维(涂经诒译):《人间词话》,台北:台湾中华书局,1970 年,第 1 页。
⑦ Adele Austin Rickett. *Wang Kuo-wei's Jen-Chien Tz'u-Hua: A Study in Chinese Literary Criticism*. Hong Kong: Hong Kong University Press, 1977, p.40.
⑧ 王国维:《人间词话》,北京:中华书局,2009 年,第 2 页。
⑨ 张金梅等:《中国文论名篇注析》,北京:人民出版社,2016 年,第 352-353 页。

考，颇具理论价值。"按照她的解读，"有我之境"在于让物"人化"，而"无我之境"则为人之"物化"。

朱光潜①从"移情作用"的美学理论出发，指出王国维的"有我之境"与"无我之境"实为移情作用之下的"无我之境"和"有我之境"，同时进一步提出可以用"同物之境"与"超物之境"的概念来加以替换。萧遥天在《语文小论》中以"主观"与"客观"来解释"有我"与"无我"。②

叶嘉莹③指出《词话》中"有我"与"无我"既不同于朱光潜所说的"同物"与"超物"，也有异于萧遥天所言之"主观"与"客观"。叶氏在追根溯源与考察分辨之际④，进一步指出所谓"有我"当指存有"我"之意志，与外物之间存在"某种对立之利害关系"，所谓"无我"当指泯灭了"我"之意志，与外物之间不存在"利害关系相对立。"

考察涂、李两家的译文，我们发现涂氏将"有我之境"与"无我之境"译作"a world with a self""a world without a self"⑤；李又安则将之译为"personal state（yu-wo chih-ching）""impersonal state（wu-wo chih-ching）"⑥。根据《朗文当代高级英语辞典》的解说，"self"意为"the whole being of a person, taking into account their nature, character, abilities etc."⑦，而"personal"意为"concerning, belonging to, or for the use of a particular person; private."⑧。很明显，涂氏对于"有我""无我"的处理强调的是"一己"(self)之有无；而李又安对于"有我""无我"的理解突出的是"个人"(person)之关碍。

---

① 朱光潜：《诗论》，南京：江苏文艺出版社，2008年。
② 参见叶嘉莹：《〈人间词话〉之基本理论——境界说》，见王国维：《人间词话》，北京：中华书局，2009年，第106页。
③ 同上，第105—107页。
④ 叶嘉莹认为，王国维所谓"有我"与"无我"两种境界的分野乃是根据康德、叔本华之美学理论中由美感之判断上所形成的两种根本区分（见叶嘉莹：《〈人间词话〉之基本理论——境界说》，见王国维：《人间词话》，北京：中华书局，2009年，第109页）。
⑤ 王国维：《人间词话》，涂经诒译，台北：台湾中华书局，1970年，第2页。
⑥ Adele Austin Rickett. Wang Kuo-wei's Jen-Chien Tz'u-Hua: A Study in Chinese Literary Criticism. Hong Kong: Hong Kong University Press, 1977, p.40.
⑦ 艾迪生·维斯理·朗文出版公司辞典部：《朗文当代高级英语辞典》（英英·英汉双解），朱原等译，北京：商务印书馆，1998年，第1372页。
⑧ 同上，第1116页。

第八章 晚清文论《人间词话》两个英译本研究:以"境界说"英译的对比分析为焦点

应该说,涂经诒、李又安两种译法与原文术语在语言文字层面均有一定程度的象似性,可谓约略似之;然而在原文术语所指的义界方面却都未能体现出这一组概念区分的要害之所在——即是否存在个人与外物之间对立的利害关系。

在概念英译的辨析之外,对于与"有我""无我"相关的批评实践之英译来说,这里还有一个十分重要的问题:即王国维为说明"有我"与"无我"之区分而援引的诗词片段,其翻译能否契合上文中对于"有我之境"与"无我之境"的说明?如"泪眼问花花不语,乱红飞过秋千去"句,李译为"With tear-filled eyes *I* ask the flowers but they do not speak. /Red petals swirl past the swing away."①,涂译为"The flowers do not respond to *my* tearful query, and the scattered petals fly over the swing."②。

再如"可堪孤馆闭春寒,杜鹃声里斜阳暮"句,李译为"How can *I* bear it, shut within this lonely inn against the spring cold? /Slanting though the cuckoos's cries the sun's rays at dusk."③,涂译为"Unbearably, all alone *I* live in the inn locked in spring chill; the sun is setting amid the chirping of the cuckoo."④。

众所周知,汉语诗歌一大特征是主语的缺省。"中国诗歌的最高境界是自我消失在自然之中以及'物''我'两者之间的区别荡然无存。"⑤可是原本主语缺席的汉语诗词译成英语在很多时候需要根据具体情况补充相应的主语。事实上,如前面所罗列的例子,《词话》的两个英译本在此处也都是如此做的(见例中标示斜体的部分)。谈及"有我之境",如此处理并不存在太多问题,可是在翻译"无我之境"涉及的诗词时,恐怕就成了一个大问题。如"采菊东篱下,悠然见南山"句,李译为"*I* pluck chrysanthemums by the eastern fence, /Far

---

① Adele Austin Rickett. *Wang Kuo-wei's Jen-Chien Tz'u-Hua*: A Study in Chinese Literary Criticism. Hong Kong: Hong Kong University Press, 1977, p.40.
② 王国维:《人间词话》,涂经诒译,台北:台湾中华书局,1970年,第2页。
③ Adele Austin Rickett. *Wang Kuo-wei's Jen-Chien Tz'u-Hua*: A Study in Chinese Literary Criticism. Hong Kong: Hong Kong University Press, 1977, p.41.
④ 王国维:《人间词话》,涂经诒译,台北:台湾中华书局,1970年,第2页。
⑤ 邵毅平:《诗歌:智慧的水珠》,上海:复旦大学出版社,2008年,第263页。

distant appear the southern mountains."①,涂译为"*I* pluck chrysanthemums under the east hedge; easily the south mountain comes in sight."②。

两个译本对于后面一句的翻译固然无妨,而对于前面一句的翻译则都存在"无我"之境中有"我"(*I*)的问题;这样的"无我之境"还能译作"a world without self"或"impersonal state"吗?

再一层,叶嘉莹③固然指出"无我"一词的选用实为方便立论起见,"无我之境"也只是名为"无我",但观赏外物的主人又岂能离得开"我"? 如是观之,"a world without self""impersonal state"之译文又能否体现此种细微差异呢?

另外,鉴于《词话》第 4 则的表述——"无我之境,人惟于静中得之。有我之境,于由动之静时得之。故一优美,一宏壮也"④,这里还要顺便提及另外一组语汇"优美"与"宏壮"的翻译问题。黄维樑⑤认为"优美"与"宏壮"显然来自西方美学上的"graceful""sublime",可是王国维纯从欲念和利害关系方面来解读这两个词,这种理解可以说是迥异于西方一般传统的解读。本着王氏独特的解读,"泪眼""可堪"两句称得上"sublime",而本着西方的概念来看,这两句实在与"sublime"无关。翻译"优美""宏壮"时,涂经诒使用了"beautiful""sublime"两个词⑥,李又安译文两处用词相同,只是补充上了音译,译作"beautiful(yu-mei)""sublime(hung-chuang)"⑦。不仅如此,李又安还就自己的用词做了进一步的说明,指出"从西方传统长大的,很难看到'泪眼'和'可堪'等情景,有何 sublime。"⑧

---

① Adele Austin Rickett. *Wang Kuo-wei's Jen-Chien Tz'u-Hua: A Study in Chinese Literary Criticism*. Hong Kong: Hong Kong University Press, 1977, p.41.
② 王国维:《人间词话》,涂经诒译,台北:台湾中华书局,1970 年,第 2 页。
③ 叶嘉莹:《〈人间词话〉之基本理论——境界说》,见王国维:《人间词话》,北京:中华书局,2009 年,第 111—112 页。
④ 王国维:《人间词话》,北京:中华书局,2009 年,第 3 页。
⑤ 黄维樑:《从〈文心雕龙〉到〈人间词话〉——中国古典文论新探》(第二版),北京:北京大学出版社,2013 年,第 114 页。
⑥ 王国维:《人间词话》,涂经诒译,台北:台湾中华书局,1970 年,第 3 页。
⑦ Adele Austin Rickett. *Wang Kuo-wei's Jen-Chien Tz'u-Hua: A Study in Chinese Literary Criticism*. Hong Kong: Hong Kong University Press, 1977, p.41.
⑧ 参见黄维樑:《从〈文心雕龙〉到〈人间词话〉——中国古典文论新探》(第二版),北京:北京大学出版社,2013 年,第 115 页。

三、"隔"与"不隔"的英译对比分析

"隔"与"不隔"是《词话》中另外一组十分重要的概念范畴。但至于其涵义究竟为何,则一如前面的其他几组重要概念术语,王国维并没有给出界定,而只是一如既往地进行举例说明。如第 39 则,"'二十四桥仍在,波心荡,冷月无声','数峰清苦,商略黄昏雨','高树晚蝉,说西风消息',虽格韵高绝,然如雾里看花,终隔一层。"①;第 40 则,"'池塘生春草''空梁落燕泥'等二句,妙处唯在不隔。"②

后人对于此组概念也有着诸多的探讨。朱光潜认为此种论说堪称王氏之原创,道破前人所未言说。③ 只是对于王国维以"语语都在目前"与"如雾里看花"来分别解释"隔"与"不隔"的说辞持有否定意见,认为其有欠妥当。④

涂经诒将"隔"与"不隔"译作"veiled""not veiled"⑤;这种解说性的文字似乎说明涂氏并未将此组概念作为《词话》中的重要术语来理解和翻译。

李又安⑥关于"隔"与"不隔"的译法颇为多样,第 39 则"虽格韵高绝,然如雾里看花,终隔一层"中译作"by a veil(ko 隔)","梅溪、梦窗诸家写景之病,皆中一隔字"处译作"ko 隔";第 40 则"问:隔与不隔之别"处译作"seen through a veil""unobstructed by a veil";第 41 则"写情如此,方为不隔……写景如此,方为不隔"处译作"lack any obstructing veil"⑦。从以上多例中我们可以看到李又安对于此一组概念核心术语地位的警醒以及在不同行文之中的灵活变通。

此外,需要充分考虑的问题还有上述援引诗词片段的翻译与"隔"与"不隔"的核心概念相契合的问题。应该说,用来说明"隔"的诗词其翻译结果应该是"隔"的,同样道理,用来说明"不隔"的诗词其翻译的结果也应该是"不隔"

---

① 王国维:《人间词话》,北京:中华书局,2009 年,第 25 页。
② 同上,第 26 页。
③ 参见张金梅等:《中国文论名篇注析》,北京:人民出版社,2016 年,第 353 页。
④ 参见彭玉平:《朱光潜与解读王国维词学的西学立场——〈人间词话〉百年学术史研究之五》,载《苏州大学学报》(哲学社会科学版),2009 年第 1 期,第 64 页。
⑤ 王国维:《人间词话》,涂经诒译,台北:台湾中华书局,1970 年,第 26 页。
⑥ Adele Austin Rickett. *Wang Kuo-wei's Jen-Chien Tz'u-Hua: A Study in Chinese Literary Criticism*. Hong Kong: Hong Kong University Press, 1977, p. 56.
⑦ Ibid., pp. 57—58.

的。然而鉴于汉英诗歌在语言、文化等方面存在着巨大的差异,不同译者在才华、译笔方面又显现出天壤之别,"隔"的原文有可能译成"不隔"的译文,而"不隔"的原文也有可能会因为这样那样的因素而变成"隔"的译文。

前者如"二十四桥仍在,波心荡,冷月无声"句,王国维以之为"隔"的模本。事实上,关于此句"隔"与"不隔"的问题存在许多不同的声音。如傅庚生[①]指出姜夔词中暗用了杜牧诗作《遣怀》《寄扬州韩绰判官》,"借原诗之豪华气象,为今日萧条局面之反衬",到了"几乎夺小杜之诗作此词之附庸"的地步。此为一目了然的"用事",王氏评此句为"隔"的本意当在于此。而黄维樑对此则提出了迥异的意见,他认为"'冷月无声'四字,触、视、听三觉交感,尤为出色。即使读者不知道二十四桥所指为何,仍可以体会到这几句所营造出来的意境。"[②]其实,傅、黄两氏的主张未必不可调和。傅庚生之观点源自通篇考虑,黄维樑之看法出自单句分析。各有各的道理。

对于该句,涂、李两家译文分别为:"The twenty-four bridges are still there, and the waves are agitating; silent is the chilly moon-night."[③];"The twenty-four bridges are still there/Deep in the rippling waves, the soundless moon is cold."[④]。可以看出,两家译文均将"二十四桥"处理为"the twenty-four bridges",由于诗学传统方面重要信息指向的阻隔,这种译法自然不能再现作者拟通过今夕盛衰对比映衬苍凉悲怆情感的创作效果,"隔"的问题依旧明显。"波心荡,冷月无声"处,涂氏分而译之,前后两个小句作简单并列句处理,略显平庸。李又安则将前后拉通,将波心、冷月的位置关系明确化,特别是由"冷月无声"到"无声月冷"(the soundless moon is cold.)的创造性改造更是让人眼前一亮,加深了译诗中所描绘场景的真切之感,可谓"语语都在目前",当属"不隔"的译文。

后者如"池塘生春草"句,此句出自谢灵运《登池上楼》中"池塘生春草,园

[①] 傅庚生:《中国文学欣赏举隅》,北京:生活·读书·新知三联书店,2018年,第205页。
[②] 黄维樑:《从〈文心雕龙〉到〈人间词话〉——中国古典文论新探》(第二版),北京:北京大学出版社,2013年,第130页。
[③] 王国维:《人间词话》,涂经诒译,中国台北:台湾中华书局,1970年,第25页。
[④] Adele Austin Rickett. *Wang Kuo-wei's Jen-Chien Tz'u-Hua: A Study in Chinese Literary Criticism*. Hong Kong: Hong Kong University Press, 1977, p.55.

柳变鸣禽"句。王国维目之为"不隔"的典范，无非是因为其"不用典故，容易懂，写出蓬勃春意。"（周振甫语）[①]考察此句的两个英译版本——"In the pond grow the spring grass"[②]与"Spring grasses come to life beside the pond"[③]，不难发现，"池塘"与"春草"在原诗中虽有所特指（谢灵运所登临之处），但是在中国诗歌的阅读语境中已经褪掉了特指的意味，慢慢滋生出泛指的义涵。就两个英译本而言，其中的定冠词成为语言层面的必然要求，如是"the"的添加便打破了原文泛指的可能性，衍生出"如观一幅佳山水，而即曰此某山某河，可乎？"[④]的问题，也便有了一重"隔"的问题。

此外，还需要指出，原文中的"春草"貌似是单纯写景，其实不然，此意象在中国文化里经常与"思念"之情相关联，这一传统可以追溯到《楚辞·招隐士》，其中有"王孙游兮不归，春草生兮萋萋"句。[⑤] 谢灵运原诗中紧随其后的一联"祁祁伤豳歌，萋萋感楚吟"可以与此构成相互的支撑与印证。西方读者由于不熟悉如是的文化传统，两种英译文对于"春草"这一核心意象的翻译很难引发超过纯粹写景层面的文化内涵，也并不能够引发英文读者与原文读者相仿佛的兴发感动，这样便造就了另外一重"隔"的问题。

如是观之，涂译、李译两种均不能目之为成功的译文。当然，他们的不成功是汉英两种语言在语符、文化、诗学几个层面"不可通约性"使然，我们是没有任何理由去苛责译者的。

结　语

由上文的具体分析，我们不难发现，涂经诒、李又安对于"境界说"及其相关术语的翻译体现了两位译者对于《词话》各自不同的独特理解。具体来说，在涂氏看来，"境界"同于"境"，是《词话》中的唯一核心概念，似乎并不存在或

[①] 王国维：《人间词话汇编汇校汇评》，周锡山编校，上海：上海三联书店，2013年，第178页。
[②] 王国维：《人间词话》，涂经诒译，中国台北：台湾中华书局，1970年，第26页。
[③] Adele Austin Rickett. *Wang Kuo-wei's Jen-Chien Tz'u-Hua: A Study in Chinese Literary Criticism*. Hong Kong: Hong Kong University Press, 1977, p.56.
[④] 王国维：《人间词话》，北京：中华书局，2009年，第35页。
[⑤] 叶嘉莹：《古诗词课》，北京：生活·读书·新知三联书店，2018年，第111页。

者没有必要突显其中二级概念的存在,在翻译"境界"概念的时候借用了刘若愚的译法,通篇以"world"译之,在翻译"造境"与"写境"、"有我之境"与"无我之境"、"隔"与"不隔"等二级概念时则使用了类似于解释、说明式的译法。而在李又安眼中,"境界"与"境"并不能等量齐观,二者有别,译文需做必要的区分,于是便有了"ching-chieh"与"state"或"poetic state"两种译法的分野;不仅如此,李译还特别强调了"造境"与"写境"、"有我之境"与"无我之境"、"隔"与"不隔"等术语的二级概念地位。从理解认知层面来看,较之涂译,李译对于"境界"理论中的重要概念有着更加深刻的认识与更为细化的把握,这对于西方读者深刻理解"境界说"具有建设性的意义。从翻译策略层面来看,涂译更像是一种归化做法,而李译则更近于异化处理。按照潘文国①有关中华文化翻译传播中"格义"与"正名"两种途径的区分②,涂译应当属于"格义"处理,而李译则更加具有"正名"性质。"格义"译法虽然在中西文化交流的历史上、现实中普遍存在,并且发挥过也正发挥着十分积极的作用,但这种做法总是难以避免地造成原始概念的扭曲,导致部分真相的遮蔽。与之相较,"正名"译法则更加有利于避免上述问题发生,进而还原出本初概念的原貌,揭示出其中蕴含的真谛。如是观之,在中国文论的国际传播方面,涂译在英语世界可以起到认知铺垫的作用,李译在西方学界则可以更多地发挥概念还原的功能。在中国文化"走出去"的宏大背景之下,李译的"正名"译法较之涂译的"格义"处理更加贴合时代的主题。

---

① 潘文国:《从"格义"到"正名"——翻译传播中国文化的重要一环》,载《华东师范大学学报》(哲学社会科学版),2017 年第 5 期,第 141－147 页,第 177 页。

② 潘文国研究中华文化翻译传播,做了"格义"与"正名"的区分,前者指"为了便于人们的理解,采用本土文化中的类似概念去比附",后者则是"在系统论思想的观照下,重新审视中华文化的译传历史,对重要的文化术语及其译名进行重新审查和厘定。"(见潘文国:《从"格义"到"正名"——翻译传播中国文化的重要一环》,载《华东师范大学出版社》(哲学社会科学版),2017 年第 5 期,第 141－147 页,第 177 页。)

第三部分

传播与接受研究:基于问卷调查的实证考察

第 九 章

中国古典文论在英语国家传播与接受的整体实证考察:基于问卷调查的整体分析

引言 基于英语国家11所高校问卷调查的整体实证考察

如前所述,中国古典文论,包括以文学作品、史学作品、哲学作品、宗教作品、艺术作品等形式蕴藏于中国各类古代典籍之中的"泛论"以及《诗大序》《文赋》《文心雕龙》《二十四诗品》《沧浪诗话》《人间词话》等"专论",其在西方的英译与传播,至今已有三百多年的历史了。然而,中国古典文论作品当前在西方英语世界,尤其是在西方主要英语国家的相关专业读者群体中间,其传播与接受状况究竟如何? 具体说来:

(1)西方英语国家的读者对于中国古典文论的认知度有多高? 了解多少? 读过多少?

(2)西方英语国家的读者对于中国古典文论的认可度有多高? 是排斥还是欢迎?

(3)西方英语国家的读者希望阅读何种类型的中国古典文论英译作品? 他们希望由英语国家的译者还是中国的译者来翻译中国古典文论? 希望译作使用原汁原味的中国术语还是使用他们比较熟悉的西方术语? 希望读到归化的译文还是异化的译文?

(4)对于《诗大序》《文赋》《文心雕龙》《论语》《庄子》等中国古典文论作品

的多个平行译本,西方英语世界的读者究竟喜欢哪一个?喜欢的原因是什么?

为了探索中国古典文论英译作品在西方英语国家、英语世界的传播与接受状况,本书作者以英国、美国、澳大利亚三个代表性英语国家11所高校相关专业的师生为主要调查对象,通过实地调研、异地代理和网络在线等多种形式,对其进行系统、深入、广泛的问卷调查。自2013年至2018年,经过近五年的调研活动,共收到有效问卷251份,其中英国高校81份、美国高校119份、澳大利亚高校51份。本章将根据在英国、美国、澳大利亚三个主要英语国家11所高校的问卷调查结果,对中国古典文论作品当前在西方英语国家的传播与接受状况作整体性实证考察(下一章将从国别的角度对中国古典文论作品在英、美、澳三国的传播与接受状况做对比分析,详见第十章)。

本次以中国古典文论在西方的英译与接受为主题的问卷调查,先后在英国、美国和澳大利亚三个英语国家多所高校相关专业的师生中间展开,主要是基于两方面的原因。一方面,尽管英国、美国和澳大利亚三国不能简单等同于整个西方英语国家或英语世界,但这三个国家都是西方英语世界的主要英语国家,且在地理上广布于欧洲、美洲、大洋洲三大洲,在语言和文化上分别对以英语为官方语言的爱尔兰、以英语为母语的加拿大和新西兰等周边国家和地区以及其他英语国家和地区构成了广泛的辐射和影响,因此英国、美国和澳大利亚在很大程度上成为西方英语国家和英语世界中最具代表性的三个主要大国。出于这种考虑,此次问卷调查将英国、美国和澳大利亚三国设定为调查对象国。另一方面,考虑到中国古典文论的专业性、学术性和非普及性,其英译作品的目标读者主要是西方英语国家高等学校中从事相关专业学习、学术研究、理论研究的学生和教师,此次问卷调查将具体的调查对象限定到了英国、美国和澳大利亚三国多所高校的师生群体,且以关联性相对较强的英语语言与文学、汉语语言与文学、汉学研究(中国研究)以及其他社会与人文科学专业的师生为主体,兼顾其他专业和领域的师生。有鉴于此,本研究希望通过对英、美、澳三国多所高校相关专业师生调查结果的统计、分析和解读,在一定程度上勾勒出中国古典文论在西方英语国家、英语世界的整体接受概况。

出于以上考虑,本次问卷调查先后在英国、美国和澳大利亚三个主要英语国家的11所高校展开,包括英国的牛津大学(University of Oxford)、威尔士三一圣大卫大学(University of Wales Trinity Saint David)、兰卡斯特大学

(Lancaster University)、曼彻斯特大学(University of Manchester),美国的佛罗里达州立大学(Florida State University)、迈阿密大学(Miami University)、圣玛丽大学(Saint Mary's University)、俄亥俄州立大学(Ohio State University)、海德堡大学(Heidelberg University),以及澳大利亚的昆士兰大学(University of Queensland)、格里菲斯大学(Griffith University)等。所调查的对象以这些高校中与中国古典文论具有较强关联性的专业领域的师生为主体,同时兼顾其他专业领域的师生:其中英语语言或文学专业的师生占14.6%、汉语语言或文学专业以及中国研究专业的师生占20.2%、其他社会与人文科学专业的师生占26.5%、其他专业领域的师生占38.7%。这些调查对象处于不同的学习、教学和研究层次,其中既包括本科生、硕士研究生、博士研究生,也包括讲师、副教授、教授,同时也包括博士后、研究员等。本次问卷调查从上述英、美、澳三国的11所高校的不同专业领域的师生中间累计收集到有效问卷251份。

此次问卷调查共有11项内容,其中第1至6项为多项选择,涉及西方高校英语读者对中国古典文论的认可度、认知度及其对中国古典文论英译的各种期待和设想,第7至11项以多项选择和书面评论的形式考察西方高校英语读者对《诗大序》《文赋》《文心雕龙》《论语》《庄子》五个中国古典文论节选片段平行译文的意见。针对这些内容,以下对从英国、美国和澳大利亚三国高校收集而来的251份问卷的统计数据和反馈意见逐项进行分析和解读。由于问卷调查原文是以英语写成,这里将其译成汉语并附上英语原文。为了简便、直观,每项问卷调查的统计结果将以扇形图的形式直接附于该项问卷调查之后,图中的大小写英文字母分别对应每项问卷调查的具体选项。

第一节 中国古典文论的认知度:整体调查与分析

如前文所述,中国古典文论传入西方英语国家已有三百多年的历史了(详见第二章)。那么,西方英语国家读者对于中国古典文论的认知度如何呢?在西方英语国家高校的英语语言与文学、汉语语言与文学、汉学研究(中国研究)以及其他社会与人文科学专业的师生中间,读过中国古典文论英译作品的读者占比如何?确切读过《文心雕龙》《二十四诗品》等具体中国古典文论作品的读者占比又如何？以下两项问卷调查的内容正是对中国古典文论在西方国家英语读者中间认知度的考察。

第1项 你读过任何中国古典文论的英译作品吗？

Have you ever read any English translations of classical Chinese literary theories?

(A) 是的，读过一些。
　　Yes, some.
(B) 没有，但我稍微了解一点。
　　No, but I know a little about it.
(C) 没有，但我对其有兴趣。
　　No, but I am interested.
(D) 没有，我对其没有兴趣。
　　No, and I am not interested.

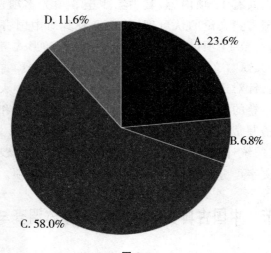

图 9-1

图 9-1 是该项问卷调查结果的扇形图（以下类同）。从该图可以看出，西方高校英语读者对于中国古典文论英译作品的认知度整体上偏低，仅有 23.6% 的读者曾经读过中国古典文论的英译作品，另有 6.8% 的读者稍微了

解一点,二者加在一起为30.4%,不足调查对象总人数的三分之一。令人欣慰的是,58%的读者表示虽没有读过中国古典文论的英译作品,但对其有兴趣,而仅有11.6%的读者表示既没有读过中国古典文论的英译作品也对其没有兴趣。由此可见,中国古典文论在西方英语世界的传播与接受一方面相对不足,另一方面也有足够的"民意基础"和拓展空间。

第2项 你读过或听说过下列与中国古典文论有关的英译作品吗?
Have you read or heard about the English translation of the following works about classical Chinese literary theories?

(1)《文心雕龙》(刘勰著)
The Literary Mind and the Carving of Dragons/ Wen-hsin tiao-lung(by Liu Hsieh)

(A)阅读过 Read
(B)听说过 Heard
(C)没有 No

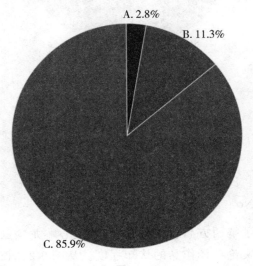

图 9-2

(2)《二十四诗品》(司空图著)

The Twenty-Four Categories of Poetry/Shih-p'in（by Ssu-k'ung T'u）

(A) 阅读过 Read

(B) 听说过 Heard

(C) 没有 No

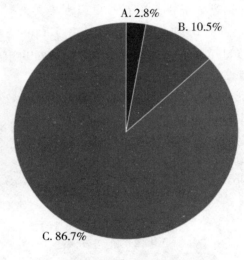

图 9-3

(3)《庄子》(庄子著)

Zhuang Zi/Chuang Tzu（by Chuang Tzu）

(A) 阅读过 Read

(B) 听说过 Heard

(C) 没有 No

  本项调查旨在了解西方高校英语读者对《文心雕龙》《二十四诗品》《庄子》三部具体中国古典文论英译作品的认知程度。从图 9-2、图 9-3 与图 9-4 来看，西方高校英语读者对三部中国古典文论英译作品的认知程度基本上都不太高，这一点是与第 1 项问卷调查的结果一致的。但三者之中也有区别：读者认知程度最高的是《庄子》英译本，有 12.1％的读者读过，19.4％的读者听说过，

第九章　中国古典文论在英语国家传播与接受的整体实证考察……　179

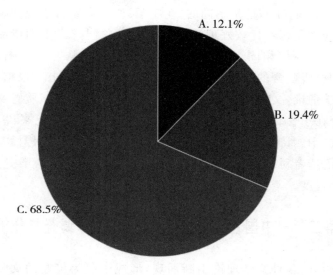

图 9-4

既没有读过也没有听说过的读者占 68.5%；其次是《文心雕龙》英译本，有 2.8% 的读者读过，11.3% 的读者听说过，既没有读过也没有听说过的读者占 85.9%；再次是《二十四诗品》英译本，读过、听说过和既没有读过也没有听说过的读者占比分别为 2.8%、10.5%、86.7%。

　　造成这种差异的原因大概有两个。第一，与上述各文论著作被英译、传入西方英语世界的历史先后和频繁程度有关。《庄子》早在 19 世纪末就由翟理斯、理雅各等英国早期传教士汉学家译成英文传入西方，其后当代英美著名汉学家翟林奈、修中诚、葛瑞汉、华兹生、梅维恒等都曾推出过自己的英译本①，直至今天在西方一直不断被翻译成英文，而《二十四诗品》和《文心雕龙》英译、传入西方分别是在 20 世纪初期和 20 世纪中期②，二者英译本的数量也远远少于《庄子》，因此从这个意义上来说，西方英语国家的读者对《庄子》英译作品相对来说更为熟悉一些也是情理之中的事情。第二，三部作品本身所蕴含的文

---

① 王宏：《〈庄子〉英译考辨》，载《东方翻译》，2012 年第 3 期，第 50—51 页。
② 王洪涛：《中国古典文论在西方的英译：历史进程与基本特征》，载《国际汉学》，2018 年第 1 期，第 47—48 页及第 50 页。

化资本(cultural capital)也是不同的。《庄子》作为道家哲学经典、文学理论著作具有很高的文化资本比较好理解,而《文心雕龙》与《二十四诗品》各自所拥有的文化资本也不尽相同。无论是从文论价值还是从文化影响力的角度而言,《文心雕龙》所蕴含的文化资本都在《二十四诗品》之上。根据布尔迪厄的反思性社会学理论,文化资本是"作为一种在象征意义和物质意义上活跃、有效的资本"存在于文化生产的场域之中的①。在这个意义上来说,《庄子》《文心雕龙》和《二十四诗品》自身的文化资本也影响了其英译、传播与接受,因此西方高校英语读者对《庄子》的认知程度要高于他们对《文心雕龙》和《二十四诗品》的认知程度。

第二节 中国古典文论的认可度:整体调查与分析

在当代西方,各种文学理论不断涌现,形成了蔚为可观的文学理论热潮,有的文艺学者甚至将刚刚过去的 20 世纪称为理论的世纪:"整个 20 世纪,伴随着哲学和语言学研究的突破和转型,像新批评、结构主义、精神分析学、符号学、原型批评、现象学美学、解释学、西方马克思主义等理论思潮相继出现,一时间掀起了一股理论大潮……"②那么,在西方文学理论大潮的冲击中,在中西方文学交流长期失衡而西方学术界拥有更多理论话语权的背景下,西方英语国家的读者是否认可中国古典文论的价值呢?下面的第三项调查希望就西方英语国家读者对中国古典文论的认可度进行考察。

第 3 项 你认为中国古典文论对西方文学研究具有补充或启发意义吗?

Do you think the classical Chinese literary theories could be complementary or inspiring to western literary studies?

(A)是的,具有很大的补充或启发意义。

Yes, very much so.

---

① Pierre Bourdieu. "The Forms of Capital". In John Richardson (ed.). *Handbook of Theory and Research for the Sociology of Education*. New York: Greenwood, 1986, p. 247.
② 陈跃红:《比较诗学导论》,北京:北京大学出版社,2005 年,第 16—17 页。

(B) 是的,在一定程度上具有补充或启发意义。
    Yes, to some extent.
(C) 是的,或许吧。
    Yes, perhaps.
(D) 没有。
    No.

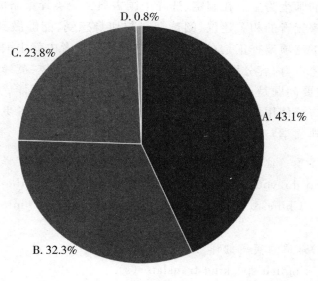

图 9-5

本项调查内容涉及西方高校英语读者对中国古典文论的认可度。从图 9-5 来看,西方高校英语读者对中国古典文论的认可度总体上非常高,整体持肯定态度的读者高达 99.2%:持完全肯定态度,认为中国古典文论对西方文学研究具有很大的补充或启发意义的读者占 43.1%;持部分肯定态度,认为中国古典文论对西方文学研究在一定程度上具有补充或启发意义的读者占 32.3%;持模糊肯定态度,认为中国古典文论对西方文学研究或许具有补充或启发意义的读者占 23.8%。相对照而言,对中国古典文论持否定态度的读者仅占 0.8%,尚不足 1%。

第三节　中国古典文论的英译策略：整体调查与分析

中国古典文论英译策略，在很大程度上影响了中国古典文论英译作品在西方的传播效果，因此需要仔细考量。中国古典文论英译作品的读者对象，自然主要是西方英语国家的读者，特别是学术读者，其中又以西方英语国家高校中相关专业的师生为主。在制定、选择中国古典文论英译策略的过程中，深入了解英语国家读者的相关建议、阅读期待与切身感受，能够做到有据可依、有的放矢。以下三项调查正是在西方英语国家高校读者中就中国古典文论英译策略所作的考察，内容分别涉及中国古典文论的英译主体、英译方法与译作风格，考察的主要问题是：谁更适合将中国古典文学与文论翻译成英语？中国古典文论英译应该使用西方的术语还是中国的术语？西方读者更喜欢读何种风格的中国古典文学与文论的英译作品？

第4项　你认为谁更适合将中国古典文学与文论翻译成英语？

Who do you think has a better disposition to the translating of classical Chinese literature and literary theories into the English language?

(A) 母语为英语的译者。

English speaking translator(s)

(B) 母语为汉语的译者。

Chinese speaking translator(s)

(C) 上述两种译者相互合作。

both of the above in collaboration

(D) 我不确定。

I am not sure.

关于谁更适合将中国古典文学与文论翻译成英语的问题，中国翻译学界历来存在不同的观点。本项调查旨在了解西方高校英语读者对于这个问题的看法。从图9-6可以看出，仅有6.4%的读者选择母语为英语的译者，另外仅有10%的读者选择母语为汉语的译者，而占比为78.4%的绝大多数的读者认

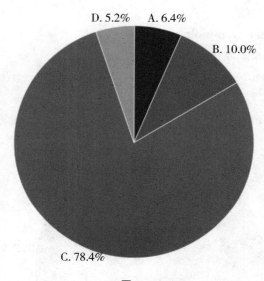

图 9-6

为,母语为英语的译者和母语为汉语的译者应相互合作,共同完成中国古典文学和文论的英译。通常情况下,无论是以英语为母语的译者还是以汉语为母语的译者,很少有人能同样通晓译入和译出的两种语言与文化,而二者之间的合作,可以很好地兼顾译文的充分性(adequacy)和可接受性(acceptability),因此成为中国古典文学和文论英译的一种理想模式。此项调查中绝大多数西方高校英语读者的选择正是体现了这种认识。另外,有5.2%的读者对于这个问题表示不确定。

第5项　鉴于中国古典文论与西方文论有着本质的差异,你认为在将其翻译成英文时,应该使用西方的术语还是中国的术语?

Do you think the classical Chinese literary theories, which are essentially distinct from their western counterparts, should be translated into English by employing the western terminology or the Chinese terminology?

(A)西方术语。

western terminology

(B) 中国术语。
　　Chinese terminology
(C) 西方术语与中国术语的混合。
　　a mixture
(D) 我不确定。
　　I am not sure.

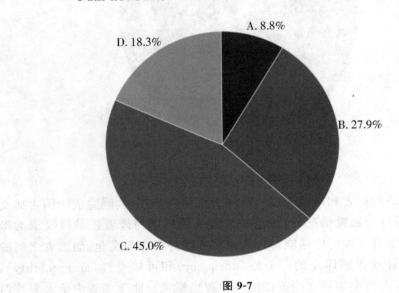

图 9-7

本项调查旨在了解西方高校英语读者对中国古典文论英译所使用术语的意见和建议。从图 9-7 可以看出，认为中国古典文论英译应混合使用西方术语与中国术语的读者人数最多，占总数的 45%，这其实也反映并符合中国古典文论英译乃至普遍翻译活动的"杂合"(hybridity)本质。而认为中国古典文论应使用中国术语的读者为 27.9%，远高于认为应使用西方术语的 8.8%，这表明西方高校英语读者对中国古典文论持开放态度的读者远多于持保守态度的读者，在一定程度上契合了韦努蒂所倡导的"阻抗式翻译"(resistant translation)的主张。另外，有 18.3% 的读者表示对此"不确定"。

第 6 项　你更喜欢读何种风格的中国古典文学与文论的英译作品？

（如需要，可以多选）

What style of English translation do you prefer for the classical Chinese literature and literary theories? (You may tick more than one box if necessary.)

(A) 流畅
    fluent
(B) 直白
    literal
(C) 归化（符合英语文化规范的）
    domesticated (adapted to the English cultural norms)
(D) 异化（保留汉语文化元素的）
    foreignized (retaining Chinese cultural elements)

本项调查旨在了解西方高校英语读者倾向于阅读何种风格的中国古典文学与文论的英译作品。由于调查对象可以作多项选择，因此251位接受调查的读者对于四个选项所作的选择次数累计为370，其中A的选择次数为130，B为36，C为42，D为162。为直观起见，现将每个选项选择次数在总选择次数中的占比同时图示如下。

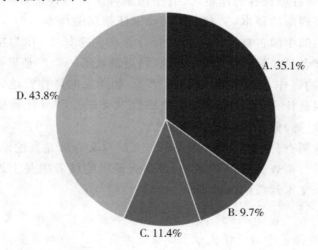

图 9-8

从图 9-8 可以看出，在涉及语言表达的"流畅"和"直白"之间，选择"流畅"的占比 35.1%（选择次数 130）远超选择"直白"的占比 9.7%（选择次数 36）。而在涉及文化传达的归化和异化之间，选择"异化"的占比 43.8%（选择次数 162）远高于选择"归化"的占比 11.4%（选择次数 42）。由此不难得出这样的结论——西方高校英语读者喜欢阅读在语言表达上"流畅"、在文化传达上"异化"的中国古典文学与文论英译作品。实际上，西方英语读者对中国古典文学与文论英译作品的这种期待，是与人们对翻译作品的普遍期待一致的——既要"准确"又要"通顺"，既要讲究文化信息传达的"充分性"又要讲究语言表达的"可接受性"。

第四节 《诗大序》《文赋》《文心雕龙》等两种译文：整体调查与分析

中国古典文论的一些代表性作品，很多已经被翻译成英文，其中不少作品还存在两个以上的译本，通常由西方的汉学家、华裔学者或中国的学者、翻译家分别译成。比如，《诗大序》既有英国汉学家理雅各的译本，又有中国香港学者黄兆杰的译本；《文赋》既有黄兆杰的译本，又有美国华裔学者方志彤的译本；《文心雕龙》既有美国华裔学者施友忠的译本，又有美国汉学家宇文所安的译本；《论语》既有理雅各的译本，又有中国翻译家许渊冲的译本；《庄子》既有英国汉学家翟理斯的译本，又有中国翻译家汪榕培的译本。

对于同一部中国古典文论作品并行存在的两个译本，作为接受对象的西方英语国家读者是如何看待的？他（她）们更喜欢哪一个？是更喜欢西方汉学家、华裔学者的译作，还是更喜欢中国学者、翻译家的译作？他（她）们做出选择的具体原因是什么？对于译作的"流畅性""文学性""异化特征"与"表达质量"等特点，他（她）们考虑较多的是什么？

以下五项调查分别对上述《诗大序》《文赋》《文心雕龙》《论语》以及《庄子》的两个译本进行调查。限于篇幅，问卷调查提供给读者的是上述中国古典文论作品中一个文本片段的两种译文。

第 7 项　在下列《诗大序》同一文本片段的两种译文中，我更喜欢_____，这是出于对该译文如下品质的考虑_____（如需要，可以多选）。

Between the following two versions of the same Chinese text "The

Great Preface", I prefer _____ because of its _____ (you may tick more than one box if necessary).

(a) 流畅性

　　fluency

(b) 文学性

　　literariness

(c) 异化特征

　　foreignness

(d) 表达质量

　　quality of expression

(A) "Poetry is the product of earnest thought. Thought [cherished] in the mind becomes earnest; exhibited in words, it becomes poetry."

(B) "Poetry is the forward movement of the activities of the mind: in other words the activities of the mind, once verbalised, becomes poetry."

关于以上两种译文的附加评论(可自我选择是否填写,您填写的评论将备受珍视):

Added comments concerning the above two versions (Not compulsory but it shall be highly valued):

以上是《诗大序》同一文本片段的两种译文,因为本次问卷主要调查中国古典文论英语译文在西方英语读者中间的可接受性问题,因此并没有提供原文,同时为了不因为译者自身的背景、名气等因素影响调查对象的判断,也没有提供译文的译者信息。现将其补充如下:

原文:诗者。志之所之也。在心为志。发言为诗。

译文 A 的译者:理雅各(James Legge,英国传教士汉学家、牛津大学汉学教授)

译文 B 的译者:黄兆杰(Siu-kit Wong,牛津大学汉学博士、香港中文大学教授)

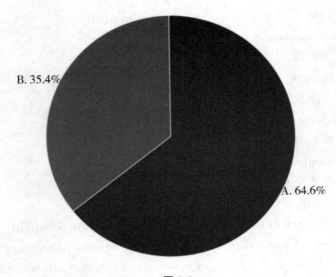

图 9-9

如图 9-9 所示,在 A 与 B 两种译文之间,有 64.6% 的读者更喜欢 A 译文,即理雅各译文,另有 35.4% 的读者更喜欢 B 译文,即黄兆杰译文。

很显然,大多数读者更加喜欢 A 理雅各译文,少数读者偏爱 B 黄兆杰译文。对此,不少读者在选项之后的附加评论中做了进一步解释。一位英国读者认为:"译文 A 更加富有表现力,更加流畅,比译文 B 更加生动,而译文 B 听起来有些呆板";另一位英国读者也持同样的观点:"从句子结构与遣词的角度来看,译文 B 似乎更多使用专业术语而缺少诗意。我从译文 A 中领会到的深层含义似乎在译文 B 中丧失了。"一位美国读者指出:"译文 B 翻译得过于专业,译文 A 更加顺畅。"一位澳大利亚的读者认为:"译文 A 更加富有诗意,更适合用来讨论诗歌。"由此可见,大多数读者选择 A 理雅各译文主要是出于对其语言表达质量、流畅性以及文学性的考虑,这在以下分析中有充分的体现。

图 9-10 所显示的是更喜欢 A 理雅各译文的读者所给出的具体选择原因。在所列出有关该译文的四个原因中,从主要原因到次要原因分别是"表达质量"(52.2%)>"流畅性"(24.8%)>"文学性"(16.2%)>"异化特征"(6.8%)。从统计数字可以看出,读者选择 A 理雅各译文的主要原因是其"表

第九章　中国古典文论在英语国家传播与接受的整体实证考察……　189

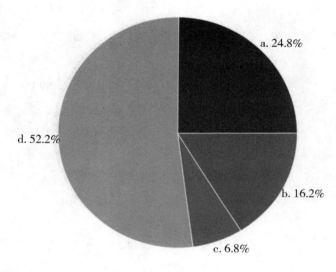

图 9-10

达质量",一位英国读者的附加评论很好地解释了这一点:"译文 A 对于英文词汇的运用更加自然,对于'earnest'一词的运用很有意思……译文 A 传达给读者的意思非常清晰。"对于译文 A 的"流畅性"和"文学性",一位美国读者是这样评论的:"感觉译文 A 更加自然,更富有诗意",而另一位澳大利亚读者则认为"译文 A 读起来更加像诗歌"。

图 9-11 所显示的是更喜欢 B 黄兆杰译文的读者所给出的具体选择原因。在所列出有关该译文的四个原因中,从主要原因到次要原因分别是"表达质量"(42.5%)>"流畅性"(39.1%)>"文学性"(14.2%)>"异化特征"(4.2%)。读者在附加评论中给出了他们选择 B 黄兆杰译文的一些具体原因,大致可以分成两类:第一类原因与译文的"表达质量"和"流畅性"相关,主要是认为该译文比较容易理解,具体的说法有"B 译文比较容易理解"、"B 译文读起来更容易,觉得富有动感"、"B 译文更加直接,更加好懂";第二类原因与译文的"异化特征"有关,比如牛津大学一位比较文学与翻译研究学者就指出:"forward movement of the activities of the mind 是一种不同寻常的表达——可以将其视为对汉语原文的直译,也可以解读为一位英语国家的文艺理论学

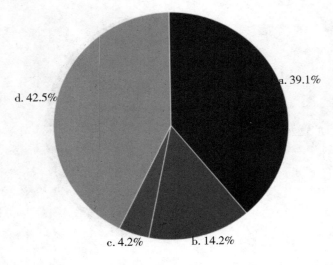

图 9-11

者在精心地措辞。这是异化翻译带来译文多义性的一个案例"。从以上读者的评论中可以大致归纳出 B 黄兆杰译文的两个特点:简单易懂,富有异化气息。

第 8 项　在下列《文赋》同一文本片段的两种译文中,我更喜欢_____
_____,这是出于对该译文如下品质的考虑_____(如需要,可以多选)。
Between the following two versions of the same Chinese text "Rhymeprose on Literature", I prefer _____ because of its _____ (you may tick more than one box if necessary).

(a) 流畅性
   fluency
(b) 文学性
   literariness
(c) 异化特征
   foreignness
(d) 表达质量

quality of expression

(A) But poetry [shi] ought to follow the poet's feelings and be ornate,

Rhymed descriptions [fu] should be physical delineations of objects and be trippingly eloquent,

Stone inscriptions [bei] must be elegant and truthful,

Elegies [lei] have to be sorrowful with a sense of personal involvement,

Inscriptions [ming], though brief, need be of wide application and written with warm gentleness.

Cautions [zhen] had best be pointed and coolly bold...

(B) Shih (lyric poetry) traces emotions daintily; fu (rhymeprose) embodies objects brightly.

Pei (epitaph) balances substance with style; lei (dirge) is tense and mournful.

Ming (inscription) is comprehensive and concise, gentle and generous; chen (admonition), which praises and blames, is clear-cut and vigorous.

关于以上两种译文的附加评论(可自我选择是否填写,您填写的评论将备受珍视):

Added comments concerning the above two versions (Not compulsory but it shall be highly valued):

以上是《文赋》同一文本片段的两种译文,本次问卷调查也没有提供原文及译文的译者信息(原因同上)。现将其补充如下:

原文:诗缘情而绮靡。赋体物而浏亮。碑披文而相质。诔缠绵而凄怆。铭博约而温润。箴顿挫而清壮。

译文A的译者:黄兆杰(Siu-kit Wong,牛津大学汉学博士、香港中文大学教授)

译文 B 的译者：方志彤（Achilles Fang，哈佛大学比较文学博士，执教于哈佛大学）

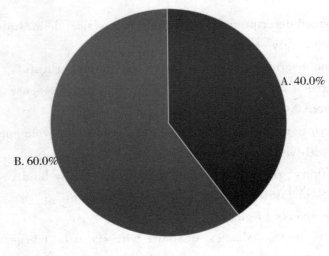

图 9-12

如图 9-12 所示，在 A 与 B 两种译文之间，有 40% 的读者更喜欢 A 译文，即黄兆杰译文，另有 60% 的读者更喜欢 B 译文，即方志彤译文。

为何有更多的读者偏爱 B 方志彤译文呢？一些读者在附加评论中的意见可以很好地解释其中的原因。一位英国读者坦言："我更喜欢译文 B 对汉语术语的突显，相反译文 A 将这些术语的英译前置，使其显得过于权威了，我作为读者对这些英译的权威性表示怀疑。另外，就该文段的内容而言，译文 B 所选用的形容词也比译文 A 更加契合。"一位美国读者认为："译文 B 读起来更容易一些，可以让非汉语读者更好地理解诗歌所应达到的每一条标准"。澳大利亚一位读者也持有类似的观点："对我来说，译文 A 表达模糊，其用词复杂、陈旧，理解很费力，而译文 B 则更为达意。"当然，也有不少读者偏爱译文 A，一位牛津大学汉学专业读者道出了其中的原委："相比较而言，译文 A 所包含的信息量更大。也许译文 B 更接近汉语原文，但就所涉及的术语而言，其描述不够细致、清晰。"

图 9-13 所显示的是更喜欢 A 黄兆杰译文的读者所给出的具体选择原因。

第九章　中国古典文论在英语国家传播与接受的整体实证考察……　193

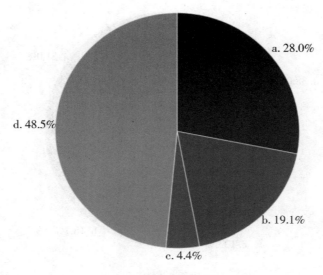

图 9-13

在所列出有关该译文的四个原因中,从主要原因到次要原因分别是"表达质量"(48.5%)＞"流畅性"(28%)＞"文学性"(19.1%)＞"异化特征"(4.4%)。从图表和数据可以看出,读者偏爱 A 黄兆杰译文的主要原因是"表达质量"和"流畅性",这也反映在了一些读者所撰写的附加评论中。比如,一位英国读者指出:"我更喜欢译文 A 术语表达的直接,当然这也许是因为我个人对英语某些文体的特殊偏好使然。我觉得这些术语的表达更接近译文 A 的整体意思。"一位澳大利亚的读者则认为译文 A"语言更加的甜美(mellifluous)和柔和(soft)"。

图 9-14 所显示的是更喜欢 B 方志彤译文的读者所给出的具体选择原因。在所列出有关该译文的四个原因中,从主要原因到次要原因分别是"表达质量"(38%)＞"流畅性"(31%)＞"文学性"(18.1%)＞"异化特征"(12.9%)。从图表和数据可以看出,读者偏爱 B 方志彤译文的主要原因同样是"表达质量"和"流畅性",这在一位澳大利亚读者的附加评论中有充分的体现:"译本 B 很好,它运用了文学的术语,突显了汉语的词汇,其语言表达很清晰。"稍有不同的是,"异化特征"构成了读者偏爱 B 方志彤译文的一个鲜明原因,读者的

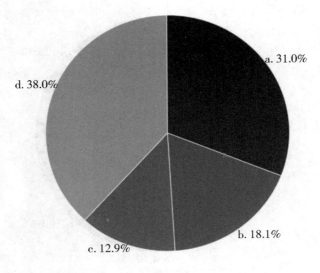

图 9-14

选择频率为 12.9%,明显高于读者对 A 黄兆杰译文"异化特征"的选择频率 4.4%。比如,英国牛津大学一位从事比较文学与翻译研究的学者在解释自己为何选择 B 译文时说:"我喜欢译文 B 的形式结构(formal patterning),觉得这肯定是对汉语成分的移译";美国一位读者则指出:"我非常喜欢译文 B 在表面形式上与汉语原文的相似(semblance),而括号里所加的解释性提示又有助于读者的理解"。

第 9 项 在下列《文心雕龙》同一文本片段的两种译文中,我更喜欢 _____,这是出于对该译文如下品质的考虑 _____(如需要,可以多选)。

Between the following two versions of the same Chinese text *The Literary Mind and the Carving of Dragons*, I prefer _____ because of its _____ (you may tick more than one box if necessary).

(a) 流畅性
　　 fluency

(b) 文学性

　　literariness

(c) 异化特征

　　foreignness

(d) 表达质量

　　quality of expression

（A）When shen-ssu [or spiritual thought] is in operation, all possible vistas open up before it. Rules and principles become mere formalities and there is not the least trace of carving or engraving. When one ascends mountains [in such an inspired state], the whole mountain will be tinged with the colouring of his own feelings; and when his eyes rove over the seas, the seas will be saturated with his ideas. He can roam as companion of the wind and the clouds according to the measure of his talents.

（B）When spirit thought is set in motion, ten thousand paths sprout before it; rules and regulations are still hollow positions; and the cutting or carving as yet has no form. If one climbs a mountain, one's affections (*ch'ing*) are filled by the mountain; if one contemplates the sea, one's concepts (*yi*) are brought to brimming over by the sea. And, according to the measure of talent in the self, one may speed off together with the wind and clouds.

关于以上两种译文的附加评论（可自我选择是否填写，您填写的评论将备受珍视）：

Added comments concerning the above two versions (Not compulsory but it shall be highly valued):

以上是《文心雕龙》同一文本片段的两种译文。鉴于开展问卷调查时没有提供原文及译文的译者信息（原因同上），现将其补充如下：

　　原文：夫神思方运。万涂竞萌。规矩虚位。刻镂无形。登山则情满于山。观海则意溢于海。我才之多少。将与风云而并驱矣。

译文 A 的译者：施友忠（Vincent Yu-chung Shih，美国华裔学者、华盛顿大学中文教授）

译文 B 的译者：宇文所安（Stephen Owen，美国汉学家、哈佛大学汉学教授）

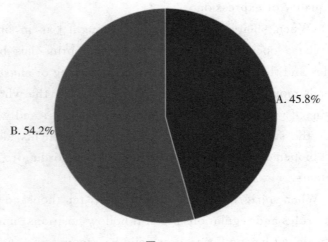

图 9-15

如图 9-15 所示，在 A 与 B 两种译文之间，有 45.8% 的读者更喜欢 A 译文，即施友忠译文，另有 54.2% 的读者更喜欢 B 译文，即宇文所安译文。整体上看来，英语读者对于两种译文各有所爱，但更喜欢 B 译文的读者稍多于更喜欢 A 译文的读者。一些读者的附加评论可以大致揭示出两种译文之间的主要差别以及这些读者做出不同选择的背后原因。一位英国读者指出："我喜欢译文 A 中的'roam as companion of the wind'等表达，同时其第一句话译得也更好一些。但我认为译文 B 更富有诗意"。一位澳大利亚读者认为："译文 A 是一种直译，而译文 B 似乎更好地展现了原文试图传达给读者的晓畅与雄辩。"

图 9-16 所显示的是更喜欢 A 施友忠译文的读者所给出的具体选择原因。在所列出有关该译文的四个原因中，从主要原因到次要原因分别是"表达质量"（42.5%）＞"流畅性"（30%）＞"文学性"（20.6%）＞"异化特征"（6.9%）。

第九章　中国古典文论在英语国家传播与接受的整体实证考察……　　197

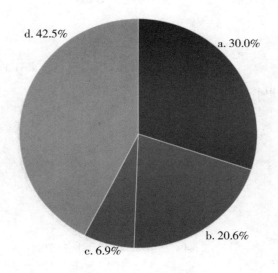

图 9-16

不难看出，读者选择 A 译文的主要原因是"表达质量""流畅性"和"文学性"，这充分反映在了一些读者所填写的附加评论中。一位澳大利亚的读者说："我觉得译文 A 对于'神思'(shen-ssu)的描述非常优美，同时也更容易理解一些。"而一位英国汉学专业的读者则这样评论译文 A："译文 A 比译文 B 更灵活一些，更有英文味道。它使用的意象在英语读者看来更自然，因此理解起来相对容易。"

图 9-17 所显示的是更喜欢 B 宇文所安译文的读者所给出的具体选择原因。在所列出有关该译文的四个原因中，从主要原因到次要原因分别是"表达质量"(40.4%)＞"流畅性"(31.5%)＞"文学性"(21.7%)＞"异化特征"(6.4%)。与译文 A 非常类似的是，读者选择译文 B 的主要原因同样是"表达质量""流畅性"和"文学性"。其中"表达质量"和"流畅性"是最为重要的两个原因，这可以在一些读者的附加评论中得到部分印证。英国牛津大学一位比较文学与翻译研究学者指出自己选择译文 B 是出于对其"表达质量"的考虑，并进一步解释说"译文 A 中'roam'等词汇引入了英语文学中的一些浪漫主义思想，但这与该文段的内容不符"，显然其言外之意是说译文 B 的表达更好一些。

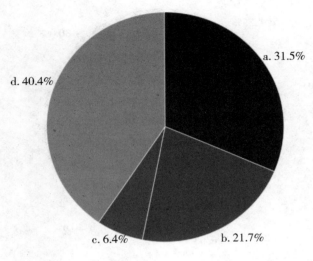

图 9-17

一位澳大利亚读者在附加评论中则在一定意义上论述了译文 B 的"流畅性":"译文 B 所呈现的图景更加清楚,读起来更加容易一些"。另有一位美国读者指出:"译文 B 更加富有诗意(lyrical),我更喜欢读"。这位读者显然更加看重译文 B 的"文学性"。

第 10 项　在下列《论语》同一文本片段的两种译文中,我更喜欢_____,这是出于对该译文如下品质的考虑_____(如需要,可以多选)。
Between the following two versions of the same Chinese text *Confucian Analects* , I prefer _____ because of its _____ (you may tick more than one box if necessary).
(a) 流畅性
　　 fluency
(b) 文学性
　　 literariness
(c) 异化特征
　　 foreignness

(d)表达质量

quality of expression

(A)*The Odes* serve to stimulate the mind.

They may be used for purposes of self-contemplation.

They teach the art of sociability.

They show how to regulate feelings of resentment.

From them you learn the more immediate duty of serving one's father, and the remoter one of serving one's prince.

From them we become largely acquainted with the names of birds, beasts and plants.

(B)Poetry serves to inspire, to reflect, to communicate and to complain. It may help you to serve your father at home and your prince at court. Moreover, it may tell you names of birds, beasts, plants and trees.

关于以上两种译文的附加评论(可自我选择是否填写,您填写的评论将备受珍视):

Added comments concerning the above two versions (Not compulsory but it shall be highly valued):

以上是《论语》同一文本片段的两种译文。本问卷调查开展过程中并没有向读者提供原文及译文的译者信息(原因同上),现将其补充如下:

原文:诗可以兴,可以观,可以群,可以怨;迩之事父,远之事君;多识于草木鸟兽之名。

译文 A 的译者:理雅各(James Legge,英国传教士汉学家、牛津大学汉学教授)

译文 B 的译者:许渊冲(中国文学翻译家、北京大学教授)

如图 9-18 所示,在 A 与 B 两种译文之间,有 56.7%的读者更喜欢 A 译文,即理雅各译文,另有 43.3%的读者更喜欢 B 译文,即许渊冲译文。相比较而言,有更多的西方英语读者更加喜欢 A 理雅各译文,其中的原因大致体现在了一些读者所作的附加评论之中。一位英国汉学专业的同学指出:"译文 B 的表达更

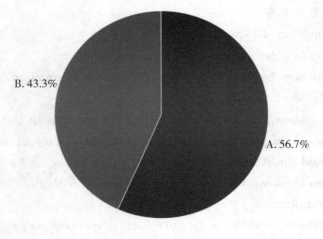

图 9-18

加直截了当(straightforward),而译文 A 留下了更多供读者解读的空间。"一位美国汉学专业的同学说:"译文 B 更简单易懂(simpler to understand),但译文 A 更加优美(beautiful)。"而澳大利亚一位读者认为:"译文 A 更加清晰(clear)、优雅(elegant),译文 B 在形式上更加平淡(prosaic),意义上更模糊(obscure)。"

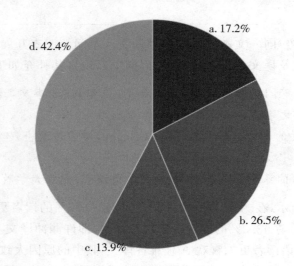

图 9-19

图 9-19 所显示的是更喜欢 A 理雅各译文的读者所给出的具体选择原因。在所列出有关该译文的四个原因中,从主要原因到次要原因分别是"表达质量"(42.4%)>"文学性"(26.5%)>"流畅性"(17.2%)>"异化特征"(13.9%)。由此可见,译文 A 的"表达质量"和"文学性"构成了读者偏爱该译文最重要的两个原因。一位出于以上两原因选择译文 A 的英国读者在附加评论中进一步解释道:"译文 A 很高雅(refined),适合宫中的君王送给臣子们阅读,以增进他们的学问。"一位出于同样原因选择译文 A 的美国读者坦言:"译文 A 的风格更有诗意(poetic),我很喜欢读。"一位澳大利亚的读者持有同样观点:"译文 A 更加富有诗意。"

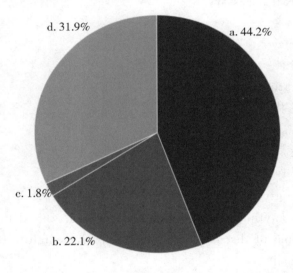

图 9-20

图 9-20 所显示的是更喜欢 B 许渊冲译文的读者所给出的具体选择原因。在所列出有关该译文的四个原因中,从主要原因到次要原因分别是"流畅性"(44.2%)>"表达质量"(31.9%)>"文学性"(22.1%)>"异化特征"(1.8%)。很显然,译文 B 的"流畅性"和"表达质量"是读者偏爱该译文最为重要的两个原因。一位英国读者出于对译文 B 这两种品质的考虑选择了该译文,同时又作了进一步说明:"我希望知道译文 A 是否保留了原文的形式结构。我喜欢

译文 B 的流畅性(fluency),但感到至少需要保持原文的形式结构,因为形式结构揭示了原文的节奏、语调等。"另一位看重译文 B"流畅性"的澳大利亚读者对其这样评论:"译文 B 让我更容易地理解了其中的意思。尽管译文 A 有很多精致的词汇,但其意义对我来说有些模糊。"

第 11 项 在下列《庄子》同一文本片段的两种译文中,我更喜欢_____,这是出于对该译文如下品质的考虑_____(如需要,可以多选)。

Between the following two versions of the same Chinese text *Zhuangzi*, I prefer _____ because of its _____ (you may tick more than one box if necessary).

(a) 流畅性

　　 fluency

(b) 文学性

　　 literariness

(c) 异化特征

　　 foreignness

(d) 表达质量

　　 quality of expression

(A) The greatness of anything may be a topic of discussion, or the smallness of anything may be mentally realized. But that which can be neither a topic of discussion nor be realized mentally, can be neither great nor small.

(B) What can be verbalized is something large; what can be mentally visualized is something small; what can be neither verbalized nor mentally visualized has nothing to do with smallness or largeness.

关于以上两种译文的附加评论(可自我选择是否填写,您填写的评论将备受珍视):

Added comments concerning the above two versions (Not compulsory but it shall be highly valued):

第九章　中国古典文论在英语国家传播与接受的整体实证考察……　203

以上是《庄子》同一文本片段的两种译文。出于前文所述的同样原因，本问卷调查开展过程中并没有向读者提供原文及译文的译者信息，现将其补充如下：

原文：可以言论者，物之粗也；可以意致者，物之精也；言之所不能论，意之所不能察致者，不期精粗焉。

译文 A 的译者：翟理斯（Herbert Giles，英国外交官汉学家、剑桥大学汉学教授）

译文 B 的译者：汪榕培（中国文学典籍翻译家，大连外国语学院、苏州大学等高校教授）

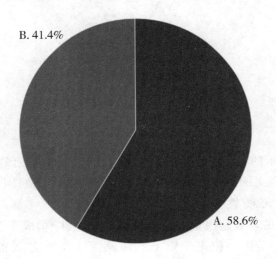

图 9-21

如图 9-21 所示，在 A 与 B 两种译文之间，有 58.6% 的读者更喜欢 A 译文，即翟理斯译文，另有 41.4% 的读者更喜欢 B 译文，即汪榕培译文。就整体而言，偏爱译文 A 的读者稍多于偏爱译文 B 的读者，其中的原因同样体现在三国读者所作的一些附加评论之中。英国一位汉学专业的同学认为："译文 B 的语言有些啰唆（wordy），不如译文 A 好理解。"美国一位读者说："两种译文非常相似，但我更喜欢译文 A，因为它流畅性（fluidity）更好，表达更加精细

(sophisticated)"。澳大利亚一位读者则指出:"译文 B 理解起来更容易一些,但译文 A 更加流畅(flows better)。"

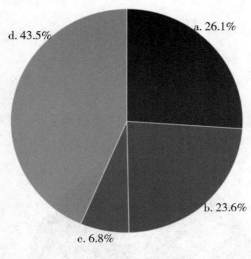

图 9-22

图 9-22 所显示的是更喜欢 A 翟理斯译文的读者所给出的具体选择原因。在所列出有关该译文的四个原因中,从主要原因到次要原因分别是"表达质量"(43.5%)>"流畅性"(26.1%)>"文学性"(23.6%)>"异化特征"(6.8%)。显而易见,"表达质量""流畅性"和"文学性"构成了读者偏爱译文 A 的三个主要原因。美国一位出于以上三种原因选择译文 A 的读者在附加评论中进一步解释道:"我觉得译文 A 更加优雅地(elegantly)阐述了其思想。"一位英国汉学专业的同学觉得"译文 A 本身看起来就像一首诗"。澳大利亚一位读者认为译文 A"更富有创造性(creative)和抽象性(abstract)"。

图 9-23 所显示的是更喜欢 B 汪榕培译文的读者所给出的具体选择原因。在所列出有关该译文的四项原因中,"表达质量"和"流畅性"构成了读者偏爱该译文的两项主要原因,读者对于该两项原因的选择频率均为 38%。一些读者为译文 B 所撰写的附加评论大致说明了这一点。比如,一位英国读者分析道:"在帮助理解方面,译文 B 稍好一点。它所使用的标点符号,使其在遣词

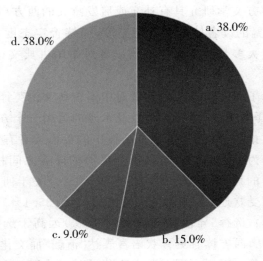

图 9-23

断句上略胜一筹。"一位美国读者说:"我觉得译文 B 表达得更清楚(more clear)。"一位澳大利亚读者指出:"'mentally visualized'的说法使得该译文更容易理解一些"。读者对该译文"文学性"和"异化特征"两项的选择频率均不足 20%,由此我们推断在英语读者眼中"文学性"和"异化特征"并不是译文 B 的显著特征。

结 语

以上通过对英、美、澳三国 11 所高校 251 份有效问卷的调查结果进行统计和分析,可以大致得出中国古典文论英译作品在西方英语国家以及英语世界的基本接受状况。就认知度而言,中国古典文论英译作品在西方英语国家的接受状况喜忧参半。一方面,西方高校英语读者对中国古典文论英译作品的整体认知程度偏低,曾经读过中国古典文论英译作品的西方高校英语读者仅为 23.6%。另一方面,有 58% 的西方高校英语读者表示对中国古典文论作品感兴趣,表明中国古典文论英译作品在西方的传播尚具有较大的拓展空间。就认可度而言,西方英语国家对中国古典文论的认可度很高,完全或部分肯定中国古典文论对西方文学研究具有补充或启发意义的西方高校英语读者高达75.4%，另有23.8%的读者持模糊肯定态度，而持否定态度者仅为0.8%，由此我们不难看出绝大多数西方高校英语读者对中国古典文论持开放、欢迎的态度。

问卷结果揭示了西方高校英语读者对中国古典文论英译实践的一些观点和看法，主要涉及译者主体、译作风格以及术语的运用三个方面。关于谁更适合成为中国古典文论英译的主体，西方高校中的英语读者有78.4%的人认为理想的模式是母语为英语的译者与母语为汉语的译者之间相互合作，认为以英语或汉语为母语的译者更适合的均不超过10%。关于何种风格的中国古典文论英译作品更受欢迎，选择"流畅"风格的占比(35.1%)远超选择"直白"风格的占比(9.7%)，选择"异化"的占比(43.8%)远高于选择"归化"的占比(11.4%)，由此可见，西方读者更喜欢语言表达"流畅"而文化传达"异化"的中国古典文论英译作品。至于中国古典文论英译时应采用西方术语还是中国术语，西方高校中45%的读者认为应混合使用西方术语与中国术语，高于认为应使用中国术语者(占比为27.9%)和认为应使用西方术语者(占比为8.8%)。

对于本次问卷所节选中国古典文论英译作品的多个平行文本，西方高校读者的观点可谓异中有同。在《诗大序》的理雅各译文和黄兆杰译文之间，有64.6%的读者更喜欢理雅各译文，其原因从主到次分别为"表达质量"＞"流畅性"＞"文学性"＞"异化特征"。在《文赋》的黄兆杰译文和方志彤译文之间，有60%的读者更喜欢方志彤译文，其原因从主到次分别为"表达质量"＞"流畅性"＞"文学性"＞"异化特征"。在《文心雕龙》的施友忠译文和宇文所安译文之间，有54.2%的读者更喜欢宇文所安译文，其原因从主到次分别为"表达质量"＞"流畅性"＞"文学性"＞"异化特征"。在《论语》的理雅各译文和许渊冲译文之间，有56.7%的读者更喜欢理雅各译文，其原因从主到次分别为"表达质量"＞"文学性"＞"流畅性"＞"异化特征"。在《庄子》的翟理斯译文和汪榕培译文之间，有58.6%的读者更喜欢翟理斯译文，其原因从主到次分别为"表达质量"＞"流畅性"＞"文学性"＞"异化特征"。对于所节选五个中国古典文论英译作品的平行文本，西方高校读者的选择各异，其作出选择的具体原因也各不相同，但其间也呈现出来一些共性：(1)西方高校读者最为偏爱的往往是以英语为母语的西方汉学家、翻译家的译作,其次是长期以英语为工作语言的西方华裔学者、翻译家的译作,再次是以汉语为母语的中国学者、翻译家的译作;(2)西方高校读者首先考虑的无一例外是译作整体的"表达质量",其次主要是其"流畅性",再次是其"文学性",最后考虑的是其"异化特征"。

第 十 章

中国古典文论在英美澳三国传播与接受的国别实证考察：基于问卷调查的对比分析

引言 基于英美澳三国高校问卷调查的国别实证考察

就中国古典文论在西方英语世界的传播与接受而言，英国、美国和澳大利亚三国构成了具有区别意义的三个典型的传播与接受区域。从地理的角度来讲，英、美、澳分别位于欧洲、北美洲、大洋洲三大洲，代表了中国古典文论在西方英语世界传播与接受的三大地域。从语言的角度来讲，英、美、澳三国所讲的英语语言已发展成为英国英语、美国英语、澳大利亚英语三大地域性变体，这种英语语言变体之间的差异成为中国古典文论英译作品在西方英语世界传播和接受过程中需要考虑的一种变量。从文化的角度来讲，英、美、澳三国在各自的历史发展过程中形成了不同的国家文化，其国民的性格和心理也不尽相同，这对于他们阅读和接受中国古典文论的英译作品也构成了一定的影响。另需特别指出的是，英、美、澳三国的汉学、中国研究的发展轨迹和整体水平存在显著差异（参见第二章），这在很大程度上影响了各自国家读者对于中国古典文论的认知水平和接受情况。由于以上原因，在对中国古典文论在英、美、澳三国高校的传播与接受情况进行整体实证考察之后，本章继续从国别的角度对中国古典文论在三国高校的传播与接受情况进行对比分析则具有不同的价值和意义。

此次问卷调查共收到有效问卷251份，来自英国、美国和澳大利亚三国共

11所高校,三国的分布情况为:英国81份,来自牛津大学、威尔士三一圣大卫大学、兰卡斯特大学、曼彻斯特大学4所大学;美国119份,来自佛罗里达州立大学、迈阿密大学、圣玛丽大学、俄亥俄州立大学、海德堡大学5所大学;澳大利亚51份,来自昆士兰大学、格里菲斯大学2所大学。以下将基于问卷调查的结果,从国别的角度对中国古典文论在英国、美国、澳大利亚三国的传播与接受情况进行对比分析,并对统计结果进行深入解读。与第九章类似,为简便起见,英、美、澳三国的每项问卷调查的统计结果将以扇形图的形式直接并列附于该项问卷调查之后,图中的大、小写英文字母分别对应每项问卷调查的具体选项。

为使此次在英、美、澳三国开展的问卷调查具有可比性,以下对问卷调查11项内容在三国高校师生中间的具体传播与接受情况均采用百分比的形式进行统计,从而尽可能在彼此均衡、相互可比的基础上探寻中国古典文论在英、美、澳三国高校英语读者中间传播和接受情况的共性与差异。

第一节 中国古典文论的认知度:基于国别的调查与分析

鉴于英、美、澳三国在地理位置、国家文化以及汉学研究方面存在明显的差异,三国高校读者对于中国古典文论的认知是否也有所不同?他(她)们对于中国古典文论的认识、了解、接受是否有所不同?如果的确有所不同的话,其背后的主要原因是什么?这是以下两项调查试图解决的问题。

第1项 你读过任何中国古典文论的英译作品吗?
Have you ever read any English translations of classical Chinese literary theories?
(A)是的,读过一些。
　　Yes, some.
(B)没有,但我稍微了解一点。
　　No, but I know a little about it.
(C)没有,但我对其有兴趣。
　　No, but I am interested.
(D)没有,我对其没有兴趣。

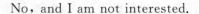
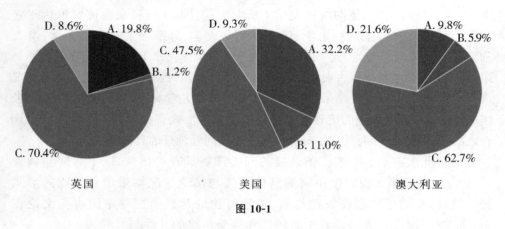

图 10-1

从图 10-1 可以看出,英、美、澳三国高校英语读者对中国古典文论作品的认知度存在显著差异。三国高校中读过中国古典文论英译作品的读者占比从高到低分别是:美国(32.2%)＞英国(19.8%)＞澳大利亚(9.8%);稍微了解一点的读者占比从高到低分别是:美国(11%)＞澳大利亚(5.9%)＞英国(1.2%);虽没读过但对中国古典文论英译作品有兴趣的读者占比从高到低分别是:英国(70.4%)＞澳大利亚(62.7%)＞美国(47.5%);而既没有读过中国古典文论的英译作品也对其没有兴趣的读者占比从高到低分别是:澳大利亚(21.6%)＞美国(9.3%)＞英国(8.6%)。整体而言,美国高校读者对中国古典文论英译作品的认知程度最高,这应该与当前美国汉学研究、中国研究在西方英语世界的领先密切相关。而在英国和澳大利亚之间,前者的认知程度又明显高于后者,这恐怕也与英国的汉学研究、中国研究在发展历史和现状上较之后起的澳大利亚仍有优势直接相关。

第 2 项 你读过或听说过下列与中国古典文论有关的英译作品吗?
Have you read or heard about the English translation of the following works about classical Chinese literary theories?
(1)《文心雕龙》(刘勰著)
The Literary Mind and the Carving of Dragons/ Wen-hsin tiao-

lung（by Liu Hsieh）

(A) 阅读过 Read

(B) 听说过 Heard

(C) 没有 No

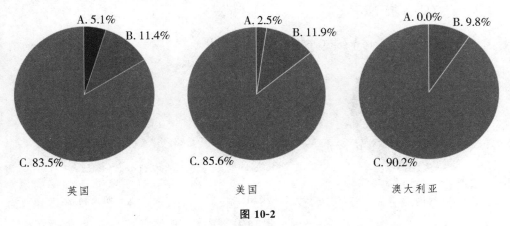

图 10-2

(2)《二十四诗品》(司空图著)

The Twenty-Four Categories of Poetry/Shih-p'in（by Ssu-k'ung T'u）

(A) 阅读过 Read

(B) 听说过 Heard

(C) 没有 No

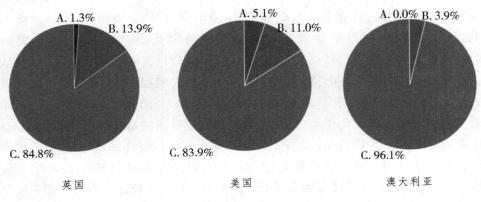

图 10-3

(3)《庄子》(庄子著)
Zhuang Zi/Chuang Tzu (by Chuang Tzu)
(A)阅读过 Read
(B)听说过 Heard
(C)没有 No

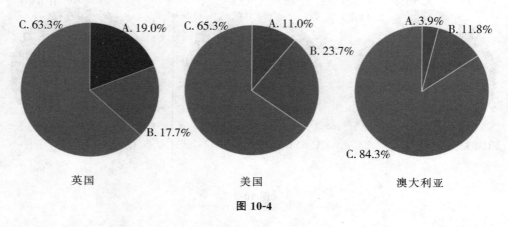

图 10-4

从图 10-2、10-3、10-4 可以看出,《文心雕龙》《二十四诗品》和《庄子》三部中国古典文论作品在英、美、澳三国高校读者中的认知度都比较低。就《文心雕龙》而言,阅读过其英译作品的读者占比从高到低分别是:英国(5.1%)＞美国(2.5%)＞澳大利亚(0.0%);听说过的读者占比从高到低分别是:美国(11.9%)＞英国(11.4%)＞澳大利亚(9.8%)。就《二十四诗品》而言,阅读过其英译作品的读者占比从高到低分别是:美国(5.1%)＞英国(1.3%)＞澳大利亚(0.0%);听说过的读者占比从高到低分别是:英国(13.9%)＞美国(11.0%)＞澳大利亚(3.9%)。就《庄子》而言,阅读过其英译作品的读者占比从高到低分别是:英国(19.0%)＞美国(11.0%)＞澳大利亚(3.9%);听说过的读者占比从高到低分别是:美国(23.7%)＞英国(17.7%)＞澳大利亚(11.8%)。整体看来,三部中国古典文论作品在英、美、澳的认知度最高的是《庄子》,其次是《文心雕龙》,再次是《二十四诗品》,其中的原因在第十章已做过详细论述,此处不再赘言。另外,从上述三部中国古典文论作品在英、美、澳三国的认知和接受来看,英美两国高校读者的认知度和接受度明显高于澳大利亚高校读者的认知度和接受度,这显然与英美两国汉学研究和中国研究远远胜于澳大利亚有直接的关系。

第二节 中国古典文论的认可度:基于国别的调查与分析

根据以上分析,英、美、澳三国高校读者对于中国古典文论的认知的确存在显著差异,英美两国读者的认知度明显高于澳大利亚读者,而英美两国之间各有伯仲。那么,三国高校读者对于中国古典文论的认可度又如何呢?是否也存在着差异?其背后的原因又会是什么呢?这些是下一项问卷调查试图回答的问题。

第3项 你认为中国古典文论对西方文学研究具有补充或启发意义吗?
Do you think the classical Chinese literary theories could be complementary or inspiring to western literary studies?

(A) 是的,具有很大的补充或启发意义。
　　Yes, very much so.
(B) 是的,在一定程度上具有补充或启发意义。
　　Yes, to some extent.
(C) 是的,或许吧。
　　Yes, perhaps.
(D) 没有。
　　No.

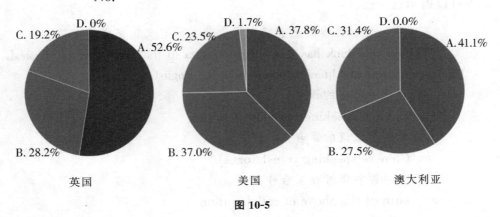

图 10-5

本项调查目的在于了解英、美、澳三国高校英语读者对中国古典文论的认可度。从上面的图10-5可以清晰地看出，完全肯定中国古典文论对西方文学研究具有补充或启发意义的读者占比从高到低依次是：英国（52.6%）＞澳大利亚（41.1%）＞美国（37.8%）；就整体而言，英国和澳大利亚接受调查的读者全部对中国古典文论持肯定态度，即完全肯定、部分肯定或模糊肯定中国古典文论对西方文学研究具有补充或启发意义，而美国98.3%的读者在整体上肯定中国古典文论对西方文学研究的补充或启发意义，另有1.7%的读者持否定态度。由此可以看出，在三个主要的英语国家中，美国读者对中国古典文论的认可度相对较低，这大概与美国在当代世界文化中占据中心位置不无关联。

第三节 中国古典文论的英译策略：基于国别的调查与分析

以下是就中国古典文论英译的主体、方法及译作风格三个方面在英、美、澳三国高校英语读者中间所作的调查，目的是了解三国读者对于中国古典文论英译策略的建议与设想，从而为未来中国古典文论英译策略的制定和选择提供具体的依据。

从逻辑上来讲，既然英、美、澳三国读者对于中国古典文论的认知有所不同，其关于中国古典文论英译策略的建议与设想也应该有所差异。现在比较重要的问题是：三国读者关于中国古典文论英译策略的建议与设想是部分相异、整体趋同，还是整体相异、部分趋同？下面第4项、第5项与第6项调查的结果可以揭示这一点。

第4项 你认为谁更适合将中国古典文学与文论翻译成英语？

Who do you think has a better disposition to the translating of classical Chinese literature and literary theories into the English language?

(A) 母语为英语的译者。

English speaking translator(s)

(B) 母语为汉语的译者。

Chinese speaking translator(s)

(C) 上述两种译者相互合作。

both of the above in collaboration

(D) 我不确定。
I am not sure.

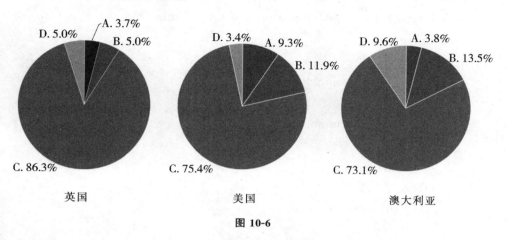

图 10-6

对于谁更适合将中国古典文学与文论翻译成英语这个在中国翻译界存在明显分歧的问题,英、美、澳三国高校读者的观点却非常统一。从图10-6可以看出,英、美、澳三国高校读者中绝大多数认为母语为英语的译者和母语为汉语的译者应相互合作,其中持这种观点的英国读者占比为86.3%,美国读者占比为75.4%,澳大利亚读者占比为73.1%。由此可见,英、美、澳三国高校读者均认为母语为英语的译者和母语为汉语的译者相互合作是最佳选择,这种翻译模式既能借助母语为汉语的译者的优势,在很大程度上确保译文的充分性(adequacy),又能依靠母语为英语的译者的长处,尽可能保证译文的可接受性(acceptability),显然是当前中国古典文学与文论英译的理想模式。另外,少数读者选择了母语为英语的译者和母语为汉语的译者,而有意思的是,三国读者选择前者的占比均小于选择后者的占比,比如英国为3.7%与5%,美国为9.3%与11.9%,澳大利亚为3.8%与13.5%,这在一定程度上说明英、美、澳读者在中国古典文学与文论的英译方面持保守态度的人数少于持开放态度的人数。

第5项 鉴于中国古典文论与西方文论有着本质的差异,你认为在将其翻译成英文时,应该使用西方的术语还是中国的术语?

Do you think the classical Chinese literary theories, which are essentially distinct from their western counterparts, should be translated into English by employing the western terminology or the Chinese terminology?

(A) 西方术语。
western terminology
(B) 中国术语。
Chinese terminology
(C) 西方术语与中国术语的混合。
a mixture
(D) 我不确定。
I am not sure.

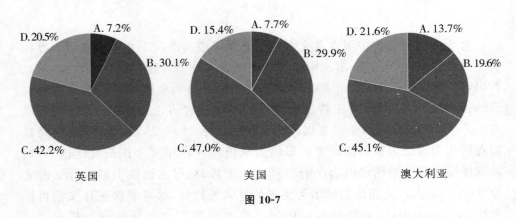

图 10-7

从图 10-7 可以看出,英、美、澳三国高校读者在中国古典文论英译所应使用术语方面看法比较一致,三国皆有将近半数的读者认为应混合使用西方术语和中国术语,具体的占比为:美国(47.0%)＞澳大利亚(45.1%)＞英国(42.2%)。在中国术语和西方术语之间,三国选择前者的读者均高于后者,其中英国占比分别为 30.1% 与 7.2%,美国分别为 29.9% 与 7.7%,澳大利亚分别为 19.6% 与 13.7%。这表明,英、美、澳三国高校读者普遍接受中国古典文论英译中归化与异化并存的杂合状态,并且有较多的读者对于中国术语的使用持开放和欢迎的态度。

第6项 你更喜欢读何种风格的中国古典文学与文论的英译作品？（如需要,可以多选）

What style of English translation do you prefer for the classical Chinese literature and literary theories? (You may tick more than one box if necessary.)

(A) 流畅
　　fluent
(B) 直白
　　literal
(C) 归化（符合英语文化规范的）
　　domesticated (adapted to the English cultural norms)
(D) 异化（保留汉语文化元素的）
　　foreignized (retaining Chinese cultural elements)

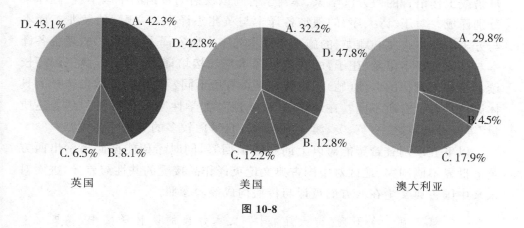

图 10-8

本项调查意在了解西方英语国家读者喜欢阅读何种风格的中国古典文学与文论的英译作品。从图10-8可以看出,在涉及语言表达的"流畅"和"直白"之间,英、美、澳三国高校读者选择"流畅"的人数占比均明显超出选择"直白"的人数占比,其中英国分别为42.3%与8.1%,美国分别为32.2%与12.8%,

澳大利亚分别为29.8%与4.5%。在涉及文化传达的"归化"和"异化"之间，三国高校读者选择"异化"的人数占比也同样远超选择"归化"的人数占比，其中英国分别为43.1%与6.5%，美国分别为42.8%与12.2%，澳大利亚分别为47.8%与17.9%。因此，就中国古典文学与文论英译作品的风格而言，英、美、澳三国高校读者的阅读喜好是完全一致的，即均明显地倾向于阅读在语言表达上"流畅"而在文化传达上"异化"的中国古典文学与文论英译作品，相信这在很大程度上代表了西方英语世界读者对中国古典文学与文论作品在英译风格方面的期待。

第四节 《诗大序》《文赋》《文心雕龙》等两种译文：基于国别的调查与分析

如前所述（详见第九章第四节），《诗大序》《文赋》《文心雕龙》《论语》与《庄子》等中国古典文论的代表性作品都有两个以上的英译本，通常是由以英语为母语或工作语言的西方汉学家、华裔学者与以汉语为母语的中国学者、翻译家分别译成。对于《诗大序》的理雅各译本与黄兆杰译本，《文赋》的黄兆杰译本与方志彤译本，《文心雕龙》的施友忠译本与宇文所安译本，《论语》的理雅各译本与许渊冲译本以及《庄子》的翟理斯译本与汪榕培译本，英、美、澳三国高校读者是如何看待的？他（她）们的偏好是否有所不同？他（她）们做出选择的具体原因是否也有所不同？在译作的"流畅性""文学性""异化特征"与"表达质量"等四种特点之中，英、美、澳三国读者各自考虑较多的又是什么呢？

以下五项调查希望能对以上问题做出回答，同时希望能据此揭示出西方英语世界不同国家、地区对中国古典文论英译作品接受的共性与差异，进而对未来中国古典文论在西方的英译与传播构成经验参照。

第7项 在下列《诗大序》同一文本片段的两种译文中，我更喜欢_____，这是出于对该译文如下品质的考虑_____（如需要，可以多选）。

Between the following two versions of the same Chinese text "The Great Preface", I prefer _____ because of its _____ (you may tick more than one box if necessary).

(a) 流畅性
　　fluency
(b) 文学性
　　literariness
(c) 异化特征
　　foreignness
(d) 表达质量
　　quality of expression

(A) Poetry is the product of earnest thought. Thought [cherished] in the mind becomes earnest; exhibited in words, it becomes poetry.

(B) Poetry is the forward movement of the activities of the mind: in other words the activities of the mind, once verbalised, becomes poetry.

关于以上两种译文的附加评论(可自我选择是否填写,您填写的评论将备受珍视):

Added comments concerning the above two versions (Not compulsory but it shall be highly valued):

以上是《诗大序》同一文本片段的两种译文,因为本次问卷主要调查中国古典文论英语译文在西方英语读者中间的可接受性问题,因此并没有提供原文,同时为了不因为译者自身的背景、名气等因素影响调查对象的判断,也没有提供译文的译者信息。现将其补充如下:

原文:诗者。志之所之也。在心为志。发言为诗。

译文 A 的译者:理雅各(James Legge,英国传教士汉学家、牛津大学汉学教授)

译文 B 的译者:黄兆杰(Siu-kit Wong,牛津大学汉学博士、香港中文大学教授)

如图 10-9 所示,在 A 与 B 两种译文之间,英、美、澳三国读者均更加喜欢 A 译文,即理雅各译文,这与之前的整体分析结果是一致的(参见第九章第四节),但三国之间仍有一些区别。就选择 A 理雅各译文的读者而言,三国的占比从高到低分别是：英国（73.7%）＞澳大利亚（66.7%）＞美国（57.5%）。就选择 B 黄兆杰译文的读者而言，三国的占比从高到低分别是：美国（42.5%）＞澳大利亚（33.3%）＞英国（26.3%）。

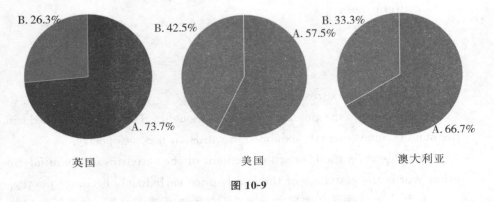

图 10-9

在三国读者中，英国读者偏爱 A 理雅各译文的占比最高，达到了 73.7%。牛津大学英语语言文学系一位在读博士所作的附加评论可以很好地说明其中的原因："我更喜欢译文 A 的直接。我觉得译文 B 虽然优雅，但其中的'forward movement'这个隐喻令人迷惑。另外，我喜欢译文 A 运用的'exhibited in words'这个短语，觉得是语言表达的一种很生动的说法"。对于 B 黄兆杰译文，美国读者的偏爱度最高，占比达到了 42.5%。美国一位读者对译文 B 所作的附加评论具有一定的代表性："译文 B 更容易理解。译文 A 我需要读好几遍才能理解它的意思，但是译文 B 我一遍就看懂了。"

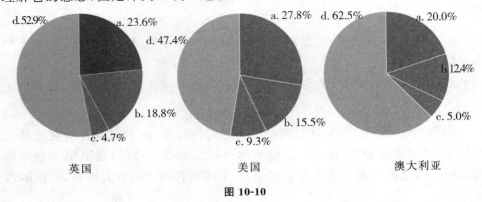

图 10-10

图 10-10 所显示的是更喜欢 A 理雅各译文的英、美、澳读者所给出的具体选择原因。在所列出有关该译文的四项原因中,三国读者选择该译文的原因从主到次均为"表达质量">"流畅性">"文学性">"异化特征",这与先前的整体分析结果也是一致的。具体而言,"表达质量"一项的三国读者选择频率从高到低分别是:澳大利亚(62.5%)>英国(52.9%)>美国(47.4%);"流畅性"一项的三国读者选择频率从高到低分别是:美国(27.8%)>英国(23.6%)>澳大利亚(20%);"文学性"一项的三国读者选择频率从高到低分别是:英国(18.8%)>美国(15.5%)>澳大利亚(12.5%);而"异化特征"一项的三国读者选择频率从高到低分别是:美国(9.3%)>澳大利亚(5.0%)>英国(4.7%)。

如上所述,三国喜欢 A 理雅各译文的读者对于四项具体原因的选择频率是不同的,这可以在部分读者所作的附加评论中得到一定的诠释。英国读者选择"文学性"一项的频率最高,为 18.8%,一位读者的附加评论解释了其中的具体原因:"就诗论而言,译文 A 更具有诗意,更能将其中的深意阐发出来……"。美国读者选择"流畅性"和"异化特征"的频率在三国之中最高,分别为 27.8% 和 9.3%,显然一方面比较看重译文 A 的可读性,比如有读者指出:"译文 A 感觉更熟悉,译文 B 读起来似乎不上口",另一方面也欣赏译文 A 折射出来的原文的语言特征和行文逻辑,比如其中一位读者在附加评论中坦言:"与译文 B 相比较而言,我更喜欢译文 A,因为它首先做了一个陈述——诗乃志之所之,接着对'志'进行界定——在心为志,然后解释说'志'如何变成了'诗'——发言为诗"。澳大利亚读者选择"表达质量"一项的频率高达62.5%,一位读者的评论多少可以说明这一点:"我喜欢译文 A,它展示了汉语的语言特点,其遣词造句很有艺术。"

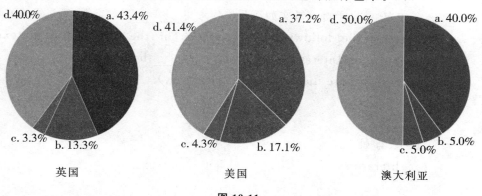

图 10-11

图 10-11 所显示的是更喜欢 B 黄兆杰译文的英、美、澳读者所给出的具体选择原因。在所列出有关该译文的四项原因中,三国读者选择该译文的主要原因是"表达质量"和"流畅性",次要原因是"文学性"和"异化特征",这与其他读者选择 A 理雅各译文的原因非常相似,只是"表达质量"并没有在所有三国中构成首要原因。具体而言,"表达质量"一项的三国读者选择频率从高到低分别是:澳大利亚(50.0%)＞美国(41.4%)＞英国(40.0%)。"流畅性"一项的三国读者选择频率从高到低分别是:英国(43.4%)＞澳大利亚(40.0%)＞美国(37.2%)。"文学性"一项的三国读者选择频率从高到低分别是:美国(17.1%)＞英国(13.3%)＞澳大利亚(5.0%)。"异化特征"一项的三国读者选择频率从高到低分别是:澳大利亚(5.0%)＞美国(4.3%)＞英国(3.3%)。

英国读者选择"流畅性"一项的频率最高,为 43.4%,这一点可以在一位读者的附加评论中得到部分注解:"我更喜欢译文 B,因为它的阐述更明确、系统,更好理解"。美国读者选择"文学性"一项的频率在三国之中最高,为 17.1%,少数提供附加评论的读者并没有就此做出直接解释,但一位汉学专业读者的评论多少指出了译文 B 作为文论语言的文学性特征:"译文 B 更正式一些,我喜欢该译文。"澳大利亚读者选择"表达质量"和"异化特征"的频率最高,但选择前者的频率(50.0%)远高于选择后者的频率(5.0%),不少读者的附加性评论解释了个中原因,比如一位读者指出:"我读完译文 B 之后才明白了译文 A 的意思。译文 B 更容易理解",而另一位读者也认为:"译文 B 更晓畅,更容易理解,在'in other words'之后作进一步解释的表达效果也很好。"

第 8 项　在下列《文赋》同一文本片段的两种译文中,我更喜欢_____,这是出于对该译文如下品质的考虑_____(如需要,可以多选)。

Between the following two versions of the same Chinese text "Rhymeprose on Literature", I prefer _____ because of its _____ (you may tick more than one box if necessary).

(a) 流畅性
　　 fluency
(b) 文学性
　　 literariness

(c) 异化特征

　　foreignness

(d) 表达质量

　　quality of expression

(A) But poetry [*shi*] ought to follow the poet's feelings and be ornate,

Rhymed descriptions [*fu*] should be physical delineations of objects and be trippingly eloquent,

Stone inscriptions [*bei*] must be elegant and truthful,

Elegies [*lei*] have to be sorrowful with a sense of personal involvement,

Inscriptions [*ming*], though brief, need be of wide application and written with warm gentleness.

Cautions [*zhen*] had best be pointed and coolly bold…

(B) *Shih* (lyric poetry) traces emotions daintily; *fu* (rhymeprose) embodies objects brightly.

Pei (epitaph) balances substance with style; *lei* (dirge) is tense and mournful.

Ming (inscription) is comprehensive and concise, gentle and generous; *chen* (admonition), which praises and blames, is clear-cut and vigorous.

关于以上两种译文的附加评论（可自我选择是否填写，您填写的评论将备受珍视）：

Added comments concerning the above two versions (Not compulsory but it shall be highly valued):

以上是《文赋》同一文本片段的两种译文，本次问卷调查也没有提供原文及译文的译者信息（原因同上）。现将其补充如下：

原文：诗缘情而绮靡。赋体物而浏亮。碑披文而相质。诔缠绵而凄怆。铭博约而温润。箴顿挫而清壮。

译文 A 的译者：黄兆杰（Siu-kit Wong,牛津大学汉学博士、香港中文大学教授）

译文 B 的译者：方志彤（Achilles Fang，哈佛大学比较文学博士，执教于哈佛大学）

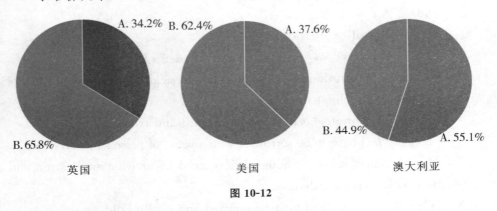

图 10-12

如图 10-12 所示，在 A 与 B 两种译文之间，英国与美国读者均更喜欢 B 方志彤译文，两国选择该译本的读者人数占比分别为 65.8% 与 62.4%，这与先前的整体分析结果是一致的（参见第九章第四节）。然而，在接受调查的澳大利亚读者中间，多数读者（占比为 55.1%）则更喜欢 A 黄兆杰译文，这背后的原因恐怕有很多，我们可以从一位澳大利亚读者的附加评论中窥见其中一二："我更喜欢译文 A，这是因为我的母语是英语，更喜欢译文把对汉语术语的英语解释放在前面，而将这些汉语术语放在后面的括号里。"

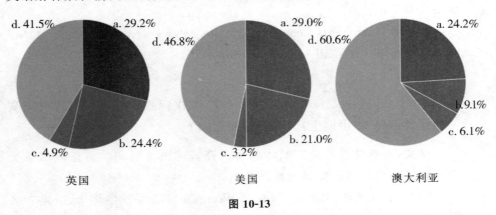

图 10-13

图10-13显示的是偏爱A黄兆杰译文的英、美、澳三国读者所提供的具体原因。在四项原因中,三国读者选择该译文的原因从主到次均为"表达质量">"流畅性">"文学性">"异化特征",这与先前的整体分析结果相同。具体到所提供的四项原因,"表达质量"一项的三国读者选择频率从高到低分别是:澳大利亚(60.6%)>美国(46.8%)>英国(41.5%);"流畅性"一项的三国读者选择频率由高至低分别是:英国(29.2%)>美国(29.0%)>澳大利亚(24.2%);"文学性"一项的三国读者选择频率从高到低分别是:英国(24.4%)>美国(21.0%)>澳大利亚(9.1%);而"异化特征"一项的三国读者选择频率由高至低分别是:澳大利亚(6.1%)>英国(4.9%)>美国(3.2%)。

英、美、澳三国读者对于有关译文A四项原因的选择频次是不同的。澳大利亚读者选择"表达质量"一项的频次最高,这在一定程度上体现在一些读者所写的附加评论中,比如一位读者这样写道:"我感到译文A能让我更好地理解其中的汉语术语及其具体的用法。"英、美两国读者选择"流畅性"和"文学性"的频次较高,一位就读英语语言文学本科专业的美国读者的附加评论可以很好地解释其中的原因:"我喜欢阅读用自己的母语写成的文字,不希望在英语阅读中夹杂着外国文字。这不是因为我固执或排外,而是因为我英语阅读时希望读纯粹的英语材料。我不懂汉语,也记不住汉语……我明白有些东西并没有被直接翻译过来,但译文中夹杂太多外国文字会限制我的阅读,消减我的阅读兴趣。另外,译文A读起来更好一些,其中的动词选择更好一些。"至于"异化特征",三国读者的选择频次均很低,我们由此不难判断"异化特征"并非译文A的突出特征。

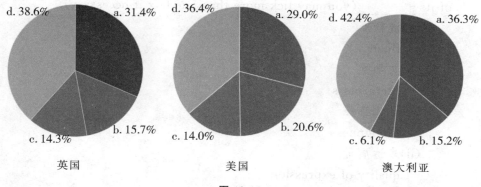

图 10-14

图 10-14 显示的是英、美、澳三国读者更喜欢 B 方志彤译文的具体原因。在四项原因中,三国读者选择该译文的原因从主到次依然为"表达质量">"流畅性">"文学性">"异化特征"。具体说来,"表达质量"一项的三国读者选择频率从高到低分别是:澳大利亚(42.4%)>英国(38.6%)>美国(36.4%);"流畅性"一项的三国读者选择频率由高至低分别是:澳大利亚(36.3%)>英国(31.4%)>美国(29.0%);"文学性"一项的三国读者选择频率从高到低分别是:美国(20.6%)>英国(15.7%)>澳大利亚(15.2%);而"异化特征"一项的三国读者选择频率由高至低分别是:英国(14.3%)>美国(14.0%)>澳大利亚(6.1%)。

澳大利亚一位攻读应用语言学博士学位的博士生在将"表达质量"和"流畅性"列为自己选择 B 方志彤译文的具体原因后又用简短的语言做了附加评论:"译文 B 所作的描述明白、清晰"。这位读者的观点也许可以部分地解释澳大利亚读者何以特别看重译文 B 的"表达质量"和"流畅性"。就"文学性"而言,美国读者的选择频率在三国之中最高,比如一位读者认为:"译文 B 更加优美,更加雅致。"而就"异化特征"而言,英国读者的选择频率最高,比如一位读者就很看重译文 B 在处理汉语原文术语时采取的异化形式:"译文 B 保留汉语,把对应的英文表达放在括号里,这样更加忠实于原文,也更有意思。"

第 9 项　在下列《文心雕龙》同一文本片段的两种译文中,我更喜欢_____,这是出于对该译文如下品质的考虑_____(如需要,可以多选)。

Between the following two versions of the same Chinese text *The Literary Mind and the Carving of Dragons*, I prefer _____ because of its _____ (you may tick more than one box if necessary).

(a) 流畅性
　　fluency
(b) 文学性
　　literariness
(c) 异化特征
　　foreignness
(d) 表达质量
　　quality of expression

(A) When shen-ssu [or spiritual thought] is in operation, all possible vistas open up before it. Rules and principles become mere formalities and there is not the least trace of carving or engraving. When one ascends mountains [in such an inspired state], the whole mountain will be tinged with the colouring of his own feelings; and when his eyes rove over the seas, the seas will be saturated with his ideas. He can roam as companion of the wind and the clouds according to the measure of his talents.

(B) When spirit thought is set in motion, ten thousand paths sprout before it; rules and regulations are still hollow positions; and the cutting or carving as yet has no form. If one climbs a mountain, one's affections (*ch'ing*) are filled by the mountain; if one contemplates the sea, one's concepts (*yi*) are brought to brimming over by the sea. And, according to the measure of talent in the self, one may speed off together with the wind and clouds.

关于以上两种译文的附加评论(可自我选择是否填写,您填写的评论将备受珍视):

Added comments concerning the above two versions (Not compulsory but it shall be highly valued):

以上是《文心雕龙》同一文本片断的两种译文,本次问卷调查也没有提供原文及译文的译者信息(原因同上)。现将其补充如下:

原文:夫神思方运。万涂竞萌。规矩虚位。刻镂无形。登山则情满于山。观海则意溢于海。我才之多少。将与风云而并驱矣。

译文 A 的译者:施友忠(Vincent Yu-chung Shih,美国华裔学者、华盛顿大学中文教授)

译文 B 的译者:宇文所安(Stephen Owen,美国汉学家、哈佛大学汉学教授)

如图 10-15 所示,在 A 与 B 两种译文之间,英、美、澳三国读者均更加喜欢 B 译文,即宇文所安译文,但三国偏爱 A 施友忠译文的读者比重与偏爱 B 宇

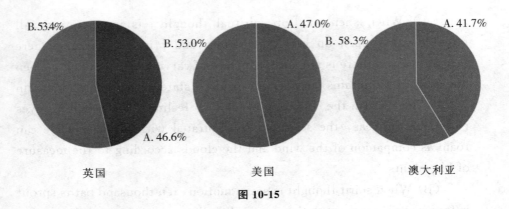

图 10-15

文所安译文的读者比重均没有太大悬殊,这与先前的整体分析结果基本一致(参见第九章第四节)。就英国而言,偏爱译文 A 的读者比重与偏爱译文 B 的读者比重分别为 46.6％与 53.4％;美国偏爱译文 A 的读者比重与偏爱译文 B 的读者比重分别为 47.0％与 53.0％;澳大利亚偏爱译文 A 的读者比重与偏爱译文 B 的读者比重分别为 41.7％与 58.3％。

至于相较于译文 A 读者为何都更偏爱译文 B,之前已做过解释,此处不再赘述。需要补充的是,译文 A 将"he"当作性别中性化代词使用的做法构成了部分读者对其排斥的一种原因。比如,英国牛津大学一位叫做詹妮弗(Jennifer)的女博士生直接指出:"我反对译文 A 使用'He'这种说法";而澳大利亚一位匿名读者在附加评论中也对此直言不讳:"我不喜欢将'he'当作性别中性化代词使用,这种做法现在在英文中已经过时了。"

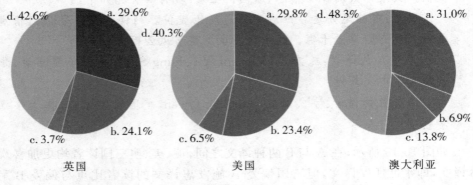

图 10-16

图 10-16 显示的是偏爱 A 施友忠译文的英、美、澳三国读者所提供的具体原因。在四项原因中，英、美两国读者选择该译文的原因从主到次均为"表达质量">"流畅性">"文学性">"异化特征"，澳大利亚读者选择该译文的原因有所不同，从主到次分别为"表达质量">"流畅性">"异化特征">"文学性"。具体来说，"表达质量"一项的三国读者选择频率从高到低分别是：澳大利亚（48.3%）>英国（42.6%）>美国（40.3%）；"流畅性"一项的三国读者选择频率由高至低分别是：澳大利亚（31.0%）>美国（29.8%）>英国（29.6%）；"文学性"一项的三国读者选择频率从高到低分别是：英国（24.1%）>美国（23.4%）>澳大利亚（6.9%）；而"异化特征"一项的三国读者选择频率由高至低分别是：澳大利亚（13.8%）>美国（6.5%）>英国（3.7%）。

就 A 施友忠译文而言，澳大利亚读者对于"表达质量""流畅性"和"异化特征"三项原因的选择频率在三国之中均为最高。一位澳大利亚读者评论指出："译文 A 听起来更自然，也更容易读。"这种评论也许可以大致说明澳大利亚读者比较看重译文 A 的"表达质量"和"流畅性"。至于译文 A 的"异化特征"，我们可以从另外两位读者的附加评论中找到部分证明。其中一位读者觉得"译文 A 更加具有异域特征（exotic）"；而另一位读者认为："译文 A 与其汉语文化传统（heritage）的关联性更强"。英国读者对于译文 A"文学性"一项的选择频率最高，这或许可以在一位牛津大学英语语言文学专业博士生的附加评论中多少得到解释："我喜欢译文 A，觉得它更加优美、更富有情感。举个例子说，比起译文 B 中的'rules and regulations'，我更喜欢译文 A 中'Rules and principles'的说法，因为在一个描写精神、认知与情感的文段中，译文 A 的说法更契合一些。"

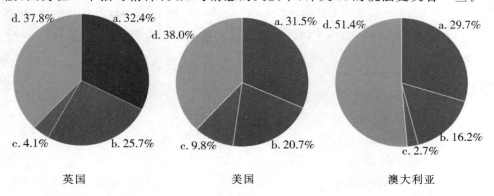

图 10-17

图 10-17 显示的是英、美、澳三国读者更喜欢 B 宇文所安译文的具体原因。在四项原因中,三国读者选择该译文的原因从主到次依然均为"表达质量">"流畅性">"文学性">"异化特征",与先前的整体分析结果相同(参见第九章第四节)。具体而言,"表达质量"一项的三国读者选择频率从高到低分别是:澳大利亚(51.4%)>美国(38.0%)>英国(37.8%);"流畅性"一项的三国读者选择频率由高至低分别是:英国(32.4%)>美国(31.5%)>澳大利亚(29.7%);"文学性"一项的三国读者选择频率从高到低分别是:英国(25.7%)>美国(20.7%)>澳大利亚(16.2%);而"异化特征"一项的三国读者选择频率由高至低分别是:美国(9.8%)>英国(4.1%)>澳大利亚(2.7%)。

从以上分析可知,澳大利亚读者在三国读者之中最为看重译文 B 的"表达质量",比如该国一位读者认为译文 B"在文本的理解和诠释方面更加清晰,解释得更加清楚",而另一位读者指出:"译文 B 似乎并不是直接陈述那些意象和隐喻的意思,而是让我自己去思考。"相比较而言,英国读者更加看重译文 B 的"流畅性"和"文学性",这同样也反映在了一些读者对该译文所作的附加评论中。一位英国读者坦言:"我更喜欢译文 B,因为它更加简洁凝练(lapidary)。"另一位英国读者的评论则更多涉及译文 B 的"文学性":"我欣赏译文 B,主要是因为它的语言优美,给人带来了审美的感受。"就译文 B 的"异化特征"而言,美国读者的选择频率最高,但这可能并非该译文的突出特征,读者没有对此作出附加评论。

第 10 项 在下列《论语》同一文本片段的两种译文中,我更喜欢 _____ ,这是出于对该译文如下品质的考虑 _____(如需要,可以多选)。

Between the following two versions of the same Chinese text *Confucian Analects*, I prefer _____ because of its _____ (you may tick more than one box if necessary).

(a) 流畅性
    fluency
(b) 文学性
    literariness
(c) 异化特征
    foreignness

(d)表达质量

quality of expression

(A) *The Odes* serve to stimulate the mind.

They may be used for purposes of self-contemplation.

They teach the art of sociability.

They show how to regulate feelings of resentment.

From them you learn the more immediate duty of serving one's father, and the remoter one of serving one's prince.

From them we become largely acquainted with the names of birds, beasts and plants.

(B) Poetry serves to inspire, to reflect, to communicate and to complain. It may help you to serve your father at home and your prince at court. Moreover, it may tell you names of birds, beasts, plants and trees.

关于以上两种译文的附加评论(可自我选择是否填写,您填写的评论将备受珍视):

Added comments concerning the above two versions (Not compulsory but it shall be highly valued):

以上是《论语》同一文本片段的两种译文。本问卷调查开展过程中并没有向读者提供原文及译文的译者信息(原因同上),现将其补充如下:

原文:诗可以兴,可以观,可以群,可以怨;迩之事父,远之事君;多识于草木鸟兽之名。

译文 A 的译者:理雅各(James Legge,英国传教士汉学家、牛津大学汉学教授)

译文 B 的译者:许渊冲(中国文学翻译家、北京大学教授)

如图 10-18 所示,在 A 理雅各译文与 B 许渊冲译文之间,英、美、澳三国读者均更加喜欢 A 译文,这与先前的整体分析结果也基本一致(参见第九章第四节)。就英国而言,偏爱译文 A 的读者比重与偏爱译文 B 的读者比重分别

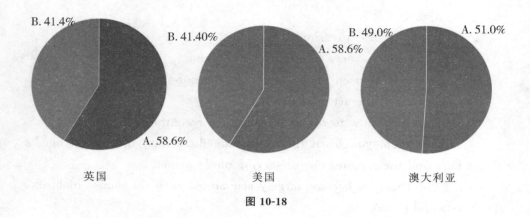

图 10-18

为 58.6% 与 41.4%;可能是巧合,美国偏爱译文 A 的读者比重与偏爱译文 B 的读者比重同样为 58.6% 与 41.4%;澳大利亚偏爱译文 A 的读者比重与偏爱译文 B 的读者比重分别为 51.0% 与 49.0%。在三国之中,澳大利亚读者对于两种译文的偏爱程度几乎不相上下,一位澳大利亚读者的附加评论形象地说明了这一点:"两个译文都很好。译文 B 更加流畅(fluent),不那么生硬,因此我更喜欢该译文。然而,我的确从译文 A 中了解到了更多的东西。"

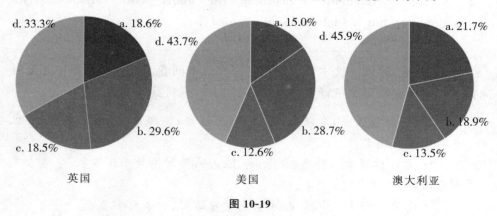

图 10-19

图 10-19 所显示的是英、美、澳三国更喜欢 A 理雅各译文的读者所给出的具体选择原因。在所列出有关该译文的四个原因中,英、美两国读者选择

该译文的原因从主到次为"表达质量">"文学性">"流畅性">"异化特征",而澳大利亚读者选择该译文的原因从主到次为"表达质量">"流畅性">"文学性">"异化特征"。具体而言,"表达质量"一项的三国读者选择频率从高到低分别是:澳大利亚(45.9%)>美国(43.7%)>英国(33.3%);"流畅性"一项的三国读者选择频率由高至低分别是:澳大利亚(21.7%)>英国(18.6%)>美国(15.0%);"文学性"一项的三国读者选择频率从高到低分别是:英国(29.6%)>美国(28.7%)>澳大利亚(18.9%);而"异化特征"一项的三国读者选择频率由高至低分别是:英国(18.5%)>澳大利亚(13.5%)>美国(12.6%)。

从以上分析可以看出,澳大利亚读者对于译文 A"表达质量"和"流畅性"的选择频率在三国之中最高。该国一些读者对译文 A 的附加评论大致反映出了这种观点,比如一位读者认为:"译文 A 看起来译得似乎更直一点,似乎传达了一种更严肃(serious)、更富有教益(instructive)的口吻。它非常直接地表明了'诗'重要的原因";另一位读者的看法与此类似:"我觉得译文 A 更富有描写性(descriptive),对于'诗'的目的解释得更好一些"。英国读者对于译文 A"文学性"和"异化特征"的选择频率在三国之中最高,其中的原因部分地反映在了该国一些读者的附加评论中,比如一位读者觉得译文 A"很高雅"(参见第九章第四节),而另一位读者的评论则直接道出了其异化特征,认为译文 A"保留了原作的特征"。

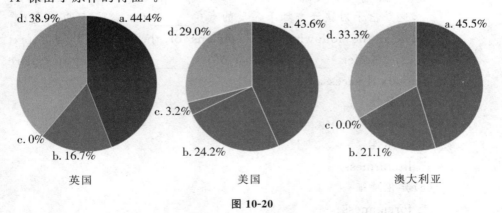

图 10-20

图 10-20 所显示的是英、美、澳三国更喜欢 B 许渊冲译文的读者所给出的具体选择原因。在四项原因中,三国读者选择该译文的原因从主到次均为"流畅性">"表达质量">"文学性">"异化特征",与先前的整体分析结果相同(参见第九章第四节)。具体而言,"流畅性"一项的三国读者选择频率由高至低分别是:澳大利亚(45.5%)>英国(44.4%)>美国(43.6%);"表达质量"一项的三国读者选择频率从高到低分别是:英国(38.9%)>澳大利亚(33.3%)>美国(29.0%);"文学性"一项的三国读者选择频率从高到低分别是:美国(24.2%)>澳大利亚(21.1%)>英国(16.7%);而"异化特征"一项英、澳两国读者均没有选,美国读者选择频率也很低,仅为 3.2%。

英、美、澳三国读者对于译文 B 所作的附加评论相对较少。其中一位英国读者的观点具有代表性,该读者坦言喜欢译文 B 的"流畅性"(fluency)(详见第九章第四节)。这种观点也充分体现在了上述数据统计结果之中——英、美、澳三国读者对于该译文"流畅性"一项的选择频率均在 40% 以上。另外一位美国读者的评论也具有一定的代表性:"译文 B 更加简洁(succinct)……读起来更容易,解释得更充分。"由此我们不难推断,在英语读者眼中,译文 B 的突出特点是比较流畅、简洁易懂。有意思的是,对于译文 B 的"异化特征",英、澳两国读者都没有选,而美国读者的选择频率也很低,这表明在英语读者看来,译文 B 的异化程度很低。

第 11 项 在下列《庄子》同一文本片段的两种译文中,我更喜欢_____,这是出于对该译文如下品质的考虑_____(如需要,可以多选)。
Between the following two versions of the same Chinese text *Zhuangzi*, I prefer _____ because of its _____ (you may tick more than one box if necessary).
  (a) 流畅性
      fluency
  (b) 文学性
      literariness
  (c) 异化特征
      foreignness

(d)表达质量

quality of expression

(A)The greatness of anything may be a topic of discussion, or the smallness of anything may be mentally realized. But that which can be neither a topic of discussion nor be realized mentally, can be neither great nor small.

(B)What can be verbalized is something large; what can be mentally visualized is something small; what can be neither verbalized nor mentally visualized has nothing to do with smallness or largeness.

关于以上两种译文的附加评论(可自我选择是否填写,您填写的评论将备受珍视):

Added comments concerning the above two versions (Not compulsory but it shall be highly valued):

以上是《庄子》同一文本片段的两种译文。出于前文所述的同样原因,本问卷调查开展过程中并没有向读者提供原文及译文的译者信息,现将其补充如下:

原文:可以言论者,物之粗也;可以意致者,物之精也;言之所不能论,意之所不能察致者,不期精粗焉。

译文 A 的译者:翟理斯(Herbert Giles,英国外交官汉学家、剑桥大学汉学教授)

译文 B 的译者:汪榕培(中国文学典籍翻译家,大连外国语学院、苏州大学等高校教授)

如图 10-21 所示,在 A 与 B 两种译文之间,英、美、澳三国读者均更加喜欢 A 译文,即翟理斯译文,这与先前的整体分析结果基本一致(参见第九章第四节)。然而,三国偏爱 A 翟理斯译文的读者比重与偏爱 B 汪榕培译文的读者比重却有不小的悬殊。就英国而言,偏爱译文 A 的读者比重与偏爱译文 B 的读者比重分别为 76.0%与 24.0%;美国偏爱译文 A 的读者比重与偏爱译文 B 的读者比重分别为 54.7%与 45.3%;澳大利亚偏爱译文 A 的读者比重与偏

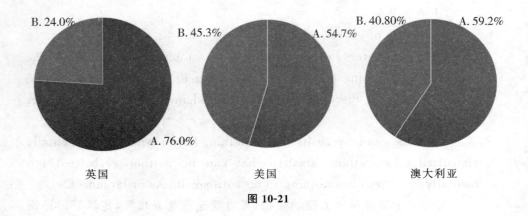

图 10-21

爱译文 B 的读者比重分别为 59.2% 与 40.8%。

从以上分析可以看出,三国读者均更加认可 A 翟理斯译文,但程度不一,英国和澳大利亚读者对于 A 译文的认可度相对较高一些。我们从一些读者撰写的附加评论中可以进一步窥见其中的深层原因。比如,一位偏爱译文 A 的英国汉学专业的同学分析指出:"译文 B 的表述更直截了当(straight forward),可以作为对于诗歌的评论,而译文 A 本身看起来就像一首诗。译文 B 在表述思想,而译文 A 在陈述事实。"(参见第九章第四节)澳大利亚一位读者坦言:"我更喜欢译文 A,觉得译文 B 在仓促地表述思想(rushing through ideas)。"

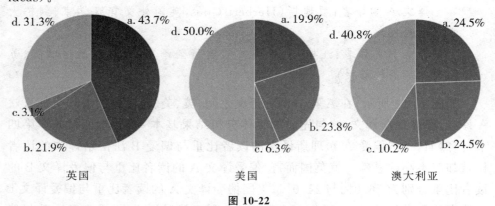

图 10-22

图 10-22 所显示的是英、美、澳三国更喜欢 A 翟理斯译文的读者所给出的具体选择原因。在所列出有关该译文的四个原因中,英国读者选择该译文的原因从主到次为"流畅性">"表达质量">"文学性">"异化特征",美国读者选择该译文的原因从主到次为"表达质量">"文学性">"流畅性">"异化特征",而澳大利亚读者选择该译文的原因从主到次为"表达质量">"流畅性"/"文学性">"异化特征"。具体而言,"表达质量"一项的三国读者选择频率从高到低分别是:美国(50.0%)>澳大利亚(40.8%)>英国(31.3%);"流畅性"一项的三国读者选择频率由高至低分别是:英国(43.7%)>澳大利亚(24.5%)>美国(19.9%);"文学性"一项的三国读者选择频率从高到低分别是:澳大利亚(24.5%)>美国(23.8%)>英国(21.9%);而"异化特征"一项的三国读者选择频率由高至低分别是:澳大利亚(10.2%)>美国(6.3%)>英国(3.1%)。

虽然英、美、澳三国读者选择译文 A 的主要原因和次要原因彼此略有不同,但就整体而言,"表达质量""流畅性"和"文学性"是三国读者偏爱译文 A 的三个主要原因,这与先前的整体分析结果是一致的(参见第九章第四节)。然而,需要特别指出的是,尽管从形式上、从数据分析的角度来看"异化特征"并非译文 A 的主要特征,但就内容而言,译文 A 所阐述的中国文论思想在英语读者眼中却具有浓郁的异域色彩,比如一位偏爱译文 A 的澳大利亚读者在论及其"异化特征"时就指出:"这(指异化特征,笔者注)是一种远远超出字词移译之上的东西。总的来说,译文中这些文学理论思想仍让人感到非常陌生(foreign)、非常难以理解(impenetrable),但也非常有意思(intriguing)。"

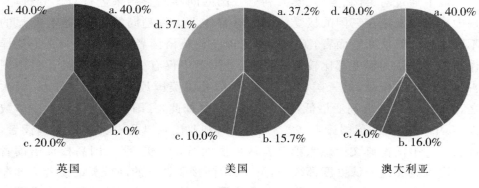

图 10-23

图 10-23 所显示的是英、美、澳三国更喜欢 B 汪榕培译文的读者所给出的具体选择原因。在所列出有关该译文的四个原因中，"表达质量"和"流畅性"构成了三国读者偏爱该译文的两个主要原因，比如英、澳两国读者对于这两项原因的选择频率均分别为 40.0% 与 40.0%，而美国读者对于这两项原因的选择频率则分别为 37.1% 与 37.2%，这与先前的整体分析结果也是一致的（参见第九章第四节）。三国读者对译文 B"文学性"和"异化特征"的选择频率略有不同，但都相对较低，因此"文学性"和"异化特征"构成了三国读者偏爱译文 B 的次要原因。

上述分析结果可以在不少读者为译文 B 撰写的附加评论中得到进一步的佐证。除了前文所提到的一些读者附加评论（参见第九章第四节），还有其他一些读者的附加评论也具有一定的代表性。比如一位英国读者说："我觉得译文 B 的第一句话写得更好一些，所以我选择了该译文。"一位美国读者认为译文 B"更容易理解"（easier to understand）。一位澳大利亚读者则觉得译文 B"更为流畅"（flows better）。当然，也有不少读者认为译文 A 更容易理解、更为流畅（参见第九章第四节）。这两者之间并不冲突，因为不同的读者拥有不同的专业背景、审美观念和期待视野，他们对于不同风格译文的看法自然不尽相同。

结　语

以上通过对英国、美国、澳大利亚三国的问卷调查结果进行对比分析，发现中国古典文论在三国的接受情况既有整体上大致趋同的地方，也有明显的不同之处。就认知度而言，英、美、澳三国高校英语读者对中国古典文论英译作品的整体认知程度都比较低，高校英语读者中仅有少数读者曾经读过中国古典文论英译作品，但三国程度高低有别，其中美国最高，为 32.2%，英国次之，为 19.8%，澳大利亚最低，为 9.8%。尽管如此，三国高校英语读者中多数人，其中 70.4% 的英国读者，62.7% 的澳大利亚读者以及 47.5% 的美国读者，都表示对中国古典文论感兴趣。就认可度而言，英、美、澳三国高校英语读者对中国古典文论的认可度都很高，英、澳两国接受调查的高校英语读者全部在整体上肯定，即完全肯定、部分肯定或模糊肯定中国古典文论对西方文学研究的补充或启发意义,而美国也仅有 1.7% 的读者持否定态度。另外,完全肯定中国古典文论对西方文学研究具有补充或启发意义的读者占比从高到低依次是英国(52.6%)、澳大利亚(41.1%)和美国(37.8%)。

英、美、澳三国高校英语读者对于中国古典文论英译实践方面的观点同样是大同小异。

关于谁更适合成为中国古典文论英译的主体,三国高校读者中绝大多数人均认为理想的模式是母语为英语的译者和母语为汉语的译者之间相互合作,其中 86.3% 的英国读者、75.4% 的美国读者、73.1% 的澳大利亚读者均持这种观点,而在母语为英语的译者和母语为汉语的译者之间,三国高校读者均更认可后者。关于何种风格的中国古典文论英译作品更受欢迎,英、美、澳三国高校读者均无一例外地选择了"流畅"和"异化"风格的译文,其中在涉及语言表达的"流畅"和"直白"之间,三国高校读者都以压倒性的多数选择了"流畅",而在涉及文化传达的"归化"和"异化"之间,三国高校读者又都以压倒性的多数选择"异化"。

至于中国古典文论英译时应采用西方术语还是中国术语,三国高校英语读者中 47.0% 的美国读者、45.1% 的澳大利亚读者和 42.2% 的英国读者,认为应混合使用西方术语和中国术语,而在中国术语和西方术语之间,三国选择前者的读者人数均高于后者。

对于本次问卷所节选中国古典文论英译作品的多个平行文本,英、美、澳三国高校读者的看法既有不少整体共性,又体现出了诸多鲜明的差异。就共性而论,除个别情况外三国读者均更偏爱以英语为母语的西方汉学家、翻译家的译文,即《诗大序》的理雅各译文、《文赋》的方志彤译文(澳大利亚读者则更喜欢黄兆杰译文)、《文心雕龙》的宇文所安译文、《论语》的理雅各译文和《庄子》的翟理斯译文,这与之前的分析结果基本一致(参见第九章第四节),同时各国读者基本上都是围绕译文的"表达质量""流畅性"与"文学性"三种属性做出选择。就差异而论,英、美、澳三国高校读者对于上述各译文的偏爱程度及其考量的具体原因又有很多明显的不同:

(1)对于《诗大序》的理雅各译文,三国选择该译文的读者占比各不相同,其中英国为 73.7%,美国为 57.5%,澳大利亚为 66.7%;另外在三国高校读者中,英国读者对该译文"文学性"的选择频率最高,美国读者对其"流畅性"和

"异化特征"的选择频率最高,澳大利亚读者对其"表达质量"的选择频率最高。

(2)对于《文赋》的黄兆杰译文和方志彤译文,有65.8%的英国读者与62.4%的美国读者更喜欢方志彤译文,其中英国读者对其"异化特征"的选择频率最高,美国读者对其"文学性"的选择频率最高,而55.1%的澳大利亚读者更喜欢黄兆杰译文,澳大利亚读者对该译文"表达质量"和"异化特征"的选择频率最高。

(3)对于《文心雕龙》的宇文所安译文,三国选择该译文的读者占比各不相同,其中英国为53.4%,美国为53.0%,澳大利亚为58.3%;另外在三国高校读者中,英国读者对该译文"文学性""流畅性"的选择频率最高,美国读者对其"异化特征"的选择频率最高,澳大利亚读者对其"表达质量"的选择频率最高。

(4)对于《论语》的理雅各译文,各国选择该译文的读者占比有同有异,其中英国与美国均为58.6%,澳大利亚为51.0%;另外在三国高校读者中,英国读者对该译文"文学性""异化特征"的选择频率最高,澳大利亚读者对其"表达质量""流畅性"的选择频率最高,而美国读者对该译文的四项品质特征的选择频率均没有达到最高。

(5)对于《庄子》的翟理斯译文,各国选择该译文的读者占比同样不尽相同,其中英国为76.0%,美国为54.7%,澳大利亚为59.2%;另外在三国高校读者中,英国读者对该译文"流畅性"的选择频率最高,美国读者对其"表达质量"的选择频率最高,澳大利亚读者对其"文学性"和"异化特征"的选择频率最高。

为了形象起见,现将英、美、澳三国高校读者在选择各自偏爱译文时所考量的具体原因图示如下:

表10-1 英、美、澳三国高校读者偏爱不同译文的主要原因对比

国别	作品				
	《诗大序》	《文赋》	《文心雕龙》	《论语》	《庄子》
英国	文学性	异化特征	文学性 流畅性	文学性 异化特征	流畅性
美国	流畅性 异化特征	文学性	异化特征		表达质量
澳大利亚	表达质量	表达质量 异化特征	表达质量	表达质量 流畅性	文学性 异化特征

如表 10-1 所示,英、美、澳三国高校读者在选择所偏爱译文时对于其流畅性、文学性、异化特征和表达质量都比较关注,但关注的侧重点有所不同。相比较而言,英国高校读者侧重关注译文的文学性,美国高校读者侧重关注译文的异化特征,而澳大利亚高校读者侧重关注译文的表达质量。为何三国高校读者对于中国古典文论英译作品的关注有这种差异?其中的原因有很多。这恐怕既在文学审美层面上与各国高校读者对于中国古典文论英译作品文学性的敏感度有关,又在文化心理上与各国高校读者对于外来文论英译作品的接受心态有关,同时在学科发展层面上还与各国汉学研究、中国研究、比较文学、比较诗学等学科的发展程度有关。当然,也不排除与本次问卷调查的规模以及调查对象学科背景的均衡度有关。尽管如此,本次问卷调查所揭示的英、美、澳三国高校读者在接受中国古典文论英译作品过程中体现出来的共性与差异,对于中国古典文论作品未来在西方英语国家的英译与传播仍具有一定的启发和借鉴意义。

第四部分

理论研究：社会翻译学的方略与中国文论国际话语体系的建构

第 十 一 章

中国古典文论在西方英译与传播的理论思考：社会翻译学的观察、主张与方略

引 言

在当前中国文化"走出去"的背景下，以先前的历史考察、译本研究和实证研究为基础，探讨中国古典文论在西方英译与传播活动的基本原理进而提出对策性的理论方略，具有重要的价值和意义。如前所述，中国古典文论在西方的英译与传播活动自明末清初肇始以来至今已走过"酝酿期""萌发期""过渡期""发展期"和"成熟期"五个历史阶段、三百多年的时间（参见第二章）。三百多年来，在西方传教士与汉学家、海外华裔学者以及中国本土翻译家的共同努力下，诸如《诗大序》《文赋》《二十四诗品》《文心雕龙》《沧浪诗话》《人间词话》等一些较为常见的中国古典文论著作已被翻译成英文传播到西方（详见第二章），然而中国古典文论形式多样、数量浩繁，"西方在译介和引进中国文论方面，无论规模和深度都相当有限"[①]，目前仍有大量中国古典文论作品尚需译介。就那些已被英译的中国古典文论作品而言，其在西方英语国家的传播和接受也比较有限。根据笔者在英、美、澳三国高校英语语言与文学、汉语语言

[①] 陈跃红：《比较诗学导论》，北京：北京大学出版社，2005年，第45页。

与文学、中国研究及其他人文社科专业读者中间所作的调查问卷,目前仅有32.2%的美国读者、19.8%的英国读者、9.8%的澳大利亚读者曾读过中国古典文论的英译作品(参见第十章),因此为了提升中国古典文论作品在西方英语国家传播和接受的效度,需要对中国古典文论在西方英语国家传译的原理、规律、方法与策略等做进一步研究。

目前国内关于中国古典文论在西方英译与传播的研究主要有三种。第一种是在逻辑上囊括了中国古典文论英译的中国典籍翻译研究,以潘文国[1]、王宏印[2]、王宏[3]等学者的研究为主要代表,其研究涉及典籍翻译的意义、任务、性质、方法、译者主体、读者对象、译本出版与发行等一系列问题,已经取得了很大成就。然而,由于这些研究的对象是整体的中国典籍翻译,无法充分考虑中国古典文论作为文学理论在西方英语世界传译的特殊性质,因此其研究结论恐怕难以真正契合中国古典文论在西方的英译与传播活动。第二种主要是对中国古典文论在西方译介的历史文献研究,以王晓路[4]、黄卓越[5]、陈引驰与李姝[6]、王晓平、周发祥与李逸津[7]等学者的研究为代表(参见第二章),这种研究致力于挖掘、梳理有关西方开展中国古典文论英译与研究的史料文献,其中也有从比较文学角度对中西文论关系的理论探讨,但这些研究基本上不涉及中国古典文论在西方英译与传播活动的原理、方法与策略。第三种主要是从文本分析与意义阐释的角度对中国古典文论某一作品英译的个案研究,如王晓农[8]、戴文静[9]、

---

[1] 潘文国:《译入与译出——谈中国译者从事汉籍英译的意义》,载《中国翻译》,2004年第2期。
[2] 王宏印:《关于中国文化典籍翻译的若干问题与思考》,载《中国文化研究》,2015年夏之卷。
[3] 王宏:《中国典籍英译:成绩、问题与对策》,载《外语教学理论与实践》,2012年第3期。
[4] 王晓路:《西方汉学界的中国文论研究》,成都:巴蜀书社,2003年。
[5] 黄卓越:《从文学史到文论史——英美国家中国文论研究形成路径考察》,载《中国文化研究》,2013年冬之卷。
[6] 陈引驰、李姝:《鸟瞰它山之石——英语学界中国文论研究》,载《中国比较文学》,2005年第3期。
[7] 王晓平、周发祥、李逸津:《国外中国古典文论研究》,南京:江苏教育出版社,1998年。
[8] 王晓农:《侧重文论思想传播的中国古典文论文本英译评析——以〈大中华文库·文心雕龙〉为例》,载《河北工业大学学报》(社会科学版),2015年第2期。
[9] 戴文静:《中国文论英译的译者行为批评分析——以〈文心雕龙〉的翻译为例》,载《解放军外国语学院学报》,2017年第1期。

李林波①、李特夫与李国林②、彭玉萍③等学者对《文心雕龙》《诗大序》《人间词话》等中国古典文论作品英译的探讨,其内容已初步涉及中国古典文论英译过程中术语与范畴的英译方法、译者的英译策略、文论思想的准确传达等相关问题,但目前这种研究大多局限于个案性的文本分析,难以系统地探讨中国古典文论在西方英译与传播活动的整体性规律、方法与策略,另外也像海耳布隆(Johan Heilbron)与萨皮罗(Gisèle Sapiro)对阐释路径翻译研究所作的描述那样,将阐释活动的社会环境抛在了一边,"忽视了那些相互关联的行动者身上的多元性,也忽视了翻译可能发挥的有效作用"④。

有鉴于此,为了系统、全面地探讨中国古典文论作为一种特殊文本类型在西方英语世界传译的整体规律、基本原理,进而就其在西方的有效英译与深入传播提出对策性的方略,本章将尝试运用当前新兴的社会翻译学的理论与方法,秉持其关系主义方法论和整体论原则,综合考量中国古典文论在西方英译与传播活动在宏观、中观、微观各层面上所涉及的复杂因素与社会关系,全面考察从译前到译中再到译后的整个传译过程,进而从社会翻译学的角度就译者构成、原作遴选、英译策略、译作在西方的传播及其在西方的接受等问题提出对策性的主张与方略。

第一节 社会翻译学的理论与方法

"社会翻译学"(socio-translation studies)是近年兴起的一门翻译学分支学科,代表了一种崭新的翻译研究模式。社会翻译学,又被一些学者称为"翻译社会学"(translation sociology),其概念最早由当代译学奠基人詹姆斯·霍

---

① 李林波:《论〈文心雕龙〉三个术语的英译——兼论中国古典文论在英语世界重构的可能与可行》,载《西安外国语大学学报》,2018年第3期。

② 李特夫、李国林:《辨义·表达·风格——〈诗大序〉宇译本分析》,载《广东外语外贸大学学报》,2004年第1期。

③ 彭玉平:《〈人间词话〉英译两种平议——以李又安译本为中心》,载《社会科学战线》,2012年第9期。

④ Johan Heilbron & Gisèle Sapiro. "Outline for a Sociology of Translation: Current Issues and Future Prospects". In Michaela Wolf & Alexandra Fukari (eds.). *Constructing a Sociology of Translation*. Amsterdam/Philadelphia: John Benjamins Publishing Company, 2007, p.94.

姆斯(James Holmes)于 1972 年在其《翻译学的名与实》("The Name and Nature of Translution Studies")一文中提出①,但作为一种研究模式则在新近形成并很快得到国际翻译学界的重视。20 世纪 90 年代末以来,随着加拿大、法国、英国、比利时、奥地利、意大利等西方国家以及中国许多学者纷纷借鉴布尔迪厄(Pierre Bourdieu)的反思性社会学(reflexive sociology)理论、拉图尔(Bruno Latour)的行动者网络理论(actor-network theory)以及卢曼(Niklas Luhmann)的社会系统理论(social systems theory)等社会学理论与方法开展翻译研究,促使翻译研究走向"社会学转向"(sociological turn)②并逐渐形成了一种社会翻译学的研究模式。

社会翻译学研究模式深入汲取了反思性社会学理论、行动者网络理论以及社会系统理论等当代西方社会学理论的思想与方法,提倡秉持关系主义的方法论和整体论的原则对翻译活动进行综合分析,即对翻译活动进行微观、中观与宏观相互参照、有机融合的全面考察。因此,社会翻译学的研究模式既探索"制约和影响翻译文本选择、生产和接受"③的宏观社会文化因素,也考察翻译文本生产过程中的译者构成、语际转换、翻译策略等微观问题,只是反对仅对翻译文本做封闭的微观语言分析,主张将语言、文本等微观问题放在场域、网络、社会系统等宏观社会文化背景下进行综合分析。换句话说,"翻译活动中的任何阶段,包括译前的准备、译中的过程和译后的流通,或者说翻译现象的任何方面,包括语言、文本、行动者、社会文化因素等,都在社会翻译学的考察范围之内"④。作为一种综合性研究模式,社会翻译学"超越了翻译研究中主体与客体、文本与语境、内部与外部、微观与宏观等一系列的二元对立,融合并贯通了以往翻译研究的语文学、语言学、文化研究模式"⑤,成为对翻译活动

---

① 参见 James S. Holmes. *Translated! Papers on Literary Translation and Translation Studies*. Amsterdam: Rodopi, 1988, p. 72.
② Denise Merkle. "Translation constraints and the 'sociological turn' in literary translation studies". In Anthony Pym, Miriam Shlesinger & Daniel Simeoni (eds.). *Beyond Descriptive Translation Studies*. Amsterdam/Philadelphia: John Benjamins Publishing Company, 2008: 175.
③ Michaela Wolf & Alexandra Fukari (eds.). *Constructing a Sociology of Translation*. Amsterdam/Philadelphia: John Benjamins Publishing Company, 2007, p. 28.
④ 王洪涛:《"社会翻译学"研究:考辨与反思》,载《中国翻译》,2016 年第 4 期,第 10 页。
⑤ 同上。

进行系统、全面考察的有效手段与路径。从翻译研究方法论的角度来看,社会翻译学的研究模式"为文学、比较文学、文学翻译等研究领域的研究者们提供了广泛的一系列可供选择的研究方法和研究技法,从而大大丰富了翻译学这门综合性学科的研究方法"①。目前,社会翻译学的研究模式不仅在西方翻译学界而且在中国学界都得到了广泛应用,并取得了许多丰硕的成果②。

第二节 社会翻译学对中国古典文论在西方英译与传播的观察

从社会翻译学的角度来看,中国古典文论在西方的英译与传播活动,包括译者的构成、原作的遴选、英译策略的制定、译作在西方的传播与接受等,是一个在国际文学场域中进行,各种行动者、各类要素与各个环节相互协调、彼此关联的整体性系统活动。由于社会翻译学的研究模式可以涵盖"翻译生产和流通中的一系列社会学关系"③,以下将基于社会翻译学的理论思想对中国古典文论在西方英译与传播中的基本关系和主要规律予以分析和阐述。

其一,中国古典文论在西方的英译与传播是在国际文学场域中进行的,受到现有国际文学场域结构的制约。海耳布隆与萨皮罗认为,"翻译作为一种跨国性的转换行为首先表明有一个国际交流关系场域存在"④。就中国古典文论在西方的英译与传播而言,同样存在一个国际交流关系场域,而该场域的主要表现形式就是国际文学场域。国际文学场域的结构在很大程度上是由不同国家所拥有的语言文学资本(linguistic-literary capital)决定的。海耳布隆与萨皮罗认为,世界范围内约有一半的图书都从英语翻译而来,英语因此占有最为中心(central)的位置,甚至是超级中心(hyper-central)的位置,紧随其后的德语、法语以及西班牙语、意大利语等八种语言分别占据了中心或半中心

---

① Denise Merkle. "Translation constraints and the 'sociological turn' in literary translation studies". In Anthony Pym, Miriam Shlesinger & Daniel Simeoni(eds.). *Beyond Descriptive Translation Studies*. Amsterdam/Philadelphia: John Benjamins Publishing Company, 2008, p.175.
② 参见王洪涛:《社会翻译学研究:理论、视角与方法》,天津:南开大学出版社,2017年。
③ Johan Heilbron & Gisèle Sapiro. "Outline for a sociology of translation: Current issues and future prospects". In Michaela Wolf & Alexandra Fukari (eds.). *Constructing a Sociology of Translation*. Amsterdam/Philadelphia: John Benjamins Publishing Company, 2007, p.94.
④ Ibid., p.93.

(semi-central)的位置,而译自包括汉语在内的其他语言的图书(尽管汉语、日语、阿拉伯语等语言使用人口众多)占据了国际市场不足1%的份额,因此处于边缘(peripheral)的位置[①]。卡萨诺瓦(Pascale Casanova)也持类似观点,她将英语、法语等称为主导性(dominating)语言,而将汉语、阿拉伯语等称为被主导(dominated)语言,因为"尽管这些语言人口众多,也拥有伟大的文学传统,但在国际文学市场尚不知名或尚未得到认可"。[②]从上述学者不约而同的论述中,我们不难看出当前国际文学场域的失衡现状:一方面,英语国家文学在国际文学场域占据中心或主导性的位置;另一方面拥有悠久文学传统的中国文学则处于边缘或被主导的位置。当前国际文学场域的失衡状态,不仅是中国古典文论在西方英译与传播不得不面对的客观现实,也为由此运用社会翻译学原理以及场域理论、文化资本生产理论制定相应的翻译方法和传播策略提供了基本依据。

其二,鉴于绝大多数中国古典文论作品的抽象性和学术性,其英译活动不属于布尔迪厄所说的"大规模生产活动"(large-scale production),即其定位并不是"为了满足广大读者的需求"[③],而是属于他所说的那种"限制性的生产活动"(restricted production),即其定位限于"由生产者自身组成的市场"[④]。从现实情况来看,从事中国古典文论英译的译者主要是西方的汉学家或其他从事学术研究的学者,其英译作品的读者对象主要也是那些与其具有类似学术背景的读者群体。布尔迪厄认为,限制性的生产活动是一种纯粹艺术的生产活动,遵循"反经济"(anti-"economic")的经济运作逻辑,它从自身的需求出发开展生产活动,不注重短期的商业利益,而是注重长期的"象征资本"

[①] Johan Heilbron & Gisèle Sapiro. "Outline for a sociology of translation: Current issues and future prospects". In Michaela Wolf & Alexandra Fukari (eds.). *Constructing a Sociology of Translation*. Amsterdam/Philadelphia: John Benjamins Publishing Company, 2007, pp. 95−96.

[②] Pascale Casanova. "Consecration and Accumulation of Literary Capital: Translation as Unequal Exchange." In Mona Baker (ed.). *Critical Readings in Translation Studies*. London & New York: Routledge, 2010, p. 290.

[③] Pierre Bourdieu. *The Rules of Art: Genesis and Structure of the Literary Field*. Susan Emanuel, trans. Stanford, CA: Stanford University Press, 1996, p. 121.

[④] Ibid.

(symbolic capital)的积累①。由此而言,中国古典文论的英译也具有纯粹艺术生产的特点,即注重象征资本,轻视经济资本,而这种特点是制定中国古典文论英译与传播策略时需要特别考量的。

其三,中国古典文论在西方英译与传播中的各种行动者、各类要素与各个环节构成了一种密切相关、互联互动的网络。在拉图尔看来,"网络并不是由尼龙线、文字或任何耐用的物质构成,而是由社会活动中的行动者留下的痕迹构成"②,而其中的行动者可以是人类(human),也可以是非人类(non-human)。拉图尔的行动者网络理论把社会世界比喻为"无缝织物"(seamless fabric),认为"在自然与文化、文本与语境、行动者与结构、人类与非人类之间并非割裂的:它们通过不停的翻译过程,实现了连贯"③。依据行动者网络理论,中国古典文论英译与传播过程中的译者、读者、评论家、编辑、封面设计师、排版工人等人类行动者以及原作、译作、参考资料、出版社、宣传机构、销售平台、传播媒介等非人类行动者之间构成了相互协作、相互关联的网络,而对其中任何一行动者或环节的分析都需要放置在整个网络中进行。

其四,中国古典文论英译作品在西方的传播和接受,在很大程度上是中国古典文论英译作品作为一种特殊文化商品进入西方英语国家文学系统以实现流通并得到接纳的过程。中国古典文论英译作品在西方英语国家的传播和接受情况是否理想,除了受到国际文学场域结构以及其他环节因素的影响外,在很大程度上受到西方英语国家文学系统状况及其运作规律的制约。从卢曼社会系统论的角度来看,西方英语国家的文学是相对独立的社会系统。像其他社会系统一样,西方英语国家的文学系统在保持相对稳定的同时也在发展变化。一方面,西方英语国家文学系统与其他社会系统一样具有"自我创生"(autopoiesis)的属性,具有"系统自身的封闭性自我生产能力"(the system's

---

① Pierre Bourdieu. *The Rules of Art: Genesis and Structure of the Literary Field*. Susan Emanuel, trans. Stanford, CA: Stanford University Press, 1996, p. 142.

② Bruno Latour. *Reassembling the Social*. Oxford: Oxford University Press, 2005, p. 132.

③ Hélène Buzelin. "Sociology and Translation Studies". In Carmen Millán & Francesca Bartrina (eds.). *The Routledge Handbook of Translation Studies*. London & New York: Routledge, 2013, p. 189.

closed self-production)①。文学系统与其子系统通过"自我指涉"(self-reference)和"自我区分"(self-differentiation)来实现自己的"自我创生"并保持稳定:"每个子系统都根据自己基于对立区分(对科学是真与假,对艺术是审美性与非审美性的区分等)的'符码'(code)来观察其他系统,观察周围的环境。每个系统不能辨识其他系统的符码。"②另一方面,当西方英语国家文学系统长期无法对他国文学系统进行有效观察时,就会带来其系统的演化(evolution):"演化是以自我生产和观察为前提的,而异常的自我生产会带来演化……不可判定性(undecidability)的出现促进了演化。演化将不可判定性辨识出来的机遇用作其形态发生(morphogenesis)的机遇。"③因此,就中国古典文论英译作品在西方的传播与接受而言,需要特别考虑西方英语国家文学系统内部的运作规律,以实现中国古典文论英译作品在西方的深入传播和有效接受。

第三节 中国古典文论在西方英译与传播之策: 社会翻译学的主张与方略

社会翻译学不仅仅从理论的角度对翻译活动作宏观的综合分析,而且也基于宏观的综合分析对翻译生产和传播过程中的具体问题作应用性、对策性研究。以下将基于上文宏观的综合分析,运用社会翻译学的研究模式、研究方法对中国古典文论在西方的英译与传播活动进行深入考察,对其中译者的构成、原作的遴选、英译策略的制定、译作在西方的传播、译作在西方的接受等主要问题逐一进行探讨,以从社会翻译学的角度对中国古典文论在西方的有效英译与深入传播提出相应的主张与方略。

---

① Niklas Luhmann. *Social Systems*. J. Bednarz Jr & D. Baecker, trans. Stanford: Stanford University Press, 1995, p. 372.
② Hélène Buzelin. "Sociology and Translation Studies". In Carmen Millán & Francesca Bartrina (eds.). *The Routledge Handbook of Translation Studies*. London & New York: Routledge, 2013, p. 188.
③ Niklas Luhmann. *Social Systems*. J. Bednarz Jr & D. Baecker, trans. Stanford: Stanford University Press, 1995, p. 360.

一、译者构成

中国古典文论英语译者的构成有三种模式:第一种是以西方英语国家汉学家、华裔学者为主体的构成模式,第二种是以中国学者、翻译家为主体的构成模式,第三种是中西译者之间相互合作的构成模式。从社会翻译学的角度来看,这三种模式的优缺点非常明显。

依据社会翻译学的原理,第一种以西方英语国家汉学家、华裔学者为主体的译者构成模式,具有明显的优势,而且切实可行。首先,单就英译活动而言,西方英语国家的汉学家、华裔学者在西方汉学、比较文学等相关场域的专业学习、学术研究中形成了深谙并擅长中国古典文论英译与研究的译者"惯习"(habitus),这种译者"惯习"保证了西方英语国家汉学家、华裔学者具有从事中国古典文论英译的专业资质。不仅如此,这些西方英语国家的汉学家、华裔学者笃信其所处场域中的"幻象"(illusio)①,坚信其所从事中国古典文论英译与研究工作的价值和意义,愿意为其作长期的投入和付出。作为"意义和价值所有分配环节的基础"②,布尔迪厄所谓的这种幻象,构成了西方国家汉学家、华裔学者的学术信仰,也是他们长期投身于中国古典文论英译与研究工作的重要保障。其次,就英译作品而言,西方英语国家的汉学家、华裔学者通常可以凭借他们在西方高校中所占据的学术职位、所积累的文化资本,为其所英译的中国古典文论作品赋予更高的文化价值,甚至为其"祝圣"(consecration),使之成为经典作品。卡萨诺瓦认为:"一旦翻译完成,译作(或作者)的地位,尤其是其合法性(legitimacy)就取决于译者的地位了。"③同理,中国古典文论作品的英译完成以后,其地位及合法性也就取决于其英译者的地位了。作为中国古典文论英译者的西方汉学家、华裔学者通常都在西方英语国家大学任职,

---

① 布尔迪厄认为行动者坚信"幻象"便"认可其所从事游戏的功用,相信游戏的价值并愿意为其投入",参见 Pierre Bourdieu. *The Rules of Art: Genesis and Structure of the Literary Field*. Susan Emanuel, trans. Stanford, CA: Stanford University Press, 1996, pp.172—173.

② Pierre Bourdieu. *The Rules of Art: Genesis and Structure of the Literary Field*. Susan Emanuel, trans. Stanford, CA: Stanford University Press, 1996, p.173.

③ Pascale Casanova. "Consecration and Accumulation of Literary Capital: Translation as Unequal Exchange." In Mona Baker (ed.). *Critical Readings in Translation Studies*. London & New York: Routledge, 2010, p.299.

其所拥有的学术职位和文化资本可以帮助其英译作品顺利合法地进入英语国家的文化资本市场。更为重要的是,西方汉学家、华裔学者所在的大学是重要的"祝圣机构"(apparatus of consecration)①,可以对包括中国古典文论英译作品在内的文学作品祝圣,甚至将其经典化。再者,就传播而言,西方英语国家汉学家、华裔学者在西方文学场域中占据着有利的位置,拥有语言、文化及空间上的种种便利,更方便与处于传播终端的西方英语国家出版商、评论家、读者等进行沟通和交流。译者并不是唯一的文学发现者或祝圣者,"他们是由一系列中介者组成的复杂链条的一部分,这些中介者包括读者、旅人、专家、出版商、批评家、文学代理人等"②。作为中国古典文论的英译者,西方汉学家、华裔学者可以凭借其有利的位置更好地与其他中介者、行动者进行协调,推动中国古典文论英译作品在西方英语国家的传播和接受。另外,从现实情况来看(参见第二章),目前在西方国家发表、出版的绝大多数中国古典文论英译作品都是由英语国家的汉学家和华裔学者来完成的,实践证明这是一个切实可行的中国古典文论英语译者构成模式。

第二种是以中国学者、翻译家为主体的构成模式,当然也有一定的长处,比如译者对于原作的理解更为透彻、译文更为忠实等。然而,限于国际文学场域的现有结构,同时由于中国与西方英语国家在语言、文化之间的巨大差异,目前中国文化市场尚未能与西方英语国家文化市场形成深度融合,中国学者、翻译家的中国古典文论英译作品基本上都在国内出版和流通,很难真正传播到西方英语国家。另外,尽管不少中国学者、翻译家在中国文学、文化场域的确很有优势,但这种优势很难转移、映射到西方英语国家的文学、文化场域中去,也无法与西方英语国家的读者、出版商、评论家等进行有效沟通,因此即使其作品传播到西方,也很难得到接受和认可。因此,从社会翻译学的角度来看,这种译者构成模式并不十分有效,至少目前如此。

从逻辑上来看,第三种中西译者之间相互合作的构成模式,可以将中西译

---

① Pierre Bourdieu. *The Rules of Art: Genesis and Structure of the Literary Field*. Susan Emanuel, trans. Stanford, CA: Stanford University Press, 1996, p.49.

② Pascale Casanova. "Consecration and Accumulation of Literary Capital: Translation as Unequal Exchange." In Mona Baker (ed.). *Critical Readings in Translation Studies*. London & New York: Routledge, 2010, p.299.

者在各自场域中的位置优势与文化资本结合在一起,显然是非常理想的。根据笔者研究团队在英、美、澳三国11所高校251位读者中间所作的问卷调查(参见第九章第三节),78.4%的接受调查者都认可中国古典文论英译的中西译者合作模式。然而现实的情况是,纵观中国古典文论走入西方英语世界的三百多年传译史,真正实现中西译者之间合作的,尚属少数。从社会翻译学的角度来看,这与中国文学场域与西方英语国家文学场域各自相对独立而中西译者难以真正实现合作有关。中国古典文论的英译是一种类似纯艺术生产的学术活动,属于前文所述的"限制性的生产活动",那些已取得所在场域同行认可的译者,对于"根据一些特定标准尚未取得类似认可者"[①]是持抵制态度的。因此,中西译者之间相互合作的模式固然十分理想,但目前真正将其付诸实践尚需克服许多困难。当然,未来随着国际文学场域的结构变革,随着中国文学场域与西方文学场域的逐渐交融,中西译者之间的相互合作模式将会迎来更多的实践者,将会在中国古典文论的英译与国际传播中发挥更大的作用。

二、原作遴选

如前所述,尽管中国古典文论一些常见的作品已经得到译介,但由于中国古典文论数量甚大、种类繁多,尚有更多的作品等待英译。鉴于需要英译的中国古典文论数量众多,而当前国际文化场域在中西之间又处于失衡的状态,那么在中国古典文论未来的英译过程中,应该遵循什么样的遴选原则?或者说应该优先选择哪些中国古典文论作品来译介呢?根据社会翻译学的原理,需要既从源语文学场域的角度出发优先遴选其作者在中国文学场域中拥有更多文化与象征资本或其本身已被"祝圣"和高度经典化的作品,又从译语文学场域的角度出发优先选择西方英语国家文学场域需要或感兴趣的中国古典文论作品,而二者之间的相互参照和结合往往是更为理性的选择。

一方面,从作为源语文学场域的中国文学场域的角度来看,其作者在中国文学场域中拥有更多文化资本、象征资本或其本身已被"祝圣"和高度经典化的作品,宜成为优先遴选的英译对象,这是因为原作者所拥有的文化资本、象

---

① Pierre Bourdieu. *The Rules of Art: Genesis and Structure of the Literary Field*. Susan Emanuel, trans. Stanford, CA: Stanford University Press, 1996, p. 219.

征资本以及原作的学术价值在很大程度上可以通过翻译转化为其英译作品的价值。卡萨诺瓦认为翻译作品的价值是由三个极点在国际文学场域中的各自位置决定的,这三个极点分别是:语言(源语语言与译语语言)、源语文本的作者以及译者①。就中国古典文论英译作品的价值而言,在语言与译者两极已经确定的情况下,源语文本的作者,即那些中国古典文论作品的作者,就成为需要特别考虑的一极。在中国文学场域占据了突出位置的中国古典文论作者,通常拥有更多的文化资本、象征资本。由于资本具有"以相同或扩展形式自我再生"②的潜在能力,中国古典文论作者在中国文学场域中所拥有的文化资本、象征资本可以通过翻译转移、转化到英语文学场域中,从而成为英语翻译作品的价值。由此而言,那些其作者在中国文学场域中拥有更多文化资本、象征资本的中国古典文论作品宜成为优先译介的对象。同时,在中国文学场域中,那些被收录进权威的文论史著作或进入高等院校相关专业的阅读书单而得到高度经典化的中国古典文论作品,以及那些受到著名文论专家和学者推崇从而得到"祝圣"的中国古典文论作品,其自身的文论和学术价值也容易通过翻译转移、再现到英译作品之中,这些作品显然也应该优先英译。

另一方面,从作为译语文学场域的西方英语国家文学场域的角度来看,那些西方英语国家文学场域需要或感兴趣的中国古典文论作品,宜成为优先遴选的英译对象,其中的原因很显见。在国际文学场域结构失衡的状态下,占据中心位置的西方英语国家文学基本上都是从自身的需求和兴趣出发来选择译入的对象作品,其对中国古典文论作品的英译也是如此。在中国古典文论传入西方英语世界的历史上,《沧浪诗话》在美国的英译与发表便是这样一个典型例子。1922年,在美国留学的中国学者张彭春应文学批评家斯平加恩(J. E. Spingarn)的请求将《沧浪诗话》翻译成英文并发表在美国现代主义文学杂志《日晷》(*The Dial*)上,开创了真正意义上中国古典文论在西方英语世界传译的先河。作为第一部以文学理论的名义译介到西方英语世界的中国古

---

① Pascale Casanova. "Consecration and Accumulation of Literary Capital: Translation as Unequal Exchange." In Mona Baker (ed.). *Critical Readings in Translation Studies*. London & New York: Routledge, 2010, p. 290.

② Pierre Bourdieu. "The Forms of Capital". In John Richardson (ed.) *Handbook of Theory and Research for the Sociology of Education*. New York: Creenwood, 1986, p. 241.

典文论作品,《沧浪诗话》在美国英译与出版正是美国文学场域出于自身需求而主动选择的结果,因为当时美国文学场域新兴的"新批评派"希望借助具有类似诗学思想的中国诗论来挑战旧有的文论:"上个世纪20年代,《沧浪诗话》之所以能够受到作为'新批评'派'巨擘'的 J. E. Spingarn 的青睐,与当时美国文化的内在需求和论争氛围有着密切的关联。"①另外,由于"文学翻译的接受几乎完全是由目的文化的文学与文化规范及其需求和期望制约的"②,西方英语国家文学场域出于自身需求和兴趣而遴选的那些中国古典文论作品,往往更符合西方英语国家的文学与文化规范,其英译本在西方英语国家的文学与文化场域之中往往更易于得到接受和传播。

三、英译策略

英译策略,在这里具体是指译者将中国古典文论作品从汉语转换为英语的狭义的跨语言、跨文化策略。在中国古典文论的英译过程中,译者制定、选择、应用什么样的英译策略,是其基于自己的译者惯习,对源语文本的类型、英译的目的、场域中的翻译规范、译本传播的媒介等因素进行全面分析,并在必要时与出版商、目标读者、经纪人等其他行动者进行协调、沟通之后,综合考量的结果。

站在社会翻译学的立场上来看,尽管中国古典文论英译过程中的各种因素与行动者都会对翻译策略产生影响,但真正制定翻译策略的是译者,而影响、约束翻译策略制定与选择的则是译者的惯习。在布尔迪厄看来,惯习作为外在结构内化的结果,"是生成策略的原则(strategy-generating principle),它使得行动者能够去应对那些无法预料、永远变化的各种情形……是由各种持久存在、可以变换的性情倾向构成的一个系统,它吸纳了过去的经历,时时刻刻作为认知、评判和行动的基质而发挥作用,使得行动者能够完成无比复杂多样的任务"③。换句话说,惯习为行动者提供了制定各种策略的原则,使其可

---

① 钟厚涛:《异域突围与本土反思:试析〈沧浪诗话〉的首次英译及其文化启示意义》,载《文化与诗学》2009年第1期,第56页。

② Peter France. *Oxford Guide to Literature in English Translation*. Oxford: Oxford University Press, 2000, p. 227.

③ Pierre Bourdieu & Loïc J. D. Wacquant. *An Invitation to Reflexive Sociology*. Chicago: The University of Chicago Press, 1992, p. 18.

以据此完成各种复杂多变的任务。社会翻译学研究模式的开拓者古安维克（Jean-Marc Gouanvic）非常强调译者惯习对其翻译实践的重要影响："译者是否进行翻译，是否紧随原文，对于译者这些多多少少都有些主观和随意的选择，规范无法予以解释。如果译者在译文中强行用韵，强行使用了原文没有的词汇和句法，从而将其观点替换了原作者的观点，这从本质上来说不是有意识的策略选择，而是其在目的语文学场域中习得的特定惯习发挥了作用。"①古安维克这里并非否认翻译策略在翻译实践中的价值，而是阐明惯习才是决定译者采取这种或那种翻译策略的根本动因。由此而言，中国古典文论英译的策略在很大程度上是由译者的惯习最终决定的。

在中国古典文论英译的过程中，不同的译者拥有不同的惯习，而译者在不同惯习的影响下会制定、选用不同的翻译策略。这一中国古典文论英译策略的形成机制适用于不同的具体译者，也基本适用于不同的译者群体。就前文讨论的西方英语国家汉学家、华裔学者群体而言，尽管每个单独译者的情况仍有不同，但该群体拥有类似的惯习，在所运用的翻译策略上也有类似之处，即在移译中国古典文论作品时大多倾向于采用阿皮亚（Kwame Anthony Appiah）所倡导的"深度翻译"（Thick Translation）策略。西方英语国家的大多数汉学家和华裔学者在西方汉学以及比较文学等场域中接受教育，从事学术研究，形成了深谙中国古典文化、尊重中国古典文学思想、热爱中国古典文论研究的译者惯习，在中国古典文论英译的过程中往往不会为了追求简洁、易懂而对中国古典文学思想进行简化、浅化的意译，而是倾向于以同情（sympathetic）的态度对其进行"深度翻译"——"一种通过注释（annotations）和伴随性的阐释（accompanying glosses）将文本置于丰富的文化和语言背景之中的翻译"②。阿皮亚将这种深度翻译定位为"学术翻译"（academic translation）③，其在具体的翻译实践中通常表现为译者运用前言、附录以及大量的文内释义、脚注、尾注等形式将译文进行语境化、历史化。如果考察西方

---

① Jean-Marc Gouanvic. "A Bourdieusian Theory of Translation, or the Coincidence of Practical Instances: Field, 'Habitus', Capital and 'Illusio'". *The Translator*. 2005 (2): pp. 157—158.

② Kwame Anthony Appiah. "Thick Translation". In Lawrence Venuti (ed.). *The Translation Studies Reader*. London & New York: Routledge, 2000, p. 427.

③ Ibid.

英语国家汉学家和华裔学者那些非常成功的中国古典文论英译作品,会发现他们大都使用了"深度翻译"的策略:理雅各在《诗大序》的英译中使用了"英语译文+汉语原文+注释"的体例,宇文所安在其《中国文论读本》中全书都使用了"汉语原文+英语译文+评论"的体例,李又安在《人间词话》的英译中使用了大量文内释义、脚注和尾注,方志彤《文赋》的英译本中有一半的篇幅是附录和尾注,施友忠的《文心雕龙》英译本中既有长篇导言又有丰富的脚注。因此可以说,西方汉学家和华裔学者广泛采用的"深度翻译"策略,一方面是其译者惯习使然,另一方面也符合中国古典文论英译的学术翻译性质,在翻译实践中卓有成效,值得大力提倡。

需要特别交代的是,根据笔者在英、美、澳三国高校所作的问卷调查,多数英语读者喜欢阅读"流畅"(fluent)而"异化"(foreignized, retaining Chinese cultural elements)风格的中国古典文论英译作品(参见第九、十章)。这说明西方多数英语读者希望读到的中国古典文论英译作品应该兼具语言表达的"可接受性"和文化传达的"充分性"。为了使译作能呈现出语言上流畅和文化上异化的混合风格,即兼具"可接受性"和"充分性"双重属性,译者无论是仅仅采用"深度翻译"策略,还是单纯地采用直译与意译、归化与异化、深化与浅化等策略,都是不够的。一个可行的办法,可能是像多数西方英语读者所建议的那样——中西译者之间相互合作,根据中西译者之间的分工在不同的翻译阶段、不同的翻译层面上采用不同的翻译策略,而最终在相互协商中实现不同翻译策略之间的平衡。

四、译作在西方的传播

社会翻译学关于中国古典文论英语译作在西方传播的观点,在很大程度上与拉图尔的行动者网络理论思想密切相关。拉图尔的行动者网络理论把社会世界看成是"平展的"(flat)[①],认为人类与非人类等各种行动者之间通过"翻译"形成了"社会关联"(social connections),构成了无缝、连贯的网络。基于这种思想,社会翻译学认为中国古典文论英语译作在西方的传播同样构成了一个各种行动者之间相互关联、彼此协作的网络。因此,中国古典文论英语

---

① Bruno Latour. *Reassembling the Social*. Oxford: Oxford University Press, 2005, p.16.

译作在西方的传播以译作的出版与发行为核心,同时涵盖译作在各种人类与非人类行动者构成的网络中流通的整个过程,其中的人类与非人类行动者包括译者、读者、评论家、出版社、销售商、宣传机构、销售平台、传播媒介等。这里需要顺便交代一下的是,如同本书在第一章所界定的那样,这里的西方主要是指西方英语世界,尤其是西方英语国家。

就译作的出版与发行而言,中国古典文论的英语译作需要首先考虑在西方英语国家的主流出版机构,尤其是在重要的学术出版社出版,或是在有影响力的专业学术刊物上发表,而那些著名的大学出版社和专业期刊往往是比较理想的选择。之所以提出这种主张,主要是基于以下三个方面的考虑。其一,选择将中国古典文论的英译作品在西方英语国家出版、发表,不仅仅是因为地利之便,更为深层的原因是现有国际文学场域的结构使然。海耳布隆与萨皮罗对各种语言在国际文学场域的位置作了超中心、中心、半边缘、边缘的划分后指出:"翻译的流通非常不均衡,是从中心流向边缘……"[①]鉴于汉语与英语在当前国际文学场域的位置,中国古典文论英译作品在西方英语国家的传播就如同整个中国文学在西方的传播一样,则是逆向而行:"中国文学的海外传播,对于欧洲或者西方而言,有一个从边缘到中心的运动轨迹。"[②]因此,在当前国际文学场域处于失衡状态的背景下,西方英语国家的出版机构处于世界文学、文化市场的中心位置,同时也更靠近中国古典文论在英语世界传播的终端,自然是中国古典文论英译作品出版机构的首选。目前,西方汉学家和华裔学者的中国古典文论英译作品大多是在西方英语国家出版、发表,而对于中西译者合作翻译和中国译者单独翻译的中国古典文论作品,最好也选择在西方英语国家的出版机构出版、发表。其二,西方英语国家的出版机构与期刊林林总总,数量众多,选择其中的主流出版机构与刊物自然有利于提升中国古典文论英译作品在西方的传播效果。布尔迪厄认为,生产场域中包括出版商在内的艺术商人对于艺术作品的祝圣非常重要:"艺术商人通过展览、出版、演出等

[①] Johan Heilbron & Gisèle Sapiro. "Outline for a sociology of translation: Current issues and future prospects". In Michaela Wolf & Alexandra Fukari (eds.). *Constructing a Sociology of Translation*. Amsterdam/Philadelphia: John Benjamins Publishing Company, 2007, p.96.

[②] 姚建彬:《中国文学"走出去"》,见张西平:《中国文化"走出去"年度研究报告》(2015卷),北京:北京大学出版社,2016年,第199页。

形式,可以确保对艺术作品进行祝圣,而艺术商本身得到祝圣的程度越高,其对艺术作品的祝圣效果就越好。"①在这个意义上来讲,西方英语国家的主流出版机构往往已在文学、文化场域得到祝圣,而如果中国古典文论英译作品能够在这些出版机构出版、发表,显然更容易取得良好的传播效果,甚至最终得到祝圣。其三,为中国古典文论英译作品选择出版机构,还须符合其"限制性的生产活动"的性质,否则很难达到应有的传播效果:"出版地的选择……非常重要,因为对每个作者而言,每一种出版形式和每一种出版物都在生产场域对应着一个(已有或即将新创的)自然场所,如果不将生产者或产品置于正确的位置,如同我们常说的错了位,那么或多或少地都注定要失败。"②如前所述,中国古典文论的英译是一种"限制性的生产活动",与面向大众读者的通俗文学作品的英译不同,它主要面向专业读者,出版和发行规模一般较小,属于"小规模的流通活动"(small-scale circulation)③,其译者的出版或发表目的往往是为了"得到同行的认可(peer recognition)而非商业上的成功(commercial success)"④。基于这种考虑,西方英语国家重要的学术出版社和学术刊物,如著名的大学出版社和专业期刊等往往是中国古典文论英译作品比较理想的出版机构和刊发载体。

除了译作的出版、发行与发表,中国古典文论英译作品在西方的传播还涉及许多其他环节和其他行动者。海耳布隆与萨皮罗认为,文学翻译在异国的传播是多个环节相互衔接、各种行动者彼此协作的过程,其中有源语与译语两国政府文化机构的推动,"负责本国文化海外推广的外交政策代表也会与市场上的一些行动者(如出版社、文学代理人)加强协作,同时对象国的地方负责机构可能会参与一些书展的组织活动"⑤,也有文学场域中作者、译者、批评家、高校教师、学者等一系列行动者的参与,而对他们之间的内在关系则可进行

---

① Pierre Bourdieu. *The Rules of Art: Genesis and Structure of the Literary Field*. Susan Emanuel, trans. Stanford, CA: Stanford University Press, 1996, p. 167.
② Ibid., p. 165.
③ Johan Heilbron & Gisèle Sapiro. "Outline for a sociology of translation: Current issues and future prospects". In Michaela Wolf & Alexandra Fukari (eds.). *Constructing a Sociology of Translation*. Amsterdam/Philadelphia: John Benjamins Publishing Company, 2007, p. 100.
④ Ibid.
⑤ Ibid., p. 101.

"网络分析"(network analysis)①。同样道理,中国古典文论英译在西方的传播也是中外文化机构、译者、批评家、学者等行动者相互协作、环环相扣的过程。为了提升中国古典文论英译在西方传播的效果,需要加强各个行动者之间的协调与沟通,比如建立译者与文化机构、出版社、代理商等之间的稳定关系,"进行深入的交流,在拟定翻译图书的选择、翻译策略和推广方式等各个环节加强沟通与研究"②。同时,除了加强人类行动者、各类机构之间的沟通与协调外,还应重视销售平台、传播媒介等非人类行动者在整个网络中的传播作用,而在当前信息技术、数字媒体蓬勃发展的背景下,更需开发新技术、运用新媒体来丰富中国古典文论英译作品的传播渠道与传播媒介:"要关注新技术对于文学传播所起的特别作用,调动各种媒介手段,形成各种媒介的互动"③。总之,只有各种行动者之间的协作、各个环节的联动在流通网络中取得整体性的最佳效果,才能有效实现中国古典文论英译在西方的传播。

五、译作在西方的接受

中国古典文论英译作品在西方的接受是其在西方传播活动的延伸,主要受制于文学系统外部与内部两种因素。就文学系统外部的因素而言,中国古典文论英译作品在西方的接受主要受制于当前国际文学场域的结构,同时受制于由此形成的西方英语国家对译作的接受空间状况,包括其政治、文化政策等,比如"对印刷出版物、专业丛书系列的控制,出版公司的编辑出版政策,期刊的刊载空间,祝圣的形式(文学奖项的设立)等"④。就文学系统内部的因素而言,中国古典文论英译作品在西方的接受主要受制于西方英语国家文学系

---

① Johan Heilbron & Gisèle Sapiro. "Outline for a sociology of translation: Current issues and future prospects". In Michaela Wolf & Alexandra Fukari (eds.). *Constructing a Sociology of Translation*. Amsterdam/Philadelphia: John Benjamins Publishing Company,2007,p.101.
② 姚建彬:《中国文学"走出去"》,见张西平,《中国文化"走出去"年度研究报告》(2015卷),北京:北京大学出版社,2016年,第201页。
③ 高方,许钧:《现状、问题与建议——关于中国文学走出去的思考》,载《中国翻译》,2010年第6期,第9页。
④ Johan Heilbron & Gisèle Sapiro. "Outline for a sociology of translation: Current issues and future prospects". In Michaela Wolf & Alexandra Fukari (eds.). *Constructing a Sociology of Translation*. Amsterdam/Philadelphia: John Benjamins Publishing Company,2007,pp.102—103.

统自身的运作规律,受制于西方英语国家文学系统所下辖的原创文学及文学理论、翻译文学及文学理论等子系统的运作规律。鉴于前文已对文学系统外部的制约因素做过大量论述,此处将依托卢曼的社会系统理论,分析制约中国古典文论英译作品在海外接受的文学系统内部因素,进而基于社会翻译学的观察提出促进中国古典文论英译作品在西方接受的建议与主张。

  当前看来,中国古典文论英译作品在西方英语国家的接受仍十分有限。在此背景下,中国古典文论英译作品在西方英语国家接受的初期阶段,需要认识西方英语国家文学系统"自我创生"的属性,尽可能选择以西方英语国家文学系统可以辨识的"符码"与方式进入其文学系统。依据卢曼的社会系统论观点,西方英语国家的文学系统是其众多社会系统中的一种,具有"自我创生"的属性:"自我创生的系统善于观察,能够观察其他系统,也能够观察自身。"①对于社会系统的"自我创生"属性,图勒涅夫(Sergey Tyulenev)这样解释:"'自我创生'的概念,意即子系统的自我指涉与自我区分,将我们带回到'他者思想'的问题:系统观察其他系统的行为,但它所做的仅仅是运用其自身的对立区分的符码来阐释所观察到的行为,进而进行意义的建构。"②社会系统通过自我区分和自我指涉来实现自己的自我创生。一方面,社会系统将自己与环境区分开来:"系统区分只不过是在众多系统之中重复系统的形成过程。在众系统之中,可以对系统与环境之间的差异作进一步区分。在整个系统之中,各子系统由此拥有了以自己特有的方式形成自己'内部环境'的功能。"③另一方面,社会系统通过自我指涉来对其他系统进行观察:"符码的问题使得自我指涉总是参照自己的系统,沿'可接受'(acceptable)与'不可接受'(unacceptable)的线分隔开来。"④换句话说,社会系统可以观察其他社会系统,但只能用自己的符码来进行观察。同样道理,具有自我创生属性的西方英语国家文学系统,也

---

① Niklas Luhmann. *Social Systems*. J. Bednarz Jr & D. Baecker, trans. Stanford: Stanford University Press, p. 359.

② Sergey Tyulenev. *Applying Luhmann to Translation Studies*. London & New York: Routledge, 2012, p. 5.

③ Niklas Luhmann. *Social Systems*. J. Bednarz Jr & D. Baecker, trans. Stanford: Stanford University Press, 1995, p. 18.

④ Niklas Luhmann. *Art as a Social System*. Evam Knodt, trans. Stanford: Stanford University Press, 2000, p. 189.

通过自我区分将自己与汉语的文学系统区别开来,而其内部的原创文学理论子系统也将自己与英译的中国文学理论子系统区分开来。无论是西方英语国家文学系统对中国文学系统的观察,还是其内部原创文学理论子系统对英译中国文学理论子系统的观察,都要通过前者的自我指涉来完成:"尽管各种不同的系统之间彼此互动很明显,也都需要对方,但每个系统都从自己的角度看待周围的世界"[①]。具体到中国古典文论英译作品,无论是它作为中国文学系统的一部分进入西方英语国家的文学系统,还是作为西方英语国家文学系统之中的英译中国文学理论子系统进入其原创文学理论子系统,都需要通过后者的自我指涉来完成,尤其是采用后者可以识别的符码来完成。有鉴于此,为了实现中国古典文论英译作品在西方英语国家的深入接受,"就要有意识地采用域外的人民能够理解的方式和手段来推动中国文学的海外传播,让域外的受众在熟悉的方式中逐渐走入中国文学的天地"[②]。因此,在保证中国古典文论核心思想、基本理念得到准确传达的前提下,要运用西方英语国家文学系统可以辨识的"符码",比如契合的语言风格、论说方式、学术规范等,来对中国古典文论进行英译,以帮助其英译作品能够得到西方英语国家文学系统的识别和接受。

长期看来,将来随着西方国家文学系统及其原创文学理论子系统的复杂性越来越高并最终发生演化,其对中国古典文论英译作品的接纳度也会越来越高,到那时中国古典文论的英译则可以更多采用自己的"符码"进入西方英语国家的文学系统。西方英语国家文学系统的稳定并非绝对的,因为系统的自我区分会推升系统的复杂性,并最终带来系统的演化:"如果演化暗示了一种不时向前迈进的渐变过程,那么问题总是:随着周围环境对系统的刺激(irritability)不断升级,系统的复杂性还在何种程度上与其自我创生的自主性保持契合。更准确地说,在一个具有高度自我区分功能的系统中,自我区分

[①] Theo Hermans. *Translation in Systems. Descriptive and System-oriented Approaches Explained*. Manchester: St Jerome Publishing, p.138.

[②] 姚建彬:《中国文学"走出去"》,见张西平,《中国文化"走出去"年度研究报告》(2015卷),北京:北京大学出版社,2016年,第201页。

实际上意味着复杂性的提升。"①简单来说,随着中国古典文论英译作品对西方英语国家文学系统的不断刺激,西方英语国家文学系统自身的复杂性会由此提升,并最终发生演化,进而使得西方英语国家文学系统的自我区分功能得到提升:"借助建立在自我区分基础上的区分基模(schemata of differentiation),系统得以独立于周围环境之外,能够自动对周围环境进行区分——不是独立于现有的环境区分系统,而是能够根据自己所选择的角度对周围环境建立关联并对其进行辨识。这样一来,系统区分功能的提升对其获取信息的可能性产生了影响。无论系统的外部边界是什么,都不再将一些东西过滤出去,相反地能将更多的东西吸纳进来;同时,在充分选择这种吸纳信息的区分基模的前提下,只要系统的结构与周围环境不同,它就会对周围环境更加敏感。"②按照卢曼的逻辑,系统自我区分功能的提升会使其对周围的环境更加敏感,并促使其从周围环境中吸纳更多东西。由此而言,西方英语国家文学系统自我区分功能的提升也会使其对中国古典文论英译作品更加敏感,并能够从中吸纳更多东西。将来如果西方英语国家文学系统当真发生了这种演化,它会主动吸纳中国古典文论的思想。到那时,中国古典文论的英译自然可以在语言、文体、论说方式等方面更多地采用自己的"符码",而中国古典文论的英译作品也会被西方英语国家的文学系统所真正接受。当然,系统的演化需要很长的时间,而西方英语国家对中国古典文论英语作品的接受恐怕会需要更长的时间。

结 语

中国古典文论在西方的英译与传播是中国文化"走出去"的一个重要组成部分。鉴于中国古典文论尚有大量作品亟需英译而现有英译作品在西方的传播效果十分有限,探讨实现中国古典文论在西方有效英译与深入传播的方法与策略具有重要的价值和意义。中国古典文论在西方英译与传播活动涵盖译前、译中和译后多个环节,涉及宏观、中观、微观各个层面上的诸多因素,传统

---

① Niklas Luhmann. *Art as a Social System*. Evam Knodt, trans. Stanford: Stanford University Press, 2000, p.158.

② Niklas Luhmann. *Social Sytems*. J. Bednarz Jr & D. Baecker, trans. Stanford: Stanford University Press, 1995, p.194.

翻译研究中的意义阐释、文本分析、文化解读模式难以理清其中的多元关系与复杂逻辑，而新兴的社会翻译学研究模式融合并贯通了以往的语文学、语言学和文学研究模式，汲取了布尔迪厄、拉图尔、卢曼等当代西方社会学家的理论与方法，秉持关系主义方法论和整体论原则对其中的多个环节、诸多因素进行综合分析，能够揭示中国古典文论在西方英译与传播活动的运作规律与深层逻辑，进而能够据此就促进中国古典文论在西方的有效英译与深入传播提出对策性的主张与方略。

在社会翻译学看来，当前中国古典文论在西方的英译与传播活动主要是在国际文学场域中进行的，受其非均衡性现有结构的制约，目前仍是一个从国际文学场域边缘走向中心的过程；同时由于中国古典文论自身鲜明的学术性，其在西方的英译与传播主要面向学术读者而非大众读者，因此是一种具有自身规律的"限制性"生产和传播活动。中国古典文论在西方英译与传播活动中的译者、读者、编辑、批评家等人类行动者与原作、译作、出版机构、销售平台、传播媒介等非人类行动者之间构成了一个密切相关、互联互动的网络，其中的任何一个环节都关系到整体传译活动的最终成效。就中国古典文论英译作品在西方英语世界的传播和接受效果而言，因其在很大程度上受到了西方英语国家文学系统自身运作规律的制约，西方英语国家文学系统短期内趋向封闭的自我创生属性及其长期内趋向开放的自我演化特征都是中国古典文论英译走向西方英语世界需要认真考量的问题。

根据社会翻译学的理论思想与上述观察，本研究就中国古典文论在西方的有效英译与深入传播提出如下主张和方略：（1）就译者构成而言，西方汉学家和华裔学者因其在西方文学场域中所占据的有利位置和所拥有的独特惯习，与中国学者和翻译家相比具有更多的优势，而中西译者合作的模式固然十分理想，但目前付诸实践尚存在很多困难。（2）就原作遴选而言，既要从汉语文学场域的角度出发优先选择已被高度经典化或其作者拥有更多文化资本的作品，又要从英语文学场域的角度出发考虑其实际的需求和兴趣，而二者的结合往往是更为理想的选择。（3）就英译策略而言，西方汉学家和华裔学者广泛采用的"深度翻译"比较符合中国古典文论英译的学术翻译性质，而西方英语读者对译文流畅性和异化特征的期许又要求译者在不同的翻译策略之间做到平衡。（4）就译作在西方的传播而言，宜优先选择在西方英语国家的主流学术出版社、著名大学出版社、专业性期刊上出版或发表中国古典文论的英译作品,同时需要重视批评家、代理人、文化机构、销售平台、传播媒介、信息技术等人类行动者和非人类行动者在传播与流通网络中所发挥的积极作用。(5)就译作在西方的接受而言,现阶段译作宜依据西方英语国家文学系统趋向封闭的自我创生属性,在语言风格、论说方式、学术规范等方面采用其可以辨识的"符码"和方式进入西方英语国家的文学系统;而将来随着西方英语国家文学系统的自我演化和日趋开放,译作则可以在上述诸方面更多采用自身的"符码"和方式进入西方英语国家的文学系统。

作为中国文学理论与诗学思想国际传播的一种重要形式,未来中国古典文论在西方英译与传播活动,既受制于国际文学场域的整体结构与中西文化交流的宏观态势,也与中西各自文学系统的发展与演化状况息息相关,将会是一个长期、渐进的过程。如果能够清楚地认识并尊重中国古典文论在西方英译与传播活动的运作规律与深层逻辑,进而在此基础上制定、选择、采取合适的英译与传播策略,则能够在相对较短的时间内有力促进中国古典文论在西方英语世界的译介活动,有效促进中国古典文学思想在西方英语读者中间的传播和接受。长远看来,中国古典文论在西方的有效传播和深入接受,可以形成中西诗学思想、文学理论之间的相互参照、相互借鉴、相互阐发,促使中西诗学在交流与互鉴中共同探讨具有普遍意义的文学原理,共同致力于世界诗学的理论建构,从而对人类共有的世界文学现象形成关照。在中国古典文论通过英译走向西方与世界,进而开展中西诗学对话,参与世界诗学建构的进程中,不仅可以发出中国文论、中国诗学的声音,而且可以逐渐形成一套具有自身特色并能被世界听懂的中国文论话语,由此为中国文论国际话语体系的建构奠定基础。

第十二章

中国文论国际话语体系的理论建构：
从"翻译诗学"到"比较诗学"与"世界诗学"

引　言

　　作为中国古典文学的理论精华，中国古典文论承载着中国本土的古代诗学思想，蕴藏着中国古典的文学批评精神，其理论话语形态独特，自成一体，被视为"世界上不多的几座理论金山之一"①。然而，中国拥有的这座"理论金山"在中西文化交流中一直处于"内冷外寒"的尴尬境地。一方面，中国文艺理论界对西方文论趋之若鹜，几乎将从古代到现当代的西方文论悉数译入并对其深研细究，但很少关注中国本土的古典文论。另一方面，尽管《诗大序》《文赋》《文心雕龙》等一些习见的中国古典文论作品目前已被译成英语传入西方，但大多数中国古典文论作品尚未得到译介，遑论在西方得到深入接受和真正认可："至于译成各种外文的中国文论著述，近一个世纪以来，其数量显然相当有限，除了汉学界内的文论专家以外，基本上还不具备让一般文学研究学界普遍了解和接受的条件"②。

　　长期以来，中国古典文论所遭受的冷遇和尴尬直接造成了以中国古典文

---

① 陈跃红：《比较诗学导论》，北京：北京大学出版社，2005年，第32页。
② 同上，第35页。

论为根基的整个中国文论的"失语症":"'我们根本没有一套自己的文论话语,一套自己特有的表达、沟通、解读的学术规则',一旦我们离开了西方的话语,我们就没有了自己民族的学术话语,不会说自己的话了,以至于我们很难在世界学术领域发出自己的声音。"①这种"失语症"使得中国文论不仅陷入了离开西方文论便无法言说的窘境,而且无法依托自己的本土思想与西方文论进行有效对话,同时难以从中国诗学的角度对人类普遍的文学现象进行关照,从而丧失了国际话语权力,更无法在现时中国文化"走出去"的过程中建构起中国文论的国际话语体系。

　　当前,在国家对外文化安全问题备受关注的背景下,中国文化"走出去"战略显得具有特别意义,而建构中国文论的国际话语体系则是其中重要的一环。由于中国古典文论是整个中国文论的根基,其所代表的中国古代诗学思想又是整个中国诗学思想的生长土壤,其中蕴含着丰富的理论话语资源和深厚的民族诗学思想,中国文论国际话语体系的建构自然需从作为整个中国文论根基土壤的中国古典文论切入,从这座"理论金山"的开采和发掘入手。而在中西文化交流长期失衡和中国古典文论思想基本囿于本土的现实背景下,目前建构中国文论国际话语体系的可靠路径是逐步实现中国古典文论从本土走向西方进而走向世界的跨越,依次完成其从"翻译诗学"到"比较诗学"再到"世界诗学"的转化:在"翻译诗学"阶段,中国古典文论需突破自我,借助翻译从本土走向西方,进而帮助中国诗学思想通过外译"在国际上得到接受"②;在"比较诗学"阶段,中国古典文论需与西方文论进行对话,相互阐发,以"实现中国文论的现代转型"③,同时在对话过程中发出自己的声音,获得国际话语权力;在"世界诗学"阶段,经过现代转型的中国古典文论需从中国诗学的角度探讨人类普遍的文学现象,从中贡献中国诗学的观点与智慧,由此巩固并扩大自己的国际话语权力,同时赢得自己的国际话语地位,进而与西方文论等一起朝着建

---

① 曹顺庆:《中西比较诗学》,北京:中国人民大学出版社,2010年,第212页。
② Lawrence Venuti. "World literature and translation studies". In Theo D'haen, David Damrosch and Djelal Kadir(eds.). *The Routledge Companion to World Literature*. London & New York: Routledge, 2012, p.180.
③ 乐黛云:《乐黛云讲比较文学》,北京:商务印书馆,2019年,第128页。

构"世界诗学"①②的宏伟目标迈进。在中国古典文论从"翻译诗学"到"比较诗学"再到"世界诗学"的跨越中,可以逐步推动中国文论从本土走向国际,获得、巩固并扩大其国际话语权力,同时赢得自己的国际话语地位,进而在此基础上实现中国文论国际话语体系的建构。

第一节 翻译诗学:中国古典文论的自我突破

中国古典文论是中国古代诗学思想的结晶,拥有自己独特的理论话语,是世界四大诗学体系之一③。同时,中国古典文论丰富多样,数量浩繁:"我国的文学理论遗产极为丰富,它的形式是多种多样的……"④。然而,由于中国与西方的文化交流长期处于入多出少,彼冷我热的失衡状态,数量巨大的中国古典文论除部分常见作品外,大多数相关卷册与篇目基本上仍囿于本土,止步国门,对西方的文论研究几乎没有产生什么影响:"在当今的西方文论中,几乎没有我们中国的声音。"⑤由此以来,早已自成一体的中国古典文论话语便基本失去了被西方了解、与西方交流的渠道,从而不仅长期被西方主导的国际文艺理论界所忽略,而且难以构成中国文论与西方文论开展对话的国际话语资源,难以支撑中国文论获取自己的国际话语权力。

中国古典文论如欲突破自我,走入西方,走向世界,进而获取国际话语权力,眼下最为有效的途径便是翻译。具体而言,是借助翻译将中国古典文论从本土输出到西方,尤其是输出到西方英语世界,实现其自身从本土诗学到"翻译诗学"的转化。其中既有普遍性的原因,也有现实性的考虑。首先,从普遍的角度来看,翻译是任何民族文学以及民族文学理论走向世界的必经之路。达姆罗什(David Damrosch)在《什么是世界文学?》(*What is World Literature?*)

---

① Zhang Longxi. "The Poetics of World Literature". In Theo D'haen, David Damrosch and Djelal Kadir (eds.). *The Routledge Companion to World Literature*. London & New York: Routledge, 2012.
② 王宁:《世界诗学的构想》,载《中国社会科学》,2015 年第 4 期。
③ 乐黛云:《比较文学与比较文化十讲》,上海:复旦大学出版社,2004 年,第 203 页。
④ 郭绍虞:《中国古代文论选》(第一卷),上海:上海古籍出版社,2001 年,第 4 页。
⑤ 黄维樑:《从〈文心雕龙〉到〈人间词话〉——中国古典文论新探》(第二版),北京:北京大学出版社,2013 年,第 9 页。

一书中指出世界文学就是在翻译中获得增益的作品[①],而翻译可以帮助作品"超越其原初的语言和文化传播到更为宏阔的世界之中"[②]。曹顺庆更是旗帜鲜明地提出没有翻译就没有世界文学:"既然世界文学是一种全球性的流通和阅读模式,且一个文学文本在异域文化环境中多数时候都是依赖译本才得以被阅读,那么这个文学文本要进入世界文学的殿堂,它首先就要经历被翻译,然后在源语语境之外的其他地方得到传播。"[③]由此而言,中国本土的古典文论就像任何文学文本一样,要想突破自我,成为世界性的文学理论,也必须通过翻译跨越民族语言和文化的藩篱,传播到包括西方在内的域外,走向世界。

其次,就现实而言,当前国际文化场域处于一种西方英语语言文学占据中心,而汉语语言文学居于边缘的非公平状态,中国古典文论要想走入西方,走向世界,一个必需的环节便是翻译成英语,由此进入西方英语国家的文论研究领域,进入西方英语国家主导的国际文化场域。法国学者海耳布隆(Johan Heilbron)与萨皮罗(Gisèle Sapiro)认为在国际文化场域英语处于"中心"(central)甚至是"超中心"(hyper-central)的位置,而汉语则处于"边缘"(peripheral)的位置[④]。美国汉学家安德鲁·琼斯(Andrew Jones)也无奈地指出:"虽然作者、批评家和译者都热切盼望中国文学能在跨国文学经济中能'向上活动',可是现实中的中国文学显然属于'地球村'边缘的某种'文化聚居区'。"[⑤]因此,在短期内无法改变国际文化场域结构的情况下,中国古典文论当前从边缘进入中心,实现"向上活动"的途径便是翻译:"任何一种产生自非西方语境的理论要想从边缘走向中心进而产生世界性的影响,就不得不首先被西方学界'发现'并翻译到英语世界。"[⑥]当然,中国古典文论走向西方英语

---

① David Damrosch. *What is World Literature?* Princeton and Oxford: Princeton University Press, 2003, p. 281.
② Ibid., p. 6.
③ 曹顺庆:《翻译的变异与世界文学的形成》,载《外语与外语教学》,2018年第1期,第127—128页。
④ Johan Heilbron & Gisèle Sapiro. "Outline for a Sociology of Translation: Current Issues and Future Prospects". In Michaela Wolf & Alexandra Fukari (eds.). *Constructing a Sociology of Translation*. Amsterdam/Philadelphia: John Benjamins Publishing Company, 2007, pp. 95—96.
⑤ 安德鲁·琼斯:《"世界"文学经济中的中国文学》,见大卫·达姆罗什:《世界文学理论读本》,刘洪涛、尹星译,北京:北京大学出版社,2013年,第215—216页。
⑥ 王宁:《"世界文学"与翻译》,载《文艺研究》,2009年第3期,第29页。

世界，既需要西方学界慧眼识珠的发现与译入，也需要中国学界深谋远虑的推介与译出，通过西方译入、中国译出以及中西合译等形式将中国古典文论翻译成国际学术界通用的英语，将其从本土诗学转化为"翻译诗学"："一旦中国文论进入西方语言文化的系统，不管它的规模大小和影响如何，它在一定程度上也就成了西方现代文论的一个特殊的组成部分，成了它们的'翻译诗学'"[1]。而一旦将中国古典文论从本土诗学转化为"翻译诗学"，就为中国文论在此后与西方文论的对话中获取国际话语权力奠定了基础。

中国古典文论的英译，尽管整体规模有限，但历史却不短，各个历史时期译者队伍的构成不同，翻译的特点也各异（参见第二章）。早期的中国古典文论英译可以追溯到近代西方来华传教士、外交官对中国文化典籍的翻译，其性质广义上属于"东学西渐"初期西方对中国的"格义"式翻译。比如，传教士汉学家理雅各（James Legge）的《诗经》译本中包含了《诗大序》的英译"The Great Preface"，由于理雅各的《诗经》英译是其以传教为目的所开展的中国文化研究、经学研究的一部分，因此在很大程度上忽视了《诗经》及其中所含《诗大序》的"诗学价值"（poetical value）[2]。外交官汉学家翟理思（Herbert Allen Giles）在其撰写的《中国文学史》（*A History of Chinese Literature*）中英译了司空图的《二十四诗品》，但是将其作为类似西方的"哲理诗"（philosophical poem）来译，以向英文读者展示"纯粹道家思想"（pure Taoism）对诗人司空图所产生的影响[3]。现当代中国古典文论英译活动的主体是学院派的西方汉学家与华裔学者，前者中多数人的翻译基本上仍属于归化式的"格义"翻译，而后者的翻译与前者大同小异，也是以西释中，或可称其为"反向格义"式翻译。现当代西方汉学家，除后期的宇文所安（Stephen Owen）、安乐哲（Roger T. Ames）等少数人外，大多倾向于用西方文论话语，包括其概念、术语、命题等，来移译中国古典文论，比如英国汉学家修中诚（Ernest Richard Hughes）在其

---

[1] 陈跃红：《比较诗学导论》，北京：北京大学出版社，2005年，第122页。

[2] James Legge. *The Chinese Classics* (VOL. IV.-Part I., The First Part of the She-king, or the Lessons from the States; and the Prolegomena). Hongkong: Lane, Crawford & Co.; London: Trubner & Co., 1871, p.114.

[3] Herbert Allen Giles. *A History of Chinese Literature*. New York & London: D. Appleton, 1901, p.179.

《文赋》译本中用古罗马诗人贺拉斯诗学代表作的拉丁文名称"Ars Poetica"（《诗艺》）来比喻《文赋》，用富有西方宗教色彩的词汇"sacred writing of past""all creation"来译"典坟""万物"，用富有西方哲学色彩的词汇"Being""None-being"来译"有""虚无"，用西方常见的文学体裁"lyric poems""prose poems"来译"诗""赋"[①]。对于类似这种做法，牛津大学汉学家雷蒙·道森（Raymon Dawson）解释道："所有的英语译者都带有一种源自西方哲学、宗教的严重的先入性偏见，在从观念不同的文化和其本质映射了不同世界观的语言译入英语时，我们总是使用那些源自西方传统的术语。"[②]因此，西方多数汉学家这种归化式的以西释中，在性质上都属于比较典型的"格义"式翻译。与此类似，现当代多数海外华裔学者也倾向于以西释中，主动借鉴西方文论的思想体系、概念、术语等来英译、译介中国古典文论，一个比较典型的例子是刘若愚。刘若愚在其英文著作《中国文学理论》（Chinese Theories of Literature）中借鉴艾布拉姆斯文学批评理论框架提出了中国的五种文学理论，由此"把中国诗学纳入普通西方读者所熟悉的批评框架内"[③]，以向西方英文读者译介中国诗学思想。考虑到许多西方华裔学者往往出生在中国而常年生活在西方或游走于中西之间，中国古典文论属于其母语汉语文化系统的一部分，或许可以将其以西释中的这种翻译称为"反向格义"[④]。

纵观中国古典文论在西方英语世界的译介史，无论是早期的来华传教士汉学家、外交官汉学家，还是现当代学院派的西方汉学家及华裔学者，大多数人翻译中国古典文论的思路和做法主要还是以西释中，基本上属于归化式的格义翻译。潘文国在评述自明末至今的整个中籍外译史时指出："……这五百年来的中籍外译尽管取得了不少成就，但由于其所处的历史背景，即基本上是西强中弱、中华文化对西方来说是一种异域的他者，翻译从根本上来说是要证明西方的先进与优越。在这样的背景下，说其基本处在有意无意的'格义'阶

[①] E. R. Hughes. *The Art of Letters*. New York: Pantheon Books, 1951, pp. 94—108.

[②] Raymon Dawson. *Confucius: The Analects*. Oxford: Oxford University Press, 1993, p. xxvii.

[③] 蔡宗齐：《比较诗学结构：中西文论研究的三种视角》，刘青海译，北京：北京大学出版社，2012年，第30页。

[④] 刘笑敢：《探究"反向格义"与中国哲学研究的困境——以老子之道的诠释为例》，载《南京大学学报》（哲学·人文科学·社会科学），2006年第2期，第77页。

段,大概并不是危言耸听。"①当然,归化式的格义翻译是两种文化交流初期的常见现象,比如中国早期的佛经翻译就出现过许多"以华格梵"的现象,而在中国古典文论英译过程的初期出现以西释中的现象也属正常。但长期看来,如果中国古典文论在从本土诗学转化为"翻译诗学"的过程中一直奉行这种归化式的格义翻译,除去其中大量存在的误读、误译现象外,还会造成西方文论一味以自我为中心对中国古典文论的单向阐发。在当前失衡的中西文化交流态势下,西方在中国古典文论英译过程中格义式的单向阐发会在客观上进一步巩固西方文论话语的霸权地位,而中国古典文论则会进一步丧失与西方文论平等对话、相互阐发的机会。因此,为了能够赢取中国文论的国际话语权力,还需在中国古典文论外译的过程中尽早将其从目前单向阐发的"翻译诗学"转化为旨在开展中西对话、双向阐发的"比较诗学"。

第二节 比较诗学:中西文论的双向阐发

钱锺书在与张隆溪谈话时指出比较诗学是"文艺理论的比较研究"②,乐黛云则将比较诗学进一步界定为"从跨文化的角度对文学理论进行的比较研究"③。美国学者厄尔·迈纳(孟而康)(Earl Miner)认为比较诗学的中心问题是"西方诗学与世界上其他地方的诗学之间存在的显著差异"④。具体到本书,比较诗学主要用来指中西文论之间的比较研究,即中西比较诗学。中西比较诗学,重点在于考察中西诗学、中西文论之间的差异与区别,同时也探索两者之间的共性与联系,其研究途径主要是比较、交流与对话,目的在于实现中西诗学、中西文论之间的双向阐发:"本着'和而不同'和'互识、互证、互补'的原则,化'对立'为'对谈',化'交锋'为'交流',尽可能地在参照性对话过程中

---

① 潘文国:《从"格义"到"正名"——翻译传播中国文化的重要一环》,载《华东师范大学学报》(哲学社会科学版),2017年第5期,第143页。
② 张隆溪:《钱锺书谈比较文学与"文学比较"》,载《读书》,1981年第10期,第135页。
③ 乐黛云:《乐黛云讲比较文学》,北京:商务印书馆,2019年,第127页。
④ 厄尔·迈纳:《比较诗学——文学理论的跨文化研究札记》,王宇根、宋伟杰等译,北京:中央编译出版社,1998年,第35页。

去开掘每一方的价值资源和言说问题的独特之处"①。与"翻译诗学"单向的以西释中不同,"比较诗学"强调中西诗学、中西文论之间的双向阐发,即双方互为主体,互为他者,在深度读解对方的基础上进行互为参照的交流与对话。中国古典文论在与西方文论的双向阐发中,可以实现与西方文论的平等对话与深度交流,由此发出自己的声音,进而获取自己的国际话语权力。

中西诗学、中西文论之所以能够进行相互比较,是因为二者之间具有很强的可比性。中国诗学与西方诗学均历史积淀深厚,在长期的发展过程中形成了各自独立的理论话语体系。以中国古典文论为本源的中国诗学滥觞于先秦时期,历经魏晋、唐宋、明清等几个历史时期的演进,"在数千年的文学艺术实践中,形成了一整套行之有效,韵味独特的理论话语系统"②。以西方文论为思想结晶的西方诗学则肇始于古希腊时期,先后经历了模仿诗学、接受诗学、表达诗学、形式诗学等几大历史发展阶段③,其中所形成的各种理论思想都可以纳入艾布拉姆斯提出的批评框架之内④,同样形成了一个大的理论话语体系。中西诗学所代表的两种理论话语体系之间既差异显著,又不乏普遍性的联系。就差异而言,中国诗学脱胎于儒家思想,以《尚书·尧典》的"诗言志"说为开山纲领,后又受到道家与佛家思想的影响,关注文学在人类生活中的协调作用,"视文学为和谐的过程一直是中国传统诗学的共性"⑤,同时因其强调对"言外之意"的领悟,在话语形式上呈现出语义流变、言意分离、文法灵活的特点。西方诗学奠基于亚里士多德的《诗学》之上,深受西方哲学思想的影响,关注文学与真理的关系,因此以真理为中心的文学观"构成并统一了自柏拉图至今的西方诗学理论"⑥,而其理论话语则呈现出语义清晰、言尽意明、条分缕析的特点。就普遍性的联系而言,中西诗学表面看似泾渭分明的一些观点与理念却殊途同归地揭示了文学活动的"共相",比如"物感说"与"摹仿说"共同揭

---

① 陈跃红:《比较诗学导论》,北京:北京大学出版社,2005年,第39页。
② 曹顺庆:《文论失语症与文化病态》,载《文艺争鸣》,1996年第2期,第54页。
③ 达维德·方丹:《诗学——文学形式通论》,陈静译,天津:天津人民出版社,2003年,第1—2页。
④ M. H. Abrams. *The Mirror and the Lamp: Romantic Theory and the Critical Tradition*. Oxford: Oxford University Press, 1953, pp. 6—7.
⑤ 蔡宗齐:《比较诗学结构:中西文论研究的三种视角》,刘青海译,北京:北京大学出版社,2012年,第95页。
⑥ 同上。

示了文学的起源,"意境说"与"典型论"均探讨了文学的本质,"风骨"与"崇高"都属于文学风格论的范畴①。张隆溪曾从阐释学的角度论述过中西诗学思想存在的相通之处:"经典阅读与评论中的许多理论问题都是中国批评家和西方圣经评注专家所同样面对的,由此直接影响了中西各自的文学批评传统。"②因此,中西诗学、中西文论之间的显著差异与普遍联系都构成了两者之间相互比较的基础。

进一步而言,中西诗学、中西文论之间的相互比较和相互阐发,有着现实的需求。从作为中国诗学本源的中国古典文论角度来看,与西方文论、西方诗学进行对话,相互阐发,是其进行现代诠释、现代转化的需要,同时也是其获取国际话语权力的需要。由于历史文化的原因,中国古典文论被阻挡在了现代化进程之外,其话语形式仍停留在古典、封闭的前现代状态,目前面临着现代转型的现实压力:"古代文论基本上是自满自足和相对封闭的,它要想在今天依然发挥其应有的阐释作用,就应当被今天的文学实践激活,通过现代转型实现其当代价值。"③与中国古典文论不同,西方文论保持了发展的延续性,其自身在西方文化的整体演进中实现了从古典到现代的自然转型,因此成为中国古典文论实现现代转型的对话对象:"中国诗学在概念、命题、表达上的特殊性,也使其面临着比西方诗学更急迫的现代阐释与现代转化问题,而在中国当代的理论语境中,古与今、传统与现代的命题大多可以转化为中与西的命题,因此开展中西比较诗学研究也是中国古典诗学实现现代转型的内在需要。"④不仅如此,西方文论在国际文化场域占据着中心的位置,拥有巨大的话语权力,因此中国古典文论与西方文论对话的过程也是其自然获取国际话语权力的过程。从作为西方诗学思想结晶的西方文论角度来看,只有与包括中国诗学在内的非西方诗学传统的文学理论进行对话,才能突破其以往在西方单一诗学传统内部开展比较研究的局限,才能更好地验证其理论的适用性并在此基础上探讨文学的普遍问题。美国比较文学学会(ACLA)早在 1993 年的报

---

① 曹顺庆:《中西比较诗学》,北京:中国人民大学出版社,2010 年。
② Zhang Longxi. *The Tao and the Logos: Literary Hermeneutics, East and West*. Durham and London: Duke University Press, 1992, p. xiii.
③ 王宁:《世界诗学的构想》,载《中国社会科学》,2015 年第 4 期,第 170—171 页。
④ 乐黛云:《乐黛云讲比较文学》,北京:商务印书馆,2019 年,第 128 页。

告中就倡导突破西方的文化传统开展研究,鼓励学生学习包括汉语语言文学在内的非西方语言文学,其整体基调之一就像文艺理论批评家乔纳森·卡勒(Jonathan Culler)所总结的那样:"敦促比较文学摒弃传统的欧洲中心主义而走向全球。"①厄尔·迈纳在其《比较诗学》(*Comparative Poetics*)一书中也曾富有远见地指出:"从西方人的角度来看,西方的文学观念可谓数不胜数。同样的,如果从中国人的角度来看,中国的理论也是不胜枚举。在一个更广阔的、跨文化的语境中进行讨论,比那些局部的、暂时性的讨论更为可行,更为重要,也更为永恒。"②因此,为了突破自身局限进而真正走向全球,西方文论、西方诗学同样有与中国文论、中国诗学对话的愿望与需求。

中西诗学、中西文论之间开展对话,进行双向阐发的途径有很多,其中关键性的原则有三种。其一,中西诗学、中西文论应该尊重彼此差异,保持合理间距。如上所述,中西诗学在思想渊源、文学观、话语形态等方面存在着鲜明的差异。尊重彼此之间的这种差异是中西诗学之间能够开展对话的基础和前提,任何一味以我为准而同化对方的做法或刻意求同而抹杀彼此差异的做法都会架空中西诗学之间的真正交流。为了中西诗学之间能够清晰地互相审视,进而促发彼此间的交流和对话,二者还需保持合理的间距。法国哲学家、汉学家朱利安(François Jullien)显然看到了中西文化之间的差异,但他更喜欢使用"间距"的说法:"间距把文化和思想分开,因而在它们之间打开了互相反思的空间,思考得以在其间开展。因此,间距的形象(figure)不是整理、排列、存放,而是打扰,它以探险和开拓为其志向:间距使众多的文化与思想凸显为多彩多姿的丰富资源。"③由此而论,中西诗学之间保持合理的间距,不仅可以形成一种可以互相凝视、互相反思的"第三空间",而且构成了二者之间的张力,由此激起了双方相互探索、相互开拓的兴趣,为二者之间的对话奠定了坚实的基础。其二,中西诗学、中西文论之间应该互为主体,互为问答。尽管中

---

① Jonathan Culler. "Comparative Literature, at Last". In Haun Sausy (ed.). *Comparative Literature in an Age of Globalization*. Baltimore: The Johns Hopkins University Press, 2006, p.239.

② 厄尔·迈纳:《比较诗学——文学理论的跨文化研究札记》,王宇根、宋伟杰等译,北京:中央编译出版社,1998年,第11页。

③ 朱利安:《间距与之间:如何在当代全球化之下思考中欧之间的文化他者性》,卓立译,见方维规:《思想与方法:全球化时代中西对话的可能》,北京:北京大学出版社,2014年,第25页。

西诗学在当前国际文化场域所拥有的话语权力有明显的强弱之分,但二者都在各自不同的历史文化语境中形成了相互独立的话语体系,都具有独立存在的主体属性。同时,面对世界上纷繁复杂、丰富多样的各种文学现象,包括中西诗学在内的任何诗学体系、理论体系都有盲区和弱点,而消除盲区和克服弱点的办法之一就是不同的诗学体系、理论体系之间的相互参照和相互借鉴。陈跃红认为中西诗学之间的对话既互为主体,又互为客体:"它们各自都具有自己的主体性维度,它们各自的此前和此后的命名和存在,都并不依赖对方为必需的前提条件,而只是一种参考系……它们都是主体,同时又都是并非能够完全自主和超越一切的主体。它们的相遇与对话,不可能是通常所言的主客体对峙关系,而是一种你—我关系,一种不得不面对面的对话关系。总而言之一句话,它们之间互为主体,同时也互为客体。"[1]中西诗学之间互为主体的对话意味着二者之间须彼此发问且有问有答,而以往无论是西方汉学家和华裔学者的以西释中,还是中国许多文艺理论学者的以中证西恐怕都称不上互为主体,互为问答。作为中国诗学的本源,中国古典文论如欲获取国际话语权力,应该在与西方文论、西方诗学的对话中更多地主动选取话题,主动发问。

其三,中西诗学、中西文论之间应该作深度读解,并同时进行双向阐发。鉴于中西诗学都深嵌于各自的文化传统之中,都具有自己的独特性和复杂性,双方在对话过程中应以共情的态度,设身处地、细致入微地对对方进行深度读解,这就好比文化人类学家格尔茨(Clifford Geertz)所倡导的深度描写(thick description):"民族志学者所面对的……是许许多多复杂的概念系统,它们彼此之间或相互叠加,或盘根错节,看起来不仅陌生、不规则,而且模糊不清,而他首先必须设法掌握它们,然后将其诠释出来。"[2]民族志研究中的深度描写主要运用访谈、观察、调查等田野工作方法,诗学研究中的深度读解则主要运用文本分析、语义分析、文献研究、历史考据等方法,而深度读解的主旨是在将具体诗学理论进行深度历史化和高度语境化的同时对其作详尽的文本分析、语义分析。为了实现彼此之间的对话,中西诗学、中西文论在深度读解对方的过程中应将以西释中与以中释西融为一体,由此作互为主体、互为参照的双向

---

[1] 陈跃红:《比较诗学导论》,北京:北京大学出版社,2005年,第147页。
[2] Clifford Geertz. *The Interpretation of Cultures*. New York: Basic Books, 1973, p.10.

阐发:"在相互阐发中,人们还可以暂时改变自己的文化角色,更加真切地体会异域文学的真谛。"①

第三节 世界诗学:中国古典文论的普遍性诉求

中国古典文论转化为"翻译诗学"与"比较诗学",是其突破自我,开启与西方文论、西方诗学对话进而赢得国际话语权力的必由之路,而其更为宏大的目标则是与西方文论、西方诗学等一起参与世界诗学的理论建构。在参与世界诗学理论建构的过程中,中国诗学可将中国古典文论作为思想资源,从自身民族诗学的角度探讨世界文学的普遍性问题,从中贡献中国诗学的思想智慧,以探索人类普遍的"文心""诗心",从而更好地揭示、解释普遍文学现象的本质与规律。作为中国诗学的本源,中国古典文论在参与世界诗学理论建构的过程中,可以将自身那些具有普遍性的理论思想、观察视角、问题及话题转化、上升为世界诗学的一部分,从而在依据中国诗学智慧考察世界文学现象的同时为中国文论、中国诗学进一步获取国际话语权力,并赢得自己的国际话语地位。

近年来,国际文艺理论界对"世界文学"的探讨,尤其是对歌德"世界文学"观念的不断回顾和对达姆罗什"世界文学"观点的持续热议,为"世界诗学"概念的出场奠定了基础。张隆溪顺承达姆罗什的世界文学观,将"世界诗学"界定为我们所理解的关于文学本质、特征、价值、构成等的一系列问题,而不是源自世界上不同文化传统的各种文学批评观的汇总,因为这种汇总是无穷无尽且难以把握的②。王宁认为世界诗学包容了产生于全世界主要语言文化土壤的文学理论,是一种普遍性的文学阐释理论,并且是一个开放的体系,可以随时对其进行质疑、修正甚至重构③。基于两位学者的观点,可以析出世界诗学的以下主要特征:(1)世界诗学建立在各民族诗学基础之上,但不是各民族诗

---

① 乐黛云:《乐黛云讲比较文学》,北京:商务印书馆,2019年,第143页。
② Zhang Longxi. "The Poetics of World Literature". In Theo D'haen, David Damrosch and Djelal Kadir (eds.). *The Routledge Companion to World Literature*. London & New York: Routledge, 2012, p. 357.
③ 王宁:《世界诗学的构想》,载《中国社会科学》,2015年第4期,第172—174页。

学的简单叠加与汇总,而是不同民族诗学通过对话、交流而升华的结果;(2)世界诗学旨在探讨文学现象的本质与规律,其形式既可以是阐释性的理论,也可以是观察的视角,同时也可以是引发思考的问题;(3)世界诗学的体系是动态开放的,需要不断予以丰富、完善甚或重构。

当前,在世界诗学逐渐从构想进入构建的过程中,作为中国诗学思想结晶的中国古典文论应该有所作为,这既是中国古典文论自身发展的需要,也是世界诗学理论建构的需要。一方面,中国古典文论参与世界诗学的理论建构,是其进一步突破自我,完成现代转型,获得更大国际话语权力,赢得国际话语地位的需要。中国古典文论长期以来处于自我封闭的状态,将其转化为"翻译诗学"和"比较诗学",可以初步实现其从本土到域外,从自我言说到中外对话的跨越,但如欲彻底实现其自身突破与现代转型,进一步赢得国际话语权力与国际话语地位,还需参与世界诗学的理论建构。中国古典文论参与世界诗学的理论建构,从中国诗学的角度探讨文学现象的普遍性,其本身就是在国际范围内发出中国诗学的声音,彰显中国诗学思想的现代价值与普遍意义,"在参与世界诗学对话的进程中重新发现自身,在现代性的意义上实现精神面貌的转换,重新唤醒和体认中国诗学在世界诗学体制中的价值与意义"[①]。另一方面,世界诗学的理论建构也需要中国诗学的智慧,需要中国古典文论作为理论来源和经验参照。世界诗学是世界文学的理论精华,它应该建立在众多民族诗学基础之上,而不应拘泥于某一文化传统、某一地域的诗学思想之中。然而,当前的局面是:"所有具有普遍性的文学阐释理论都产生于西方语境,由于其语言和文化背景的局限,这些理论的提出者不可能涵盖东西文学和理论的范畴和经验,尽管一些重要的理论家凭着深厚的学养和理论,通过强制性阐释使自己的理论也能用于非西方文学的阐释,但毕竟有很多漏洞。"[②]有鉴于此,未来世界诗学的理论建构需要突破西方语境,突破西方文论、西方诗学的疆域,更多地吸纳来自东方及其他文化传统的诗学思想。作为东方诗学的重要代表,中国诗学以及作为其思想结晶的中国古典文论自然可以为世界诗学提供可资借鉴的理论来源和经验参照。

---

① 陈跃红:《比较诗学导论》,北京:北京大学出版社,2005年,第214页。
② 王宁:《世界诗学的构想》,载《中国社会科学》,2015年第4期,第175页。

中国古典文论历史底蕴深厚,思想内涵丰富,在多个方面都可以对世界诗学的理论建构有所贡献。它既可以为世界诗学提供蕴含本体论价值的理论思想,又可以为其提供富有认识论价值的观察视角,也可以为其带来一系列具有普遍意义的问题或话题。其一,中国诗学是世界诗学赖以诞生的众多民族诗学之一,作为中国诗学思想结晶的中国古典文论可以成为世界诗学理论的供体,其许多源自民族文学实践的文学概念、原理、理论经过现代转换和世界文学批评的普适性验证后,可以上升为世界诗学本体理论的一部分。以《文心雕龙》为例,其"原道""征圣""宗经"等文学本质论,有韵之"文"与无韵之"笔"统辖下的文体论,"神思说"创作论与"六观说"批评鉴赏论等,已在中国古典文学批评中得到了长时间的运用与实践,具有一定的普遍意义,在经过现代转型与世界文学批评实践的验证后,可以转化为具有普适价值的世界诗学的一部分。黄维樑指出:"《文心雕龙》体大虑周,是承先启后的文论宝典。我国当代的学者,向它'取熔经意',然后'望今制奇,参古定法',加以汇融'通变'之后,'自铸伟词',我相信是可以有所建立的。以此向外国宣扬,成为一套有益于中外文学的理论或'主义'……"[①]事实上,中国古典文论作为自成一体的世界四大诗学体系之一,其中许多的理论思想在经过现代诠释与普适性验证后都可以熔炼到世界诗学之中。其二,中国古典文论是中国古代诗学观的集中体现,代表了中国诗学审视文学现象的一种视角,这种中国诗学的视角在与其他民族诗学的视角交叉、汇聚之后可以形成体现人类诗学认知共性的视阈融合,从而上升为某种具有普遍意义的世界诗学的视角。作为中国民族文化的一种重要象征,中国古典文论孳乳于儒释道的精神思想,凝塑于文史哲的学术传统,集中体现了中华民族的宇宙观与思维方式,代表了一种中国诗学观察文学现象的视角,自然形成了自己的视阈。中国古典文论在与西方文论、西方诗学及其他诗学思想进行对话、交融的过程中,"使自己的视阈与其他视阈相接触和交流,从而实现新的视阈融合"[②],而与其他诗学思想交流所形成的视阈融合便具有了普遍意义,可以上升为普适性的世界诗学的观察视角。达姆罗什认为"即使

---

① 黄维樑:《从〈文心雕龙〉到〈人间词话〉——中国古典文论新探》(第二版),北京:北京大学出版社,2013年,第10页。
② 陈跃红:《比较诗学导论》,北京:北京大学出版社,2005年,第155页。

是一种真正意义上的全球性视角仍是源自某个地方的一种视角"[1],反过来讲,中国诗学的视角经过与其他民族诗学视角的交流、交融后,也可以超越地域成为一种全球性的视角。其三,中国古典文论所提出的许多问题和话题,在烛照中国本土文学现象的同时也有助于思考、透视人类普遍文学现象的本质与规律,因此可以转化、升华为世界诗学的问题和话题。乐黛云在考察了中国诗学、西方诗学、印度诗学以及阿拉伯诗学对文学基本问题的探索后指出:"虽然侧重方面、出发点、表现方式等都不尽相同,但思路却大体一致……提出的问题和解决问题的思路却总有一致的地方。"[2]由此而言,中国古典文论虽然源自中国本土,其所提出的问题,所讨论的话题,不少可以在其他诗学传统中得到共鸣,从而可以上升为世界诗学的问题和话题。在这方面,张隆溪将中国古典文论与其他民族文学理论、诗学思想相互对比、参照,进而从中提炼出世界诗学问题与话题的做法值得称道。比如,他将《诗经》大、小序的讽喻和赞美功能与基督教对《雅歌》的讽喻解读联系在一起,进而提出:"为什么要讽喻呢?讽喻阐释是怎样产生的呢?它对于文学阅读来说有什么暗含的意义呢?这些是我们在世界诗学中应该提出的问题。"[3]又如,他把《尚书》中的"诗言志"说与古印度梵语诗学关于诗歌起源的论述以及古希腊俄尔普斯神话作比对,由此认为:"在世界诗学的讨论中,我们可以重新思考诸如语言与音乐的关系、诗歌最初的口头起源、早期戏剧与宗教仪式及剧场演出乐舞之间的联系等问题。"[4]张隆溪中外互鉴,将中国民族诗学问题转化、提炼为世界诗学问题的路径打开了中国古典文论参与世界诗学理论建构的广阔空间。

建构世界诗学并不意味着取消民族诗学,就像倡导世界文学并不意味着取消民族文学一样。歌德热情地欢迎世界文学的到来,但他同时又指出:"问题并不在于各民族都应按照一个方式去思想,而在于他们应该互相认识,互相

---

[1] David Damrosch. *What is World Literature*? Princeton and Oxford: Princeton University Press, 2003, p. 27.
[2] 乐黛云:《比较文学与比较文化十讲》,上海:复旦大学出版社,2004年,第108页。
[3] Zhang Longxi. "The Poetics of World Poetics". In Theo D'haen, David Damrosch and Djelal Kadir (eds.). *The Routledge Companion to World Literature*. London & New York: Routledge, 2012, p. 358.
[4] Ibid., p. 359.

了解。"①对于歌德的这种立场,朱光潜曾作过解释:"世界文学是由各民族文学相互交流,相互借鉴而形成的;各民族对它都有所贡献,也都从它有所吸收,所以它和民族文学不是对立的,也不是在各民族文学之外别树一帜。歌德对于世界文学的主张是辩证的:他一方面欢迎世界文学的到来,另一方面又强调各民族文学须保存它的特点。"②同理,世界诗学与民族诗学也不是对立的,中国诗学在参与世界诗学理论建构的同时也可以保持自己的理论体系与话语特色。作为中国诗学思想的结晶,中国古典文论参与世界诗学的理论建构不仅不会丧失自身的特色,而且可以在就世界诗学问题与其他民族诗学交流和交融的同时发出自己的声音,扩大自己的国际话语权力。更为重要的是,中国古典文论如能将自身某些理论、视角、问题等转化、提升为世界诗学的一部分,自然可以为中国文论、中国诗学赢得国际地位,为中国文论国际话语体系的建构奠定坚实的基础。

结　语

作为中国本土诗学思想的结晶,中国古典文论是整个中国文论赖以维持其民族文学批评精神的根基土壤。中国古典文论的话语体系完整独特,自成一体,其对外翻译、传播与影响是中国文论在国际文艺理论界发出自己的声音,获得国际话语权力,进而建构其国际话语体系的关键。鉴于当前中国古典文论基本囿于本土而国际文化场域又以西方为中心的现状,中国文论国际话语体系的建构应以中国古典文论的对外译介为切入,逐渐实现其从本土诗学到"翻译诗学",再到"比较诗学"与"世界诗学"的跨越:在"翻译诗学"阶段,中国古典文论可以借助翻译走出国门,进入域外,使中国本土的诗学思想在国际范围内得到传播与接受,为中国文论获得国际话语权力搭建平台;在"比较诗学"阶段,以中国古典文论为本源的中国诗学通过与西方诗学、西方文论的对话、交流与双向阐发,在西方文艺理论界乃至西方主导的国际文艺理论界发出自己的声音,进而获取中国文论的国际话语权力;而在"世界诗学"阶段,中国

---

① 彼得·伯尔纳:《歌德》,关惠文等译,北京:人民文学出版社,1986年,第178页。
② 朱光潜:《西方美学史》,北京:人民文学出版社,2002年,第424—425页。

诗学可以中国古典文论为思想资源，从自身民族诗学的角度探讨世界文学现象的普遍问题，与其他民族诗学一起参与世界诗学的理论建构，由此进一步获取并巩固中国文论的国际话语权力，同时赢得自己的国际话语地位，为建构中国文论的国际话语体系奠定基础。

在从"翻译诗学"到"比较诗学"与"世界诗学"的跨越中，以中国古典文论为先导的整个中国文论可以逐步获得、扩大并巩固自己的国际话语权力，在西方以及整个国际文艺理论界持续、连贯地发出自己的声音，系统、深入地阐明自己的观点，主动、鲜明地提出自己的主张，久而久之即可形成中国文论的国际话语体系。作为中国诗学与世界诗学之间的纽带，未来的中国文论国际话语体系大致由微观、中观、宏观三个层面的要素构成，并呈现出中外融通的特点：在微观层面，中国文论国际话语体系应拥有一整套中国文论特有且国际文艺理论界可辨识的核心概念与术语；在中观层面，该体系应涵盖一系列代表中国文论主要思想且受到国际文艺理论界普遍认可的理论与学说；而在宏观层面，该体系还应包含作为中国文论思想基石且业已为国际文艺理论界所理解的中国文论的宇宙观与哲学观。中国文论国际话语体系的三个层面都是中国文论向国际文艺理论界表述自己思想的有效渠道，它们彼此交叉、互为补充，共同凝成中国诗学与世界诗学之间的沟通桥梁。当前，中国文论国际话语体系的建构正在进行，其中既涉及中国文论自身国际话语权力的逐步提升，又涉及国际文化场域结构的整体调整，因此必将是一个长期、渐进且充满挑战的过程。

中国文论建构自己的国际话语体系与其参与擘画世界诗学的宏伟蓝图并行不悖，相辅相成。在当前全球化将人类命运系为一体的背景下，中国文论应该依托自己的民族诗学智慧积极参与世界诗学的理论建构。乐黛云倡导激活中国古典文学和文论的个性，使之参与世界文论对话："中国文学理论极为丰富，应该拿出去，帮助解决世界文论问题。"[①]事实上，作为整个中国文论根基土壤的中国古典文论建立在"天人合一"的宇宙观和"家国天下"的儒家思想基础之上，向来讲究以"文"化"天下"，以"天地"论"文"，在本质上是一种大文学观、大诗学观，《易经》所谓"关乎人文，以化成天下"以及《文心雕龙》的开篇诘

---

① 乐黛云：《乐黛云讲比较文学》，北京：商务印书馆，2019年，第175页。

问"文之为德也大矣,与天地并生者何哉"都是这种大文学观、大诗学观的直接体现。中国古典文论的这种大文学观、大诗学观胸怀天下,其所致力解决的正是天下整个人类文学的普遍性问题:"我们的文学之志,在于'天下',是着眼于天下的人类普遍性的,这是中国古代天下文学论的要义之一"①。中国文论拥有探索天地"文心"、天下"诗心"的宝贵传统,其中蕴含的大文学观、大诗学观在精神上与世界诗学相契相通,在本质上都是在承担一种"与人类命运共同体具有根本关联的人文学术的使命"②,因此中国文论参与世界诗学的理论建构与其本初的文化理想一脉相承。近年来,世界诗学在世界文学研究的持续升温中业已开启了其理论建构的进程:"世界文学作为一种理念和文学作品的汇集,现仍在生成发展的过程中,而世界诗学同样正在生成发展。世界诗学将会赋予我们较之以往更为宽广的视角,由此在文学理论和文学批评领域带来更为渊博的智识和更为深刻的洞见。"③作为中国诗学智慧的结晶,中国文论应该秉承其胸怀天下、志在寰宇的优秀传统,积极参与世界诗学的理论建构,以探索人类共同的"文心"、共有的"诗心",从而在世界诗学的宏大交响乐中奏响中国诗学的辉煌乐章。

---

① 张未民:《中国文学与世界文学——从"天下之文"走向"世界文学"的中国化》,载《中国比较文学》,2011年第4期,第17页。
② 宋炳辉:《对话与认同之际:比较文学的人文品格与当代使命》,载《北京大学学报》(哲学社会科学版),2017年第1期,第116页。
③ Zhang Longxi. "The Poetics of World Literature". In Theo D'haen, David Damrosch and Djelal Kadir (eds.). *The Routledge Companion to World Literature*. London & New York: Routledge, 2012, p. 363.

参考文献

Abrams, M. H. *The Mirror and the Lamp: Romantic Theory and the Critical Tradition*. Oxford: Oxford University Press, 1953.

Abrams, M. H. & G. G. Harpham. *A Glossary of Literary Terms* (Tenth Edition). Boston: Wadsworth, 2012.

Allen, Joseph Roe. *Two Studies in Chinese Literary Criticism*. Seattle: University of Washington Press (Institute for Comparative and Foreign Area Studies), 1976.

Appiah, Kwame Anthony. "Thick Translation". In Lawrence Venuti (ed.). *The Translation Studies Reader*. London & New York: Routledge, 2000: 417—429.

Baker, Mona. "Corpus linguistics and translation studies: Implications and applications". In Mona Baker, Gill Francis & Elena Tognini-Bonelli (eds.). *Text and Technology: In Honour of John Sinclair*. Amsterdam/Philadelphia: John Benjamins Publishing Company, 1993: 233—250.

Baker, Mona. "Corpora in translation studies: An overview and some suggestions for future research". *Target*, 1995 (2): 223—243.

Barnstone, Tony & Ping Chou (trans.). *The Art of Writing: Teachings of the Chinese Masters*. Boston: Shambhala Publications, 1996.

Bourdieu, Pierre. *Distinction: A Social Critique of the Judgment of Taste*. Richard Nice (trans.). Cambridge, Mass.: Harvard University Press, 1984.

Bourdieu, Pierre. "The Forms of Capital". In John Richardson (ed.). *Handbook of Theory and Research for the Sociology of Education*. New York: Greenwood, 1986: 241—258.

Bourdieu, Pierre. *The Logic of Practice*. Richard Nice (trans.). Chicago: Stanford University Press, 1990.

Bourdieu, Pierre. *The Field of Cultural Production: Essays on Art and Literature*. New York: Columbia University Press, 1993.

Bourdieu, Pierre. *The Rules of Art: Genesis and Structure of the Literary Field*. Susan Emanuel (trans.). Stanford, CA: Stanford University Press, 1996.

Bourdieu, Pierre and Loic J. D. Wacquant. *An Invitation to Reflexive Sociology*. Chicago: The University of Chicago Press, 1992.

Butler, Christopher S. *Statistics in Linguistics*. Oxford: Basil Blackwell, 1985.

Buzelin, Hélène. "Sociology and Translation Studies". In Carmen Millán & Francesca Bartrina (eds.). *The Routledge Handbook of Translation Studies*. London & New York: Routledge, 2013: 186—200.

Casanova, Pascale. "Consecration and Accumulation of Literary Capital: Translation as Unequal Exchange". In Mona Baker (ed.). *Critical Readings in Translation Studies*. London & New York: Routledge, 2010: 285—303.

Chang, Peng Chun. "Translator's Note". *The Dial*, 1922 (Volume LXXIII): 273.

Ch'en, Yao-sheng & Paul S. Y. Hsiao. *Sinology in the United Kingdom and Germany*. Honolulu: East-West Center, 1967.

Chesterman, Andrew. "Bridge concepts in translation sociology". In Michaela Wolf & Alexandra Fukari (eds.). *Constructing a Sociology of Translation*. Amsterdam/Philadelphia: John Benjamins Publishing Company, 2007: 171—183.

Collie, David (trans.). *The Chinese Classical Work Commonly Called The Four Books*. Malacca: Mission Press, 1828.

Crammer-Byng, L. A. *A Lute of Jade: Being Selections from the Classical Poets of China*. London: John Murray, 1909.

Culler, Jonathan. "Comparative Literature, at Last". In Haun Sausy (ed.). *Comparative Literature in an Age of Globalization*. Baltimore: The Johns Hopkins University Press, 2006: 237—248.

Damrosch, David. *What is World Literature?* Princeton and Oxford: Princeton University Press, 2003.

Dawson, Raymon. *Confucius: The Analects*. Oxford: Oxford University Press, 1993.

D'haen, Theo, David Damrosch and Djelal Kadir (eds.). *The Routledge Companion to World Literature*. London & New York: Routledge, 2012.

Eoyang, Eugene Chen. "Review on *Dragon-Carving and the Literary Mind*". *China Review International*, 2005 Vol. 12 (2): 587—589.

Fang, Achilles. "Rhymeprose on Literature: The Wen-Fu of Lu Chi (A. D. 261—303)". *Harvard Journal of Asiatic Studies*, 1951 (3): 527—566.

Fei, Faye Chunfang. *Chinese Theories of Theater and Performance from Confucius to the*

Present. Ann Arbor: Michigan University Press, 1999.

France, Peter. *Oxford Guide to Literature in English Translation*. Oxford: Oxford University Press, 2000.

Geertz, Clifford. *The Interpretation of Cultures*. New York: Basic Books, 1973.

Genette, Gérard. *Palimpsests: Literature in the Second Degree*. Channa Newman & Claude Doubinsky (trans.). Lincoln & London: University of Nebraska Press, 1997.

Genette, Gérard. *Paratexts: Thresholds of Interpretation*. Jane Lewin (trans.). Cambridge: Cambridge University Press, 1997.

Giles, Herbert. *Gems of Chinese Literature*. London: Bernard Quaritch; Shanghai: Kelly & Walsh, 1884.

Giles, Herbert. *Chuang Tzu: Mystic, Moralist and Social Reformer*. London: Bernard Quaritch, 1889.

Giles, Herbert Allen. *A History of Chinese Literature*. London: William Heinemann, 1901.

Girardot, Norman J. *The Victorian Translation of China: James Legge's Oriental Pilgrimage*. Berkeley & Los Angeles, California: University of California Press, 2002.

Granmer-Byng, L. *A Lute of Jade: Being Selections from the Classical Poets of China*. London: John Murray, 1901.

Gouanvic, Jean-Marc. "A Bourdieusian Theory of Translation, or the Coincidence of Practical Instances: Field, 'Habitus', Capital and 'Illusio'". *The Translator*, 2005 (2): 147 - 166.

Hanna, Sameh F. "Remapping habitus: norms, habitus and the theorization of agency". In Gisella M. Vorderobermeier (ed.). *Remapping Habitus in Translation Studies*. Amsterdam: Rodopi, 2014: 59—71.

Hawkes, David. "Review on *The Literary Mind and the Carving of Dragons*". *The Journal of Asian Studies*, 1960 (3): 331—332.

Heilbron, Johan & Gisèle Sapiro. "Outline for a Sociology of Translation: Current Issues and Future Prospects". In Michaela Wolf & Alexandra Fukari (eds.). *Constructing a Sociology of Translation*. Amsterdam/Philadelphia: John Benjamins Publishing Company, 2007: 93—107.

Hermans, Theo. *Translation in Systems. Descriptive and System-oriented Approaches Explained*. Manchester: St Jerome Publishing, 1999.

Hightower, J. R. "Review on *The Literary Mind and the Carving of Dragons*". *The Journal of Asian Studies*, 1959 (22): 280—288.

Holmes, James S. *Translated! Papers on Literary Translation and Translation Studies*. Amsterdam: Rodopi, 1988.

Holzman, Donald. "Review on *The Literary Mind and the Carving of Dragons*". *Artibus Asiae*, 1960 (2): 36—139.

Hsia, C. T. *The Classical Chinese Novel: A Critical Introduction*. New York: Columbia University Press, 1968.

Hughes, E. R. *The Art of Letters*. New York: Pantheon Books, 1951.

Inghilleri, Moira. "The Sociology of Bourdieu and the Construction of the 'Object' in Translation and Interpreting Studies". *The Translator*, 2005 (2): 125—145.

Jenkinson, Matt. "Nathanael Vincent and Confucius's 'Great Learning' in Restoration England". *Notes and Records of the Royal Society*, 2006 60 (1): 35—47.

Kidd, Samuel. *China, or Illustrations of the Symbols, Philosophy, Antiquities, Customs, Superstitions, Laws, Government, Education, and Literature of the Chinese*. London: Taylor & Walton, 1841.

Knechtges, David R. & Taiping Chang (eds.). *Ancient and Early Medieval Chinese Literature: A Reference Guide*. Leiden and Boston: Brill, 2014.

Lasswell, Harold D. "The Structure and Function of Communication in Society". In Lyman Bryson (ed.). *The Communication of Ideas*. New York & London: Harper and Brothers, 1948: 37—51.

Latour, Bruno. *Reassembling the Social*. Oxford: Oxford University Press, 2005.

Laviosa, Sara. "Core Patterns of Lexical Use in a Comparable Corpus of English Narrative Prose". *Meta*, 1998 Vol. 43 (4): 557—570.

Laviosa, Sara. "The Corpus-based Approach: A New Paradigm in Translation Studies". *Meta*, 1998 Vol. 43 (4): 474—479.

Laviosa, Sara. "Corpus Linguistics in Translation Studies". In Carmen Millán & Francesca Bartrina (eds.). *The Routledge Handbook of Translation Studies*. London & New York: Routledge, 2013: 228—240.

Lefevere, André. *Translation, Rewriting, and the Manipulation of Literary Fame*. London & New York: Routledge, 1992.

Lefevere, André. *Translating Literature: Practice and Theory in a Comparative Literature Context*. Beijing: Foreign Language Teaching and Research Press, 2006.

Legge, Helen Edith. *James Legge: Missionary and Scholar*. London: The Religious Tract Society, 1905.

Legge, James. *The Chinese Classics*. Hongkong: Lane, Crawford & Co.; London: Trubner & Co., 1871.

Leitch, Vincent B. (ed.). *The Norton Anthology of Theory and Criticism*. New York: W.

W. Norton and Company, 2001.

Liu, Wu-chi. "Review on *The Literary Mind and the Carving of Dragons*". *Journal of American Oriental Society*, 1960(3): 275—277.

Lloyd, Rosemary & Jean Fornasiero (eds.). *Magnificent Obsessions: Honouring the Lives of Hazel Rowley*. Newcastle upon Tyne: Cambridge Scholars Publishing, 2013.

Luhmann, Niklas. *Social Systems*. J. Bednarz Jr & D. Baecker (trans.). Stanford: Stanford University Press, 1995.

Luhmann, Niklas. *Art as a Social System*. Evam Knodt (trans.). Stanford: Stanford University Press, 2000.

Marshman, J. (trans.). *The Works of Confucius*. Serampore: Mission Press, 1809.

Medhurst, W. H. (trans.). *Ancient China, the Shoo-King, Or, the Historical Classic: Being the Most Ancient Authentic Record of the Annals of the Chinese Empire*. Shanghae: Printed at the Mission Press, 1846.

Merkle, Denise. "Translation constraints and the 'sociological turn' in literary translation studies". In Anthony Pym, Miriam Shlesinger & Daniel Simeoni (eds.). *Beyond Descriptive Translation Studies*. Amsterdam/Philadelphia: John Benjamins Publishing Company, 2008: 175—186.

Morrison, Robert (trans.). *Horae Sinicae: Translations from the Popular Literature of the Chinese*. London: Black & Parry, 1812.

Philippe Nemo. *What Is the West?*. Richard A. Cohen, trans. Pittsburgh, Pennsylvania: Duquesne University Press, 2004.

Nienhauser, William H. (ed.). *The Indiana Companion to Traditional Chinese Literature* (Vol. I). Bloomington & Indianapolis: Indiana University Press, 1986.

Olohan, Maeve. *Introducing Corpora in Translation Studies*. London & New York: Routledge, 2004.

Owen, Stephen. *Readings in Chinese Literary Thought*. Cambridge, Massachusetts & London: Harvard University Press, 1992.

Pollard, D. E. "*Readings in Chinese Literary Thought* by Stephen Owen". *The China Quarterly*, 1994(137): 279—280.

Porter, Lucius Chapin. *Aids to the Study of Chinese Philosophy*. Peiping: Yenching University, 1934.

Rickett, Adele Austin. *Wang Kuo-wei's Jen-Chien Tz'ŭ-Hua: A Study in Chinese Literary Criticism*. Hong Kong: Hong Kong University Press, 1977.

Robertson, Maureen. "To Convey What is Precious: Ssu-k'ung T'u's *Poetics and the Erh-*

shih-ssu Shih P'in". In David C. Buxbaum & Frederick W. Mote (eds.). *Translation and Permanence: Chinese History and Culture. A Festschrift in Honor of Dr. Hsiao Kung-Ch'üan*. Hong Kong: Cathay Press, 1972: 323—357.

Rolston, David L. *How to Read the Chinese Novel*. Princeton: Princeton University Press, 1990.

Sapiro, Gisèle. "The Sociology of Translation: A New Research Domain". In Sandra Bermann & Catherine Porter (eds.). *A Companion to Translation Studies*. Chichester: John Wiley & Sons, Ltd., 2014: 82—94.

Schäffner, Christina. (ed.). *Translation and Norms*. Clevedon: Multilingual Matters, 1999.

Shih, Vincent Yu-cheng (trans. and annot.). *The Literary Mind and the Carving of Dragons*. New York: Columbia University Press, 1959; Rev., Bilingual ed., Hong Kong: Chinese University Press, 1983.

Simeoni, Daniel. "Between sociology and history: Method in context and in practice". In Michaela Wolf & Alexandra Fukari (eds.). *Constructing a Sociology of Translation*. Amsterdam/Philadelphia: John Benjamins Publishing Company, 2007: 187—204.

Spingarn, J. E. *The New Criticism*. New York: The Columbia University Press, 1911.

Spingarn, J. E. "Foreword to Tsang-Lang Discourse on Poetry". *The Dial*, 1922 (Volume LXXIII): 271—273.

Swartz, David. *Culture & Power: The Sociology of Pierre Bourdieu*. Chicago: University of Chicago Press, 1997.

Toury, Gideon. *In Search of a Theory of Translation*. Jerusalem: Academic Press, 1980.

Toury, Gideon. *Descriptive Translation Studies and Beyond*. Amsterdam/Philadelphia: John Benjamins Publishing Company, 1995.

Toury, Gideon. *Descriptive Translation Studies and Beyond* (Revised edition). Amsterdam & Philadelphia: John Benjamins Publishing Company, 2012.

Toynbee, Arnold. *A Study of History*. London: Thames and Hudson Ltd, 1988.

Tyulenev, Sergey. *Applying Luhmann to Translation Studies*. London & New York: Routledge, 2012.

Ure, Jean. "Lexical density and register differentiation". In G. Perren & J. L. M. Trim (eds.). *Applications of Linguistics*. London: Cambridge University Press, 1971: 443—452.

Venuti, Lawrence. "World literature and translation studies". In Theo D'haen, David Damrosch and Djelal Kadir (eds.). *The Routledge Companion to World Literature*. London & New York: Routledge, 2012: 180—193.

Wolf, Michaela. "Introduction: The emergence of a sociology of translation". In Michaela Wolf & Alexandra Fukari (eds.). *Constructing a Sociology of Translation*. Amsterdam/Philadelphia: John Benjamins Publishing Company, 2007: 1—38.

Wolf, Michaela & Alexandra Fukari (eds.). *Constructing a Sociology of Translation*. Amsterdam/Philadelphia: John Benjamins Publishing Company, 2007.

Wong, Siu-kit. "A Descriptive Poem on Literature". In Siu-kit Wong (ed.). *Early Chinese Literary Criticism*. Hong Kong: Joint Publishing Co., 1983: 39—60.

Wong, Yoon-wah. *Sikong Tu's Shi Pin: Translation with an Introduction*. Singapore: Department of Chinese Studies, National University of Singapore, 1994.

Wylie, Alexander. *Notes on Chinese Literature*. Shanghae: American Presbyterian Mission Press; London: Trübner & Co., 1867.

Yang, Guobin. (trans.). *Dragon-Carving and the Literary Mind*. Beijing: Foreign Language Teaching and Research Press, 2003.

Yang, Hsien-yi & Gladys Yang. "The Twenty-four Modes of Poetry". *Chinese Literature*, 1963 (7): 65—77.

Yip, Wai-lim. (trans.). "Selections from 'The Twenty-four Orders of Poetry'". *Stony Brook*, 1969, No. 3/4.

Yü, Pauline. "Ssu-k'ung T'u's Shih-p'in: Poetic Theory in Poetic Form". In Ronald C. Miao (ed.). *Studies in Chinese Poetry and Poetics* (Vol. 1). San Francisco. Calif.: Chinese Materials Center, 1978: 81—103.

Yü, Yen. "Tsang-Lang Discourse on Poetry". Chang Peng-chun (trans.). *The Dial*. Volume LXXIII, 1922: 274—276.

Zhang, Longxi. *The Tao and the Logos: Literary Hermeneutics, East and West*. Durham and London: Duke University Press, 1992.

Zhang, Longxi. "The Poetics of World Literature". In Theo D'haen, David Damrosch and Djelal Kadir (eds.). *The Routledge Companion to World Literature*. London & New York: Routledge, 2012: 356—364.

艾迪生·维斯理·朗文出版公司辞典部. 朗文当代高级英语辞典(英英·英汉双解). 朱原等, 译. 北京:商务印书馆,1998.

安德鲁·琼斯(美). "世界"文学经济中的中国文学. 见:大卫·达姆罗什、刘洪涛、尹星主编. 世界文学理论读本. 北京:北京大学出版社,2013:215—232.

彼得·伯尔纳(德). 歌德. 关惠文等译. 北京:人民文学出版社,1986.

蔡瑞珍. 文学场中鲁迅小说在美国的译介与研究. 中国翻译,2015(2):37—41.

蔡宗齐. 比较诗学结构:中西文论研究的三种视角. 刘青海译. 北京:北京大学出版社,2012.

曹东.《沧浪诗话》研究述略.解放军外国语学院学报,1997(5):106-108.
曹顺庆.文论失语症与文化病态.文艺争鸣,1996(2):50-58.
曹顺庆.中西比较诗学.北京:中国人民大学出版社,2010.
曹顺庆.翻译的变异与世界文学的形成.外语与外语教学,2018(1):126-129.
曹顺庆,邱明丰.中国文论的西化历程.西南民族大学学报(人文社会科学版),2010(1):229-236.
陈引驰,李姝.鸟瞰他山之石——英语学界中国文论研究.中国比较文学,2005(3):140-149.
陈跃红.比较诗学导论.北京:北京大学出版社,2005.
程钢.理雅各与韦利《论语》译文体现的义理系统的比较分析.孔子研究,2002(2):17-28.
仇华飞.二十世纪上半叶美国汉学研究管窥.档案与史学,2000(4):66-71.
方丹(法).诗学:文学形式通论.陈静译.天津:天津人民出版社,2003.
戴薇.基于语料库的翻译文体学应用研究——以《文心雕龙·神思》的两个英译本为例.长江大学学报(社会科学版),2013(12):107-108+128.
戴文静.中国文论英译的译者行为批评分析——以《文心雕龙》的翻译为例.解放军外国语学院学报,2017(1):28-34+159.
厄尔·迈纳(美).比较诗学.王宇根,宋伟杰等译.北京:中央编译出版社,1998.
范祥涛.文化专有项的翻译策略及其制约因素——以汉语典籍《文心雕龙》的英译为例.外语与外语教学,2008(6):61-64.
方维规.思想与方法:全球化时代中西对话的可能.北京:北京大学出版社,2014年.
弗朗索瓦·于连(法).迂回与进入.杜小真译.北京:生活·读书·新知三联书店,1998.
傅庚生.中国文学欣赏举隅.北京:生活·读书·新知三联书店,2018.
高方,许钧.现状、问题与建议——关于中国文学走出去的思考.中国翻译,2010(6):5-9+92.
高迎刚."失语症"论争的回顾与反思:兼论中国当代文论的现实处境与发展策略.文史哲,2010(6):111-119.
龚献静.二战后美国资助翻译中国文化文本的项目特点及启示.中国翻译,2017(1):42-48.
顾随讲,叶嘉莹笔记,顾之京整理.顾随诗词讲记.北京:中国人民大学出版社,2009.
顾正阳.古诗词曲英译论稿.上海:百家出版社,2003.
郭绍虞.中国文学批评史(上卷).天津:百花文艺出版社,1999.
郭绍虞.中国历代文论选(第一册).上海:上海古籍出版社,1979.
哈罗德·拉斯韦尔(美).社会传播的结构与功能.展江、何道宽译.北京:中国传媒大学出版社,2013.
何寅,许光华.国外汉学史.上海:上海外语教育出版社,2002.
侯且岸.费正清与中国学.见:李学勤.国际汉学漫步(上卷).石家庄:河北教育出版社,1997:1-82.

胡珀(澳),澹烟. 澳大利亚的中国研究. 国外社会科学,2001(5):83—85.
胡开宝. 语料库翻译学:内涵与意义. 外国语,2012(5):59—70.
胡壮麟. 语篇的衔接与连贯. 上海:上海外语教育出版社,1994.
黄鸣奋. 英语世界中国古典文学之传播. 上海:学林出版社,1997.
黄维樑. 从《文心雕龙》到《人间词话》——中国古典文论新探(第二版). 北京:北京大学出版社,2013.
黄育馥. 20世纪80年代以来美国中国学的几点变化. 国外社会科学,2004(5):49—58.
黄卓越. 从文学史到文论史——英美国家中国文论研究形成路径考察. 中国文化研究,2013(4):201—212.
黄卓越. 海外汉学与中国文论. 北京:北京师范大学出版社,2018年.
吉瑞德(美). 朝觐东方:理雅各评传. 段怀清,周俐玲译. 桂林:广西师范大学出版社,2011.
纪宝宁(新西兰),崔玉军. 新西兰中国学的回顾与展望. 国外社会科学,2006(3):76—82.
蒋童,钟厚涛,仇爱丽.《沧浪诗话》在西方. 北京:中国文联出版社,2015.
焦玉洁. 深度翻译视角下注释的应用及价值——以李又安《人间词话》英译本为例. 译苑新谭,2015:166—170.
李德超,唐芳. 基于类比语料库的英语旅游文本文体特征考察. 中国外语,2015(4):88—96.
李德超,王克非. 汉英同传中词汇模式的语料库考察. 现代外语,2012(4):409—415+438.
李凤琼.《文赋》在美国:从方志彤到麦克雷什. 作为理论资源的中国文论——古代文学理论研究(第四十二辑). 2016:25—38.
李钢. Joshua Marshman 与《论语》的英译. 牡丹江大学学报,2010(12):116—118.
李会玲. 课内课外话北美汉学——加拿大不列颠哥伦比亚大学单国钺教授访谈录. 武汉大学学报(人文科学版),2010(6):659—665.
李建中. 中国古代文论. 武汉:华中师范大学出版社,2002.
李良玉. 历史学的观念、方法与特色. 史学月刊,2004(6):18—20.
李林波. 论《文心雕龙》三个术语的英译——兼论中国古典文论在英语世界重构的可能与可行. 西安外国语大学学报,2018(3):97—101.
李倩. 翟理斯的《中国文学史》. 古典文学知识,2006(3):108—112.
李特夫,李国林. 辨义·表达·风格——《诗大序》字译本分析. 广东外语外贸大学学报,2004(1):16—19.
李新德. 理雅各对《诗经》的翻译与诠释. 文化与传播,2013(5):31—36.
梁丽芳. 加拿大汉学:从古典到现当代与海外华人文学. 华文文学,2013(3):64—74.
梁丽芳. 加拿大汉学:从亚洲系、东亚图书馆的建设以及研究生论文看中国文学研究的蜕变. 海南师范大学学报(社会科学版),2015(9):19—24.
廖七一. 翻译规范及其研究途径. 外语教学,2009(1):95—98+103.

林理彰. 严羽"才"与"学"的两极化倾向. 钟厚涛,译. 见:蒋童、钟厚涛等.《沧浪诗话》在西方. 北京:中国文联出版社,2015:210—235.

刘若愚. 中国的文学理论. 赵帆声等译. 郑州:中州古籍出版社,1986.

刘笑敢. 探究"反向格义"与中国哲学研究的困境——以老子之道的诠释为例. 南京大学学报(哲学·人文科学·社会科学版),2006(2):76—90.

刘颖. 关于《文心雕龙》的英译与研究. 外语教学与研究,2009(2):142—147.

刘云虹. 关于新时期中国文学外译评价的几个问题. 中国外语,2019(5):103—111.

鲁迅. 鲁迅全集(第8卷). 北京:人民文学出版社,2005.

陆机,司空图. 大中华文库汉英对照《文赋》《二十四诗品》. 萨姆·哈米尔,翟理斯,张宗友译. 南京:译林出版社,2012.

马丽媛. 典籍英译的开拓者初大告译著研究. 国际汉学,2014(1):83—96,204.

马祖毅,任荣珍. 汉籍外译史. 武汉:湖北教育出版社,1997.

莫东寅. 汉学发达史. 上海:上海书店,1989.

潘文国. 译入与译出——谈中国译者从事汉籍英译的意义. 中国翻译,2004(2):40—43.

潘文国. 从"格义"到"正名"——翻译传播中国文化的重要一环. 华东师范大学学报(哲学社会科学版),2017(5):141—147+177.

彭玉平. 朱光潜与解读王国维词学的西学立场——《人间词话》百年学术史研究之五. 苏州大学学报(哲学社会科学版),2009(1):62—66.

彭玉平.《人间词话》英译两种平议——以李又安译本为中心. 社会科学战线,2012(9):131—139.

皮埃尔·布尔迪厄(法). 文化资本与社会炼金术——布尔迪厄访谈录. 包亚明译. 上海:上海人民出版社,1997.

乔力. 二十四诗品探微. 济南:齐鲁书社,1983.

任先大,李燕子. 严羽及其《沧浪诗话》的海外阐释——以北美汉学界为中心. 湖南社会科学,2011(5):184—188.

任增强. 美国汉学家论《诗大序》. 贵州师范大学学报(社会科学版),2010(5):89—93.

任增强. 陆机《文赋》在美国的接受与阐释. 中国社会科学报,2013—8—23.

任真. 宇文所安对《诗大序》解读的两个问题. 文艺理论与批评,2006(6):94—97.

荣立宇.《人间词话》英译对比研究——基于副文本的考察. 东方翻译,2015(5):66—71.

荣立宇,刘斌斌. 专业人士译著,翻译研究并举——李又安《人间词话》英译评析. 见:王宏印、朱健平、李伟荣. 典籍翻译研究(第六辑). 北京:外语教学与研究出版社,2013:92—102.

邵惟韺,邵志洪. 静态与动态——传统和认知语法视角下的英汉语言表达状态对比. 外国语文,2015(2):98—105.

邵毅平. 诗歌:智慧的水珠. 上海:复旦大学出版社,2008.

沈岚. 跨文化经典阐释:理雅各《诗经》译介研究. 苏州大学博士学位论文,2013.
施佳胜. 经典、阐释、翻译——《文心雕龙》英译研究. 上海外国语大学博士论文,2010.
史冬冬. 宇文所安的中国文学思想研究. 见:王晓路. 北美汉学界的中国文学思想研究. 成都:巴蜀书社,2008:352-468.
司空图. 司空图选集注. 王济亨,高仲章选注. 太原:山西人民出版社,1989.
宋炳辉. 对话与认同之际:比较文学的人文品格与当代使命. 北京大学学报(哲学社会科学版),2017(1):116-119.
苏毅. 国家文化安全战略下的中国文化走出去战略. 暨南学报(哲学社会科学版),2014(5):126-133.
孙康宜. 谈谈美国汉学的新方向. 书屋,2007(12):35-36.
孙越生,陈书梅. 美国中国学手册(增订本). 北京:中国社会科学出版社,1993.
汪宝荣. 社会翻译学学科结构与研究框架构建述评. 解放军外国语学院学报,2017(5):110-118+160.
汪泓. 司空图《二十四诗品》真伪辨综述. 复旦学报(社会科学版),1996(2):32-37.
汪庆华. 传播学视域下中国文化走出去与翻译策略选择——以《红楼梦》英译为例. 外语教学,2015(3):100-104.
汪榕培,王宏. 中国典籍英译. 上海:上海外语教育出版社,2009.
王光坚. 英语世界中的陆机《文赋》翻译和研究. 北京师范大学硕士学位论文,2010.
王国强. 《中国评论 1872—1901》与西方汉学. 上海:上海书店出版社,2010.
王国维. 人间词话. 涂经诒译. 台北:台湾中华书局,1970.
王国维. 人间词话. 北京:中华书局,2015.
王国维. 人间词话汇编汇校汇评. 周锡山,编校. 上海:上海三联书店,2013.
王海龙. 美国当代汉学研究综述. 上海师范大学学报(哲学社会科学版),1999(1):56-63.
王宏. 《庄子》英译考辨. 东方翻译,2012(3):50-55.
王宏. 中国典籍英译:成绩、问题与对策. 外语教学理论与实践,2012(3):9-14.
王洪涛. 翻译学的学科建构与文化转向. 上海:上海译文出版社,2008.
王洪涛. 建构"社会翻译学":名与实的辨析. 中国翻译,2011(1):14-18+93.
王洪涛. 社会翻译学视阈中国文学在英国传译的历时诠释. 外语学刊,2016(3):146-151.
王洪涛. "社会翻译学"研究:考辨与反思. 中国翻译,2016(4):6-13+127.
王洪涛. 社会翻译学研究:理论、视角与方法. 天津:南开大学出版社,2017.
王洪涛. 中国古典文论在西方的英译:历史进程与基本特征. 国际汉学,2018(1):43-56+203-204.
王宏印. 司空图《诗品》注译. 北京:北京图书馆出版社,2002.
王宏印. 中国文化典籍英译. 北京:外语教学与研究出版社,2009.

王宏印. 中国文化典籍翻译——概念、理论与技巧. 大连大学学报,2010(1):127-133.
王宏印. 关于中国文化典籍翻译的若干问题与思考. 中国文化研究,2015(2):59-68.
王克非. 语料库翻译学——新研究范式. 中国外语,2006(3):8-9.
王丽娜. 司空图的《二十四诗品》在国外. 文学遗产,1986(2):100-106.
王丽娜. 严羽《沧浪诗话》的外文译著简介. 文艺理论研究,1986(2):73-75.
王宁. "世界文学"与翻译. 文艺研究,2009(3):23-31.
王宁. 从单一到双向:中外文论对话中的话语权问题. 江海学刊,2010(2):29-35.
王宁. 世界诗学的构想. 中国社会科学,2015(4):169-176.
王琴玲,黄勤. 从副文本解读林太乙《镜花缘》英译本. 中国翻译,2015(2):81-85.
王先霈. 《中国古代文论》序. 见:李建中. 中国古代文论. 武汉:华中师范大学出版社,2002:1-6.
王晓路. 西方汉学界的中国文论研究. 成都:巴蜀书社,2003.
王晓农. 中国文化典籍英译出版存在的问题——以《大中华文库·二十四诗品》为例. 当代外语研究,2013(11):43-48+78.
王晓农. 英语世界对《人间词话》的翻译与研究. 燕山大学学报(哲学社会科学版),2015(1):89-94.
王晓农. 侧重文论思想传播的中国古典文论文本英译评析——以《大中华文库·文心雕龙》为例. 河北工业大学学报(社会科学版),2015(2):73-79.
王晓农. 《人间词话》英译本对原文征引-评论关系的再现研究. 燕山大学学报(哲学社会科学版),2015(4):72-78.
王晓平,周发祥,李逸津. 国外中国古典文论研究. 南京:江苏教育出版社,1998.
王岳川. "发现东方"与中西"互体互用". 文艺研究,2004(2):109-117+160.
王岳川. 从"去中国化"到"再中国化"的文化战略——大国文化安全与新世纪中国文化的世界化. 贵州社会科学,2008(10):4-14.
王运鸿. 描写翻译研究及其后. 中国翻译,2013(3):5-14+128.
王运鸿. 描写翻译研究之后. 中国翻译,2014(3):17-24+128.
王志勤,谢天振. 中国文学文化走出去:问题与反思. 学术月刊,2013(2):21-27.
吴孟雪. 论西欧汉学起源史上的重要一页. 江西社会科学,1999(9):68-74.
吴启雨. 基于语料库的翻译风格差异考察——以《文心雕龙》两个译本对比为例. 池州学院学报,2014(4):105-109.
吴攸,张玲. 中国文化"走出去"之翻译思考——以毕飞宇作品在英法世界的译介与接受为例. 外国语文,2015(4):78-82.
吴原元. 略论中美对峙时期美国的中国研究. 东方论坛,2009(3):96-101.
武光军,王克非. 基于英语类比语料库的翻译文本中的搭配特征研究. 中国外语,2011(5):

40—47+56.
肖倩. 超越整体主义和个体主义:试论布迪厄的关系主义方法论. 晋阳学刊,2005(5):57—60.
熊文华. 英国汉学史. 北京:学苑出版社,2007.
徐菊清. 翻译教学与研究论述:陈德鸿教授专访录. 翻译界,2017(2):128—142+163—164.
徐敏慧. 从翻译规范到译者惯习:描写翻译研究的新发展. 中国翻译,2017(6):11—17+129.
徐有富. 诗学原理. 北京:北京大学出版社,2007.
徐志啸. 北美学者中国古代诗学研究. 上海:上海古籍出版社,2011.
许诗焱,许多. 译者—作者互动与翻译过程——基于葛浩文翻译档案的分析. 外语教学与研究,2018(3):441—450+481.
阎纯德. 从"传统"到"现代":汉学形态的历时演进. 文史哲,2004(5):118—127.
严绍璗. 我对国际中国学(汉学)的认识. 国际汉学(第5辑),2000:6—18.
闫雅萍.《文心雕龙》书名的英译:必也正名乎?. 东方翻译,2013(2):22—27.
闫月珍. 汉学界的五个《二十四诗品》英译本. 人文杂志,2016(2):55—60.
杨国斌.《文心雕龙·神思》英译三种之比较. 中国翻译,1991(4):43—48.
杨乃乔. 东西方比较诗学——悖立与整合. 北京:文化艺术出版社,2006.
姚建彬. 中国文学"走出去". 见:张西平. 中国文化"走出去"年度研究报告(2015卷). 北京:北京大学出版社,2016:169—207.
叶嘉莹.《人间词话》之基本理论——境界说. 见:王国维. 人间词话. 北京:中华书局,2015:89—125.
叶嘉莹. 古诗词课. 北京:生活·读书·新知三联书店,2018.
宇文所安. 中国文论:英译与评论. 王柏华,陶庆梅,译. 上海:上海社会科学院出版社,2003.
袁锦翔. 一位披荆斩棘的翻译家——初大告教授译事记述. 中国翻译,1985(2):29—32.
袁丽梅. 海外汉学助力中国文学"走出去"——关系分析与策略思考. 外语学刊,2018(5):18—22.
袁倩.《沧浪诗话》英文翻译初探. 剑南文学,2011(8):127+129.
乐黛云. 比较文学与比较文化十讲. 上海:复旦大学出版社,2004.
乐黛云. 乐黛云讲比较文学. 北京:商务印书馆,2019.
张国庆.《二十四诗品》百年研究述评. 文学评论,2005(1):178—189.
张国庆.《二十四诗品》诗歌美学. 北京:中央编译出版社,2008.
张弘. 中国文学在英国. 广州:花城出版社,1992.
张宏生."对传统加以再创造,同时又不让它失真"——访哈佛大学东亚语言与文明系斯蒂芬·欧文教授. 文学遗产,1998(1):111—119.
张金梅,等. 中国文论名篇注析. 北京:人民出版社,2016.
张隆溪. 钱钟书谈比较文学与"文学比较". 读书,1981(10):132—138.

张彭春. 本学期所要提倡的三种生活——在南开学校高级初三学生集会上的演讲. 见:崔国良,崔红编,董秀桦英文编译. 张彭春论教育与戏剧艺术. 天津:南开大学出版社,2003:549—552.

张少康,汪春泓. 文心雕龙研究史. 北京:北京大学出版社,2001.

张万民. 中国古代文论英译历程的反思. 暨南学报(哲学社会科学版),2017(1):1—11+129.

张威. 我国翻译研究现状考察——基于国家社科基金项目(2000—2013)的统计与分析. 外语教学与研究,2015(1):106—118+161.

张未民. 中国文学与世界文学——从"天下之文"走向"世界文学"的中国化. 中国比较文学,2011(4):10—23.

张西平. 欧洲早期汉学史. 北京:中华书局,2009.

张西平. 西方汉学十六讲. 北京:外语教学与研究出版社,2011.

张西平. 中国文化"走出去"年度研究报告(2015卷). 北京:北京大学出版社,2016.

张智中. 司空图"诗品"英译比较研究——以第二十品《形容》为例. 天津外国语学院学报,2004(6):1—7.

张智中. 遇之自天,泠然希音——司空图《诗品》英译艺术探析. 郑州航空工业管理学院学报(社会科学版),2005(4):76—81.

钟厚涛. 异域突围与本土反思——试析《沧浪诗话》的首次英译及其文化启示意义. 文化与诗学,2009(1):56—67.

钟明国. 整体论观照下的《文心雕龙》英译研究. 南开大学博士论文,2010.

周明伟. 建设国际化翻译人才队伍,推动中国文化走出去. 中国翻译,2014(5):5—6.

周小英. 浅析《毛诗序》中两段选文的英译. 镇江高专学报,2009(3):27—29+32.

朱光潜. 西方美学史. 北京:人民文学出版社,2002.

朱光潜. 诗论. 南京:江苏文艺出版社,2008.

朱利安. 间距与之间:如何在当代全球化之下思考中欧之间的文化他者性. 见:方维规:思想与方法:全球化时代中西对话的可能. 北京:北京大学出版社,2014:20—39.

朱振武,杨世祥. 文化走出去语境下中国文学英译的误读与重构:以莫言小说《师傅越来越幽默》的英译为例. 中国翻译,2015(1):77—80.

术语索引

"境界说"　绪论 6,正文 5,156－159,161－163,169－170
"六观说"　281
"物感说"　275
"神思说"　281
《沧浪诗话》　绪论 3,5－6,正文 5－7,34－35,37,41－42,46,60,124,140－142,144－152,154,156,173,245,256,257
《道德经》　26,28－29,32－34,49,56,66
《二十四诗品》　绪论 3,5－6,正文 5－7,27,29,35,42－43,46,57,60,63,124－126,128－130,136,138－139,173,175,177－180,211－212,245,272
《姜斋诗话》　5,50
《六一诗话》　5,46,57,60
《论诗三十首》　5,44,50,60
《论语》　5,10,16,24－25,28,32,46,49,66－67,173,175,186,198－199,206,218,230－231,239－240
《人间词话》　绪论 3,5,6,正文 5－7,41－44,57,60,124,156－169,173,245,247,259
《诗大序》　绪论 3,5－6,正文 5－7,10,24,26,29,35,42,46,59－61,73－75,77,80,83,85－89,173－175,186－187,206,218－219,239－240,245,247,259,268,272
《诗经》　5,18,25－26,28,32,35,55,74,78,80－81,85,87,89,272,282
《诗品》　5,44,60－61,156
《文赋》　绪论 3,5,6,正文 5－7,32,40,42,45－46,48,57,59－60,63,90－92,95－105,173,175,186,190－191,206,218,222－223,239－240,245,259,268,273
《文心雕龙》　绪论 3,5,6,正文 5－7,40－42,46,50,57,60－61,97,107－111,113－124,173,175,177－180,186,194－195,206,210,212,218,226－227,239－240,245,247,259,268,281,284
《艺概》　5
《易经》　5,25,28,32,46,66,68,284
《原诗》　5,42,46,60,124
《庄子》　5,26,29,36,46,48,66,173,175,178－180,186,202－203,206,212,218,234－235,239－240
安乐哲　39,43,49,66－67,272
本土诗学　绪论 7,正文 270,272,274,283
比较诗学　绪论 4,5,7,正文 11,41－42,46,69,123,141,241,268－270,274－277,279－280,283－284

术语索引

比较文学　绪论4—5,正文3,11,37,39—42,
　45,56,58,60—61,64—65,79,91,108,123,
　142,145,149,189,192,194,197,224,241,
　246,249,253,258,276—277
表达诗学　143,275
布尔迪厄　绪论7,正文75—76,79—80,88—
　89,180,248,250,253,257,260,266
操作规范　92—95,98,100—105
场域　76,77—80,88—89,122—123,180,
　248—250,253—258,260—262,266—267
充分性　75,82,88,93—94,96—98,100,102,
　105,183,186,215,259
初始规范　92—96,98,100—105
传播　序言1—2,绪论2—7,3,6—16,19,
　29—30,42,48,50—54,56,58,65—66,68—
　70,74—75,89,92,122—123,138—139,
　141—142,154—155,170—171,173—174,
　177,180,182,205,208—209,218,241,
　245—247,249—252,254—255,257,259—
　262,264—267,271,283
传播媒介　251,260,262,266—267
传译　绪论3,5,正文8,11—14,16—19,22,
　30,32,34,36—37,47,56—57,64,68—70,
　80,139—140,142,155,246—247,255—
　256,266
词汇分析　110,114
词汇密度　110,115—116,122
词汇频度　110,116,122
达姆罗什　270—271,279,281
戴乃迭　绪论6,正文41—42,108,125—128,
　130—132,134
第三空间　277
定量分析　111
定性分析　109

东学西渐　绪论3,正文11,73,272
对比分析　绪论5—6,正文73,90,92,95,98,
　100,102,107,109—110,114,119,122—
　124,125,128—129,138—140,144,156—
　157,161—163,167,174,208—209,238
翻译策略　绪论2,正文75,77,80—84,87,
　88,92,94—95,98,102,105,109—110,132,
　142,170,248,257—259,262,266
翻译规范　绪论6,正文90,92,94—95,103,
　105—106,257
翻译诗学　绪论7,正文268—270,272,274—
　275,279—280,283—284
翻译政策　93,95
反思性社会学理论　6,73,75—76,88,180,
　248
反向格义　272—273
范佐伦　59,63,73—74
方志彤　绪论6,正文39—40,59—60,90—
　92,94—105,125,127,186,192—193,206,
　218,224,226,239—240,259
符码　252,263—265,267
副文本　85,95,102—103,157
歌德　279,282—283
格义　170,272—274
顾明栋　65
惯习　76,80,88,122,253,257—258,266
关系主义　绪论7,正文76,247—248,266
归化　81—82,170,173,185—186,206,216—
　218,239,259,272—274
国际话语权力　绪论4,7,正文239,270,272,
　274—276,278—280,283—284
国际文学场域　249—251,254—256,260,
　262,266—267
国家文化安全　绪论1

郭绍虞　4,107,140,270
海陶玮　38,44,59－60,109
汉学场域　77－80,88－89,123
宏观史学　12,69
话语权力　绪论4,7,正文269－270,272,274－276,278－280,283－284
幻象　253
黄兆杰　绪论6,正文41,49－50,60,73－74,90－92,95－105,108,110,186－194,206,218－220,222－225,239－240
间距　277
接受诗学　143,275
经典化　绪论2,正文4－5,254－256,266
句长分析　110,114,118
可接受性　74,88,93－94,96－100,103－105,154,183,186－187,215,219,259
拉图尔　绪论7,正文248,251,259,266
勒弗维尔　绪论6,正文140,142－144,147,149,151－153,155
类比语料库　绪论6,正文107,110－114
类符形符比　114－115,122
李又安　绪论6,正文38,43－44,142,156－157,159－170,247,259
理雅各　绪论6,正文10,21－22,24－26,35,73－89,179,186－188,199,201,206,218－222,231－232,239－240,259,272
历史学的方法　12
林理彰　42,51－52,59－60,62,140－142
刘殿爵　49,66
刘若愚　39,42,52,62,73,142,158－159,170,273
刘熙载　5
刘勰　5,46,50,61,96,107,124,177,210
流畅性　75,154,186－190,193－194,196－198,201－204,206－207,218－219,221－222,225－226,229－230,233－234,237－241,266
陆大伟　64
卢曼　序言2,绪论7,正文248,251,263,265－266
陆机　5,32,40,45－46,48,50,59,63,90－91,97
梅丹理　62
梅维恒　40,59－61,66,74,141,179
米列娜　9,55－56,63－64
民族诗学　269,279－284
民族志研究　278
闵福德　59－60,68
模仿诗学　143,275
倪豪士　59,107
欧阳修　5,26,46,61
欧洲中心主义　277
平均句长　110,118,122
平行译本　174
情感分析　110,114,119
情感级数　110,121－122
情感极性　110,120－122
认可度　绪论6,正文173,175,180－181,205,213－214,236,238
认知度　绪论6,正文173,175－176,205,209－210,212－213,238
社会翻译学　序言1－2,绪论6－7,正文8,16－18,22,30,32,47,75,78,80,122,243,245,247－250,252－255,257,257－259,263,266
社会轨迹　80,122
社会系统理论　序言2,正文248,263
社会学转向　248

社会资本　77,79,89,122－123
深度翻译　157,258－259,266
深度描写　278
失语症　绪论4－5,正文3,269
诗心　279,285
诗学价值　80,85,96,146,154,272
诗学理论　绪论4,6,正文41－42,62,139－145,147,149,151－153,155,161,275,278－283
施友忠　绪论6,39－41,108－110,113－122,186,196,206,218,227,229,259
实证考察　绪论6,正文171,174,208
世界诗学　序言2,绪论4－5,7,正文267－270,279－285
世界文学　序言2,正文69,260,267,270－271,279－285
数理统计　绪论6
双向阐发　82,88,274－275,277－278,283
司空图　5,27,41,43,46,63,124－126,128－129,133,137－139,177,211,272
孙康宜　39,58－60
他者　4,263,273,275,277
汤因比　69－70
天人合一　284
图里　绪论6,90,92－96,102－103,105
涂经诒　绪论6,正文39,41,156－157,159－169
王夫之　5,46,50
王国维　5,41,43－44,52,63,65,124,156－169
王宏印　绪论3,6,正文124－126,128－132,135,157,246
王志民　46,67
魏世德　38,43－44,50,60

微观史学　12,69
网络　绪论6,正文119,174,248,251,259－260,262,266－267
文化研究　29－30,54,75,248,272
文化资本　序言2,正文62,77,79－80,89,123,180,250,253－256,266
文心　279,285
文学性　186－190,193,195－198,201－202,204－207,218－219,221－222,225－226,229－230,233－234,237－241
问卷调查　序言1,3,绪论3,6,正文171,173－176,178,186,191,195,199,203,208－209,213,223,227,231,235,238,241,255,259
误读　绪论2,正文274
误译　274
西方汉学　序言2,绪论3－4,6,正文4,6－7,11－13,15,19－21,26,30－31,37－38,40,47－48,54－55,58,64,66,68－70,89,108,122,128,138,186,207,218,239,246,253－254,258－260,266,272－273,278
西方诗学　绪论4,正文52,91,105,151,274－283
西方文论　绪论3－4,正文52,104－105,151,162,183,215,268－270,272－281,283
西方英语国家　序言1－2,绪论3－6,正文3,8－10,57－58,62,69－70,91,122－123,157,173－175,179－180,182,186,205,217,241,245－246,251－258,260－267,271
西方英语世界　绪论3,5,正文3,8－14,23,30,34,36－37,51－52,56－58,64,68－70,73,90,108,140－142,155,173－174,177,179,208,210,218,246－247,255－256,260,266－267,270,273

夏含夷　68
限制性的生产活动　250,255,261
象征资本　80,89,123,250-251,255-256
写境　157,161-163,170
行动者网络理论　248,251,259
形式诗学　143,275
学术翻译　258-259,266
严羽　5,34-35,41,46,59-60,124,140-142,145-148
杨国斌　绪论6,正文41,108-110,113-122
杨宪益　绪论6,正文41-42,108,125-128,130-132,134
叶燮　5,46,124
异化　170,173,185-190,193-198,201-202,204-207,216-219,221-223,225-226,229-230,233-234,237-241,259,266
译者分析　77,88
译者构成　序言2,绪论7,正文247-248,253-254,266
译者惯习　77,79-82,85,88-89,122-123,257-259
意译　129,132,136,151,154,258-259
英译策略　绪论7,正文109,182,184,214,247,249,252,257-258,266
宇文所安　绪论6,正文38,43,45-46,58-62,73-75,77-91,104,107-110,113-127,128,130-132,135,141-142,144,146-155,186,196-197,206,218,227,230,239-240,259,272
语际转换　248
语文学　18,39,43,61,75,81,87,117,155,197,248,255-256,258,266
预备规范　92-95,105

元好问　5,44,50,60
原作遴选　7,247,255,266
造境　157,161-163,170
翟理斯　6,20,22,26-27,35,125-126,128-132,134,138,179,186,203-204,206,218,235-237,239-240
张彭春　6,31,34,35,37,140-142,144-155,256
整体论原则　绪论7,正文247,266
直译　81-85,87-88,132-133,136,162,189,196,259
中国古典文论　序言1-2,绪论2-7,正文3-14,16,18-19,23,25-27,29-46,48-64,66,68-70,73,79,82-84,89-91,107-108,124,139,140-141,146,149,155,173-184,186,205-206,208-210,212-216,218-219,238-239,241,245-247,249-271,278-285
中国古典戏剧批评理论　64
中国古典小说批评理论　64
中国诗学　42,58,62,68,96,154-155,267,269,273,275-285
中国文论国际话语体系　绪论4-7,正文70,267-270,283-284
中国学　绪论5,正文12,23,31-33,36-39,43,53-54,57,68-70,78
钟嵘　5,50,61-62
祝圣　253-256,260-262
资本　8,14,20,76,89,122-123,180,249,256
自我创生　251-252,263-264,266-267
自我区分　252,263-265
自我指涉　252,263-264

后 记

　　日月更迭，寒暑易节，转眼间自己的中国古典文论英译与传播探索之路已走过多年。自课题立项算起已整整十年，而自涉足中国文论英译研究算起则已二十年。如今，书稿即将付梓，心中确有许多感言，其中既有感慨与感怀，更有感谢与感恩。

　　二十年前，我负笈南开攻读翻译学博士，由此开始涉足中国文论的英译研究，并在西方汉学、比较诗学、世界文学等领域的殿堂门口徘徊。先师王宏印教授讲究中西古今学问的贯通，希望我在中西文论、中西语言学、中西哲学等学科的融通上多下功夫，由此成为我关注中国文论英译及其与西方文论比较研究的起点。南开求学期间经常驻足校园的书香缘书店，记得有一天刚进门便看到宇文所安的《中国文论：英译与评论》赫然在架，于是果断买下，结下了与中国文论英译研究的学术之缘。读博期间，刘士聪教授、罗选民教授、崔永禄教授等诸位业师开设的课程，多与文学翻译研究有关，为我日后的中国文论英译研究打下了坚实基础。

　　十年前，我正在牛津大学英文系访学，经过多次尝试、反复论证，我申报的国家社科基金项目《中国古典文论在西方的英译与传播研究》终于成功立项，我当即在访学合作导师马修·雷诺兹（Matthew Reynolds）教授的帮助下就中国古典文论作品在英语国家的传播、接受与评论开启了在英国的问卷调查。回国后，除了在多位师友的协助下继续在美国、澳大利亚开展问卷调查，我就课题的整体框架、研究方法、理论建构等问题向业内多位专家请教，无一不得到热情的帮助与指导。加盟北外后，课题研究在理论方法的运用、中西文论的比较、西方汉学的借鉴等方面直接得到了王克非教授、张剑教授、张西平教授等多位前辈学者的指导。谨此向各位师长、前辈致以深深的谢意。

特别感谢王宁教授的指导与提携。在撰写书稿理论建构部分，尤其是在思考中国文论从"翻译诗学"走向"比较诗学"与"世界诗学"的国际话语体系建构问题的过程中，我多次得到王宁教授的启发与指导。在书稿即将出版之际，王宁教授又拨冗为本书作序，对本课题研究多有肯定与褒奖，并为课题的深化与提高提出了宝贵的建议。

衷心感谢王定华教授、杨丹教授、贾文键教授、孙有中教授、赵刚教授等北京外国语大学领导与前辈对我课题研究和书稿出版的关怀与支持。学校所提供的优质科研环境、宽松科研政策以及丰富的学术交流机会为课题的按时完成、后续提升和书稿的反复修订、顺利出版奠定了坚实的基础，创造了良好的条件。

本书是在国家社科基金项目结项成果基础上修订完成的，如今能顺利出版离不开课题组成员、研究团队和众多师友的支持与帮助。在此感谢潘帅英、荣立宇、石蕊、王海珠、杨帆等为课题研究所付出的辛劳，感谢王振平教授、张智中教授、王治国教授、王金岳博士对课题海外调研所提供的帮助，感谢张政教授、文军教授、王宏教授、周领顺教授、韩振华教授、曾琼教授等对课题提升和书稿修订所提出的宝贵意见。

饮水思源，感谢我的硕士导师林克难教授多年来对我学术研究的指导与关怀，感谢我硕士母校天津外国语大学修刚教授、陈法春教授、王铭玉教授等师长与前辈对我学术发展和课题研究的支持与关怀。同时感谢天外好友周和军教授、张蕾教授等为我课题研究所提供的支持与帮助。

缘木思本，感谢许钧教授、查明建教授、董洪川教授、胡开宝教授、刘军平教授、黄忠廉教授等学界师长与前辈对我的指导与提携。多年来，诸位师长与前辈一直关心和支持我的翻译研究，鼓励我在学术道路上开拓创新。在此向各位师长与前辈致以崇高的敬意。

诚挚的感谢北京大学出版社外语部主任张冰教授和副主任刘文静老师。本书从最初的选题申报，到中间的反复修订与审校，再到最后的印刷出版，每个环节两位老师都提出了大量宝贵的专业性建议，给予了热情的支持与帮助。

谨此向二位老师致以衷心的感谢!

最后感谢我的家人。多年来,家人的理解与奉献支撑着我的学术研究,也激励着我在未来的学术道路上奋力向前。

王洪涛

2023 年 5 月于北京